O DIA EM QUE O PRESIDENTE DESAPARECEU

BILL CLINTON E
JAMES PATTERSON

O DIA EM QUE O PRESIDENTE DESAPARECEU

Tradução de
Clóvis Marques

1ª edição

EDITORA RECORD
RIO DE JANEIRO • SÃO PAULO
2018

CIP-BRASIL. CATALOGAÇÃO NA PUBLICAÇÃO
SINDICATO NACIONAL DOS EDITORES DE LIVROS, RJ

Clinton, Bill, 1946-
C572d O dia em que o presidente desapareceu / Bill Clinton, James Patterson; tradução de Clóvis Marques. – 1ª ed. – Rio de Janeiro: Record, 2018.

Tradução de: The President Is Missing
ISBN 978-85-01-11363-4

1. Romance americano. I. Patterson, James. II. Marques, Clóvis. III. Título.

18-49107

CDD: 813
CDU: 821.111(73)-3

Meri Gleice Rodrigues de Souza – Bibliotecária CRB-7/6439

TÍTULO ORIGINAL:
THE PRESIDENT IS MISSING

Texto revisado segundo o novo Acordo Ortográfico da Língua Portuguesa.

Impresso no Brasil

ISBN 978-85-01-11363-4

Um agradecimento especial a Robert Barnett, nosso advogado e amigo, que nos reuniu para a realização deste livro, aconselhou, persuadiu e eventualmente falou grosso.

Obrigado também a David Ellis, sempre paciente, sempre sábio, que ficou ao nosso lado durante a pesquisa, no primeiro e no segundo esboços e nas muitas e muitas fases de redação. Esta não seria a mesma história sem a ajuda e a inspiração de David.

A Hillary Clinton, que conviveu com essa ameaça e a ela resistiu, assim como às consequências de ter tido suas advertências ignoradas, pelo seu constante estímulo e pelo lembrete de manter a história realista.

A Sue Solie Patterson, que aprendeu a arte de criticar e estimular, não raro ao mesmo tempo.

A Mary Jordan, que mantém a cabeça no lugar mesmo quando todos ao redor a estão perdendo.

A Deneen Howell e Michael O'Connor, que fazem com que todos nós respeitemos o contrato, os prazos e as metas.

A Tina Flournoy e Steve Rinehart, por ajudarem o parceiro novato a cumprir sua parte do trato.

E aos homens e mulheres do Serviço Secreto dos Estados Unidos e a todos os outros encarregados da ordem pública, das Forças Armadas, dos serviços de informações e da diplomacia que dedicam suas vidas a nos manter em segurança.

QUINTA-FEIRA,

10 DE MAIO

CAPÍTULO

1

— Ordem na Comissão...

Os tubarões espreitam, as narinas farejam o odor de sangue. Treze tubarões para ser exato, oito do partido da oposição e cinco do meu, tubarões contra os quais venho preparando defesas com a ajuda de advogados e assessores. Aprendi a um custo bem alto que, por mais que se esteja preparado, poucas defesas são eficientes contra predadores. Em certo momento, não resta nada a fazer a não ser entrar na briga e revidar.

Não faça isso, voltou a pedir na noite passada minha chefe de Gabinete, Carolyn Brock, como já havia pedido tantas vezes. *O senhor não deve chegar nem perto de uma sessão dessa comissão. O senhor tem tudo a perder e nada a ganhar.*

O senhor não pode responder as perguntas deles.

Isso vai acabar com a sua presidência.

Examino os treze rostos diante de mim, sentados em uma longa fileira, uma Inquisição espanhola moderna. O sujeito de cabelo grisalho no meio, atrás da placa SR. RHODES, pigarreia.

Lester Rhodes, o presidente da Câmara, em geral não participa desse tipo de sessão, mas abriu uma exceção para esta Comissão Especial, que encheu de congressistas alinhados com ele, cujo principal objetivo na vida aparentemente é impedir que eu realize meu programa de governo e me destruir, política e pessoalmente. A brutalidade na luta pelo poder é mais antiga que a Bíblia, mas alguns dos meus adversários de fato me odeiam com todas as forças. Eles não querem só me tirar do cargo. Não vão ficar satisfeitos se eu não for condenado e arrastado para a prisão, esquartejado e apagado dos livros de história. Se pudessem, queimariam minha casa na Carolina do Norte e cuspiriam no túmulo da minha esposa.

Estico a haste do microfone para que ele fique firme e estendido, bem próximo de mim. Não quero me inclinar para a frente ao falar enquanto os membros da comissão ficam sentados bem empertigados em suas cadeiras de encosto alto de couro, como reis e rainhas no trono. Eu pareceria fraco se me inclinasse, subserviente, uma mensagem subliminar de que estou à mercê deles.

Estou isolado na minha cadeira. Nenhum assessor, nenhum advogado, nenhuma anotação. O povo americano não vai me ver trocando sussurros com um advogado, tapando o microfone com a mão para em seguida declarar que *Não me recordo disso, senhor congressista*. Não tenho nada a esconder. Eu nem devia estar aqui, e podem ter certeza de que não queria estar aqui, mas aqui estou. Sozinho. O presidente dos Estados Unidos diante de uma turba de acusadores.

No canto do salão, o triunvirato dos meus principais assessores observa, todos sentados: a chefe de Gabinete, Carolyn Brock; Danny Akers, meu amigo mais antigo e consultor jurídico da Casa Branca; e Jenny Brickman, vice-chefe de Gabinete e assessora política sênior. Os três em uma atitude estoica, rostos impassíveis, preocupados. Nenhum deles queria que eu fizesse isso. Concluíram de forma unânime que eu estava cometendo o maior erro da minha presidência.

Mas aqui estou. Chegou a hora. Vamos ver se eles tinham razão.

— Senhor presidente.

— Senhor presidente da Câmara. — Tecnicamente, neste contexto, provavelmente eu deveria chamá-lo de *senhor presidente da Comissão*, mas eu poderia chamá-lo de muitas coisas e não vou fazê-lo.

A coisa poderia começar de muitas maneiras. Um discurso de congratulação pessoal do presidente da Câmara disfarçado de pergunta. Algumas perguntas introdutórias sem maiores impactos. Mas vi vários vídeos de Lester Rhodes interrogando testemunhas antes de presidir a Câmara, quando ele não passava de um congressista medíocre da Comissão de Supervisão da Câmara, e sei que ele gosta de começar falando grosso, indo direto na jugular, confundindo a testemunha. Ele sabe — na verdade, desde 1988, quando Michael Dukakis enfiou os pés pelas mãos na primeira pergunta do debate presidencial sobre pena de morte, todo mundo sabe — que, se você erra logo na largada, ninguém vai se lembrar de mais nada.

Será que o presidente da Câmara vai seguir o mesmo plano de ataque com um presidente em exercício?

Claro que vai.

— Presidente Duncan — começa ele —, desde quando oferecemos proteção a terroristas?

— Não oferecemos — respondo, tão rápido que quase atropelo a fala dele, pois não se pode dar trela a uma pergunta dessas. — E jamais ofereceremos. Não enquanto eu for presidente.

— O senhor tem certeza?

Foi isso mesmo o que ele acabou de dizer?! Senti o sangue subir à cabeça. Não se passou nem um minuto e Lester já me deixou neste estado.

— Senhor presidente da Câmara, se eu disse é porque tenho certeza. Vamos deixar as coisas bem claras desde o início. Ninguém aqui está protegendo terroristas.

Depois dessa chamada, ele faz uma pausa.

— Bem, senhor presidente, não vamos discutir por escolhas de palavras. O senhor considera que os Filhos da Jihad são uma organização terrorista?

— É claro. — Meus assessores me aconselharam a não falar *é claro;* pode soar pretensioso e condescendente, a menos que seja dito no tom certo.

— E esse grupo tem recebido apoio da Rússia, não é verdade?

Eu faço que sim com a cabeça.

— Sim, a Rússia tem dado apoio ao grupo terrorista FdJ de tempos em tempos. E nós condenamos o fato de apoiarem esse grupo e outras organizações terroristas.

— Os Filhos da Jihad cometeram atos de terrorismo em três continentes, correto?

— Sim, é o que se sabe.

— Eles são responsáveis pela morte de milhares de pessoas?

— Sim.

— Inclusive americanos?

— Sim.

— As explosões que mataram cinquenta e sete pessoas no hotel Bellwood Arms, em Bruxelas, inclusive uma delegação de deputados estaduais da Califórnia? A invasão do sistema de controle aéreo da república da Geórgia, que provocou a queda de três aviões, sendo que um deles transportava o embaixador georgiano nos Estados Unidos?

— Sim. Ambos os atentados ocorreram antes de eu assumir a presidência, mas, sim, os Filhos da Jihad assumiram a responsabilidade por esses incidentes...

— OK, vamos então falar do que aconteceu desde que o senhor *assumiu* a presidência. Não é verdade que, meses atrás, os Filhos da Jihad invadiram os sistemas militares israelenses e tornaram públicas informações confidenciais sobre agentes secretos e movimentos de tropas israelenses?

— Sim, é verdade.

— E, muito mais perto de nós, aqui na América do Norte. Na semana passada mesmo. Sexta-feira, dia 4 de maio. Não é verdade que os Filhos da Jihad cometeram mais um atentado terrorista ao invadir os computadores que controlam o sistema de metrô de Toronto para desligá-lo, provocando um descarrilamento com dezessete mortos e dezenas de feridos, além de ter deixado milhares de pessoas presas no escuro durante horas?

Ele está certo ao dizer que o FdJ também foi responsável nesse caso. E o número de vítimas está certo. Para o FdJ, contudo, não foi um atentado terrorista.

Foi apenas um ensaio.

— Quatro das vítimas que morreram em Toronto eram americanas, correto?

— Correto. Os Filhos da Jihad não assumiram a responsabilidade neste caso, mas acreditamos que tenham sido eles.

O presidente da Câmara assente com a cabeça e examina as anotações.

— O líder dos Filhos da Jihad, senhor presidente... É um indivíduo chamado Suliman Cindoruk, correto?

Lá vamos nós.

— Sim, Suliman Cindoruk é o líder do FdJ.

— O mais perigoso e atuante ciberterrorista do mundo, correto?

— Pode-se dizer que sim.

— Um muçulmano nascido na Turquia, não é?

— Ele é turco, mas não é muçulmano — corrijo. — É um nacionalista radical secular contrário à influência do Ocidente na Europa Central e no sudeste europeu. Sua "jihad" não tem nada a ver com religião.

— É o que o senhor diz.

— É o que dizem todos os relatórios dos serviços de informações que recebi — rebato. — O senhor também leu todos eles, senhor presidente da Câmara. Se o senhor quer transformar isto aqui num discurso raivoso islamofóbico, vá em frente, mas essa atitude não vai contribuir em nada para a segurança do nosso país.

Ele consegue abrir um sorriso irônico.

— De qualquer maneira, ele é o terrorista mais procurado do mundo, não é?

— Nós queremos capturá-lo — respondo. — Queremos capturar qualquer terrorista que tente atacar o nosso país.

Lester faz uma pausa. Está decidindo se volta a me perguntar: *O senhor tem certeza?* Se ele fizer isso, vou precisar reunir toda a minha força de vontade para não virar esta mesa e esganá-lo.

— Só para deixar claro, então — retoma ele. — Os Estados Unidos querem capturar Suliman Cindoruk.

— Esta não é uma questão que precisa ser esclarecida — retruco.

— Jamais houve a menor dúvida. Jamais. Há uma década estamos à procura de Suliman Cindoruk. E não vamos desistir até capturá-lo. Está bem claro agora?

— Bem, senhor presidente, com o devido respeito...

— Não — interrompo. — Quando o senhor começa uma pergunta dizendo "com o devido respeito", significa que vai dizer algo que não demonstra o *menor* respeito. Não importa o que pense, senhor presidente da Câmara, mas o senhor *precisa* demonstrar respeito, se não por mim, pelo menos por todas as pessoas que se dedicam a combater o terrorismo e preservar a segurança do nosso país. Não somos perfeitos nem nunca seremos. Mas nunca vamos deixar de fazer o nosso melhor.

Então faço um gesto de desdém para ele.

— Vá em frente, faça a sua pergunta.

Com o pulso acelerado, respiro fundo e olho para meu trio de assessores. Jenny, minha conselheira política, está assentindo com a cabeça; ela sempre quis que eu fosse mais agressivo com o novo presidente da Câmara. Danny não deixa transparecer nada. Carolyn, minha equilibrada chefe de Gabinete, está inclinada para a frente, os cotovelos apoiados nos joelhos, as mãos juntas sob o queixo. Se fossem juízas nos Jogos Olímpicos, Jenny me daria um 9 pela explosão de raiva, mas Carolyn não passaria do 5.

— O senhor não pode questionar meu patriotismo, senhor presidente — diz meu adversário grisalho. — O povo americano está bastante preocupado com o que aconteceu na Argélia na semana passada, e ainda nem começamos a falar do assunto. O povo americano tem todo o direito de saber de que lado o senhor está.

— De que *lado* eu estou? — intervenho num impulso, quase derrubando o microfone da mesa. — Eu estou do lado do povo americano, é do lado *dele* que eu estou.

— Senhor pres...

— Eu estou do lado desse povo que trabalha dia e noite para garantir a segurança do nosso país. Das pessoas que não estão preocupadas com visões de mundo nem com os caminhos da política. Das pessoas que não esperam elogios quando acertam nem têm como se defender quando são criticadas. É do lado dessas pessoas que eu estou.

— Presidente Duncan, eu dou todo o apoio aos homens e às mulheres que lutam diariamente para garantir a segurança desta nação. Não estamos falando dessas pessoas. O foco aqui é *o senhor*. Isto aqui não é uma brincadeira. Eu não sinto prazer nisso.

Em outras circunstâncias, eu acharia graça. Lester Rhodes ansiava mais pela sessão da Comissão Especial do que um universitário pelo aniversário de 21 anos.

Toda essa encenação é para aparecer. O presidente da Câmara Rhodes montou a comissão de tal forma que o resultado não pode ser diferente: uma constatação de má conduta por parte do presidente dos Estados Unidos, suficiente para remeter a questão à comissão julgadora da Câmara e dar início ao processo de impeachment. Os oito congressistas alinhados a Lester estão seguros em seus distritos eleitorais, territórios tão bem controlados, que eles poderiam até baixar as calças no meio da sessão e começar a chupar o dedo que não só seriam reeleitos dentro de dois anos como não teriam adversários.

Meus assessores estavam certos. Não faz a menor diferença se as provas contra mim são fortes, inconsistentes ou se não existem. A sorte foi lançada.

— Faça suas perguntas — peço. — Vamos acabar logo com esta farsa.

Lá no canto, Danny Akers se inquieta e sussurra alguma coisa para Carolyn, que acena positivamente com a cabeça, mantendo a expressão impassível. Sem dúvida Danny não aprova meu comentário sobre a *farsa*, meu ataque à sessão. Mais de uma vez ele me disse que o que eu tinha feito era "ruim, muito ruim" e dava ao Congresso uma justificativa plausível para a investigação.

Ele não está errado. Só não sabe a história toda. Danny não tem acesso suficiente às informações de segurança para saber o que eu sei, o que Carolyn sabe. Se soubesse, pensaria de outra forma. Teria conhecimento da ameaça ao país, uma ameaça com um alcance jamais visto antes.

Uma ameaça que me levou a fazer coisas que jamais imaginei que faria.

— Senhor presidente, o senhor ligou para Suliman Cindoruk no domingo, 29 de abril deste ano? Há pouco mais de uma semana. O senhor fez ou não contato telefônico com o terrorista mais procurado do mundo?

— Senhor presidente da Câmara, como eu já disse muitas vezes, e como o senhor deveria saber, nem tudo o que fazemos para garantir a segurança do país pode ser revelado ao público. O povo americano sabe que para manter a segurança dos Estados Unidos e cuidar das relações exteriores é preciso mover muitas peças, realizar muitos acordos complexos, e que certas providências tomadas no meu governo precisam ser mantidas em sigilo. Não porque *queremos* manter as coisas em segredo, mas porque precisamos. Por isso existe o privilégio executivo.

Lester provavelmente contestaria a aplicabilidade do privilégio executivo a assuntos confidenciais. Mas Danny Akers, meu conselheiro na Casa Branca, considera que eu vou vencer esta briga, pois está em questão minha autoridade constitucional nas relações exteriores.

Seja como for, senti o estômago embrulhar ao dizer essas palavras. Mas Danny falou que, se eu não invocar o privilégio, posso estar abrindo mão dele. E, se abrir mão, vou ter de responder se liguei para Suliman Cindoruk, o terrorista mais procurado do mundo, dois domingos atrás.

E essa é uma pergunta que não vou responder.

— Bem, senhor presidente, não tenho certeza se o povo americano consideraria essa uma resposta satisfatória.

Bem, senhor presidente da Câmara, tampouco creio que o povo americano o consideraria um presidente da Câmara satisfatório, mas, de qualquer forma, o povo americano não o elegeu para o cargo, não é? O senhor recebeu inexpressivos oitenta mil votos no terceiro distrito em Indiana. Eu tive sessenta e quatro milhões de votos. Mas os seus parceiros de partido o elegeram líder porque o senhor conseguiu arrecadar muito dinheiro para eles e lhes prometeu minha cabeça numa bandeja.

Provavelmente essa réplica não ficaria bem na televisão.

— Então o senhor não nega que ligou para Suliman Cindoruk no dia 29 de abril. É isso mesmo?

— Eu já respondi a sua pergunta.

— Não, senhor presidente, o senhor não respondeu. Como sabe, o jornal francês *Le Monde* publicou gravações telefônicas que vazaram, além da declaração de uma fonte anônima, que indicam que o senhor ligou e falou com Suliman Cindoruk no dia 29 de abril deste ano. O senhor tem conhecimento disso?

— Eu li o artigo.

— E o senhor nega?

— A resposta é a mesma de antes. Eu não vou discutir a questão. Eu não vou entrar no jogo do "fiz ou não fiz a ligação". Não confirmo nem nego, eu sequer discuto ações tomadas para garantir a segurança do país. Não quando tenho de mantê-las em segredo pelo bem da segurança nacional.

— Bem, senhor presidente, se um dos maiores jornais da Europa publica uma matéria sobre o assunto, eu não tenho certeza se a ação continua sendo um segredo.

— Minha resposta é a mesma — insisto. Meu Deus, eu estou parecendo um idiota! Pior, um advogado.

— O jornal *Le Monde* informa que... — e ele segura o jornal. — "O presidente dos Estados Unidos, Jonathan Duncan, tomou a iniciativa e participou de uma ligação com Suliman Cindoruk, líder dos Filhos da Jihad e um dos terroristas mais procurados do mundo, na tentativa de encontrar um meio-termo entre a organização terrorista e o Ocidente." O senhor nega, senhor presidente?

Não posso responder, e ele sabe disso. Lester está me jogando de um lado para o outro, como um gato brincando com um novelo de lã.

— Eu já dei a minha resposta. Não vou repetir.

— A Casa Branca não fez nenhum comentário sobre essa notícia do *Le Monde*.

— Exato.

— Mas Suliman Cindoruk fez, não é? Ele divulgou um vídeo dizendo: "O presidente pode implorar por misericórdia quanto quiser.

Os americanos não vão ter misericórdia nenhuma da minha parte." Não foi isso o que ele disse?

— Foi isso o que ele disse.

— A Casa Branca então divulgou uma declaração oficial que dizia: "Os Estados Unidos não responderão aos absurdos ditos por um terrorista."

— Exatamente. Não responderemos.

— O senhor implorou misericórdia a ele, senhor presidente?

Minha assessora política, Jenny Brickman, está quase arrancando os cabelos. Ela também não tem acesso a certas informações, por isso não conhece a história toda, mas sua maior preocupação é que nessa sessão eu seja visto como um presidente combativo. *Se não tiver como dar o troco,* disse, *então não vá. O senhor vai servir apenas de saco de pancadas político para eles.*

E ela estava certa. Nesse exato momento, é a vez de Lester Rhodes colocar as luvas e bater em mim na esperança de extrair informações confidenciais e deslizes políticos.

— O senhor está balançando a cabeça negativamente, senhor presidente. Só para ficar claro: o senhor nega que implorou a Suliman Cindoruk que tivesse mis...

— Os Estados Unidos nunca vão implorar nada a ninguém — intervenho.

— OK, o senhor então nega a afirmação de Suliman Cindoruk de que o senhor implorou...

— Os Estados Unidos nunca vão implorar nada a ninguém — repito. — Está claro, senhor presidente da Câmara? O senhor quer que eu diga de novo?

— Bem, se o senhor não implorou...

— Próxima pergunta.

— Então o senhor pediu educadamente que ele não nos atacasse?

— Próxima pergunta — repito.

Lester faz uma pausa e consulta as anotações.

— Meu tempo está acabando — diz então. — Tenho só mais algumas perguntas.

Um a zero — ou quase —, mas ainda faltam doze, cada um com suas frasezinhas matadoras, suas alfinetadas e suas perguntas capciosas.

As últimas perguntas do presidente da Câmara são tão lendárias quanto as primeiras. Mas, de qualquer maneira, eu já sei o que ele vai dizer. E ele já sabe que eu não vou ter como responder.

— Senhor presidente — começa ele —, vamos falar de terça-feira, 1º de maio. Na Argélia.

Pouco mais de uma semana atrás.

— Na terça-feira, 1º de maio, um grupo de separatistas ucranianos anti-Rússia atacou uma fazenda no norte da Argélia onde se acreditava que Suliman Cindoruk estivesse escondido. E de fato ele estava lá. O grupo tinha localizado o terrorista e se deslocou para a região com a intenção de matá-lo.

"Mas o grupo foi impedido, senhor presidente, por uma equipe das Forças Especiais americanas e agentes da CIA. E assim Suliman Cindoruk conseguiu escapar."

Eu me mantenho completamente imóvel.

— O senhor ordenou esse contra-ataque? — questiona ele. — E, se ordenou, por quê? Por que um presidente dos Estados Unidos mandaria forças americanas para salvar a vida de um terrorista?

CAPÍTULO

2

— A presidência da Comissão convoca o cavalheiro de Ohio, sr. Kearns.

Aperto a ponte do nariz, lutando contra o cansaço. Dormi pouquíssimas horas no último fim de semana, e o exercício mental de me defender com as mãos atadas está acabando comigo. Mais que tudo, no entanto, estou irritado. Tenho muitas coisas a fazer. Não tenho tempo para isso.

Olho para a esquerda — o mostrador está correto. Mike Kearns é o presidente da comissão julgadora, um protegido de Lester Rhodes. Ele gosta de usar gravata-borboleta para que todo mundo saiba quanto é inteligente. Sinceramente, já vi recados em Post-its mais profundos.

Mas o sujeito sabe fazer uma pergunta. Ele foi promotor federal durante anos, antes de entrar na arena política. Entre as cabeças empalhadas na parede do seu gabinete estão dois CEOs de laboratórios farmacêuticos e um ex-governador.

— Combater o terrorismo é uma questão de segurança nacional muito séria, senhor presidente. O senhor concorda?

— Com certeza.

— Então o senhor concordaria também que qualquer cidadão americano que *interferisse* na nossa capacidade de conter terroristas poderia ser acusado de traição?

— Eu condenaria um ato dessa natureza.

— Isso seria um ato de traição?

— Isso cabe aos advogados e aos tribunais decidir.

Somos ambos advogados, mas ele entendeu.

— Seria um delito passível de impeachment se o próprio presidente interferisse no combate ao terrorismo?

Gerald Ford disse certa vez que um delito passível de impeachment é qualquer coisa que a maioria do Congresso decida que é.

— Não cabe a mim dizer.

Ele assente.

— Não, não cabe. Mais cedo, o senhor se recusou a responder se deu ordens para que Forças Especiais americanas e agentes da CIA contivessem uma investida contra Suliman Cindoruk na Argélia.

— O que eu disse, sr. Kearns, foi que certas questões de segurança nacional não podem ser discutidas em público.

— Segundo o *New York Times*, o senhor agiu com base em informações confidenciais que indicavam que essa milícia anti-Rússia tinha localizado Suliman Cindoruk e iria matá-lo.

— Eu li isso. Não tenho nenhum comentário a fazer.

Mais cedo ou mais tarde, todo presidente enfrenta decisões em que o melhor a fazer não é bom politicamente, pelo menos em curto prazo. Se o que está em jogo é muito importante, é necessário fazer o que se considera certo, na esperança de que os rumos da política mudem. É o trabalho que ele se comprometeu a fazer.

— Senhor presidente, o senhor conhece o título 18, seção 798, do Código dos Estados Unidos?

— Eu não guardo na memória as seções do Código dos Estados Unidos, sr. Kearns, mas creio que esteja se referindo à Lei de Espionagem.

— De fato, estou, senhor presidente. Diz respeito ao uso indevido de informações confidenciais. Um trecho relevante neste momento diz que constitui delito federal se valer deliberadamente de informações confidenciais em prejuízo da segurança ou dos interesses dos Estados Unidos. Isso parece correto?

— Tenho certeza de que sua leitura foi precisa, sr. Kearns.

— Se um presidente deliberadamente usa informações confidenciais para proteger um terrorista que quer nos atacar, isso se enquadraria nessa lei?

Não de acordo com o meu conselheiro na Casa Branca, pois, segundo ele, essa seção não se aplica ao presidente, o que seria uma leitura inédita da Lei de Espionagem, podendo um presidente então tornar pública qualquer informação que queira.

Mas isso não vem ao caso. Ainda que eu quisesse entrar num debate jurídico-semântico sobre o alcance de uma lei federal — o que eu não quero —, a verdade é que eles podem me destituir do cargo por qualquer motivo. Não precisa ser um crime.

Tudo o que fiz foi para proteger o meu país. E faria de novo. O problema é que não posso dizer nada disso.

— Tudo o que posso dizer ao senhor é que sempre agi tendo em mente a segurança do meu país. E será sempre assim.

Vejo Carolyn lá no canto, lendo algo no celular, respondendo. Mantenho contato visual com ela, caso precise largar tudo isso e agir em função do seu feedback. Algo do general Burke no Comando Central? Do vice-secretário de Defesa? Da Equipe de Emergência para Ameaças Iminentes? Estamos lidando com muitas coisas ao mesmo tempo, tentando acompanhar os acontecimentos e nos defender dessa ameaça. O próximo golpe pode vir a qualquer momento. Temos mais um dia, pelo menos — ou é o que esperamos. Mas a única certeza é que *nada* é certo. Precisamos estar sempre preparados para o caso de...

— Ligar para os líderes do Estado Islâmico é proteger o nosso país?

— O quê? — pergunto, voltando o foco para a sessão. — Do que o senhor está falando? Eu jamais liguei para os líderes do Estado Islâmico. O que o Estado Islâmico tem a ver com isso?

Antes de concluir minha resposta, eu me dou conta do que acabei de fazer. Gostaria de poder esticar o braço, segurar as palavras e enfiá-las de novo na boca. Mas já é tarde. Ele me pegou de jeito enquanto eu estava distraído.

— Ah, quer dizer então que, quando eu pergunto se o senhor ligou para os líderes do Estado Islâmico, o senhor responde que não, sem hesitar. Mas, quando o presidente da Comissão pergunta se o senhor ligou para Suliman Cindoruk, o senhor recorre ao "privilégio executivo". Acho que o povo americano é capaz de perceber a diferença.

Suspiro e olho para Carolyn Brock, que continua com aquela expressão implacável, embora eu imagine ter visto um sutil *eu bem que avisei* em seus olhos semicerrados.

— Congressista Kearns, essa é uma questão de segurança nacional. Não estamos aqui num jogo de *te peguei*. São assuntos sérios. Quando o senhor quiser fazer uma pergunta séria, terei prazer em responder.

— Um cidadão americano morreu nesse combate na Argélia, senhor presidente. Um cidadão americano, um agente da CIA chamado Nathan Cromartie, morreu ao impedir que essa milícia anti-Rússia matasse Suliman Cindoruk. Acho que o povo americano considera *isso* um assunto sério.

— Nathan Cromartie foi um herói. Lamentamos a sua perda. Eu lamento a sua perda.

— O senhor ouviu o que a mãe dele disse sobre o assunto.

Ouvi. Todo mundo ouviu. Nada do que ocorreu na Argélia foi divulgado ao público. Não podíamos fazer isso. Até que o grupo miliciano publicou o vídeo de um americano morto, e não demorou para que Clara Cromartie o identificasse como seu filho, Nathan. E também revelou que ele era agente da CIA. Ela jogou a merda no ventilador. A mídia caiu em cima da sra. Cromartie, e em questão de horas ela exigia saber por que seu filho teve de morrer para proteger um terrorista responsável pela morte de centenas de inocentes, entre eles muitos americanos. Em sua profunda dor, ela praticamente escreveu o roteiro da sessão da Comissão Especial.

— O senhor não acha que deve algumas respostas à família Cromartie, senhor presidente?

— Nathan Cromartie foi um herói — repito. — Ele era um patriota. E sabia tão bem quanto qualquer um que muito do que é feito no interesse da segurança nacional não pode ser discutido publicamente. Eu tive uma conversa particular com a sra. Cromartie e sinto profundamente pelo que aconteceu ao filho dela. Mas não direi nada além disso. Não posso e não vou.

— Pois bem, senhor presidente, em retrospecto — prossegue ele —, o senhor diria talvez que sua política de negociar com terroristas não funcionou tão bem assim?

— Eu não negocio com terroristas.

— Como quer que o senhor queira chamar isso: ligar para terroristas, acertar as coisas com eles, ser indulgente com eles...

— Eu não sou...

As luzes piscam duas vezes. Alguns dos presentes reagem com um suspiro, e Carolyn Brock se empertiga e faz uma anotação mental. Kearns se aproveita da pausa para lançar outra pergunta.

— O senhor não faz nenhum segredo, senhor presidente, de que prefere o diálogo a demonstrações de força, de que preferiria resolver as coisas com os terroristas em uma conversa.

— Não — respondo, prolongando a palavra, o sangue pulsando nas têmporas, pois esse tipo de simplificação exagerada resume tudo o que há de errado na nossa política —, o que eu tenho dito muitas vezes é que, se houver uma forma pacífica de resolver uma situação, essa é a melhor forma. Dialogar não é se render. Nós estamos aqui para debater política externa, senhor congressista? Longe de mim interromper essa caça às bruxas com uma conversa realmente significativa...

Olho de relance para o canto do salão, onde Carolyn Brock se encolhe, uma rara mudança em sua expressão implacável.

— Dialogar com o inimigo é uma coisa, senhor presidente. Ser indulgente é outra.

— Eu não *sou indulgente* com os nossos inimigos. Nem abro mão do uso da força ao lidar com eles. A força é sempre uma alternativa, mas só a emprego quando considero necessário. Talvez isso não seja fácil de entender para um filhinho da mamãe que passou a vida se enchendo de cerveja na faculdade, fazendo juramentos para alguma fraternidade secreta e chamando os outros por apelidos, mas eu enfrentei o inimigo de frente num campo de batalha. Eu vou pensar muito bem antes de mandar nossos filhos e filhas para a guerra, porque *eu* fui um desses filhos e sei quais são os riscos.

Jenny está inclinada para a frente, querendo mais, sempre achando que eu preciso dar mais detalhes da minha vida no serviço militar. *Fale do seu tempo no Exército. Fale do seu período como prisioneiro de guerra. Dos seus ferimentos, da tortura.* Isso foi motivo para uma discussão sem fim durante a campanha presidencial, uma das coisas ao meu respeito que mais se revelaram positivas. Para os meus assessores, podia até ser o único assunto da minha campanha. Mas eu nunca cedi. De certas coisas não se fala.

— O senhor terminou, senhor pres...

— Não, eu não terminei. Eu já expliquei tudo isso à liderança da Câmara dos Deputados, ao presidente da Câmara e a outras pessoas. Eu disse que não podia comparecer a esta sessão. Os senhores poderiam ter dito: "Tudo bem, senhor presidente, nós também somos patriotas e vamos respeitar o que o senhor está fazendo, mesmo que não possa nos dizer tudo o que está acontecendo." Mas não foi isso que os senhores fizeram, foi? Os senhores não resistiram à oportunidade de me arrastar até aqui para que parecessem superiores. Então vou dizer aqui publicamente o que já disse aos senhores em particular: eu não vou responder as suas perguntas específicas sobre conversas que tive ou ações que tomei, pois são perguntas perigosas. Elas representam uma *ameaça* à nossa segurança nacional. Se eu tiver de perder o cargo para proteger o país, vou perdê-lo. Mas não se enganem. Eu nunca realizei uma única ação nem disse uma única palavra sem ter a segurança dos Estados Unidos como maior preocupação. Nem nunca o farei.

Meu interrogador não se intimida nem um pouco com meus insultos. Sem dúvida ele fica entusiasmado com o fato de suas perguntas estarem mexendo comigo. Kearns volta a consultar as anotações, seu fluxograma de perguntas e réplicas, enquanto tento me acalmar.

— Qual foi a decisão mais difícil que o senhor tomou esta semana, sr. Kearns? Que gravata usar na sessão? Para que lado pentear o cabelo nessa tentativa ridícula de disfarçar a calvície que não engana ninguém?

"Ultimamente, passo quase todo o meu tempo tentando cuidar da segurança do país. O que requer tomar decisões difíceis. Às vezes elas têm de ser tomadas com muitas incógnitas. Às vezes todas as alternativas são uma merda, e eu preciso escolher a menos merda possível. Naturalmente, fico me perguntando se foi a decisão mais acertada, se no fim das contas vai funcionar. Por isso sempre faço o melhor que posso. E aceito que as coisas sejam assim.

"O que significa que também tenho de aceitar as críticas, mesmo quando partem de um político oportunista movendo uma peça no tabuleiro de xadrez sem saber a configuração do jogo para em seguida mudar completamente a jogada sem fazer ideia do quanto pode estar colocando o nosso país em risco.

"Sr. Kearns, eu gostaria de discutir minhas decisões com o senhor, mas existem certas questões de segurança nacional que me impedem. Eu sei que o senhor sabe disso. Mas eu também sei que é difícil não tentar me dar uma rasteira."

No canto, Danny Akers está com as mãos erguidas, pedindo um intervalo.

— Claro, e quer saber o que mais? Você está certo, Danny. Já está na hora. Chega para mim. Acabou. Já chega.

Eu solto os bichos e dou uma pancada no microfone, que cai da mesa. Derrubo a cadeira ao me levantar.

— Eu já entendi, Carrie. É uma péssima ideia prestar depoimento. Eles vão acabar comigo. Eu já entendi.

Carolyn Brock se levanta e ajeita o terninho.

— Muito bem, obrigada a todos. Agora, por favor, queremos ficar sozinhos na sala.

O "salão" em questão é o Salão Roosevelt, que fica em frente ao Salão Oval. Um bom lugar para realizar uma reunião — ou, nesse caso, a encenação de uma sessão da Comissão Especial —, pois contém ao mesmo tempo o retrato de Teddy Roosevelt montado em um cavalo com a farda do 1º Regimento de Cavalaria Voluntária na Guerra Hispano-Americana e o Prêmio Nobel da Paz que ganhou por intermediar a guerra entre Japão e Rússia. Não há janelas e é fácil garantir a segurança das portas.

Todos se levantam. O porta-voz da Casa Branca tira a gravata-borboleta, um detalhezinho perfeito que usou para arrematar seu papel de congressista Kearns. Ele me olha como quem pede desculpas, mas eu faço um gesto de desdém com a mão. Ele só estava atuando, tentando mostrar o pior que pode acontecer se eu levar adiante minha decisão de prestar depoimento semana que vem na Comissão Especial.

Um dos advogados integrantes do gabinete do Conselho da Casa Branca, hoje desempenhando o papel de Lester Rhodes, com direito a uma peruca grisalha que o faz parecer mais Anderson Cooper que o presidente da Câmara, também me lança um olhar tímido, e eu o tranquilizo do mesmo jeito.

Conforme o salão se esvazia, a adrenalina se esvai de mim, me deixando exausto e desanimado. Uma coisa que nunca dizem sobre a presidência é como se parece com a primeira ida a uma montanha-russa: uma euforia incrível e umas quedas profundas.

Até que fico sozinho, encarando o retrato do 1º Regimento de Cavalaria Voluntária acima da lareira e ouvindo os passos de Carolyn, Danny e Jenny se aproximando do animal ferido na jaula.

— "Menos merda possível", para mim, foi o melhor momento — comenta Danny, impassível.

Rachel sempre me disse que eu xingo demais. Para ela, xingar é sinal de falta de criatividade. Não estou tão certo disso. Quando as coisas ficam realmente difíceis, eu consigo ser bastante criativo com meus palavrões.

De qualquer maneira, Carolyn e meus outros assessores mais próximos sabem que estou usando essa encenação como terapia. Se eles realmente não conseguirem me dissuadir de prestar depoimento, pelo menos esperam que isso sirva para que eu libere toda a minha frustração e que assim eu possa focar em respostas mais presidenciais e menos grosseiras quando chegar a hora da verdade.

Com sua sutileza peculiar, Jenny Brickman sentencia:

— O senhor teria de ser mesmo muito tapado para prestar depoimento semana que vem.

Eu aceno positivamente com a cabeça para Jenny e Danny.

— Preciso falar com Carrie — declaro, querendo ficar a sós com a única ali com habilitação de segurança.

Os outros saem.

— Alguma novidade? — pergunto a Carolyn.

Ela faz que não com a cabeça.

— Nada.

— E ainda vai acontecer amanhã?

— Até onde eu sei, senhor presidente, sim. — Ela indica com a cabeça a porta por onde Jenny e Danny acabaram de sair. — Eles têm razão. Essa sessão numa segunda-feira não podia ser uma furada maior.

— Já encerramos esse assunto da sessão, Carrie. Eu concordei com essa encenação toda. Vocês tiveram uma hora. Já chega. Temos coisas mais importantes em mente agora, certo?

— Sim, senhor. A equipe está pronta para receber instruções.

— Eu quero falar com a equipe de emergência, depois com Burke e com o vice-secretário. Nessa ordem.

— Sim, senhor.

— Vou estar aqui.

Carolyn me deixa. Sozinho no salão, contemplo o retrato do primeiro presidente Roosevelt e fico pensando. Mas não na sessão de segunda-feira.

Estou pensando se ainda teremos um país na segunda-feira.

CAPÍTULO

3

Depois de passar pelo portão do Aeroporto Nacional Reagan, ela para por um momento, aparentemente para consultar as placas, mas na verdade está desfrutando do ar livre depois do voo. Respira fundo e leva uma bala de gengibre à boca, enquanto o caprichoso primeiro movimento do Concerto para violino nº 1, executado por Wilhelm Friedemann Herzog, toca num volume suave nos fones de ouvido.

Pareça feliz, recomendam. Felicidade, pelo que dizem, é a emoção ideal a ser demonstrada quando se é vigiado, a menos provável de atrair suspeitas. Pessoas sorridentes, satisfeitas e felizes, ou mesmo rindo e fazendo piadas, não parecem representar uma ameaça.

Ela prefere parecer *sexy*. É uma aparência mais fácil de exibir quando se está sozinha, e parece que sempre funciona com ela: aquele sorriso meio de lado, os passos afetados enquanto puxa a mala da Bottega Veneta pelo terminal. Um papel como outro qualquer, uma capa que veste quando necessário e larga quando não precisa mais, entretanto dá para ver que está funcionando: os homens tentam fazer contato visual e checam o decote que ela faz questão de exibir, permitindo que seus meninos balancem o suficiente para criar uma visão memorável. As mulheres invejosas avaliam seu um metro e setenta e cinco, das botas de couro marrom que chegam aos joelhos aos cabelos ruivos flamejantes, e em seguida olham para os maridos para saber o que eles estão achando da visão.

Ela certamente será memorável, a ruiva alta e peituda de pernas compridas, escondida à vista de todos.

Como já estava atravessando o terminal a caminho do ponto de táxi, não devia encontrar mais nenhum problema. Se tivesse sido reconhecida, já saberia a essa altura. Não teria chegado até ali. Mas não existe nada garantido, e ela não baixa a guarda. Nunca. *No momento em que se perde o foco, comete-se um erro,* disse o sujeito que botou um fuzil nas suas mãos pela primeira vez, há cerca de vinte e cinco anos. *Impassível* e *racional* são as palavras pelas quais sempre se pauta. Sempre pensando, nunca deixando transparecer.

A caminhada é uma tortura, o que, no entanto, só transparece em seu olhar inquieto encoberto pelos óculos de sol Ferragamo. A boca mantém o sorrisinho sedutor.

Ela chega ao ponto de táxi. Aprecia o ar fresco, mas fica nauseada com a fumaça dos escapamentos. Funcionários uniformizados do aeroporto gritam para os motoristas e orientam os passageiros. Pais passam arrastando filhos chorões e malas com rodinhas.

Ela se dirige ao corredor central em busca do veículo cuja placa havia memorizado, com um adesivo do Papa-Léguas na porta do carona. Ainda não chegou. Ela fecha os olhos por um momento e acompanha o ritmo das cordas tocando nos fones, o movimento *andante,* seu favorito, inicialmente triste e nostálgico, mas logo relaxante, quase meditativo.

Quando abre os olhos, o táxi com a placa que tinha decorado e o adesivo do Papa-Léguas na porta do carona já entrou na fila. Ela arrasta a mala até o carro e entra. O cheiro forte de comida de *fast-food* quase a faz vomitar o café da manhã. Ela reprime essa sensação horrível e se recosta no assento.

Então desliga a música, pois o Concerto nº 1 está entrando no último e frenético movimento, *allegro assai.* Ela retira os fones e se sente nua sem o acompanhamento reconfortante de violinos e violoncelos.

— Como está o trânsito? — pergunta em inglês, com um sotaque carregado.

O motorista olha de relance para ela pelo retrovisor. Certamente foi informado de que ela não gosta de ser encarada.

Não encare Bach.

— Bem tranquilo hoje — responde ele, medindo cada palavra ao fornecer o código para *tudo limpo* que ela precisava ouvir. Bach não esperava complicações tão cedo, mas nunca se sabe.

Poderia enfim relaxar um pouco, então cruza as pernas e abre o zíper de uma das botas, repetindo o processo do outro lado. Solta um leve gemido de alívio quando os pés se veem livres não só do calçado mas do salto de quase dez centímetros. Ela estica os dedos e aperta a planta dos pés com o polegar, o mais próximo de uma massagem que consegue no banco de trás de um táxi.

Com alguma sorte, não vai precisar ter um metro e setenta e cinco pelo resto da viagem; um e sessenta e cinco vai ser o bastante. Ela abre a mala de mão, acomoda dentro dela as botas da Gucci e pega um tênis da Nike.

Quando o carro entra em uma rua com tráfego intenso, Bach olha pela janela para a direita, depois para a esquerda. E baixa a cabeça entre as pernas. Ao levantá-la de novo, a peruca ruiva está no colo, substituída por cabelos de um preto bem escuro, impiedosamente presos num coque.

— Agora você está se sentindo... mais você mesma? — pergunta o motorista.

Não há resposta. Bach o encara com frieza, mas seus olhares não se cruzam no retrovisor. Ele tinha de saber que não devia fazer isso.

Bach não gosta de conversa fiada.

E já faz muito tempo que ela não "se sente ela mesma", como diriam os americanos. Na melhor das hipóteses, consegue alguma brecha para relaxar. Porém, quanto mais tempo permanece nesse ramo, quanto mais vezes precisa se reinventar — substituindo um visual por outro, às vezes se escondendo nas sombras, às vezes à luz do dia —, menos ela se lembra do seu verdadeiro eu ou até mesmo da ideia de ter uma identidade própria.

Isso vai mudar logo, logo, uma promessa que fez a si mesma.

Trocadas a peruca e as botas, com a mala fechada e repousando ao seu lado no assento, ela se abaixa de novo para estender as mãos até o tapete. Os dedos encontram as bordas presas com velcro e as erguem.

Por baixo dele, uma placa acarpetada com trincos. Ela os solta e ergue a placa.

Bach volta a se sentar direito no banco, verificando o velocímetro para se certificar de que o motorista não está fazendo nenhuma idiotice como seguir em alta velocidade, para ter certeza de que não há nenhuma viatura por perto.

Então se abaixa novamente e retira o estojo metálico do compartimento no chão do carro. Ela encosta o polegar no fecho, e num instante o reconhecimento biométrico o destranca.

Não que seus contratantes tivessem motivos para mexer nos seus equipamentos, mas não custava nada se precaver.

Ela abre o estojo para fazer uma breve inspeção. "E aí, Anna?", o nome que lhe deu. Anna Magdalena é uma beldade, um fuzil semiautomático preto fosco, capaz de disparar cinco balas em menos de dois segundos e de ser montado e desmontado em menos de três minutos com apenas uma chave de fenda. Naturalmente, existem modelos mais novos no mercado, mas Anna Magdalena nunca a deixou na mão, não importa a distância. Dezenas de pessoas poderiam comprovar a precisão — teoricamente —, entre elas um promotor de Bogotá, Colômbia, que até sete meses atrás tinha uma cabeça acima do pescoço, ou o líder de um exército rebelde de Darfur, que há dezoito meses teve o cérebro espalhado no cozido de carneiro que estava comendo.

Ela já matou em todos os continentes. Assassinou generais, militantes, políticos e empresários. É conhecida apenas pelo seu gênero e pelo seu compositor de música clássica favorito. E pelo índice de cem por cento de eficácia nos serviços.

Vai ser o seu maior desafio, Bach, disse o sujeito que a contratou.

Não, corrigiu ela. *Vai ser o meu maior êxito.*

SEXTA-FEIRA,

11 DE MAIO

CAPÍTULO

4

Acordo assustado, encarando a escuridão, tateando em busca do celular. Mal passa das quatro da manhã. Mando uma mensagem para Carolyn. Alguma coisa?

A resposta vem imediatamente; ela não estava dormindo. Nada, senhor.

Eu sabia que era bobagem fazer a pergunta. Carolyn teria me ligado na mesma hora se algo tivesse acontecido. Mas ela já havia se acostumado com esses contatos no meio da madrugada desde que descobrimos o que estamos enfrentando.

Eu expiro e me espreguiço, liberando toda a tensão. Já sei que não vou conseguir voltar a dormir. É hoje o dia.

Passo um tempo na esteira do quarto. Sempre — desde a época do beisebol — precisei me exercitar um pouco, e mais do que nunca nesta função. É como uma massagem antes do estresse do dia. Quando o câncer de Rachel voltou, instalei uma esteira no quarto para ficar perto dela mesmo enquanto me exercitava.

Hoje, é mais um passeio, não exatamente uma corrida nem mesmo uma marcha, dada minha condição física atual e a recaída da minha doença, que é a última coisa de que eu precisava no momento.

Escovo os dentes e verifico a escova ao terminar. Nada, apenas os resíduos da pasta. Abro um sorriso bem largo diante do espelho para verificar as gengivas.

Tiro a roupa e me viro para me ver no espelho. Os hematomas se concentram nas panturrilhas mas também aparecem no alto das coxas. Está piorando.

Depois do banho, é hora de ler o Informe Diário do presidente e ouvir os desdobramentos mais recentes que não chegaram a entrar no documento. Em seguida, café da manhã na sala de jantar. Era algo que Rachel e eu costumávamos fazer juntos. "O resto do mundo pode ficar com você pelas próximas dezesseis horas", ela costumava dizer. "Eu fico com você no café da manhã."

E em geral no jantar também. Nós dávamos um jeito, embora, quando Rachel estava viva, não fizéssemos nenhuma dessas refeições na sala de jantar; em geral, comíamos à mesinha da cozinha ao lado, um ambiente mais aconchegante. Às vezes, quando realmente queríamos nos sentir como pessoas normais, para variar, cozinhávamos. Alguns dos nossos melhores momentos no período em que vivemos aqui foram passados virando panquecas ou preparando massa de pizza, só nós dois, como fazíamos em casa, na Carolina do Norte.

Eu parto o ovo cozido com um garfo e olho distraído pela janela para a Blair House, do outro lado do Lafayette Park, com o zumbido da televisão servindo de ruído de fundo. A televisão é uma novidade, desde que Rachel se foi.

Nem sei por que me dou ao trabalho de acompanhar o noticiário. Só se fala do impeachment, as redes de TV forçam a barra para encaixar qualquer assunto nessa história.

Na MSNBC, um correspondente internacional afirma que o governo israelense está transferindo um importante terrorista palestino para outra prisão. *Resta saber se isso faz parte de algum "acordo" do presidente com Suliman Cindoruk. Algum acordo envolvendo Israel e uma troca de prisioneiros.*

A CBS News noticia que estou considerando a possibilidade de preencher um cargo na Agricultura com um senador sulista da oposição. *O presidente espera conseguir votos contrários ao afastamento em troca de nomeações no gabinete?*

Aposto que, se sintonizar na Food Network, eles estarão dizendo que, quando os recebi na Casa Branca um mês atrás e contei que adoro milho, estava na verdade querendo cortejar os senadores de Iowa e Nebraska, integrantes do bloco que atualmente tenta me tirar do cargo.

A Fox News, com a chamada TURBULÊNCIA NA CASA BRANCA, afirma que minha equipe está dividida quanto a eu prestar ou não depoimento. A turma do sim é liderada pela chefe de Gabinete, Carolyn Brock, e a do não, pela vice-presidenta, Katherine Brandt. *Já estão em andamento articulações*, diz um repórter ao vivo em frente à Casa Branca, *para declarar que as sessões na Câmara não passam de uma encenação partidária para dar ao presidente uma desculpa para mudar de ideia e se recusar a comparecer.*

No *Today Show*, um mapa colorido mostra os cinquenta e cinco senadores da oposição, além dos senadores do meu partido que buscam reeleição e que talvez se sintam pressionados a estar entre os doze dissidentes que seriam necessários para minha condenação num processo de impeachment.

A CNN diz que esta manhã mesmo vamos convocar senadores e obrigá-los a se comprometer com o voto "inocente" no julgamento do impeachment.

O *Good Morning America* afirma que, de acordo com fontes da Casa Branca, eu já decidi não concorrer à reeleição e vou tentar fazer um acordo com o presidente da Câmara para que ele me poupe do impeachment se eu concordar em cumprir apenas um mandato.

Onde é que eles vão buscar essas bobagens todas? Tenho de reconhecer que é sensacional. E sensacional sempre vende mais que factual.

Seja como for, a especulação vinte e quatro horas por dia sobre o impeachment tem sido árdua para minha equipe, na qual a maioria não sabe o que aconteceu na Argélia nem durante minha ligação com Suliman Cindoruk, da mesma forma que o Congresso, a mídia e o povo americano. Mas até agora todos se alinharam ao meu lado diante do ataque maciço contra a Casa Branca, orgulhando-se de se manter unidos. Essas pessoas jamais vão saber quanto isso significa para mim.

Aperto um botão no telefone. Rachel me mataria se eu aparecesse no café da manhã com um telefone.

— JoAnn, onde Jenny está?

— *Está aqui, senhor. O senhor quer falar com ela?*

— Por favor. Obrigado.

Carolyn Brock entra, a única pessoa que se sente à vontade para fazer isso enquanto estou comendo. Na verdade, eu nunca disse expressamente que ninguém mais pode entrar. É uma das muitas coisas que um chefe de Gabinete faz por nós: otimizar a organização, funcionar como guardião e ser firme e inflexível com o restante da equipe para que eu não precise pensar nessas coisas.

Ela chega toda arrumada, como sempre, um terninho elegante, cabelos pretos presos, sem jamais baixar a guarda diante das câmeras. Mais de uma vez Carolyn me disse que sua função não é fazer amigos na equipe, mas mantê-la organizada, elogiando os acertos e cuidando muito bem dos detalhes para eu poder focar no que é realmente importante e complexo.

Mas isso seria subestimar demais seu papel. Não há trabalho mais difícil que o de chefe de Gabinete da Casa Branca. Ela cuida das coisas pequenas, é verdade, as questões de pessoal e agenda. Mas também está ao meu lado nos momentos importantes. E ela tem de cuidar de tudo porque também é a pessoa que apaga os incêndios para os congressistas, para o Gabinete, para os grupos de interesse e para a imprensa. Ninguém me representa melhor. E ela faz tudo isso mantendo o ego sob controle. Experimente só fazer um elogio. Carolyn simplesmente o descarta como se retirasse um fiapo de seu terninho impecável.

Houve uma época, não faz muito tempo, em que as pessoas diziam que Carolyn Brock um dia seria presidente da Câmara. Ela foi eleita para três mandatos como deputada, uma progressista que conseguiu se impor num distrito eleitoral conservador do sudeste de Ohio e que rapidamente galgou posições na liderança da Câmara. Era inteligente, elegante e ficava bem na frente das câmeras, um verdadeiro pau para toda obra na política. Tornou-se um sucesso total no circuito de arrecadação de fundos e formou alianças que lhe permitiram chegar ao cobiçado cargo de chefe do braço político do nosso partido, o Comitê de Campanha do Congresso. Tinha pouco mais de 40 anos e estava pronta para chegar ao auge da liderança na Câmara, ou talvez a um posto ainda mais alto.

Até que veio 2010. Todo mundo sabia que seria uma eleição de meio de mandato brutal para o nosso partido. E o outro lado apresentou um candidato forte, filho de um ex-governador. Em uma semana a disputa já estava estatisticamente empatada.

Cinco dias antes da eleição, relaxando à meia-noite com uma garrafa de vinho ao lado de suas duas assessoras mais próximas, Carolyn fez um comentário depreciativo sobre o adversário, que tinha acabado de colocar no ar uma propaganda atacando cruelmente seu marido, na época um famoso advogado. Seu comentário foi captado por um microfone ao vivo. Ninguém sabe quem o acionou nem como. Carolyn achava que estava sozinha com as assessoras num restaurante fechado.

Ela chamou o adversário de "filho da puta". Em questão de horas, o áudio percorreu todo o circuito da internet e das redes de TV a cabo.

A essa altura, ainda lhe restavam alternativas. Podia negar que a voz fosse sua. Qualquer das duas assessoras poderia ter assumido a responsabilidade pelo comentário. Ou então dizer o que provavelmente era mesmo verdade — estava cansada, um pouco bêbada e furiosa com a propaganda negativa sobre o marido.

Mas Carolyn não fez nada disso. Ela disse apenas: "Lamento que minha conversa privada tenha sido grampeada. Se o comentário tivesse sido feito por um homem, isso sequer seria um problema."

Sinceramente, eu adorei a resposta. Hoje, talvez tivesse funcionado. Mas na época seu apoio desabou entre os conservadores e ela perdeu a disputa. Com a expressão chula para sempre grudada no nome, Carolyn sabia que provavelmente jamais teria outra chance. A política pode ser cruel ao lidar com os feridos.

A derrota de Carolyn representou um ganho para mim. Ela abriu uma empresa de consultoria política, usando sua capacidade e sua inteligência para conquistar vitórias para outros políticos em todo o país. Quando decidi concorrer à presidência, eu tinha apenas um nome na lista de candidatos para dirigir minha campanha.

— O senhor não devia ficar vendo essa porcaria — comenta ela, enquanto um analista político que nunca vi antes diz na CNN que estou cometendo *um grave erro tático* ao me recusar a comentar a ligação e permitir que o presidente da Câmara *tenha o controle da narrativa.*

— Por sinal — digo —, sabia que você quer que eu preste depoimento na Comissão Especial? Que tomou a frente das forças favoráveis ao depoimento na guerra civil que está acontecendo na Casa Branca?

— Não, dessa eu não sabia.

Carolyn se aproxima do papel de parede da sala de jantar, com imagens da Revolução Americana. Foi Jackie Kennedy quem o colocou, presente de um amigo. Betty Ford não gostava dele e mandou tirar. Carter botou de volta. Desde então ele tem sido retirado e recolocado. Rachel o adorava, e nós o pusemos de volta.

— Tome um café, Carrie. Você está me deixando nervoso.

— Bom dia, senhor presidente — diz Jenny Brickman, minha vice-chefe de Gabinete e assessora política sênior.

Jenny foi diretora das minhas campanhas para governador e trabalhou com Carolyn na corrida presidencial. Carrie é uma mulher toda mignon, com cabelos descoloridos desgrenhados e uma boca muito, muito suja. E é uma verdadeira leoa. Quando eu deixo, Carolyn entra na briga por mim. Ela não se limita a dissecar o adversário. Se não for contida, ela o rasga ao meio, do queixo ao umbigo. Carolyn faz picadinho do sujeito com a moderação de um pit bull e um pouco menos de charme.

Depois da minha vitória, Carolyn passou a focar na administração. Ela até fica de olho na política, mas sua principal função agora é fazer meus projetos serem aprovados no Congresso e tocar minha política externa.

Jenny, por outro lado, se concentra apenas na política, em prol da minha reeleição. E, infelizmente, para ver se eu pelo menos consigo chegar ao fim do primeiro mandato.

— Nossa base na Câmara continua firme — diz ela, depois de se reunir com o nosso lado na liderança da Casa. — Eles disseram que estão ansiosos para ouvir a sua versão da história da Argélia.

Não consigo conter um sorrisinho malicioso.

— Provavelmente foi algo mais do tipo: "Manda ele levantar a bunda da cadeira e tratar de se defender." Acertei?

— Quase uma citação literal, senhor.

Eu não estou facilitando as coisas para meus aliados. Eles querem me defender, mas meu silêncio torna isso quase impossível. Meus aliados merecem mais que isso, porém ainda não posso dar nada a eles.

— Isso vai vir na hora certa — digo. Não alimentamos nenhuma ilusão quanto à votação na Câmara. Lester tem maioria, e sua base está louca para apertar o botão do impeachment. Se ele convocar uma votação, eu estou ferrado.

Mas uma defesa na Câmara vai abrir caminho para minha defesa no Senado, onde o partido de Lester tem cinquenta e cinco votos, mas precisa de uma maioria qualificada de sessenta e sete para me afastar. Se a nossa base na Câmara se mantiver unida, será mais difícil para o nosso pessoal no Senado se bandear para o outro lado.

— Nosso lado no Senado está dizendo algo parecido — comenta Jenny. — A líder Jacoby está tentando fechar uma posição em torno de um "apoio presumível", nas palavras dela, partindo do princípio de que o afastamento é uma solução extrema e por isso precisamos ter mais informações antes de tomar uma decisão dessa magnitude. Mas por enquanto eles se dispõem apenas a se mostrar abertos.

— Não tem ninguém morrendo de vontade de me defender.

— O senhor não está dando motivos. O senhor está permitindo que Rhodes dê um chute no seu saco sem revidar. Eu ouvia o tempo todo que: "Essa história da Argélia está cheirando mal, muito mal. É melhor ele aparecer com uma boa explicação."

— OK, muito bem, foi uma conversa bastante agradável, Jenny. Próximo assunto.

— Talvez fosse bom falar um pouco mais...

— Próximo assunto, Jenny. Você já teve seus dez minutos de impeachment, e eu já concedi uma hora ontem à noite para aquela sessão simulada. O assunto "impeachment" está encerrado por enquanto. Eu tenho outras coisas para cuidar. Então, algo mais?

— Sim, senhor — interfere Carolyn. — A agenda de pautas que estávamos planejando abordar para a reeleição... Precisamos começar logo com questões que sabemos que são do interesse do povo americano: salário mínimo, proibição da venda de armas automáticas e financiamento universitário. Precisamos de notícias positivas para enfrentar as negativas. Isso vai nos dar uma narrativa forte contra a oposição: apesar das artimanhas políticas, o senhor está ocupado tentando tocar o país. Deixe os congressistas para lá com sua caça às bruxas partidária e continue resolvendo problemas concretos para pessoas concretas.

— Mas isso não vai ser completamente engolido por essa conversa de impeachment?

— Não é o que a senadora Jacoby acha, senhor. Os senadores estão implorando uma boa pauta para se alinhar.

— Foi exatamente o que eu ouvi na Câmara — acrescenta Jenny. — Se o senhor der algo aos deputados no que se agarrar, algo realmente importante para eles, vão se lembrar de como é importante proteger a presidência.

— Eles estão precisando de um lembrete — comento com um suspiro.

— Para falar a verdade, senhor... neste exato momento, precisam, sim.

Eu ergo as mãos.

— Muito bem. Vamos lá.

— Podemos começar com o aumento do salário mínimo, semana que vem — diz Carolyn. — Depois, proibição da venda de armas automáticas. Depois, financiamento universitário...

— A proibição das armas tem tanta chance de passar na Câmara quanto uma decisão de mudar o nome do Aeroporto Nacional Reagan e botar o meu no lugar.

Carolyn contrai os lábios e faz que sim com a cabeça.

— O senhor tem razão, isso não passaria. — Ambos sabemos que Carolyn não está propondo essa proibição porque acha que pode ser aprovada, pelo menos não no Congresso atual. E continua: — Mas o senhor acredita nessa pauta e tem credibilidade para lutar por ela. Então, quando a oposição vetar tanto isso quanto o aumento do salário mínimo, duas questões que contam com o apoio da maioria da população americana, vamos expor quem esses congressistas são de verdade. E isso vai impedir os avanços do senador Gordon.

Lawrence Gordon é um senador que cumpre o terceiro mandato nas fileiras do meu partido e que, como qualquer senador, acha que merece a presidência. Mas, ao contrário da maioria deles, está disposto a disputar contra um presidente do próprio partido ainda no cargo.

Ele também está do lado errado do nosso partido em ambas as questões. Gordon votou contra o aumento do salário mínimo e gosta mais da Segunda Emenda, ou pelo menos da interpretação que a NRA faz dela, que da Primeira, da Quarta e da Quinta juntas. Jenny quer cortar as asinhas dele o quanto antes.

— Gordon não vai disputar comigo nas primárias — afirmo. — Ele não tem colhões para isso.

— Ninguém está mais preocupado com a história da Argélia que Gordon — diz Jenny.

Olho para Carolyn. Jenny tem um instinto político aguçado, mas Carolyn tem instinto e conhecimento institucional de Washington da sua época no Congresso, além de ser a pessoa mais inteligente que eu já conheci.

— Eu não estou preocupada com Gordon nas primárias contra o senhor — comenta Carolyn. — O que me preocupa é que ele *pense* em disputar as primárias contra o senhor. Que estimule especulações em conversas particulares. Que seja cortejado. Que seu nome apareça no *Times* ou na CNN. O que ele teria a perder? Isso seria um belo impulso na carreira dele. E o ego dele ficaria bem inflado. Ninguém é mais popular que o desafiante. Ele é como o *quarterback* da reserva: todo mundo gosta dele enquanto está sentado no banco. Tudo o que Gordon vai conseguir nessa história vai ser alimentar a própria vaidade, mas, nesse meio-tempo, a credibilidade do senhor será solapada a cada instante. Ele fica com uma imagem de belo e garboso, e o senhor sai enfraquecido dessa.

Faço que sim com a cabeça. A análise parece perfeita.

— Nós acenamos com o salário mínimo ou a proibição de armas automáticas — prossegue ela. — Fazemos Gordon nos procurar e pedir um tempo. E com isso ele fica nos devendo uma. E passa a saber que, se ferrar com a gente, vamos enfiar um ou dois projetos de lei no rabo dele.

— Eu quero morrer seu amigo, Carolyn.

— A vice-presidenta está de acordo — avisa Jenny.

— Claro que está — diz Carolyn, de cara feia.

Carolyn tem certa desconfiança em relação a Kathy Brandt, que foi minha principal adversária na luta pela indicação do partido. Ela era a escolha certa para a vice-presidência, mas isso não faz de Kathy minha aliada mais próxima. De qualquer maneira, ela faria os mesmos planos em interesse próprio. Se eu for afastado, Kathy chega à presidência, mas quase imediatamente vai ter de concorrer à reeleição; e ela não precisa que Larry Gordon nem ninguém mais invente moda.

— Embora eu concorde com a sua análise do problema — digo —, acho a sua solução exageradamente ardilosa. Quero apostar pesado nas duas medidas. Mas não vou recuar diante de Gordon. Nós vamos forçar a oposição. É a coisa certa a fazer e, ganhando ou perdendo, vamos sair dessa fortes, e eles, fracos.

— Foi nessa pessoa que eu votei, senhor! — diz Jenny de repente. — Acho que o senhor deveria fazer isso, mas não acredito que vá ser o suficiente. No momento o senhor é visto como um líder fraco, e não acho que *qualquer* questão doméstica possa dar um jeito nisso. A ligação para Suliman. O pesadelo da Argélia. O senhor está precisando de um momento "comandante em chefe". Um momento "todo mundo apoiando o...

— Não — recuso, já lendo sua mente. — Jenny, eu não vou ordenar um ataque militar só para parecer durão.

— Alvos seguros não faltam, senhor presidente. Não é como se eu estivesse propondo uma invasão à França. Que tal um daqueles alvos de drones no Oriente Médio, só que, em vez de um drone, um ataque aéreo de...

— Não. A resposta é não.

Ela coloca as mãos na cintura e balança a cabeça.

— Sua esposa tinha razão. O senhor é mesmo um péssimo político.

— Mas ela dizia isso como um elogio.

— Senhor presidente, posso dizer o que eu realmente penso?

— Ainda tem mais?

Ela estende as mãos à frente, como se quisesse esclarecer a questão para mim, ou talvez esteja implorando.

— O senhor vai sofrer um impeachment. E, se não fizer alguma coisa para mudar a situação, alguma coisa drástica, os senadores do seu próprio partido vão pular do barco. E eu sei que o senhor não vai renunciar. Isso não está no seu sangue. O que significa que o presidente Jonathan Lincoln Duncan vai entrar para a história por um motivo, e apenas um: o senhor será o primeiro presidente dos Estados Unidos tirado do cargo à força.

CAPÍTULO 5

Depois de conversar com Jenny e Carolyn, atravesso o salão e vou para o meu quarto, onde Deborah Lane já está abrindo sua bolsa com seu equipamento.

— Bom dia, senhor presidente.

Eu afrouxo a gravata e desabotoo a camisa.

— Muito bom dia, doutora.

Ela me observa com atenção, me avalia e não parece nada satisfeita. Nos últimos dias parece que eu tenho causado esse efeito em muita gente.

— O senhor se esqueceu de fazer a barba hoje — comenta ela.

— Eu vou fazer mais tarde.

Na verdade, já é o quarto dia que não faço a barba. Quando estava na faculdade, na Universidade da Carolina do Norte, eu tinha uma superstição: não fazer a barba na semana das provas finais. Isso tendia a deixar as pessoas chocadas, porque, embora meu cabelo fique na esfera do castanho-claro, meus pelos faciais não seguem o roteiro: algum pigmento alaranjado se infiltra neles, e eu fico com uma barba avermelhada incandescente. E minha barba cresce rápido; no fim da semana de provas, todo mundo já estava me chamando de Paul Bunyan.

Depois de formado, nunca mais pensei muito nisso. Até agora.

— O senhor parece cansado. Quantas horas o senhor dormiu essa noite?

— Duas ou três.

— Não é o suficiente, senhor presidente.

— Eu estou tendo que fazer um malabarismo para lidar com muitas questões nesse momento.

— Mas o senhor não vai dar conta de nada se não dormir.

Ela leva o estetoscópio ao meu peito desnudo.

A dra. Deborah Lane não é minha médica oficial, mas uma especialista em hematologia da Universidade de Georgetown. Ela cresceu na África do Sul durante o apartheid, mas deu um jeito de fugir para os Estados Unidos no ensino médio e nunca mais voltou. O cabelo, cortado bem curto, já está completamente grisalho. Seu olhar é perscrutador mas gentil.

Na última semana, ela tem vindo à Casa Branca diariamente, pois é mais fácil e chama menos a atenção a visita de uma mulher com ar profissional — apesar da maldisfarçada maleta médica — à Casa Branca do que uma ida diária do presidente ao MedStar Georgetown University Hospital.

Ela prende um medidor de pressão no meu braço.

— Como o senhor tem se sentido?

— Tenho andado com uma dor de cabeça insuportável. Pode dar uma olhada e me receitar alguma coisa contra o presidente da Câmara?

A dra. Lane me encara, mas não ri. Nem um sorrisinho.

— Fisicamente, eu estou bem — digo.

Ela verifica o interior da minha boca com uma lanterna clínica. Examina atentamente meu tórax, o abdome, os braços e as pernas e me vira para um lado e depois para o outro.

— Os hematomas estão piorando — comenta.

— Eu sei.

Antes, pareciam erupções. Agora, parece que alguém tem batido forte na parte traseira das minhas pernas com martelos.

No meu primeiro mandato como governador da Carolina do Norte, fui diagnosticado como tendo um distúrbio sanguíneo conhecido como púrpura trombocitopênica idiopática — PTI —, o que basicamente significa uma contagem baixa de plaquetas. Meu sangue nem sempre coagula como deveria. Na época, fiz o anúncio publicamente e disse a verdade: normalmente, a PTI não chega a ser um problema. Fui instruído a evitar atividades que pudessem provocar sangramento, o que não era tão difícil assim para um sujeito na casa dos 40. Meu tempo no beisebol tinha ficado para trás havia muito e nunca fui um grande adepto de touradas nem de malabarismo com facas.

O distúrbio aflorou duas vezes no período como governador, mas me deixou em paz na campanha presidencial. Ele voltou a se manifestar na reincidência do câncer de Rachel — minha médica está convencida de que uma sobrecarga de estresse pode desencadear uma recaída —, mas foi tratado facilmente. E retornou há uma semana, quando os hematomas sob a pele nas panturrilhas começaram a aparecer. A rápida descoloração e a proliferação dos hematomas nos dizem o mesmo: é o pior caso que já enfrentei.

— Dores de cabeça? — pergunta a dra. Lane. — Tontura? Febre?

— Não, não e não.

— Cansaço?

— Da falta de horas de sono, com certeza.

— Sangramento no nariz?

— Não, senhora.

— Sangue nos dentes ou na gengiva?

— Escova de dentes limpinha.

— Sangue na urina ou nas fezes?

— Não.

É difícil ser humilde quando tocam música toda vez que você entra numa sala, quando os mercados financeiros do mundo inteiro ficam esperando uma palavra sua, quando você comanda o maior arsenal militar do mundo, mas, se precisar botar o ego no devido lugar, basta checar suas fezes para ver se têm sangue.

Ela recua e fala com seus botões.

— Vou tirar sangue de novo — anuncia. — Fiquei muito preocupada com a contagem de ontem. Menos de vinte mil. Nem sei como o senhor me convenceu a não interná-lo ontem mesmo.

— Eu te convenci porque sou o presidente dos Estados Unidos.

— Eu sempre esqueço...

— Eu aguento vinte mil, doutora.

A quantidade normal de plaquetas fica entre cento e cinquenta e quatrocentos e cinquenta mil por microlitro. De modo que ninguém vai se vangloriar por uma contagem inferior a vinte mil, mas ainda assim está acima da faixa considerada crítica.

— O senhor tem tomado seus esteroides?

— Religiosamente.

Ela enfia a mão na maleta e começa a passar álcool no meu braço com um cotonete. Não estou exatamente ansioso pela extração de sangue, pois a dra. Lane não é muito boa com agulhas. Ela perdeu a prática. Quando se está num nível de especialização tão alto, costuma-se usar outra pessoa para essas tarefas mais elementares. Mas eu preciso limitar o número de gente que sabe disso. Minha PTI pode ser de conhecimento público, mas ninguém precisa saber quanto ela se agravou agora, *especialmente* agora. De modo que, por enquanto, é só ela mesma.

— Vamos fazer um tratamento com proteínas — avisa ela.

— Como assim? Agora?

— Sim, agora.

— Da última vez que fizemos isso, eu não consegui formar uma frase inteira pelo resto do dia. Não vai dar, doutora. Hoje, não.

Ela se detém, o cotonete que a dra. Lane está segurando vai até os meus dedos.

— Então uma infusão de esteroides.

— Não, as pílulas já acabam com a minha cabeça.

Ela inclina ligeiramente a cabeça enquanto reflete em busca de uma resposta. Afinal, eu não sou um paciente qualquer. A maioria dos pacientes faz o que o médico manda. A maioria dos pacientes não é líder do mundo livre.

Ela volta a preparar meu braço e franze a testa, então posiciona a agulha.

— Senhor presidente — diz, num tom que eu ouvia a minha professora do ensino fundamental usar —, o senhor pode dizer a qualquer pessoa do mundo o que fazer. Mas não pode dar ordens ao seu corpo.

— Doutora, eu...

— O senhor está correndo o risco de ter uma hemorragia interna. Uma hemorragia no cérebro. O senhor pode ter um AVC. Qualquer que seja o problema que o senhor está enfrentando, não justifica *esse* risco.

Ela me olha nos olhos. Eu não digo nada. O que já é dizer muito.

— É tão grave assim? — sussurra ela. A médica balança a cabeça e faz um gesto com a mão. — Não. Eu... Eu sei que o senhor não pode me dizer.

Sim, é tão grave assim. E o ataque pode acontecer daqui a uma hora ou mais tarde, ainda hoje. Pode ter acontecido há vinte segundos e Carolyn pode estar vindo correndo agora mesmo para me avisar.

Eu não posso ficar fora de serviço nem mesmo por uma hora, muito menos por várias. Não posso correr esse risco.

— Vamos ter de adiar — digo. — Alguns dias, provavelmente.

Meio perturbada pelo que não sabe, a dra. Lane se limita a assentir e enfia a agulha no meu braço.

— Eu vou duplicar os esteroides — digo, o que é o equivalente à sensação de ter bebido quatro cervejas em vez de duas. Um exercício de equilíbrio ao qual não posso me furtar. Não posso mesmo abandonar tudo, mas preciso continuar vivo.

Ela conclui o trabalho em silêncio, guardando o sangue extraído e preparando a maleta para se retirar.

— O senhor tem o seu trabalho e eu tenho o meu. Vou mandar os resultados de laboratório daqui a duas horas. Mas nós dois sabemos que a sua contagem está cada vez mais baixa.

— Sim, sabemos.

Ela se detém na porta e se vira para mim.

— O senhor não tem alguns dias, senhor presidente. Talvez não tenha nem mesmo um.

CAPÍTULO

6

Hoje, e só hoje, eles vão comemorar.

Estava lhes devendo isso. Sua pequena equipe tem trabalhado dia e noite, com determinação e dedicação — e grande êxito. Todo mundo está precisando de uma folga.

O vento que vem do rio agita seu cabelo. Ele traga o cigarro, a ponta avermelhada brilhando na luz meio indistinta do começo da noite. Saboreia a vista do terraço da cobertura que dá para o rio Spree, a cidade já agitada do outro lado do rio graças à East Side Gallery e ao centro de lazer. Haverá um show esta noite na Mercedes-Benz Arena. Ele não conhece a banda, mas o som meio abafado que dá para ouvir até mesmo do outro lado do rio deixa clara a presença de uma guitarra pesada e de um baixo bem grave. Essa região de Berlim mudou consideravelmente desde sua última visita, apenas quatro anos antes.

Ele se vira para o interior da cobertura, cento e sessenta metros quadrados com quatro quartos e uma cozinha aberta sofisticada onde a equipe gesticula e ri muito, enchendo as taças de champanhe, provavelmente já meio embriagada. Os quatro, todos eles gênios, cada qual à sua maneira, nenhum com mais de 25 anos, alguns provavelmente ainda virgens.

Elmurod, a barriga enorme, a barba por fazer, usando um chapéu azul sem graça com a inscrição VET WWIII. Mahmad, já sem camisa, exibindo os bíceps nada impressionantes imitando uma pose de *bodybuilder*. Os quatro se viram para a porta, e Elmurod vai atender. Quando ela é aberta, entram oito mulheres, todas com cabelos superproduzidos e vestidos apertadíssimos, todas com corpos dignos de uma capa da *Playboy*, todas remuneradas a peso de ouro para proporcionar à sua equipe uma noite inesquecível.

Ele caminha com todo o cuidado pelo terraço, preocupado com os sensores de calor e pressão — desativados no momento, é claro —, programados para detonar o terraço inteiro se algo mais pesado que um pássaro pousar nele. Essa precaução custou quase um milhão de euros.

Mas o que é um milhão de euros para alguém que está prestes a ganhar cem milhões?

Uma das prostitutas, uma asiática que não deve ter mais de 20 anos, com peitos que não devem ser de verdade e um súbito interesse por ele que não deve ser sincero, aproxima-se no instante em que ele entra e fecha a porta de correr da varanda.

— *Wie lautet dein name?* — pergunta ela. *Qual é o seu nome?*

Ele sorri. Ela está apenas flertando, interpretando um papel. Não está nem aí para a resposta.

Mas tem gente que pagaria qualquer coisa ou faria qualquer coisa para saber a resposta à pergunta dela. E pelo menos uma vez ele gostaria de baixar a guarda e responder a verdade.

Suliman Cindoruk, gostaria de dizer, *e eu vou reinicializar o mundo.*

CAPÍTULO

7

Eu fecho a pasta em cima da minha escrivaninha depois de examinar os vários itens que meu consultor jurídico da Casa Branca, Danny Akers, e sua equipe prepararam para mim após entrar em contato com o procurador-geral.

Um projeto de decreto presidencial impondo lei marcial em todo o país e um parecer jurídico avaliando a constitucionalidade do ato.

Um projeto de lei para o Congresso e um projeto de decreto presidencial suspendendo o direito de *habeas corpus* nos Estados Unidos.

Um decreto presidencial estabelecendo o controle de preços e o racionamento de vários bens de consumo, paralelamente à autorização para legislar em caso de necessidade.

Rezo para que nada disso seja necessário.

— Senhor presidente — diz JoAnn, minha secretária —, o presidente da Câmara.

Lester Rhodes sorri educadamente para JoAnn e se dirige ao Salão Oval, a mão estendida. Eu já dei a volta na escrivaninha para cumprimentá-lo.

— Bom dia, senhor presidente — saúda ele, me dando um aperto de mão e me avaliando, provavelmente se perguntando por que eu estava com aquela barba por fazer desleixada.

— Senhor presidente da Câmara.

Em geral acrescento um *Obrigado por ter vindo* ou *Que bom vê-lo por aqui*, mas não consigo ser cordial com esse sujeito. Afinal, Lester era o responsável pelo seu partido ter conquistado a maioria das cadeiras na Câmara nas eleições de meio de mandato, com base exclusivamente na promessa de "reconquistar o país" e no ridículo "boletim" sobre o meu desempenho que enviou para todos os candidatos, me dando notas em política externa, economia e algumas questões polêmicas, com a legenda "Duncan vai repetir de ano".

Ele se senta no sofá e eu fico na poltrona. Lester ajeita os punhos da camisa e se acomoda. Vestiu-se para o papel de poderoso legislador: camisa social azul-acinzentada de gola e punhos brancos, gravata de um vermelho vivo impecável, todas as cores da bandeira representadas.

Lester ainda tem aquele ar arrogante do poder recém-conquistado. Ele está na presidência da Câmara há apenas cinco meses. Não teve tempo de se dar conta das próprias limitações. O que o torna ainda mais perigoso, e não menos.

— Fiquei me perguntando por que o senhor me convidou a vir até aqui — prossegue ele. — O senhor deve saber que uma das histórias que estão circulando nos noticiários da TV é que estamos preparando um acordo, nós dois. O senhor desiste de tentar a reeleição e eu suspendo as sessões.

Faço que sim, lentamente. Também fiquei sabendo dessa.

— Mas eu falei para os meus assessores darem uma olhada de novo nos vídeos dos prisioneiros de guerra capturados na operação Tempestade no Deserto em que o cabo Jon Duncan aparece. Para que eles vissem como aqueles homens estavam apavorados. Como eles *tinham mesmo* de estar apavorados, sendo obrigados a atacar o próprio país diante de uma câmera. E, depois de ver isso, eles deviam se perguntar o que os iraquianos não devem ter feito com Jon Duncan por ter sido o único prisioneiro da unidade a se recusar a falar diante da câmera.

E, depois que eles se tocaram, pedi a eles que se perguntassem se Jon Duncan é o tipo de sujeito que foge de uma briga com um bando de congressistas.

O que significa que ele ainda não sabe por que está aqui.

— Lester — começo —, sabe por que eu nunca falo disso, do que aconteceu comigo no Iraque?

— Não sei. Modéstia, suponho.

Balanço a cabeça.

— Ninguém é modesto nesta cidade. Não, o motivo de eu não falar é que certas coisas são mais importantes que a política. A maior parte dos congressistas, o grosso deles, não precisa aprender essa lição. Mas o presidente da Câmara precisa, pelo bom funcionamento do governo e para o bem do país. E, quanto antes, melhor.

Ele abre as mãos, indicando que está pronto para ouvir a conclusão da história.

— Lester, quantas vezes eu me recusei a discutir operações confidenciais com as comissões de inteligência desde que cheguei à presidência? Ou então, nos casos particularmente delicados, com o Grupo dos Oito?

A lei diz que, para ordenar uma operação secreta, eu preciso ter feito alguma descoberta e compartilhá-la com as comissões de Inteligência da Câmara e do Senado, de preferência antes de tomar qualquer iniciativa. Mas, se a questão for especialmente delicada, posso limitar essa revelação ao chamado Grupo dos Oito — o presidente e o líder da minoria na Câmara, os líderes da maioria e da minoria no Senado e os presidentes e vice-presidentes das duas comissões de Inteligência.

— Senhor presidente, eu estou na presidência da Câmara há poucos meses. Mas nesse período, até onde sei, o senhor sempre cumpriu seu compromisso de transparência.

— E tenho certeza de que seu antecessor também já disse que eu sempre cumpri da mesma forma quando ele estava na presidência.

— Sim, é o que eu sei. Por isso é tão estranho que nem mesmo o Grupo dos Oito tenha ouvido uma palavra sequer sobre a Argélia.

— O que é estranho para mim, Lester, é o fato de você não se dar conta de que eu devo ter bons motivos para *não* revelar dessa vez.

Ele trava o maxilar, o rosto pálido ganha um pouco de cor.

— Mesmo depois de consumado o fato, senhor presidente? O senhor tem autorização para agir primeiro e informar só depois, se o tempo for crucial... Mas o senhor não revelou nada nem mesmo depois do fiasco na Argélia, depois de ter permitido que aquele monstro fugisse. O senhor está descumprindo a lei.

— Tente imaginar por quê, Lester. — Eu me recosto na cadeira. — Por que eu faria isso? Sabendo exatamente qual seria a sua reação... Sabendo que estou entregando a você de bandeja um motivo para impeachment...

— Só pode haver uma resposta, senhor.

— É mesmo? E qual seria, Lester?

— Bem, se eu puder falar com franqueza...

— Ora, vamos lá, estamos só nós dois aqui...

— Pois bem — diz ele, fazendo que sim com a cabeça demoradamente. — A resposta é que o senhor *não tem* uma boa explicação para o que fez. O senhor está tentando negociar uma trégua com esse desgraçado desse terrorista e impediu que a tal milícia o matasse para continuar negociando o acordo de "paz e amor e harmonia" que o senhor parece acreditar que é possível. E quase se safou dessa. Nunca nem mesmo teríamos ouvido falar da Argélia. O senhor teria negado tudo.

Ele se inclina para a frente com os cotovelos apoiados nos joelhos, me encarando, o olhar tão intenso que quase lacrimeja.

— Mas aí aquele garoto americano foi morto e a coisa foi registrada em vídeo para o mundo inteiro ver. O senhor foi pego com as calças na mão. E *ainda assim* não quer nos dizer. Porque o senhor não quer que ninguém saiba o que está fazendo até estar assinado, selado e sacramentado. — Lester aponta um dedo para mim. — Mas ao Congresso *não* vai ser negada a função de supervisão. Enquanto eu for presidente da Câmara, nenhum presidente vai sair por aí sozinho fazendo acordos com terroristas que não vão honrá-los e nos deixar chupando o dedo. Enquanto eu...

— Já chega, Lester.

— ... for presidente da Câmara, este país...

— Basta! — E me levanto.

Depois de um momento de perplexidade, Lester também se levanta.

— Veja bem — continuo. — Não tem câmeras aqui. Não tente fingir que acredita no que está dizendo. Você não vai dizer que acredita mesmo que eu acordo todo dia sussurrando galanteios no ouvido de terroristas. Nós dois sabemos que eu acabaria com esse imbecil agora mesmo se achasse que atenderia aos interesses do país. É uma bela jogada política, Lester, isso eu reconheço: essa besteira toda que você tem vomitado sobre a minha política de "faça amor, não faça guerra" com os Filhos da Jihad. Mas não me venha ao Salão Oval fingir que realmente acredita nisso.

Lester arregala os olhos, sem reação, completamente desconfortável. Não está acostumado a ter alguém levantando a voz para ele. Mas não abre a boca porque sabe que estou com a razão.

— Você tem recebido muitos favores meus, Lester. Ficando calado, dou força ao seu lado. Cada segundo que permaneço em silêncio é como ter mais lenha na sua fogueira. Você está me dando uma surra na frente da nação inteira com esse papo de que eu sou bonzinho. E tudo o que eu faço é dizer: "Obrigado, senhor, não gostaria de bater em mim outra vez?" Mas *com certeza* você é inteligente o suficiente para saber que, se eu estou ignorando todos os meus instintos políticos para ficar calado, deve haver um motivo bem sério. Tem de haver algo de importância vital em jogo.

Lester me encara pelo máximo de tempo possível. Então desvia o olhar para o chão. Enfia as mãos nos bolsos e se balança.

— Pois então me diga... — propõe. — Não à Inteligência. Não ao Grupo dos Oito. A *mim*. Se é tão importante assim, me diga o que é.

Lester Rhodes é a *última* pessoa no mundo a quem eu forneceria os detalhes. Mas ele não pode saber que eu penso assim.

— Não posso. Eu realmente não posso, Lester. Estou pedindo que confie em mim.

Houve uma época em que uma declaração dessas, de um presidente da nação para o presidente da Câmara, bastaria. Mas essa época já passou há muito.

— Não posso concordar com isso, senhor presidente.

Uma construção de frase interessante: *não posso concordar* em vez de simplesmente *não concordo*. Lester está sob muita pressão da base, especialmente dos cães raivosos que reagem a qualquer coisinha que é dita nas redes sociais e nas rádios, criando essa situação toda. Seja verdade ou não, acredite ele ou não, agora esses congressistas criaram uma caricatura de mim, e o presidente da Câmara, Lester Rhodes, não quer que saibam que ele decidiu *confiar* nessa caricatura num momento tão importante.

— Pense no ataque virtual em Toronto — peço. — Os Filhos da Jihad não assumiram a responsabilidade. Pense nisso. Esses caras sempre assumem a responsabilidade. Todos os atentados que eles cometeram foram acompanhados de uma mensagem para o Ocidente sair do seu quintal, da Europa Central e do sudeste europeu. Retirar o dinheiro, retirar as tropas. Mas, dessa vez, não. Por que, Lester?

— O senhor poderia me dizer.

Eu o convido a se sentar de novo e faço o mesmo.

— Só entre nós? — pergunto.

— Sim, senhor.

— A resposta é que não sabemos por quê. Mas eu tenho um palpite. Toronto foi só um teste. Para mostrar que ele era capaz. Provavelmente para receber o adiantamento pelo trabalho de verdade.

Eu me recosto na poltrona e deixo a informação ser assimilada. Lester está com aquele olhar envergonhado de uma criança que sabe que precisa entender alguma coisa, mas não entende e não quer reconhecer isso.

— Então por que não matar Suliman? — questiona. — Por que resgatá-lo do atentado na Argélia?

Eu encaro Lester.

— Só entre nós.

Não posso lhe fornecer todos os detalhes, mas posso dar algumas migalhas.

— Nós não íamos resgatar Suliman — explico. — Íamos capturá-lo.

— Então... — Lester espalma as mãos. — Por que o senhor impediu a ação da milícia?

— Eles não queriam capturar Suliman, Lester, queriam *matá-lo*. Eles iam explodir a casa dele com mísseis portáteis.

— E daí? — Lester dá de ombros. — Um terrorista capturado, um terrorista morto... Qual a diferença?

— Nesse caso, uma enorme diferença. Eu preciso de Suliman vivo.

Lester olha para as mãos e mexe na aliança. Ele fica no modo de escuta, sem revelar nada.

— Nossa inteligência nos disse que essa milícia havia encontrado Suliman. Era tudo o que sabíamos. Podíamos apenas ir no rastro da operação deles na Argélia, tentar impedir um ataque direto e capturar Suliman por nossa conta. Nós impedimos o ataque, mas na confusão Suliman conseguiu escapar. E um americano morreu. Uma ação que queríamos manter encoberta e altamente confidencial viralizou nas redes sociais em questão de horas.

Lester tenta processar a informação, os olhos semicerrados, balançando a cabeça.

— Não acho que Suliman atue sozinho — continuo. — Eu acho que ele foi contratado. E acho que Toronto foi o aquecimento, o teste, o aperitivo.

— E nós somos o prato principal — conclui Lester com um suspiro.

— Correto.

— Um ataque virtual — murmura ele. — Maior que Toronto.

— Grande o suficiente para fazer Toronto parecer apenas uma topada com o dedo.

— Jesus!

— Eu preciso de Suliman vivo porque ele pode ser a única pessoa capaz de impedir que isso aconteça. E ele pode dizer por quem foi contratado e com quem mais trabalhou, se é que houve mais alguém. Mas não quero que ninguém saiba o que eu sei ou o que estou pensando. Estou tentando fazer algo incrivelmente difícil para os Estados Unidos da América: nos fazer passar despercebidos.

O presidente da Câmara exibe um vislumbre de compreensão. Ele se recosta no sofá como alguém que está com todas as cartas na mão.

— O senhor está dizendo que as nossas sessões da Comissão Especial vão interferir no que está fazendo?

— Sem dúvida alguma.

— Então por que o senhor concordou em depor?

— Para ganhar tempo — explico. — Você queria levar toda a minha equipe de segurança nacional para sua comissão no início da semana. Eu não podia permitir que isso acontecesse. Eu me ofereci em troca da extensão do prazo.

— Mas agora o senhor precisa de ainda mais tempo. Depois da próxima segunda.

— Isso.

— E o senhor quer que eu vá dizer à minha base que devemos conceder esse tempo.

— Isso.

— Mas eu não posso explicar o porquê a eles. Eu não posso contar aos congressistas nada do que o senhor me disse. Devo apenas dizer que decidi "confiar" no senhor.

— Você é o líder, Lester. Então lidere. Diga ao Congresso que chegou à conclusão de que é do interesse da nação suspender temporariamente as sessões.

Ele baixa a cabeça e esfrega as mãos, preparando-se para o discurso que provavelmente recitou dezenas de vezes diante do espelho antes de vir.

— Senhor presidente, eu sei que o senhor não quer que prossigamos com essas sessões. Mas, assim como o senhor tem suas responsabilidades, nós temos a responsabilidade de supervisionar, que serve para controlar o poder executivo. Fui eleito para o cargo por parlamentares que querem que eu assegure essa função de controle. Não posso dizer à minha base que vamos fugir às nossas responsabilidades.

Tudo o que eu disse hoje não ia mesmo adiantar nada. Lester tem um manual e precisa segui-lo. E o patriotismo não é um fator a ser levado em consideração. Se algum dia um pensamento altruísta passasse na cabeça desse sujeito, ele acabaria morrendo de solidão, como diria a minha mãe.

Mas ainda não desisti de tentar.

— Se tudo der certo — continuo — e conseguirmos impedir esse atentado terrorista, estaremos juntos. Eu vou dizer ao mundo inteiro que o presidente da Câmara deixou de lado divergências partidárias e fez o que era bom para a nação. Vou apresentar você como exemplo do que há de correto em Washington. E o senhor será presidente da Câmara para sempre.

Lester continua assentindo com a cabeça e pigarreia. Ele começa a balançar a perna de nervosismo.

— Mas e se...

E não consegue concluir a frase.

— Se der tudo errado? Eu assumo a responsabilidade. Toda.

— Mas *eu* também vou ser responsabilizado — retruca ele. — Porque suspendi as sessões sem apresentar qualquer motivo aos parlamentares e à nação. Não tem como o senhor me garantir que eu vá sair dessa ileso...

— Lester, você aceitou esse cargo. Sabendo disso ou não, gostando disso ou não. Você tem razão. Ninguém pode prometer nada. Não existe nenhuma certeza. Eu sou o comandante em chefe e nesse momento estou olhando nos seus olhos e dizendo que a segurança nacional está ameaçada e que preciso da sua ajuda. Você vai me ajudar ou não?

Ele nem precisa de muito tempo. Lester move o maxilar e olha para as mãos.

— Senhor presidente, eu gostaria de ajudá-lo, mas o senhor precisa entender que temos uma respons...

— Que merda, Lester, coloque o seu país em primeiro lugar! — Eu me levanto da poltrona de repente, meio vacilante, consumido pela raiva. — Eu estou perdendo o meu tempo aqui.

Lester se levanta do sofá, ajeita de novo os punhos da camisa e endireita a gravata.

— Então vemos o senhor na segunda? — pergunta ele, como se nada do que eu disse tivesse adiantado de alguma coisa. Lester só quer voltar à sua base aliada e dizer que me enfrentou.

— Você acha que sabe o que está fazendo, mas não faz a menor ideia.

CAPÍTULO 8

Fico olhando para a porta depois que o presidente da Câmara sai. Não tenho certeza do que esperava dele. Algum patriotismo à moda antiga? Talvez algum senso de responsabilidade? Um pouco de confiança no presidente?

Vai sonhando. Não há mais confiança. No ambiente político atual, não se ganha nada confiando em alguém. Tudo é um incentivo para que as pessoas sigam direções opostas.

Rhodes vai voltar para o seu canto, liderando uma investida que não pode de fato controlar, pois sua base se convulsiona a cada tweet. Em alguns dias, meu lado não é muito melhor que isso. A participação democrática parece movida pelo mundo da gratificação instantânea do Twitter, do Snapchat e do Facebook e pelo fluxo constante de notícias. Estamos usando a tecnologia moderna para retornar às relações humanas primitivas. A mídia sabe muito bem o que vende: conflito e divisões. É rápido e fácil. Em geral, a raiva é mais valorizada que as respostas; o ressentimento, mais que a razão; a emoção é mais forte que a evidência. Uma declaração inflamada desdenhosa, não importa quanto seja mentirosa, é vista como verdade, enquanto uma resposta ponderada e com argumentos é vista como algo armado e falso. Isso me lembra de uma piada antiga que se encaixa muito bem na política: por que você não gosta das pessoas logo de cara? Porque isso poupa bastante tempo.

O que aconteceu com o jornalismo factual, imparcial? Já é difícil até definir como ele seria, pois diariamente a divisão entre fato e ficção, entre verdades e mentiras, fica mais nebulosa.

Não se pode sobreviver sem uma imprensa livre, empenhada em preservar justamente essa linha entre fato e ficção, e sólida o suficiente para seguir os fatos aonde quer que a conduzam. Mas o clima atual pressiona os jornalistas, pelo menos os que cobrem política, a fazer exatamente o contrário — a fazer uso do próprio poder e, nas palavras de um sábio colunista, a "anormalizar" todos os políticos, até mesmo os honestos e capazes, muitas vezes em função de questões relativamente insignificantes.

Os estudiosos chamam isso de falsa equivalência. Significa que, quando se encontra uma montanha a ser denunciada num partido, será necessário encontrar um montículo do outro lado e transformá-lo numa montanha para não ser acusado de parcialidade. Os montículos transformados em montanhas também apresentam excelentes vantagens: maior cobertura no noticiário noturno, milhões de retweets e mais material para os talk-shows. Quando montanhas e montículos parecem iguais, as campanhas e as ações do governo dedicam pouquíssimo tempo e energia a debater questões que são realmente importantes para a população. Mesmo se tentarmos fazê-lo, seremos engolidos pelo assunto do momento.

Existe um custo muito real para isso. Gera-se assim mais frustração, polarização, paralisia, decisões equivocadas e oportunidades perdidas. Mas, sem um incentivo para de fato tentar realizar alguma coisa, mais e mais políticos se tornaram seguidores desse ciclo, atiçando ressentimentos e enfatizando divisões, quando deviam fazer exatamente o contrário. Todo mundo sabe que isso é errado, mas a recompensa imediata é tão grande que ficamos por isso mesmo, presumindo que a Constituição, nossas instituições públicas e a aplicação da lei vão ser capazes de suportar cada novo ataque sem que haja um dano permanente à nossa liberdade e ao nosso modo de vida.

Eu concorri à presidência para interromper esse círculo vicioso. E ainda espero conseguir. Mas neste exato momento preciso enfrentar um problema mais iminente.

JoAnn entra e diz:

— Danny e Alex estão aqui.

JoAnn trabalhava para o governador que sucedi na Carolina do Norte. Enquanto ele saía e eu chegava, ela cuidou da transição com uma eficiência que me impressionou. Todos tinham medo de JoAnn. Recomendaram que eu não a contratasse porque ela vinha "deles" — o partido adversário —, mas JoAnn me disse: "Senhor governador eleito, eu acabei de me divorciar, tenho dois filhos pré-adolescentes na escola e estou quebrada. Eu nunca me atraso, nunca fico doente, digito como uma máquina e, se o senhor estiver agindo feito um idiota, vou ser a primeira a avisar ao senhor." Ela está comigo desde então. Seu filho mais velho acabou de começar a trabalhar no Departamento do Tesouro.

— Senhor presidente — diz Danny Akers, consultor jurídico da Casa Branca.

Danny e eu éramos vizinhos no condado de Wilkes, Carolina do Norte, e crescemos juntos numa cidadezinha minúscula de um quilômetro e meio de área no máximo, aninhada entre uma rodovia e um único sinal de trânsito. Nadávamos e pescávamos, andávamos de skate, jogávamos bola, caçávamos juntos. Aprendemos juntos a dar nó numa gravata, a dar partida num carro, a preparar uma vara de pescar e a arremessar uma bola curva no beisebol. Passamos por tudo isso juntos — do ensino básico à faculdade na UCN. Até nos alistamos juntos, entrando para os Rangers como especialistas de 3ª classe depois da faculdade. A única coisa que não passamos juntos foi a Tempestade no Deserto; Danny não foi designado para a Companhia Bravo, como eu, e não entrou em combate no Iraque.

Enquanto eu tentava, sem sucesso, me recuperar dos ferimentos da Tempestade no Deserto e jogar beisebol profissionalmente em Memphis, Danny começava a faculdade de direito na UCN. Foi ele quem me apresentou a Rachel Carson, que já estava no último ano quando comecei a cursar direito na UCN.

— Senhor presidente.

Alex Trimble: o peito largo e o corte à escovinha funcionam quase como uma placa dizendo "Serviço Secreto" quando alguém o vê pela primeira vez. Ele não é exatamente a pessoa mais engraçada do mundo, mas é firme e forte como ninguém, e administra minhas questões de segurança com a eficiência de uma operação militar.

— Sente-se, sente-se.

Eu devia retornar à escrivaninha, mas acabo me sentando no sofá.

— Senhor presidente — diz Danny —, meu parecer sobre o título 18, seção 3056. — Ele me entrega o documento. — O senhor quer a versão longa ou a curta? — pergunta, já sabendo a resposta.

— A curta.

A última coisa que eu queria fazer agora era ler juridiquês. Não tenho a menor dúvida de que o parecer foi redigido com precisão. Sempre gostei do campo de batalha de um tribunal como promotor, mas Danny era o erudito que fuçava pareceres da Suprema Corte por diversão, que debatia minúcias jurídicas e que valorizava a palavra escrita. Ele largou seu escritório de advocacia para ser meu consultor jurídico quando eu era governador da Carolina do Norte. E se mostrou excepcional no cargo, até que o presidente na época o nomeou para o Tribunal de Apelação para o Quarto Circuito. Ele adorava o trabalho e poderia ter passado o resto da vida nele, se eu não tivesse sido eleito presidente, convidando-o a se juntar de novo a mim.

— Diga apenas o que eu posso e não posso fazer — peço.

Danny dá uma piscadela.

— O estatuto diz que o senhor não pode recusar proteção. Mas existem precedentes de recusa temporária, no contexto do direito à privacidade.

Alex Trimble já está com o olhar grudado em mim. Tratei do assunto com ele antes, por isso essa conversa não o pegou de surpresa, mas é evidente que ele esperava que Danny me dissuadisse.

— Senhor presidente — diz Alex —, com o devido respeito, o senhor não pode estar falando sério.

— Estou falando muito sério.

— Ora, senhor, logo neste momento...

— Está decidido.

— Podemos ficar num perímetro mais amplo — sugere ele. — Ou pelo menos fazer uma varredura antecipada.

— Não.

Alex agarra os braços da poltrona, a boca ligeiramente aberta.

— Eu preciso de um minuto com meu consultor — aviso.

— Senhor presidente, por favor, não...

— Alex, eu preciso falar um minuto com Danny.

Com um suspiro profundo e balançando a cabeça, Alex se retira.

Danny se vira para a porta para se certificar de que estamos sozinhos. E então olha para mim.

— Filho, você perdeu completamente a cabeça — comenta, com um toque fanho na voz ao reproduzir uma das frases favoritas da minha mãe. Ele as conhece tão bem quanto eu. Os pais de Danny eram boas pessoas, bastante trabalhadores, mas passavam muito tempo fora de casa. O pai dele fazia muitas horas extras numa empresa de transporte e a mãe trabalhava no turno da noite na fábrica local.

Meu pai era professor de matemática do ensino médio e morreu num acidente de carro quando eu tinha 4 anos. Com isso, na infância, vivíamos com uma pensão parcial de professor e com o que minha mãe ganhava trabalhando como garçonete no Curly Ray's, em Millers Creek. Mas ela sempre estava em casa à noite, e assim ajudava a família Akers tomando conta de Danny. E o considerava como um segundo filho: ele passava tanto tempo na nossa casa quanto na dos pais.

Em geral, quando Danny evoca essas lembranças, consegue trazer um sorriso ao meu rosto. Mas dessa vez eu me inclino para a frente e esfrego as mãos.

— Muito bem, você não vai me dizer o que está acontecendo? — pergunta ele. — Eu estou começando a ficar assustado.

Bem-vindo ao clube. Sozinho com Danny, sinto a guarda baixar aos poucos. Desde que assumi o cargo, ele e Rachel sempre foram meus portos seguros.

Olho para ele.

— Isso definitivamente não é como pescar em Garden Creek — comento.

— Que bom, porque não existe isca no mundo que possa salvar a sua pele.

De novo eu não sorrio.

— Você está exatamente onde deveria estar, senhor presidente — diz ele. — Se vão jogar a merda no ventilador, é você mesmo que eu quero no comando.

Suspiro e aceno positivamente com a cabeça.

— Ei! — Danny se levanta e se senta ao meu lado no sofá. Ele dá um tapinha no meu joelho. — Estar no comando não significa estar sozinho. Eu estou aqui. Onde sempre estive, qualquer que seja o seu cargo. Onde sempre vou estar.

— Claro... eu sei. — Olho para ele. — Eu sei.

— Não é por causa dessa bobagem de impeachment, é? Porque essa história não vai se sustentar. Lester Rhodes? O sujeito é tão tapado que não saberia qual lado é a frente do cavalo.

Ele está apelando para o que pode, desenterrando outro grande sucesso da mamãe Lil, tentando me levar de volta a ela, à sua força. Depois que papai morreu, ela fazia o chicote estalar como um sargento treinando soldados, me dando cascudos diante do menor indício de desobediência, dizendo que eu ia entrar para a faculdade nem que tivesse de apanhar muito. Ela saía para trabalhar cedinho e voltava de tarde trazendo uma quentinha com o meu jantar e o de Danny. Eu massageava seus pés enquanto ela passava em revista nosso dever de casa e fazia perguntas sobre o dia na escola. Ela sempre dizia: *Vocês não são ricos para se dar ao luxo de não prestar atenção.*

— É aquela outra história, certo? — arrisca Danny. — Aquela história que não pode me contar, que fez você cancelar metade dos compromissos nas duas últimas semanas? Que causou esse seu súbito interesse por lei marcial, *habeas corpus* e controle de preços? Uma coisa que mantém você mudo feito uma porta a respeito de Suliman Cindoruk e da Argélia enquanto Lester Rhodes acaba com a sua raça?

— Isso. Isso mesmo.

— OK. — Danny pigarreia, tamborilando sobre o sofá. — Numa escala de um a dez, qual a gravidade?

— Mil.

— Meu Deus! E você quer entrar nessa sozinho? Devo dizer que isso me parece uma péssima ideia.

Pode ser. Mas é a melhor que eu tenho.

— Você está com medo — diz ele.

— Sim, estou mesmo.

Ficamos em silêncio por um longo tempo.

— Sabe quando foi a última vez que eu vi você assustado assim?

— Quando Ohio me passou a perna em duzentos e setenta votos do colégio eleitoral?

— Não.

— Quando descobri que a Companhia Bravo seria mobilizada?

— Não, senhor.

Olho para Danny.

— Quando a gente saltou daquele ônibus em Fort Benning — diz ele. — E o sargento Melton gritava: "Cadê esses especialistas de 3ª classe? Cadê esses vermes?" Ainda nem tínhamos saído da porcaria do ônibus e o sargento já estava afiando o facão para a garotada universitária que começava com soldo e posto mais altos.

Dou uma risada.

— Eu me lembro disso.

— Pois é. Ninguém esquece o primeiro treino forçado, certo? Eu vi a expressão no seu rosto quando a gente estava saindo do ônibus. Provavelmente era igual à minha. Apavorados que nem ratos em ninho de cobra. Você lembra o que fez?

— Mijei nas calças?

Danny se vira para me olhar bem de frente.

— Você não lembra mesmo, não é, Ranger?

— Juro que não.

— Você passou na minha frente.

— Sério?

— Foi o que você fez. Eu estava sentado no corredor, e você, na janela. Eu estava na sua frente. Mas, no instante em que o sargento começou a falar dos novos especialistas, você abriu caminho na minha frente para ser o primeiro a descer do ônibus, e não eu. Mesmo apavorado do jeito que estava, o seu primeiro instinto foi me proteger.

— Ah... — Eu não me lembrava disso.

Danny dá um tapinha na minha perna.

— Então vá em frente e fique com medo, presidente Duncan. Você ainda é o sujeito que eu quero que nos proteja.

CAPÍTULO

9

Com o sol aquecendo o rosto e nos fones de ouvido as sonatas e partitas para violino solo de Johann Sebastian interpretadas por Wilhelm Friedemann Herzog, Bach conclui que há formas piores de passar o tempo que passear no National Mall.

Com suas colunas gregas e a imponente estátua de mármore empoleirada no alto de uma escadaria aparentemente interminável, o Lincoln Memorial parece inadequadamente majestoso, mais apropriado a uma deidade que a um presidente admirado por sua humildade. Mas essa é uma contradição bem americana, típica de uma nação construída com base nas premissas de liberdade e direitos individuais, mas que não tem nenhum problema em violar esses mesmos princípios no restante do mundo.

Esses pensamentos passam por sua cabeça apenas como observações; ela não está preocupada com questões geopolíticas. Por sinal, como o próprio país, este monumento, apesar de toda a ironia, não deixa de ser magnífico.

O espelho d'água cintila ao sol da manhã. Os memoriais dos veteranos, em especial o da Guerra da Coreia, a deixam comovida de um jeito que não esperava.

Mas sua atração favorita foi a que visitou mais cedo esta manhã: o Ford's Theatre, local do mais audacioso assassinato presidencial da história do país.

O dia está tão claro que as pessoas precisam andar com os olhos apertados, o que justifica muito bem seus óculos escuros enormes. Bach tira muitas fotos com a câmera que carrega pendurada no pescoço, registrando várias imagens de tudo — o Monumento a Washington, closes de Abraham Lincoln e de Franklin Delano e Eleanor Roosevelt, inscrições nos memoriais dos veteranos — para cobrir a improvável eventualidade de alguém querer saber como Isabella Mercado, o nome no seu passaporte, passou o dia.

Nos fones de ouvido tocam agora as sofridas exclamações do coro, os violinos dançantes da *Paixão segundo são João*, o confronto dramático entre Pilatos e Jesus e o povo.

Weg, weg mit dem, kreuzige ihn!
Fora, fora com ele, crucifiquem-no!

Ela fecha os olhos, como faz tantas vezes, entregando-se à música, imaginando-se no interior da Igreja de São Nicolau em Leipzig quando a paixão foi executada pela primeira vez, em 1724, perguntando-se como devia ter se sentido o compositor ao ver sua obra ganhar vida, observando sua beleza se derramar sobre os fiéis.

Ela nasceu no século errado.

Ao abrir os olhos, vê uma mulher sentada num banco, acalentando um bebê. Sente uma palpitação. Bach retira os fones e observa a mulher, que olha para baixo enquanto oferece o seio ao filho, um leve sorriso no rosto da mãe. É isso, sente Bach, que querem dizer quando falam de "amor".

Ela se lembra do amor. Ela se lembra da mãe, do sentimento dessa mãe que vai além de apenas uma imagem, embora essa imagem seja reforçada pelas duas fotos que conseguiu levar quando fugiu. Ela se lembra com mais clareza do irmão, embora infelizmente seja difícil se lembrar dele sem a expressão de raiva, o olhar de puro ódio, na última vez que se viram. Hoje ele está casado e tem duas filhas. É feliz, imagina ela. Ele tem amor em sua vida, ela espera.

Bach põe outra bala de gengibre na boca e chama um táxi.

— Rua M, sudoeste, com a Capitol Street, sudoeste — indica, provavelmente parecendo uma turista, o que está de bom tamanho.

Ela reprime a náusea provocada pelo cheiro de gordura e pelos movimentos bruscos do táxi. Leva de novo os fones aos ouvidos para evitar conversa com o motorista africano tagarela. Paga em dinheiro e respira um pouco de ar puro antes de entrar no restaurante.

Um pub, como chamam, que serve todo tipo de animal abatido em pratos pesados com legumes fritos. Ela lê o convite: EXPERIMENTE NOSSOS NACHOS! — o que, pelo que sabe, consiste num prato de tortilhas fritas e queijo processado, alguns legumes só para constar e mais carne de mais animais abatidos.

Ela não come animais. Não seria capaz de matar um animal. Os animais nunca fizeram nada para merecê-lo.

Bach se senta num banco do balcão projetado para clientes desacompanhados que dá para a rua. Lá fora vê uma grande quantidade de veículos parados num sinal de trânsito, anúncios publicitários se alternando em outdoors: várias marcas de cerveja, e *fast-food*, e aluguel de carros, e lojas de roupas, e filmes... As ruas estão cheias de gente. Mas o restaurante, não; são só onze da manhã, então ainda não começou a loucura do horário de almoço. O cardápio não oferece quase nada que ela coma. Pede um refrigerante e uma sopa, então espera.

Lá fora, começaram a aparecer nuvens escuras. Segundo o jornal, há trinta por cento de chance de chuva.

O que significa que são setenta por cento de chance de ela concluir a missão esta noite.

Um sujeito se senta ao seu lado, à esquerda. Bach não olha para ele. Voltada para a frente, vê apenas o balcão, esperando ver as palavras cruzadas.

Logo depois, o homem põe o jornal no balcão, aberto nas palavras cruzadas, e preenche os quadrados da primeira linha horizontal.

As letras dizem: CONFIRMADO

Ela pega seu mapa do National Mall e escreve com uma caneta esferográfica no espaço em branco do alto: *Elevador de carga?*

O sujeito, fingindo quebrar a cabeça com outro enigma, bate com o lápis na palavra que já escreveu.

O garçom chega com o refrigerante. Ela toma um longo gole e saboreia o efeito relaxante da carbonação em seu estômago agitado. E escreve: *Reforço?*

Ele volta a bater na mesma palavra, confirmando de novo.

Em seguida, escreve numa coluna vertical: TEMIDENTIDADE

Tenho, escreve ela, e acrescenta: *Se chover encontrar as 9?*

Ele escreve: NAOVAI

Bach fica furiosa, mas ela não vai dizer nem fazer nada além de esperar.

SIMASNOVE, escreve ele numa coluna horizontal embaixo.

Ele se levanta antes de fazer o pedido, deixando o jornal no balcão. Bach o pega e o desdobra, como se estivesse interessada em alguma notícia. O mapa e o jornal vão ser destruídos e descartados em lixeiras diferentes.

Ela já está ansiosa para partir esta noite. Não tem muitas dúvidas de que vai cumprir a missão. A única coisa que foge ao seu controle é o clima.

Bach nunca rezou na vida, mas, se rezasse, seria para não chover.

CAPÍTULO

10

É uma e meia da tarde na Sala de Crise, fria, à prova de som e sem janelas.

— Montejo vai declarar lei marcial em Honduras amanhã — diz Brendan Mohan, meu assessor de segurança nacional. — Ele já prendeu a maior parte dos adversários políticos, mas vai intensificar a coisa. Há escassez de alimentos, por isso é provável que ele estabeleça uma regulação de preços para manter a população calma por mais alguns dias até estar completamente no controle. Pelas nossas estimativas, os Patriotas têm um exército de duzentos mil logo ao lado, em Manágua, aguardando ordens. Se ele não renunciar...

— Ele não vai — corta a vice-presidenta Kathy Brandt.

General reformado, Mohan não aprecia a interrupção, mas entende de cadeia de comando. Dá de ombros e se vira para ela.

— Concordo, senhora vice-presidenta, ele não vai. Mas talvez não consiga conter os militares. Nesse caso, Montejo vai ser derrubado. E, se isso acontecer, pelas nossas estimativas, Honduras em um mês estará mergulhada em uma guerra civil.

Eu me viro para Erica Beatty, a diretora da CIA, uma mulher inteligente e de fala mansa com olhinhos pretos como os de um guaxinim e cabelos grisalhos e curtos. Uma espiã de primeira, funcionária da CIA a vida inteira. Foi recrutada pela Agência na faculdade, e na década de oitenta esteve na Alemanha Ocidental como agente clandestina. Em 1987, foi capturada pela Stasi — o serviço de segurança do Estado da Alemanha Oriental —, que alegava que Erica tinha sido apanhada do lado oriental do Muro de Berlim com passaporte falso e uma planta do quartel-general da RDA. Ficaram com ela por quase um mês enquanto era interrogada pela Stasi. Os registros do serviço de segurança alemão-oriental liberados depois da queda do Muro e da reunificação mostravam que Erica fora brutalmente torturada, mas não havia entregado nenhuma informação.

Com o fim dos seus dias de agente clandestina, ela subiu na carreira e se tornou uma das quatro maiores especialistas em Rússia do país, assessorando o Estado-Maior Conjunto e chefiando a Divisão Central da Eurásia da CIA, que supervisionava as operações de inteligência nos antigos Estados satélites da União Soviética e nos países do Pacto de Varsóvia, e por fim trabalhando no Serviço de Inteligência Sênior. Foi a principal assessora sobre questões da Rússia na minha campanha. Erica raramente fala se não for solicitada, mas, se derem espaço, ela pode dizer mais sobre o presidente Dimitri Tchernokev do que, provavelmente, o próprio Tchernokev.

— O que você acha, Erica? — pergunto.

— Montejo está fazendo o jogo de Tchernokev. Tchernokev quer uma entrada na América Central desde que chegou ao cargo. Essa é a melhor oportunidade que ele já teve. Montejo está numa virada fascista, o que dá credibilidade aos Patriotas, fazendo com que eles pareçam combatentes pela liberdade e não fantoches da Rússia. Ele está seguindo direitinho o roteiro de Tchernokev. Montejo é um covarde e um imbecil.

— Mas é o *nosso* covarde imbecil — intervém Kathy.

Ela tem razão. Não podemos permitir que os Patriotas, com apoio russo, fantoches de Tchernokev, invadam a região. Podemos declarar que uma eventual derrubada do presidente Montejo seria um golpe de Estado e cortar toda ajuda americana, mas será que isso serviria aos nossos interesses? Serviria apenas para voltar o governo hondurenho ainda mais contra nós, e a Rússia ficaria feliz em ganhar uma posição na América Central.

— Eu tenho alguma boa alternativa? — pergunto.

Ninguém consegue me dar uma resposta.

— Vamos ver a Arábia Saudita — prossigo. — O que aconteceu, afinal? Essa é com Erica Beatty.

— Os sauditas prenderam dezenas de pessoas, alegando um complô para assassinar o rei Saad ibn Saud. Parece que encontraram armas e explosivos. Ninguém chegou a realizar um atentado contra a vida dele, mas os sauditas estão dizendo que estavam nas "etapas finais" para chegar lá quando a Mabahith executou batidas e prisões em massa.

Saad ibn Saud tem apenas 35 anos, o filho mais jovem do rei anterior. Há um ano apenas, seu pai remanejou toda a liderança e surpreendeu muita gente ao designar Saad como príncipe herdeiro, o primeiro na sucessão ao trono. Essa decisão deixou muita gente descontente na família real. Três meses depois o pai morreu, e Saad ibn Saud se tornou o mais jovem rei da Arábia Saudita.

O caminho não tem sido fácil para ele. Para compensar, Saad ibn Saud tem recorrido até demais à polícia política, a Mabahith, para reprimir dissidentes, e certa noite, meses atrás, executou mais de uma dúzia deles. Eu não gostei nada disso, mas não podia fazer muita coisa. Eu preciso dele na região. Seu país é nosso maior aliado. Sem uma Arábia Saudita estável, nossa influência fica comprometida.

— Quem está por trás disso, Erica? O Iêmen? Ou foi algo interno?

— Eles não sabem, senhor. Nós não sabemos. As ONGs de direitos humanos estão dizendo que não houve nenhuma tentativa de assassinato, que é apenas uma desculpa para prender mais adversários políticos do rei. O que sabemos é que certos membros ricos mas menos influentes da família real também foram levados. Ainda vamos ter alguns dias bem difíceis por lá.

— Estamos ajudando?

— Nos oferecemos. Até agora, não pediram nada. É uma... situação tensa.

Turbulência na região mais estável do Oriente Médio. Enquanto aqui nos Estados Unidos eu tenho de lidar com essa história. É a última coisa de que eu precisava agora.

Às duas e meia da tarde, de volta ao Salão Oval, eu digo ao telefone:

— Sra. Kopecky, seu filho foi um herói. Ele prestou um grande serviço ao país. Tenho orado pela senhora e pela sua família.

— *Ele adorava... Ele adorava o nosso país, presidente Duncan* — comenta ela, a voz embargada. — *Ele acreditava na missão.*

— Eu tenho certeza de que ele...

— *Mas eu não* — interrompe ela. — *Eu não sei por que a gente ainda precisa ficar lá. Será que os iraquianos não sabem governar o próprio país?*

As luzes piscam. O que houve com elas?

— Eu entendo, sra. Kopecky.

— *Pode me chamar de Margaret, é como todo mundo me chama* — pede ela. — *Posso chamar você de Jon?*

— Margaret — digo a uma mulher que acabou de perder o filho de 19 anos —, você pode me chamar como quiser.

— *Eu sei que você está tentando sair do Iraque, Jon. Mas não fica só tentando. Sai logo de lá!*

Três e dez no Salão Oval, com Danny Akers e Jenny Brickman, minha assessora política.

Carolyn entra, faz contato visual comigo e logo meneia a cabeça num gesto curto: nenhuma notícia, nada de novo.

É difícil me concentrar em alguma outra coisa. Mas não tenho escolha. O mundo não vai parar por causa dessa ameaça.

Carolyn se junta a nós e se senta.

— É da Secretaria de Saúde e Serviços Humanos — informa Danny.

Eu não estava a fim de comparecer à apresentação do secretário de Saúde hoje, pois queria reduzir ao mínimo o tempo dedicado a questões não essenciais, então pedi a Danny que entrasse em cena e fosse no meu lugar.

— É uma questão da Medicaid — explica ele — envolvendo o Alabama. Como o senhor sabe, o Alabama foi um dos estados que não aceitaram a expansão da Medicaid nos termos da Lei de Assistência Acessível.

— Sim.

Carolyn se levanta e vai rapidamente até a porta, que se abre no exato momento em que ela se aproxima. Minha secretária, JoAnn, entrega um bilhete a ela.

Danny para de falar, provavelmente vendo a expressão no meu rosto.

Carolyn lê o bilhete e olha para mim.

— Estão solicitando a presença do senhor na Sala de Crise.

Se for o que temíamos — caso se trate disso —, estamos ouvindo sobre isso juntos pela primeira vez.

CAPÍTULO

11

Sete minutos depois, Carolyn e eu entramos na Sala de Crise.

Descobrimos imediatamente: não é o que temíamos. O ataque ainda não começou. Meu pulso desacelera. Não estamos aqui por diversão, mas não é o pesadelo. Ainda não.

Na sala, no momento em que entramos, estão: a vice-presidenta Kathy Brandt; meu assessor de segurança nacional, Brendan Mohan; o chefe do Estado-Maior Conjunto, almirante Rodrigo Sanchez; o secretário de Defesa, Dominick Danton; Sam Haber, secretário de Segurança Interna; e a diretora da CIA, Erica Beatty.

— Eles estão numa cidade chamada al Bayda — avisa o almirante Sanchez. — No centro do Iêmen. Não é um centro de atividade militar. A coalizão liderada pelos sauditas está a cem quilômetros.

— Por que esses dois estão se encontrando? — pergunto.

Erica Beatty, da CIA, responde:

— Não sabemos, senhor presidente. Mas Abu-Dheeq é o chefe de operações militares da al Shabaab e al Fadhli é o comandante militar da AQAP, a al Qaeda na península Arábica.

Ela ergue as sobrancelhas.

Um encontro dos principais líderes da organização terrorista somali e da al Qaeda na península Arábica.

— Quem mais está presente?

— Parece que Abu-Dheeq foi com uma pequena comitiva — responde ela. — Mas al Fadhli levou a família. Ele sempre faz isso.

Certo. Ele leva a família para se tornar um alvo mais difícil.

— Quantos?

— Sete crianças. Cinco meninos, duas meninas. Idades de 2 a 16. E a esposa.

— Me diga onde eles estão exatamente. Não geograficamente, mas em termos de civis.

— O encontro é numa escola primária — informa ela. E logo acrescenta: — Mas não há crianças lá no momento. Como o senhor sabe, eles estão oito horas à frente. Já é noite.

— Você está me dizendo que não há crianças além dos cinco meninos e das duas meninas de al Fadhli — completo.

— Claro, senhor.

Esse filho da mãe, usando os próprios filhos como escudo, nos desafiando a matar sua família inteira para pegá-lo. Só mesmo um covarde para fazer uma coisa dessas.

— Não há a menor chance de al Fadhli se separar dos filhos?

— Parece que ele está em outra parte da escola, se é que isso tem alguma importância — diz Sanchez. — O encontro ocorre num gabinete interno. As crianças estão dormindo num espaço amplo, provavelmente um ginásio ou uma sala de reuniões.

— Mas o míssil vai destruir a escola inteira — falo.

— Sim, temos de presumir que sim, senhor.

— General Burke — chamo pelo interfone. — Algum comentário?

Burke é um general de quatro estrelas e comandante do Comando Central americano, falando do Qatar.

— Senhor presidente, nem preciso dizer ao senhor que são dois alvos muito importantes. São as maiores mentes militares das respectivas organizações. Abu--Dheeq é o Douglas MacArthur da al Shabaab. Al Fadhli é não só o principal comandante militar mas também o principal estrategista da AQAP. Seria fundamental, senhor. Talvez nunca mais tenhamos uma oportunidade como essa.

Fundamental é um termo relativo. Esses sujeitos serão substituídos. E, dependendo do número de inocentes que matarmos, podemos gerar mais terroristas no futuro do que os que morrerão agora. Mas não há dúvida de que vai ser um grande revés para suas organizações. E também não podemos permitir que terroristas achem que estão em segurança caso se escondam atrás de suas famílias.

— Senhor presidente — retoma Erica Beatty —, não sabemos quanto tempo mais vai durar o encontro. Pode até acabar agora mesmo. É evidente que esses dois comandantes militares têm algo importante a dizer um ao outro, ou para compartilhar, e não querem fazer isso por intermediários nem por meio eletrônico. Mas, até onde sabemos, dentro de cinco minutos já deverão ter ido embora.

Em outras palavras, é agora ou nunca.

— Rod? — pergunto, dirigindo-me ao chefe do Estado-Maior Conjunto, almirante Sanchez.

— Recomendo que ataquemos — responde ele.

— Dom? — pergunto ao secretário de Defesa.

— Estou de acordo.

— Brendan?

— Estou de acordo.

— Kathy? — pergunto à vice-presidenta.

Ela faz uma breve pausa e suspira. Ajeita os cabelos grisalhos atrás das orelhas.

— Foi ele quem escolheu usar a família como escudo humano, não nós — responde. — Concordo em que devemos atacar.

Eu olho para a diretora da CIA.

— Erica, temos os nomes das crianças?

A essa altura, ela já me conhece bem. Então me entrega um pedaço de papel com sete nomes escritos.

Eu os leio, do rapaz de 16 anos, Yasin, até a menina de 2, Salma.

— Salma — digo em voz alta. — Quer dizer "paz", não é?

Ela pigarreia.

— Creio que sim, senhor.

Visualizo uma criancinha aconchegada nos braços da mãe, dormindo tranquilamente, sem saber nada de um mundo repleto de ódio. Talvez Salma venha a se tornar a mulher que vai mudar tudo isso. Talvez ela seja a pessoa que vai acabar com nossas divisões e nos aproximar do entendimento. Temos de acreditar que um dia isso vai acontecer, não é?

— Podemos esperar que o encontro termine — digo por fim. — Quando eles se separarem, seguimos o comboio de Abu-Dheeq e o eliminamos. Menos um líder terrorista. Não são dois, mas é melhor que nenhum.

— E al Fadhli? — questiona o almirante Sanchez.

— Vamos seguir o comboio dele também, esperando que se separe da família. E aí atacamos.

— Ele não vai, senhor. Se separar da família. Ele vai voltar para uma área populosa e desaparecer, como sempre faz. Vamos perder al Fadhli.

— Al Fadhli raramente dá as caras — diz Erica Beatty. — Por isso esta é uma oportunidade incrível.

— Incrível. — Eu faço um gesto de desdém com a mão. — Exatamente. Matar sete crianças é mesmo... incrível.

Eu me levanto e me afasto da cadeira, caminhando ao longo da parede. De costas para a equipe, ouço a voz de Kathy Brandt.

— Senhor presidente, al Fadhli não nasceu ontem. Se eliminarmos Abu-Dheeq a um ou dois quilômetros do local do encontro, ele vai saber que ambos foram seguidos até a escola. E vai saber por que foi poupado. E é exatamente isso que vai espalhar para os outros terroristas. Estejam sempre com as crianças por perto e os americanos não vão atacar.

— Eles não se preocupam com as *nossas* crianças — acrescenta Erica Beatty.

— E nós não somos diferentes? — questiono. — Não somos melhores? Eles não se preocupam com as nossas crianças, então não vamos nos preocupar com as deles?

Kathy levanta a mão.

— Não, senhor, não é isso o que estou dizendo. Eles atingem alvos civis *deliberadamente*. Nós não estamos fazendo isso de propósito.

Apenas como último recurso. Estamos promovendo um ataque militar de precisão contra um líder terrorista, e não escolhendo alvos civis e crianças aleatoriamente.

Esse é um argumento, com certeza. Mas os terroristas que combatemos não veem diferença entre um ataque militar promovido pelos Estados Unidos e o que eles fazem. Eles não têm como usar drones para lançar mísseis em nós. Eles não têm como pegar nosso exército, nossa força aérea. O que fazem, explodindo ou atacando alvos civis, é o que podem fazer em matéria de ataque militar de precisão.

E nós não somos diferentes? Não estabelecemos como limite não promover um ataque militar que *sabemos* que vai matar crianças? Consequências imprevistas são uma coisa. Dessa vez, sabemos o resultado antes mesmo de começar.

Rod Sanchez olha o relógio.

— Essa discussão pode perder o sentido a qualquer momento. Duvido que os dois continuem juntos por muito tempo por...

— Sim, isso já foi dito — interrompo. — Eu ouvi da primeira vez.

Baixo a cabeça e fecho os olhos, esquecendo o restante da sala. Conto com uma equipe de profissionais altamente competentes e capacitados para me assessorar. Mas tenho de tomar sozinho esta decisão. Os fundadores do nosso país tinham um motivo para pôr um civil no comando das Forças Armadas. Isso não se trata apenas de eficácia militar mas também de política, valores, do que representamos como nação.

Como eu poderia matar sete crianças?

Você não vai matar sete crianças. Vai matar dois terroristas que estão tramando mais um massacre de civis inocentes. Foi al Fadhli quem condenou os próprios filhos ao se esconder atrás deles.

Certo, mas isso é uma questão de semântica. A escolha é minha. Eles vão viver ou morrer de acordo com a minha escolha. Como eu vou justificar essas mortes um dia, perante o meu criador?

Não é apenas uma questão semântica. Se perder esta oportunidade, vai recompensá-los por suas táticas covardes.

Mas isso não importa. O que importa são as sete crianças inocentes. Quais são os valores que os Estados Unidos defendem?

Mas por que esses terroristas tão procurados estão se encontrando pessoalmente? Isso nunca aconteceu antes. Eles devem estar planejando algo muito importante. Algo que não vai causar a morte de apenas sete crianças. Se o impedir agora, você pode impedir um atentado. Claramente pouparia vidas.

Abro os olhos. Respiro fundo, esperando que meu coração se acalme. Mas isso não acontece. Ele bate ainda mais rápido.

Eu sei qual é a resposta. Sabia desde o início. O que buscava não era a resposta. Estava buscando uma justificativa.

Espero mais um instante e sussurro uma oração. Rezo por essas crianças. Rezo para que um dia nenhum presidente precise tomar uma decisão dessas.

— Que Deus nos ajude — digo. — Vocês têm a minha autorização para atacar.

CAPÍTULO

12

Volto ao Salão Oval com Carolyn enquanto o relógio lentamente, quase agonizando, se aproxima das cinco da tarde. Estamos em silêncio. Muitos trabalhadores aguardam ansiosamente pelas cinco da tarde da sexta porque isso significa que a semana acabou, um momento tão necessário para descansar e relaxar com a família.

Mas, nos últimos quatro dias, Carolyn e eu temos aguardado e planejado esta hora específica deste dia específico sem saber se será o início de algo, o fim de algo, ou as duas coisas.

Foi na segunda-feira desta semana, logo depois do meio-dia, que eu recebi a ligação no meu celular particular. Carolyn e eu estávamos pegando sanduíches de peru na cozinha. Já sabíamos que nos encontrávamos diante de uma ameaça iminente. Mas não tínhamos ideia do seu alcance ou magnitude. Nem a menor ideia de como impedi-la. Nossa missão na Argélia já havia fracassado espetacularmente, diante do mundo inteiro. Suliman Cindoruk continuava solto. Toda a minha equipe de segurança nacional tinha sido intimada a depor no dia seguinte, terça, perante a Comissão Especial da Câmara.

Mas, quando deixei de lado o sanduíche para atender aquela ligação na cozinha, tudo mudou. A dinâmica foi totalmente subvertida. Pela primeira vez, eu tinha o mais ínfimo vislumbre de esperança. Mas também estava mais assustado que nunca.

— *Cinco da tarde. Horário da Costa Leste, sexta-feira, 11 de maio* — disseram.

Por isso, conforme o relógio se aproxima das cinco da tarde da sexta-feira, 11 de maio, não estou mais preocupado com as sete crianças inocentes mortas debaixo de uma pilha de escombros na República do Iêmen por causa de uma decisão que tomei.

Agora estou tentando imaginar o que pode acontecer com nosso país e qual a melhor maneira de enfrentar a situação.

— Onde ela está? — murmuro.

— Ainda não são exatamente cinco, senhor. Deve estar chegando.

— Como é que você sabe? — insisto, caminhando de um lado para o outro. — Não tem como saber. Ligue lá para baixo.

Antes que Carolyn ligue, o telefone dela vibra. Atende.

— Sim, Alex... Ela... Está bem... Está sozinha?... Sim... Tudo bem, faça o que for preciso... Sim, mas seja rápido.

Carolyn desliga e olha para mim.

— Ela chegou — digo.

— Sim, senhor, chegou. Está sendo revistada.

Olho pela janela, o céu encoberto, com ameaça de chuva.

— O que ela vai dizer, Carrie?

— Se eu soubesse... Vou acompanhar tudo.

As instruções que recebi falavam de um encontro *tête-à-tête*. Fisicamente, portanto estarei sozinho no Salão Oval com minha convidada. Mas Carolyn estará acompanhando por um monitor no Salão Roosevelt.

Mal consigo ficar parado, sem saber o que fazer com as mãos. Estou com o estômago embrulhado.

— Meu Deus do céu, eu não fico tão nervoso assim desde... — Mas não consigo concluir a frase. — Acho que eu nunca fiquei tão nervoso.

— Não parece, senhor.

Eu concordo.

— Nem você.

Carolyn nunca demonstra fraqueza. Não é da sua natureza. O que é reconfortante neste momento, pois ela é a única pessoa com quem posso contar.

Ela é a única pessoa no governo americano, além de mim, que sabe desse encontro.

Carolyn se retira. Eu fico de pé junto à minha mesa, esperando que JoAnn abra a porta para a visitante.

Depois do que parece uma eternidade, o relógio andando em câmera lenta, JoAnn abre a porta.

— Senhor presidente.

Aceno positivamente com a cabeça. Chegou a hora.

— Faça-a entrar.

CAPÍTULO

13

A garota entra usando botas, jeans rasgado e uma camiseta cinza de mangas compridas com PRINCETON escrito nela. Extremamente magra, tem um pescoço longo e maçãs do rosto salientes, além de olhos apertados muito separados que lhe dão um ar do Leste Europeu. Seu cabelo tem um daqueles cortes que eu nunca entendi direito, com um lado raspado e os longos fios do outro lado jogados por cima, chegando ao seu ombro ossudo.

Uma mistura de modelo da Calvin Klein e *eurotrash* punk.

Ela passa os olhos pela sala, mas não como a maioria das pessoas que entra no Salão Oval. Os visitantes que vêm aqui pela primeira vez observam tudo, assimilando avidamente todos os retratos e quinquilharias, maravilhados com o selo presidencial, com a mesa do *Resolute*.

Mas ela, não. O que vejo nos seus olhos, por trás da muralha impenetrável que é o seu rosto, é puro ódio. Ódio de mim, do cargo, de tudo o que representa.

Mas ela também está tensa, alerta — se perguntando se alguém vai pular em cima dela, algemá-la, enfiar um capuz na sua cabeça.

A aparência bate com a descrição que me foi fornecida. Ao entrar, ela deu o nome que esperávamos. É ela. Mas, de qualquer maneira, preciso confirmar.

— Diga o código — peço.

Ela ergue as sobrancelhas. Mas não pode estar surpresa.

— Diga.

Ela revira os olhos.

— "Idade das Trevas" — diz, com o *r* e o *s* carregados, como se as palavras fossem veneno na sua boca. Um sotaque pesado do Leste Europeu.

— Como você ficou sabendo dessas palavras?

Ela balança a cabeça e estala a língua. Minha pergunta ficará sem resposta.

— O seu... serviço secreto... não gosta de mim — comenta. *Non gostar de mim.*

— Você fez os detectores de metal dispararem.

— Eu sempre faço... Sempre. A... bomba de frag... a...

— Os estilhaços — completo. — Pedaços de uma bomba. De uma explosão.

— Isso, sim — confirma, dando uma batidinha na testa. — Eles disseram que dois... centímetros para a direita... e eu não teria voltado.

Ela enfia um polegar no passador da calça. Seus olhos têm um ar desafiador, de desacato.

— Eu gostaria de saber... o que fiz para merecer isso?

Arrisco que tenha algo a ver com um ataque militar ordenado por algum presidente americano — talvez eu — em algum país distante. Mas não sei praticamente nada sobre essa mulher. Não sei seu nome verdadeiro nem de onde ela vem. Não conheço sua motivação ou seu plano. Depois do contato inicial comigo — indiretamente —, quatro dias atrás, na segunda, ela desapareceu do mapa, e, apesar de todos os esforços para me informar mais a seu respeito, não consegui nada. Não sei nada sobre ela.

Mas estou praticamente convencido de que esta jovem tem nas mãos o destino do mundo livre.

— Eu estava indo com o meu... primo... para a missa quando o míssil caiu.

Eu enfio as mãos nos bolsos.

— Aqui você está em segurança — aviso.

Seu olhar se perde ao longe, fazendo seus olhos ficarem maiores, com uma bela cor acobreada. Ela parece ainda mais jovem. Menos da imagem de durona que está tentando projetar e mais da menina assustada que deve ser, por baixo de tudo isso.

E deve estar assustada mesmo. Espero que esteja. Pois eu com certeza estou, mas não vou demonstrá-lo, da mesma forma que ela.

— Não. Eu não acredito. — *Eu non acrrredito.*

— Pode confiar em mim.

Ela pisca demoradamente e desvia o olhar com desprezo.

— Confiar no presidente dos Estados Unidos.

Ela mete a mão no bolso de trás do jeans e pega um envelope, dobrado ao meio e amassado. Desdobra-o e o coloca em cima da mesa, perto do sofá.

— Meu parceiro não sabe o que eu sei. Só eu sei. Não escrevi em lugar nenhum. — Dá uma batidinha no lado direito da cabeça. — Só está aqui.

Ela está se referindo ao segredo. Não o registrou em um computador que pudéssemos hackear nem em um e-mail que pudéssemos interceptar. Guarda-o no único lugar que nem mesmo nossa sofisticada tecnologia pode penetrar: sua própria mente.

— E eu não sei o que o meu parceiro sabe — prossegue.

Certo. Ela se afastou do parceiro. O que está me dizendo é que cada um deles detém uma peça do quebra-cabeça. Ambos são indispensáveis.

— Eu preciso de vocês dois — digo. — Já entendi. Sua mensagem na segunda foi bem clara.

— E você vai estar sozinho essa noite — acrescenta ela.

— Sim. Você também foi bastante clara quanto a isso.

Ela assente, como se tivéssemos feito um acordo.

— Como você sabe de "Idade das Trevas"? — volto a perguntar.

Ela baixa o olhar. Na mesinha perto do sofá, pega uma foto da minha filha caminhando ao meu lado do Marine One até a Casa Branca.

— Eu me lembro da primeira vez que vi um helicóptero — comenta. — Eu ainda era uma menina. Foi na televisão. Estavam inaugurando um hotel em Dubai. Mari-Poseidon era o nome dele. Aquele hotel... suntuoso nas águas do golfo Pérsico. Tinha um heli... um heli... porto?

— Um heliporto, sim — confirmo. — Uma pista de pouso para helicópteros no terraço.

— Sim, isso. O helicóptero pousou no telhado do hotel. Lembro que pensei que, se as pessoas podiam voar, elas podiam fazer... qualquer coisa.

Não entendo muito bem por que ela está me falando de helicópteros e hotéis em Dubai. Talvez seja apenas o nervosismo.

Eu me aproximo. Ela se vira, põe a foto no lugar e se enrijece.

— Se eu não sair daqui, você nunca vai encontrar o meu parceiro. Não vai ter como impedir nada.

Pego o envelope na mesa. Ele é muito leve, não pesa quase nada. Percebo uma sombra de cor através do papel. O Serviço Secreto deve tê-lo inspecionado, checado para ver se havia qualquer resíduo suspeito ou coisas assim.

Ela dá um passo para trás, ainda reticente, ainda esperando que agentes do governo irrompam pela porta e a arrastem para uma sala de interrogatório estilo Guantánamo. Se eu achasse que isso funcionaria, não hesitaria um instante sequer. Mas ela organizou tudo justamente para impedi-lo. Essa jovem fez algo que pouquíssimas pessoas seriam capazes de fazer.

Ela me forçou a entrar em um jogo em que é ela quem dá as cartas.

— O que você quer? — pergunto. — Por que você está fazendo isso?

Pela primeira vez ela desarma sua expressão impassível, os lábios se curvam, mas não é uma expressão de satisfação.

— Só mesmo o presidente desse país para fazer uma pergunta dessas.

Ela balança a cabeça, então o rosto volta a ser uma muralha impenetrável.

— Você vai descobrir o porquê — diz, indicando com a cabeça o envelope na minha mão. — Essa noite.

— Então eu tenho de confiar em você.

Esse comentário faz com que ela me olhe com a sobrancelha erguida, os olhos faiscando.

— Eu não te convenci?

— Você já chegou até aqui. Mas não, ainda não me convenceu totalmente.

Ela me examina com um olhar confiante, audacioso, como quem diz que estaria louco se quisesse desafiá-la.

— Então você precisa se decidir — declara ela.

— Espera — digo, enquanto ela já se encaminha para a porta, fazendo menção de pegar na maçaneta.

Ela fica eriçada, congelada no lugar. Ainda olhando para a porta, e não para mim, diz:

— Se não me deixarem sair, você nunca vai encontrar o meu parceiro. Se eu for seguida, você nunca vai ver o meu parce...

— Ninguém vai impedi-la — asseguro. — Ninguém vai segui-la.

Ela fica parada, a mão na maçaneta. Pensando. Tentando decidir. O que, eu não sei. Daria para encher uma sala com as coisas que eu não sei.

— Se alguma coisa acontecer com o meu parceiro — continua ela —, seu país vai arder em chamas.

Ela gira a maçaneta e sai. Simples assim, ela partiu.

E eu fico sozinho com o envelope. Tenho de deixá-la ir. Não me resta escolha. Não posso pôr a perder minha única chance.

Digamos que eu acredite nela. Digamos que tudo o que ela diz seja verdade. Estou quase cem por cento convencido, mas no meu trabalho é difícil ter mais certeza que isso.

Abro o envelope, com a informação de onde será o próximo encontro, esta noite. Repasso tudo o que acabou de acontecer. Foi muito pouco. Ela não tinha quase nada de substancial a dizer.

Mas eu me dou conta de que ela conseguiu duas coisas. Primeiro, precisava me entregar esse envelope. Depois, queria saber se podia confiar em mim, se eu a deixaria sair.

Eu vou até o sofá e me sento, encarando o envelope, tentando extrair alguma coisa do que ela disse. Tentando antecipar os próximos movimentos daquele jogo de xadrez.

Uma batida à porta, e Carolyn entra.

— Eu passei no teste dela — aviso.

— Esse encontro era só para isso mesmo — concorda ela. — E para isso — acrescenta, indicando com a cabeça o envelope na minha mão.

— Mas será que ela passou no meu? — pergunto. — Como eu posso saber se essa história é verdadeira?

— Eu acho que é, senhor.

— Por quê?

As luzes no teto voltam a piscar, causando um efeito estroboscópico momentâneo. Carolyn olha para cima e xinga em voz baixa. Essa é outra coisa com a qual ela vai precisar lidar em algum momento.

— Por que você acredita nela? — reforço a pergunta.

— Pelo motivo que me fez levar alguns minutos para entrar, senhor. — Carolyn aponta para o celular. — Acabamos de receber informações de Dubai. Houve um incidente.

Um incidente em Dubai.

— Com um helicóptero?

Ela confirma.

— Um helicóptero explodiu quando ia pousar no heliporto do hotel Mari-Poseidon.

Levo uma das mãos ao rosto.

— Eu verifiquei a hora, senhor. Aconteceu depois que ela entrou no Salão Oval. Ela não teria como ficar sabendo de nenhuma outra forma.

Eu me recosto no sofá. Então ela completou um terceiro objetivo. Mostrou-me que estava falando sério.

— Tudo bem — sussurro. — Estou convencido.

CAPÍTULO

14

Na residência particular, abro uma gaveta da cômoda, que contém um único objeto: um retrato de Rachel. Tenho muitas fotos dela espalhadas por aqui, Rachel vibrante e feliz, fazendo careta para a câmera ou abraçando alguém ou rindo. Mas esta é só para mim. Foi tirada menos de uma semana antes de sua morte. Ela está com marcas no rosto por causa dos tratamentos; apenas alguns fios de cabelo na cabeça. O rosto quase esquelético. Para a maioria das pessoas, seria difícil de olhar: Rachel Carson Duncan no seu pior momento, enfim sucumbindo a uma doença devastadora. Mas, para mim, é Rachel no seu melhor momento, mais forte e bela que nunca — o sorriso no olhar, a paz e a determinação.

A essa altura a luta já havia chegado ao fim. Era apenas uma questão de tempo, segundo nos diziam — podiam ser meses, porém era mais provável que não passasse de semanas. E acabaram sendo seis dias. Seis dias que eu não trocaria de jeito nenhum por outros na minha vida. A única coisa que importava éramos nós, o nosso amor. Falávamos dos nossos medos. Falávamos de Lilly. Falávamos de Deus. Líamos a Bíblia, rezávamos, ríamos e chorávamos até as lágrimas acabarem. Eu nunca havia sentido uma intimidade tão crua e catártica. Eu nunca havia me sentido tão inseparável de outro ser humano.

— Eu quero tirar uma foto sua — sussurrei para ela.

Rachel começou a se opor, mas entendeu: eu queria me lembrar daquele momento, pois nunca a havia amado mais.

— Senhor — diz Carolyn Brock, batendo levemente à porta.

— Sim, já sei.

Eu levo os dedos aos lábios e toco a foto de Rachel. Fecho a gaveta e ergo o olhar.

— Vamos — digo, usando roupas comuns e carregando uma bolsa no ombro.

Alex Trimble baixa a cabeça, o maxilar contraído de desaprovação. Esse provavelmente é o pior pesadelo do chefe de uma unidade do serviço secreto. Ele sempre pode se consolar com o fato de que eu lhe dei uma ordem, de que não tinha alternativa a não ser me deixar sair.

— Só num perímetro mais amplo? — pergunta ele. — Ninguém vai nos ver.

Sorrio para ele, um sorriso que diz não.

Alex está comigo desde que me designaram uma equipe de segurança durante as primárias, quando eu era um governador que ninguém considerava ter chances de ser indicado. Foi só no primeiro debate que meus índices subiram nas pesquisas, me levando à lista dos principais candidatos logo atrás da favorita, Kathy Brandt. Eu não sabia como o Serviço Secreto distribuía suas missões, mas presumi, como candidato azarão, que não me designaram as melhores equipes. Mas Alex sempre me dizia "Governador, no que depender de mim, o senhor *é* o presidente" e se mostrava disciplinado e organizado. Seus subordinados o temiam da mesma forma que os cadetes temem os sargentos do treinamento. E, como eu lhe disse ao nomeá-lo para a unidade da Casa Branca, ninguém me matou, então ele devia estar fazendo um bom trabalho.

Ninguém fica muito próximo do pessoal da segurança, nem eles ficam muito próximos de nós. Ambos os lados entendem a necessidade de haver certo distanciamento emocional. Mas eu sempre vi a bondade de Alex. Ele se casou com a namorada da faculdade, Gwen, lê a Bíblia diariamente e manda dinheiro para a mãe todo mês. É o primeiro a reconhecer que nunca foi de estudar muito, mas arrasava como *left tackle* no futebol americano e ganhou uma bolsa de estudos para atletas na Universidade Estadual de Iowa, onde estudou direito penal enquanto sonhava em entrar para o Serviço Secreto e fazer na vida o que fazia em campo: proteger o ponto cego do cliente.

Quando o convidei para comandar minha segurança na Casa Branca, ele manteve a expressão impassível de sempre e a posição de sentido, mas percebi um brilho rápido de emoção no seu olhar. "Seria a maior honra da minha vida, senhor", sussurrou.

— Vamos usar o GPS — diz ele agora. — Só para saber onde o senhor está.

— Lamento.

— Algumas referências — sugere, a última tentativa desesperada. — Diga apenas aonde está indo...

— Não, Alex.

Ele não entende a razão. Está convencido de que poderia me vigiar sem ser visto. E eu sei que poderia mesmo. Por que, então, eu não o deixo?

Alex não sabe, e eu não posso dizer.

— Pelo menos use um colete à prova de balas — sugere.

— Não. Qualquer um perceberia. Até os coletes mais modernos são grandalhões demais.

Alex ainda quer discutir. Ele quer dizer para mim que estou sendo idiota, mas jamais falaria assim comigo. Repassa mentalmente mais uma forma de apelo, provavelmente retomando argumentos que já usou, e acaba deixando cair os ombros e desistindo.

— Se cuida — diz, como qualquer um diria ao fim de uma conversa, mas neste caso carregado de emoção e apreensão.

— Pode deixar.

Olho para Danny e Carolyn, as únicas outras pessoas presentes. Já está na hora de partir, sozinho e extraoficialmente. Há anos estou sempre partindo, mas nunca sozinho e nunca extraoficialmente. O Serviço Secreto acompanha cada passo que eu dou, e quase sempre tenho pelo menos um assessor presente, mesmo quando estou de férias. Existe um registro constantemente atualizado da minha localização, hora após hora.

Eu sei que essa é a única alternativa para poupar o país de uma desgraça indescritível e cumprir o meu dever de preservá-lo, protegê-lo e defendê-lo. Sei que os meus compatriotas saem sozinhos e extraoficialmente o tempo todo, embora as câmeras de vigilância, os celulares, a análise de dados das redes sociais e a invasão de computadores também estejam reduzindo suas áreas de privacidade. Ainda assim, é uma mudança e tanto, e eu me sinto meio desorientado e desarmado.

Danny e Carolyn estão comigo nessa última etapa do meu afastamento do aprisionamento do cargo. Estamos em silêncio. Ambos tentaram quanto puderam me dissuadir. Agora se conformaram a me ajudar a fazer isso dar certo.

Sair da Casa Branca sem ser visto é mais difícil do que se pode imaginar. Nós descemos a escada da residência. Caminhamos lentamente, cada passo um movimento em direção ao que está prestes a acontecer. A cada passo estou cedendo mais terreno a um destino incerto esta noite.

— Vocês se lembram da primeira vez que passamos por aqui? — pergunto, rememorando o passeio de reconhecimento após a eleição, antes de eu assumir o cargo.

— Parece que foi ontem — comenta Carolyn.

— Eu nunca vou me esquecer — diz Danny.

— Estávamos tão... cheios de esperança, acho. Tanta certeza de que faríamos do mundo um lugar melhor.

— Talvez vocês estivessem. Eu estava morrendo de medo — diz Carolyn.

Eu também estava. Nós sabíamos que mundo estávamos herdando. Não tínhamos a menor ilusão de deixar tudo perfeito. Naqueles dias inebriantes antes da posse, toda noite, quando eu deitava a cabeça no travesseiro, minha mente dava voltas sem parar, entre sonhos de avanços históricos na segurança nacional, nas relações internacionais, na disseminação da prosperidade, no sistema de saúde e na reforma do direito penal a verdadeiros pesadelos de estragar tudo e mergulhar o país numa crise.

— Mais seguro, mais forte, mais justo, mais generoso — diz Danny, recordando os quatro objetivos que eu ticava toda manhã quando começamos a definir os pormenores da nossa agenda e a formar a equipe para o mandato de quatro anos.

Finalmente chegamos ao porão, onde há uma pista de boliche solitária, um centro de operações que mais parece um bunker, porém bem equipado, e que foi ocupado por Dick Cheney depois do 11 de Setembro, além de duas salas projetadas para receber reuniões em torno de mesas bem simples ou para dormir em beliches.

Depois de atravessar as portas, caminhamos por um túnel estreito que liga o prédio ao Departamento do Tesouro, a leste, na esquina da 15 com a Pennsylvania Avenue. O que de fato existe embaixo da Casa Branca tem sido objeto de boatos e mitos que remontam à Guerra Civil, quando o exército da União temia que o prédio fosse atacado, e por isso foram traçados planos para evacuar o presidente Lincoln para uma catacumba na sede do Tesouro, como último recurso. A obra do túnel não começou efetivamente até o mandato de Franklin Roosevelt e a Segunda Guerra Mundial, quando o receio de um ataque aéreo contra a Casa Branca se tornou uma possibilidade real. E ele foi projetado em zigue-zague justamente para diminuir o impacto de um bombardeio.

Na entrada do túnel há um alarme, mas Carolyn já cuidou disso. O túnel propriamente dito tem apenas três metros de largura por dois de altura — um pouco pequeno para alguém como eu, com mais de um e oitenta. Poderia ter um efeito claustrofóbico, mas eu não sinto nada disso. Para alguém que perdeu o hábito de ir a qualquer lugar sem o Serviço Secreto ou assessores, o espaço vazio e aberto do túnel é libertador.

Nós três percorremos quase o túnel inteiro até chegar a outro caminho, que vira para a direita e dá num pequeno estacionamento subterrâneo reservado a altos funcionários do Tesouro e convidados importantes. Esta noite, meu carro de fuga também está lá.

Carolyn me entrega as chaves do carro, depois um celular, que ponho no bolso esquerdo, junto com o envelope que recebi da garota, meia hora atrás.

— Os números já estão salvos — avisa ela, referindo-se ao celular. — Todas as pessoas de quem falamos. Inclusive Lilly.

Lilly. Alguma coisa se parte dentro de mim.

— O senhor se lembra do código? — pergunta ela.

— Sim. Não se preocupe.

Eu pego no bolso de trás um envelope que eu mesmo providenciei, com o selo presidencial e contendo uma única folha de papel. Ao vê-lo, Danny quase perde a compostura.

— Não — diz ele. — Eu nem vou abrir.

Carolyn estende a mão e o toma de mim.

— Abra — peço a ela — se precisar.

Danny leva a mão à testa, puxando os cabelos para trás.

— Meu Deus, Jon — sussurra, dizendo meu primeiro nome pela primeira vez desde que assumi o cargo. — Você realmente vai fazer isso?

— Danny — sussurro —, se acontecer alguma coisa comigo...

— Ei! Olha só... — Ele bota as mãos nos meus ombros e gagueja, contendo a emoção. — Ela é como sangue do meu sangue. Você sabe. Eu amo essa menina mais que qualquer coisa.

Danny é divorciado e tem um filho que está fazendo pós-graduação. Mas ele estava na sala de espera quando Lilly nasceu; ficou com os olhos marejados em todas as formaturas dela; segurou a outra mão de Lilly no enterro de Rachel. No início, era o "tio Danny" para ela. Em algum momento, o "tio" foi esquecido. Ele será o que ela vai ter de mais próximo de um pai.

— Você está com a sua moeda dos Rangers? — pergunta ele.

— O quê? Você vai fazer uma inspeção agora? — Bato com a mão no bolso. — Eu nunca vou a lugar nenhum sem ela. E você?

— É, eu não estou com a minha. Acho que eu te devo uma bebida. Então agora você... — E ele fica com a voz embargada de emoção. — Agora você *tem* que voltar mesmo.

Eu olho nos olhos de Danny. Ele pode até não ser um parente de sangue, mas é muito mais que isso.

— Recebido e entendido, meu irmão.

Eu me viro para Carolyn. Não é do feitio da nossa relação ficarmos nos abraçando; os dois únicos momentos em que isso ocorreu até hoje foram as noites em que fui designado candidato e na eleição.

Mas é o que fazemos agora. Ela sussurra no meu ouvido:

— Eu tenho certeza de que vai dar certo, senhor. Eles não sabem com quem estão lidando.

— Se isso for verdade, é só porque você está do meu lado.

Eu os vejo se afastarem, abalados mas firmes. As próximas vinte e quatro ou quarenta e oito horas não serão fáceis para Carolyn, que vai ficar no meu lugar na Casa Branca. É algo realmente sem precedentes. Estamos tendo de improvisar a cada passo.

Depois que eles partem, quando já estou sozinho no túnel, eu me curvo para a frente e apoio as mãos nos joelhos. Respiro fundo algumas vezes para combater o frio na barriga.

— Espero que você saiba o que está fazendo — digo a mim mesmo.

Então me viro e sigo pelo túnel.

CAPÍTULO

15

Entro na garagem subterrânea do Tesouro de cabeça baixa, as mãos nos bolsos do jeans, os sapatos de couro se movendo suavemente pelo asfalto. Eu não sou a única pessoa por aqui a esta hora, de modo que minha presença não chama a atenção, embora minhas roupas sejam mais casuais que as dos empregados do Departamento do Tesouro que estão voltando para casa, com seus ternos e maletas e crachás. É fácil passar despercebido em meio ao som de saltos batendo no calçamento, bipes de controles remotos, travas elétricas de carros sendo destrancadas e motores dando a partida, especialmente quando os que se vão estão mais preocupados com os planos para o fim de semana do que com o sujeito de jeans e camisa social de algodão.

Posso até estar me escondendo, e isto aqui não é nenhum passeio, mas não posso negar a leve empolgação da liberdade que é estar em público sem ser percebido. Há mais de uma década não ponho os pés na rua sem atrair todas as atenções, sem a sensação de que a qualquer momento alguém pode tirar uma foto minha, sem ver dezenas de pessoas querendo se aproximar para me dar um aperto de mão ou me cumprimentar brevemente, tirar uma selfie, pedir um favor ou até mesmo ter uma conversa significativa sobre decisões a serem tomadas.

Como combinado, o carro é o quarto a partir do fim da fila à esquerda, um sedã completamente comum, modelo antigo, prateado, placa da Virgínia. Pego o controle e aperto por tempo demais o botão Destrancar, o que destranca todas as portas e provoca uma onda de bipes. Perdi a prática. Há dez anos não abro a porta do meu próprio carro.

Atrás do volante, eu me sinto como alguém que acabou de sair de uma máquina do tempo, transportado para o futuro por essa geringonça misteriosa. Ajusto o assento, giro a chave na ignição, piso no acelerador uma vez, coloco na marcha a ré e viro a cabeça para olhar para trás, com o braço apoiado no encosto do carona. Conforme o carro começa a avançar de ré lentamente, ele emite um bipe que fica cada vez mais urgente. Piso no freio e vejo uma mulher passando a caminho do próprio carro. Depois que ela passa, o bipe para.

Uma espécie de radar, um dispositivo anticolisão. Eu me viro de novo para a frente e vejo no painel uma telinha. Quer dizer que eu posso dirigir em marcha a ré olhando para a frente, controlando pela tela? Isso não existia dez anos atrás, ou, se existia, o *meu* carro com certeza não tinha essa tecnologia.

Vou dirigindo o sedã pelo estacionamento, o caminho surpreendentemente estreito, as curvas fechadas. Levo alguns minutos para pegar o jeito de novo, fazendo o carro dar uns solavancos para a frente, freando bruscamente, mas de repente parece que foi ontem que eu tinha 16 anos, saindo com aquele Chevrolet caindo aos pedaços do estacionamento da Carros Novos e Usados do Doidão do Sam Kelsey, depois de pagar mil e duzentos dólares por ele.

Observo os carros à minha frente na fila para sair do estacionamento. O portão se abre automaticamente toda vez que um deles se aproxima. O motorista não precisa abrir a janela e esticar o braço para passar um cartão em um leitor eletrônico ou algo do gênero. E me ocorre que nem me passou pela cabeça perguntar sobre isso.

Ao chegar a minha vez, o portão se abre, permitindo minha saída. Subo lentamente a rampa, indo em direção à luz do dia, preocupado com os pedestres, e por fim chego à rua.

A rua está muito movimentada, por isso minha vontade de acelerar para sentir a liberdade dessa independência temporária é frustrada pelo congestionamento a cada cruzamento. Olho através do para-brisa para o céu encoberto, torcendo para que não chova.

O rádio. Aperto um botão para ligar e nada acontece. Pressiono outro e nada. Aperto mais um botão e o rádio emite um estrondo, uma gritaria de duas pessoas discutindo se o presidente Jonathan Duncan cometeu alguma transgressão passível de impeachment. Aperto o mesmo botão e acabo com aquilo, me concentrando em dirigir.

Penso no lugar aonde estou indo, na pessoa que vou encontrar, e invariavelmente minha mente começa a vagar para o passado...

CAPÍTULO

16

O professor Waite caminhava de um lado para o outro com as mãos nas costas na frente do auditório.

— E qual era o motivo da discordância do juiz Stevens? — Ele se aproximou de novo do atril e deu uma olhada na lista de nomes. — Sr... Duncan?

Merda. Eu tinha enchido a boca com um punhado de tabaco para ficar acordado depois de passar a noite fazendo o trabalho. Mas havia olhado muito por alto o caso de hoje. Afinal, eu era só um no meio de uma centena na turma, por isso as chances de ser chamado para participar eram mínimas. Mas não era mesmo o meu dia de sorte. Estava no lugar errado na hora errada.

— O juiz Stevens... discordou da maioria porque... na... — E eu virava as páginas, com o coração na boca.

— Sim, claro, sr. Duncan, as discordâncias em geral vão de encontro à maioria. Acredito que é por isso que são chamadas discordâncias.

Um riso nervoso eriçou o auditório.

— Sim, senhor, ele... discordou da interpretação da Quarta Emenda pela maioria...

— O senhor deve estar confundindo a discordância do juiz Stevens com a discordância do juiz Brennan, sr. Duncan. A discordância do juiz Stevens nem chegava a mencionar *a Quarta Emenda.*

— Sim, claro, eu estou confuso... Quer dizer, confundindo...

— Acho que o senhor acertou da primeira vez, sr. Duncan. Sra. Carson, poderia fazer a gentileza de nos tirar da confusão do sr. Duncan?

— O que o juiz Stevens dizia era que a Suprema Corte não devia interferir nas decisões dos tribunais estaduais que, na pior das hipóteses, tivessem como efeito elevar o piso...

Depois de ser humilhado pela primeira vez pelo notório professor Waite, e era apenas a quarta semana do meu primeiro ano na faculdade de direito da UCN, olhei para a mulher que falava na terceira fileira, enquanto pensava: Essa é a última vez que você vem despreparado para a aula, seu verme.

E olhei para ela fixamente, sentada na terceira fileira, dando sua resposta com confiança, quase distraída.

— ... a Constituição federal é um piso, não um teto, e, assim, se houver em nível estadual bases adequadas e independentes para a decisão...

Senti como se tivesse perdido o fôlego.

— Quem... é ela? — sussurrei para Danny, sentado ao meu lado. Ele estava dois anos à minha frente na faculdade, no terceiro ano, e conhecia praticamente todo mundo.

— É a Rachel — sussurrou em resposta. — Rachel Carson, do terceiro ano. Foi ela que acabou ficando com o cargo de editora-chefe da revista de direito, a vaga que eu queria.

— E qual é a dela?

— Você quer saber se ela está solteira? Não faço a menor ideia. Mas com certeza você causou uma bela primeira impressão.

Meu coração ainda estava disparado quando a aula terminou. Saí correndo do meu assento na esperança de alcançá-la no corredor, em meio a um mar de alunos.

Cabelos castanhos curtinhos, jaqueta jeans...

... Rachel Carson... Rachel Carson...

Lá. Lá estava ela. Atravessei a multidão e a alcancei no exato instante em que ela se afastava do movimento da massa para entrar por uma porta.

— Ei — chamei, a voz meio trêmula. Eu estava com a voz trêmula?

Ela se virou e olhou para mim, olhos verdes grandes e expressivos, sobrancelhas erguidas. O rosto mais delicado e com traços mais fortes que eu já havia visto.

— Oi — disse ela, hesitante, tentando me identificar.

— É... Oi... — Levantei a mochila por cima do ombro. — Eu... é... só queria agradecer, 'cê sabe, por ter me salvado.

— Ah, tudo bem. Primeiro ano?

— Culpado.

— Acontece com todo mundo.

Respirei fundo.

— Então, é... O que você... Quer dizer... O que você vai fazer agora?

O que estava acontecendo comigo? Eu havia passado por todos os treinamentos forçados do sargento Melton. E por afogamentos simulados, espancamentos, enforcamentos e uma execução falsa da Guarda Republicana iraquiana... E de repente eu estava sem palavras?

— Agora? Bem, eu ia... — E indicou para o lado com a cabeça. Só então prestei atenção na porta que ela ia atravessar: o banheiro feminino.

— Ah, você vai...

— Sim...

— É bom você ir, então.

— Sério? — perguntou ela, divertindo-se.

— Sim, claro, não é bom... ficar segurando, ou... quer dizer... quando a gente precisa, tem que ir mesmo, certo?

O que estava acontecendo comigo?!

— OK — disse ela. — Então... prazer em conhecê-lo.

Deu para ouvir a risada dela dentro do banheiro.

Uma semana depois de vê-la pela primeira vez, não conseguia tirá-la da cabeça. Eu ficava me recriminando: o primeiro ano na faculdade de direito é o ano de pôr a mão na massa, de se provar. No entanto, por mais que eu tentasse me concentrar na doutrina de contatos-mínimos da jurisdição pessoal, nos fatores de uma alegação de negligência ou na aceitação inequívoca e sem reservas do direito contratual, a garota da terceira fila da turma da eletiva de jurisdição federal não saía da minha cabeça.

Danny me passou as informações: Rachel Carson era de uma cidadezinha do oeste de Minnesota, tinha feito faculdade em Harvard e estava cursando direito na Universidade da Carolina do Norte com uma bolsa reservada a alunos interessados em causas sociais. Era editora-chefe da revista da faculdade, primeira da turma e tinha um emprego à sua espera numa organização sem fins lucrativos de assistência jurídica a pessoas pobres. Era adorável mas reservada. Discreta em público, na faculdade tendia a socializar mais com os alunos mais velhos, que não vinham direto da graduação.

Bela merda, *pensei.* Eu também não vim direto da graduação...

Acabei reunindo coragem e a encontrei na biblioteca, sentada a uma mesa grande com várias amigas. Eu me disse mais uma vez que não era uma boa ideia. Mas minhas pernas pensavam diferente, e de repente eu estava ao lado da mesa dela.

Ao me ver chegando, ela baixou a caneta que estava segurando e ficou me olhando.

Eu queria fazer aquilo sem mais ninguém por perto, mas achava que, se não fizesse naquele momento, jamais o faria.

Vá em frente então, seu idiota, antes que alguém chame a segurança.

Eu tirei o pedaço de papel do bolso, desdobrei-o e pigarreei. A essa altura, a mesa inteira estava virada para mim. Comecei a ler:

Nas duas vezes que me ouviu falar, eu parecia um bobalhão,
Dizendo coisas que fugiam totalmente à razão.
Então achei que seria bobagem fazer uma terceira tentativa
Se não juntasse melhor as ideias e escrevesse uma missiva.

Olhei de relance para ela e vi um sorriso se insinuando no rosto.

— Ela ainda não deu as costas e foi embora — comentei, provocando uma risadinha de uma das amigas dela. Um bom começo.

Meu nome é Jon, e sou de Boomer, aqui pertinho.
Sujeito educado, atencioso e às vezes engraçadinho.
Não tenho um tostão, não tenho carro nem o talento de um poeta,
Mas um cérebro que funciona, embora possa parecer um pateta.

Outra risadinha das amigas dela.

— É verdade — falei, voltando-me para Rachel. — Eu sei ler e escrever e essas coisas todas.

— Eu tenho certeza de que sabe.

— Posso continuar?

— Sem dúvida. — Ela fez um gesto com a mão me incentivando a prosseguir.

Diz meu colega, o professor Waite, que estou aqui para estudar,
Mas por algum motivo não consigo me concentrar.
Estou lendo a seção da proteção universal e das cotas,
Mas só consigo pensar na garota de olhos verdes de Minnesota.

Ela não conseguiu conter um sorriso, o rosto enrubescendo. As outras mulheres à mesa aplaudiram.

Eu fiz uma mesura exagerada.

— Muito obrigado — eu disse, caprichando na imitação de Elvis. — Estarei aqui a semana toda.

Rachel não olhou para mim.

— Quer dizer, pelo menos pelo fato de ter rimado Minnesota...

— Não, aquilo foi uma grande sacada mesmo — concordou ela, os olhos fechados.

— Muito bem, então. Senhoras, agora vou fingir que tudo correu muito bem e me retirar enquanto ainda estou com alguns pontos de vantagem.

E fui andando devagar, para que ela pudesse me alcançar se quisesse.

CAPÍTULO

17

Desperto do meu devaneio e me aproximo do estacionamento, exatamente onde me disseram que ficava, a menos de cinco quilômetros da Casa Branca. Estaciono o carro e desligo o motor. Ninguém à vista.

Pego minha bolsa e saio. A entrada dos fundos parece uma área de carga e descarga, com degraus que levam a uma porta enorme sem maçaneta.

Ouço então o guincho de uma voz pelo interfone:

— Quem é, por favor?

— Charles Kane — respondo.

Logo em seguida, a porta pesada é destrancada e fica entreaberta. Vou até ela e a empurro.

O lugar é um depósito, sem ninguém, mas repleto de caixas da UPS e da FedEx, com contêineres enormes e carrinhos de transporte. À direita, um grande elevador de portas abertas com paredes cobertas por um acolchoamento espesso.

Aperto o botão superior e as portas se fecham. Prendo brevemente a respiração diante da reação desengonçada do elevador, que desce um pouco antes de subir, as engrenagens rangendo.

Mais um momento de divagação. Apoio a mão na parede e espero, enquanto as palavras da dra. Lane ecoam na minha cabeça.

Depois que o elevador para e a porta se abre, entro com bastante cautela num corredor com uma bela decoração, paredes amarelo-claras, reproduções de Monet me conduzindo à única porta do último andar, a cobertura.

Quando chego à porta, ela se abre sem que eu faça nada.

— Charles Kane, ao seu dispor — digo.

Amanda Braidwood está de pé, o braço estendido para segurar a porta enquanto me avalia. Um suéter fino repousa sobre uma blusa justa. Veste uma calça apertada preta e está descalça. Seus cabelos estão longos, cortesia do filme que acabou de fazer há um mês, mas esta noite os prendeu num rabo de cavalo, deixando alguns fios soltos na frente para emoldurar o rosto.

— Olá, sr. "Kane". Desculpe o incômodo, mas o porteiro lá na entrada é meio intrometido.

No ano passado, Mandy foi considerada por uma revista de entretenimento uma das vinte mulheres mais bonitas do mundo. Outra a incluiu na lista dos vinte atores mais bem remunerados de Hollywood, menos de um ano depois de ela levar para casa seu segundo Oscar.

Ela e Rachel moraram juntas durante os quatro anos de Harvard e mantiveram contato — até onde isso é possível entre uma advogada na Carolina do Norte e uma estrela do cinema internacional. O codinome Charles Kane foi ideia de Mandy: cerca de oito anos atrás, em torno de uma garrafa de vinho nos fundos da mansão do governador, Rachel, Mandy e eu concordamos que a obra-prima de Orson Welles era o maior filme já feito.

Ela balança a cabeça enquanto um sorriso aflora lentamente em seu rosto.

— Ora, ora. Barba, bigode — comenta, me dando um beijo no rosto. — Tão áspero! Bem, não fique aí em pé, vamos entrando.

Ainda sinto seu perfume, o aroma de uma mulher, por um tempo. Rachel não era muito de perfumes, mas o sabonete líquido e a loção corporal que ela usava — ou seja lá como se chamam todos aqueles cremes e loções e sabonetes — eram sempre de baunilha. Enquanto eu estiver vivo, toda vez que sentir esse perfume vou ver os ombros nus de Rachel e imaginar a maciez do seu pescoço.

Dizem que não existe uma fórmula para superar a morte de um cônjuge. E isso é ainda mais verdadeiro quando quem continua vivo é o presidente e o mundo está um caos, pois ele sequer tem tempo para ficar de luto. Existem muitas decisões que não podem esperar, ameaças constantes de segurança que, ao menor lapso de atenção, podem ter consequências catastróficas. Enquanto Rachel chegava ao estágio final da doença, nós observávamos a Coreia do Norte, a Rússia e a China com mais atenção do que nunca, cientes de que seus líderes procuravam pelo menor sinal de vulnerabilidade ou desatenção da Casa Branca. Por um momento cheguei a contemplar a ideia de deixar temporariamente a presidência — cheguei a pedir a Danny que cuidasse da papelada —, mas Rachel não queria saber disso. Ela havia decidido que sua doença não provocaria nenhuma interrupção na minha presidência. Isso era algo importantíssimo para Rachel, com uma intensidade que ela nunca explicou plenamente e que eu nunca compreendi plenamente.

Três dias antes do falecimento de Rachel — àquela altura já tínhamos voltado para Raleigh, para que ela morresse em casa —, a Coreia do Norte testou um míssil balístico intercontinental, e eu ordenei que um porta-aviões se deslocasse para o mar Amarelo. No dia do enterro, quando eu estava ao lado do túmulo segurando a mão da minha filha, nossa embaixada na Venezuela foi atacada por um homem-bomba, e logo me vi na nossa cozinha com generais e a equipe de segurança nacional analisando alternativas para uma reação na mesma medida.

Em curto prazo, provavelmente é mais fácil lidar com uma perda pessoal quando o mundo inteiro exige sua atenção constantemente. No começo, se está ocupado demais para se sentir triste e sozinho. Até que a realidade dá as caras: o amor da sua vida se foi, sua filha perdeu a mãe e uma mulher maravilhosa não teve a oportunidade de ter uma vida longa e próspera. Agora sente-se grato pelas exigências do trabalho. Mas existem momentos de intensa solidão, mesmo quando se é o presidente. Eu nunca tinha sentido isso antes. Nos dois primeiros anos, tivera muitas decisões difíceis a tomar, muitas ocasiões em que tudo o que podia fazer era rezar para ter tomado a decisão correta, ocasiões em que não importava o número de assessores me auxiliando, a responsabilidade estava mesmo nas minhas mãos, só nelas. Mas eu nunca me *senti* sozinho. Tinha sempre Rachel ao meu lado, dando sua opinião sincera sobre o que achava das decisões que eu vinha tomando, me ajudando a fazer o melhor possível e me abraçando quando tudo chegava ao fim.

Ainda sinto falta dela o tempo todo em todos os aspectos da minha vida. Esta noite, sinto falta do seu faro incrível para saber quando me advertir seriamente ou quando me encorajar, me fazendo acreditar que, não importa o que aconteça, tudo vai acabar bem.

Nunca haverá outra Rachel. Isso eu sei. Mas gostaria de não estar sozinho o tempo todo. Rachel exigiu que conversássemos sobre o que aconteceria depois que ela morresse. Costumava brincar que eu seria o solteirão mais cobiçado do planeta. Talvez. Nesse exato momento, eu me sinto um nerd totalmente sem noção prestes a decepcionar todo mundo.

— Alguma bebida? — pergunta Mandy de costas para mim.

— Não dá. Não estou com muito tempo.

— Sinceramente, eu nem sei muito bem por que você quer fazer isso — comenta ela. — Mas eu estou pronta. Vamos lá.

Eu vou atrás dela.

CAPÍTULO 18

— Que sensação estranha! — comento.

— Está tudo bem — sussurra Mandy. — Ninguém nunca fez isso com você?

— Não, e espero que nunca façam de novo.

— Vai ser melhor para nós dois se você parar de reclamar. Pelo amor de Deus, Jon, você foi torturado numa prisão de Bagdá e não aguenta isso?

— Você faz isso todo dia?

— Quase todo dia. Fica... parado. Assim é mais fácil.

Mais fácil para ela, talvez. Tento ficar o mais imóvel possível, sentado numa cadeira cor-de-rosa no camarim pessoal da suíte de Mandy, enquanto ela passa lápis nas minhas sobrancelhas. À minha direita, sua penteadeira está coberta de itens de maquiagem, vidros, pincéis e cremes de todos os tipos e tamanhos. Parece que estamos no set de um filme B sobre vampiros e zumbis.

— Não vai me deixar com a cara do Groucho Marx — digo.

— Não, não. Mas, por falar nisso...

Mandy pega alguma coisa de uma bolsa e me mostra: óculos do Groucho Marx, com sobrancelhas peludas e bigode.

Eu os pego de sua mão.

— Da Rachel — comento.

Quando Rachel começou a ficar realmente mal, incomodava-a ver todo mundo com pena. Por isso, quando os amigos apareciam, ela sempre fazia uma pequena encenação para alegrar o ambiente. Eu dizia às pessoas que "Rachel está um pouco estranha hoje". E, quando entravam no quarto, eles se deparavam com ela na cama com os óculos do Groucho. Outras vezes era um nariz de palhaço. Ela também tinha uma máscara de Richard Nixon, o que fazia todo mundo gargalhar.

Isso resumia quem Rachel era. Sempre mais preocupada com os outros do que consigo mesma.

— De qualquer maneira — intervém Mandy, antes que meus olhos se encham de lágrimas —, não se preocupe com as sobrancelhas. Elas só vão ficar um pouco mais grossas. Você nem imagina como isso muda a aparência de uma pessoa. Olhos e sobrancelhas.

Ela se recosta na cadeira e me contempla.

— Sinceramente, rapaz, essa barba aí já é meio caminho andado. E ela é tão ruiva! Quase parece falsa. Quer que eu passe uma tintura no cabelo para combinar?

— Definitivamente, não.

Ela balança a cabeça, ainda estudando meu rosto como se fosse uma experiência de laboratório.

— Seu cabelo não é comprido o suficiente para a gente fazer grande coisa — resmunga, mais parecendo falar consigo mesma. — Dividir para a esquerda e não para a direita não ia fazer muita diferença. Podíamos parar de dividir o cabelo e pentear para a frente. — Mandy leva a mão à minha cabeça e segura meu cabelo, penteia com os dedos, desarruma-o. — Pelo menos você teria um estilo que combina com a década atual.

— E que tal usar um boné de beisebol?

— Ah... — Ela recua. — Claro que seria mais fácil. Mas será que funciona? Você trouxe um?

— Trouxe.

Eu pego na mochila um boné do Nationals e ponho na cabeça.

— Revivendo os seus dias de glória, hein? OK, muito bem, com a barba e o boné vermelho, as sobrancelhas e... humm. — Sua cabeça balança para trás e para a frente. — O principal são os olhos — diz então, apontando para o próprio rosto. E dá um suspiro. — Seus olhos nunca mais foram os mesmos, meu bem.

— Como assim?

— Desde a morte de Rachel — explica. — Desde então os seus olhos nunca mais foram os mesmos. — Então ela se anima. — Me desculpe. Vamos arranjar uns óculos. Você não usa, certo?

— Só óculos de leitura quando estou cansado.

— Espera aí. — Ela vai até o closet e volta com uma caixa retangular de veludo. Ao abri-la, vejo cerca de cinquenta pares de óculos, cada um numa divisória própria.

— Caramba, Mandy.

— Peguei emprestado com o Jamie — diz ela. — Quando a gente fez a continuação de *London*, no ano passado. Vai ser lançado no Natal.

— Ouvi falar. Parabéns.

— É, mas eu disse ao Steven que era a última vez. O Rodney não tirava as patas de cima de mim. Mas eu consegui lidar com isso.

Ela me entrega um par de óculos de armação grossa marrom. Eu o ponho no rosto.

— Humm... Não. Experimenta esse — sugere.

Eu experimento outro par.

— Não, esse.

— Não estou querendo ganhar nenhum concurso de beleza — comento.

Ela me lança um olhar impassível.

— Você não corre o menor risco, queridinho, pode acreditar em mim. Esse aqui. — Ela apanha outro par. — Esse. Esse mesmo.

Então Mandy me entrega outro par de óculos de armação grossa, mas agora a cor está mais para um marrom avermelhado. Eu os levo ao rosto, e ela se ilumina.

— Combina com a sua barba.

Eu faço uma careta.

— Não, de verdade, Jon, eu quis dizer que disfarça perfeitamente a sua cor. Você é muito claro. Loiro-escuro de pele clara. Os óculos e a barba ressaltam o marrom avermelhado forte.

Eu me levanto e vou até o espelho na penteadeira.

— Você perdeu peso. Você nunca teve sobrepeso a vida inteira, mas agora está parecendo magro.

— Isso não me parece um elogio.

Eu me olho no espelho. Não mudei tanto assim, mas entendo o que Mandy quis dizer ao falar da mudança de cor. O boné, os óculos e a barba. E eu jamais imaginaria quanto sobrancelhas um pouco mais grossas mudam a aparência de uma pessoa. Tudo isso e nenhum agente do Serviço Secreto por perto. Ninguém vai me reconhecer.

— Sabe, Jon, tudo bem seguir em frente com a vida. Você só tem 50 anos. Era o que ela queria. Na verdade, Rachel me fez prom...

Ela se detém, ruborizando um pouco, um brilho nos olhos.

— Você e Rachel conversaram sobre isso?

Mandy faz que sim, levando a mão ao peito, esperando um momento para a emoção passar.

— Ela me disse, literalmente: "Não deixe o Jon ficar sozinho por causa de um sentimento de lealdade sem sentido."

Eu respiro fundo. Essas palavras — *um sentimento de lealdade sem sentido* — foram exatamente as mesmas que ela me disse mais de uma vez. Parece que Rachel está aqui presente entre nós, como se eu sentisse seu hálito no meu rosto, vendo sua cabeça meio inclinada, como sempre fazia quando tinha algo importante a dizer. O aroma de baunilha, a covinha na bochecha direita, as linhas do sorriso nos olhos...

Sua mão agarrando a minha naquele último dia, já meio grogue por causa dos analgésicos, muito fraca, mas ainda com força para segurar minha mão bem forte uma última vez.

Me prometa que vai encontrar alguém, Jonathan. Me prometa.

— O que eu quero dizer é que — diz Mandy, a voz embargada pela emoção — todo mundo entende que em algum momento você vai ter de retomar sua vida. Você não deveria precisar se disfarçar por causa de um encontro.

Levo um instante para me recompor e lembrar a mim mesmo algo que não devia ter esquecido: Mandy não tem a menor ideia do que está acontecendo. Claro, pensando bem, faz todo sentido ela achar que eu vou a um encontro — para jantar ou beber ou ver um filme — e não quero que essa primeira aproximação seja acompanhada pela imprensa internacional.

— Você *está* indo a um encontro, certo?

Suas sobrancelhas perfeitamente delineadas se aproximam, agora que ela começa a pensar melhor. Se eu não estava indo a um encontro, o que estaria fazendo? Por que outro motivo um presidente se esquivaria do próprio serviço de segurança e andaria por aí incógnito?

Antes que essa mente cheia de imaginação vá mais longe, eu digo:

— Sim, eu vou me encontrar com uma pessoa.

Mandy fica esperando que eu diga mais e deixa transparecer certa mágoa quando isso não acontece. Mas ela pisa em ovos ao lidar comigo desde a morte de Rachel, e não vai forçar nada.

Eu pigarreio e olho para o relógio. Tenho um horário rigoroso a cumprir. E não estou acostumado com isso. Estou sempre com a agenda cheia, mas o presidente nunca está atrasado. Todo mundo o espera. Mas não dessa vez.

— Eu tenho de ir agora.

CAPÍTULO

19

Desço pelo elevador de carga e saio do prédio. Meu carro continua estacionado. Dirijo até o bairro de Capitol Hill e encontro um estacionamento perto da 7 com a North Carolina, então deixo as chaves com um guardador que mal olha para mim.

Eu me misturo aos pedestres, em meio aos sons de uma noite de sexta na primavera num bairro residencial vibrante, com restaurantes e bares de janelas abertas, gente rindo e socializando, música pop saindo dos alto-falantes.

Deparo com um sujeito malvestido sentado com as costas apoiadas na parede de um café numa esquina. Um pastor-alemão deitado perto dele está ofegante por causa do calor, com uma cumbuca vazia ao lado. O sujeito, como tantos sem-teto, usa mais camadas de roupa do que realmente precisa. E tem no rosto óculos de sol arranhados. O cartaz que costuma segurar diz VETERANO SEM-TETO, mas no momento está encostado na parede do prédio. Deve ser um intervalo. Do outro lado, uma caixinha de papelão contém algumas notas de um dólar. Ouve-se baixinho música saindo de uma pequena caixa de som.

Eu me afasto do fluxo de pedestres e me agacho perto dele. Reconheço a música que está tocando: "Into the Mystic", do Van Morrison. Minha mente é transportada para uma dança lenta em Savannah durante o treinamento básico, num dos bares da River Street, quase na hora de fechar, a cabeça zonza de álcool, as pernas doendo dos exercícios e do treino intensivo.

— O senhor é veterano da Guerra do Golfo? — pergunto.

Pela aparência, eu quase diria do Vietnã se não fosse todo o *factoring* dos anos de crise, o que provavelmente o fez envelhecer mais rápido.

— Claro que sou — diz ele —, mas não era nenhum "senhor", não. Eu suava para ganhar o meu salário, camarada. Sargento de pelotão na 1ª Divisão de Infantaria. Eu estava lá quando colocaram as escutas para pegar o Saddam.

Dá para perceber o orgulho que ele sente. É bom proporcionar este momento. Fico querendo jogar mais lenha na fogueira, comprar um sanduíche para o sujeito, ouvir um pouco mais. Mas também sei que o tempo urge, então consulto o relógio.

— Da 1ª Divisão de Infantaria, hein? Foram vocês que lideraram o ataque ao Iraque, certo?

— Ponta de lança, cara. A gente passou o rolo compressor por cima daquelas bichinhas da Guarda Republicana como se elas estivessem dormindo.

— Nada mau para um bando de soldados.

— Um bando de soldados? — Ele parece surpreso. — Você também serviu? No quê? Aeronáutica?

— Eu também batia continência, como você. Sim, passei uns dois anos na 75ª.

Ele se endireita um pouco e ergue a monocelha desgrenhada.

— Um Ranger transportado por ar, hein! Aposto que você viu algumas merdas, garoto. Ataques e missões de reconhecimento, certo?

— Não tanto quanto vocês das unidades maiores — respondo, devolvendo a narrativa para ele. — Quanto tempo levaram? Uma semana para atravessar metade do país?

— E de repente a gente teve que parar — continua ele, entortando a boca. — Sempre achei que foi um erro.

— Ei, eu bem que podia comer um sanduíche. Que tal?

— Seria de grande valia — aceita ele. Quando vou até a porta, acrescenta: — Eles têm aí um sanduíche de peru daqueles, por sinal.

— Peru, então.

Ao voltar, estou decidido a encontrar uma saída rápida, mas não sem antes descobrir mais algumas coisas.

— Como você se chama, companheiro? — pergunto.

— Sargento de primeira classe Christopher Knight.

— Toma aqui, sargento.

Eu lhe entrego o saco de papel com o sanduíche. E ponho no chão um prato cheio d'água para o cachorro, que o lambe até acabar.

— Foi uma honra conhecê-lo, sargento. Onde é que você passa a noite?

— O abrigo fica umas duas ruas adiante. Costumo vir para cá de manhã. As pessoas são um pouco mais gentis.

— Eu tenho que seguir em frente, mas aqui, Chris, fica com isso.

Pego no bolso o troco do lanche e lhe entrego.

— Deus o abençoe — diz ele, me dando um aperto de mão com a pegada ainda firme de um guerreiro.

Sabe-se lá por que, mas sinto um nó na garganta. Visitei clínicas e hospitais e fiz o melhor que pude para melhorar o Departamento de Assuntos dos Veteranos, mas isso é o tipo de coisa que não costumo ver, os sem-teto com transtorno de estresse pós-traumático que não encontram ou não conseguem manter um emprego.

Volto pela calçada e pego meu celular, então registro seu nome e a localização do café para me certificar de que esse sujeito receba alguma ajuda antes que seja tarde demais.

Mas existem dezenas de milhares como ele. O sentimento com o qual já estou familiarizado me assalta de novo, a sensação de que minha capacidade de ajudar as pessoas é ao mesmo tempo enorme e limitada. Aprende-se a conviver com esse paradoxo. Caso contrário, a obsessão com os limites impede de extrair o máximo daquilo que é possível. Enquanto isso, continua-se em busca de oportunidades para ampliar os limites, fazer o máximo pelo maior número possível de pessoas diariamente. Mesmo nos dias ruins sempre se pode fazer algo de bom.

Duas quadras depois do sargento Knight, caminhando nas sombras projetadas pelo pôr do sol, a multidão à minha frente parou de se mover. Abro caminho e vou para a rua para tentar ver melhor.

Dois policiais do metrô de Washington tentam obrigar um homem a se deitar no chão, um garoto negro de camiseta branca e jeans. Ele resiste, esforçando-se para soltar os braços, enquanto um dos policiais tenta algemá-lo. Eles têm armas de fogo e Tasers, mas não as usam, pelo menos não por enquanto. Na calçada, duas ou três pessoas filmam o incidente com os celulares.

— No chão! No chão! — gritam os policiais.

O sujeito que estão tentando deter tropeça, puxando consigo os policiais para a rua, com o tráfego interrompido, bloqueado pela viatura.

Dou um passo à frente instintivamente, mas recuo. O que eu vou fazer? Anunciar que sou o presidente e que vou resolver a situação? Não posso fazer nada a não ser ficar observando feito um idiota ou sair dali.

Não tenho a menor ideia do que levou a esse momento. O sujeito pode ter cometido algum crime violento ou furtado uma bolsa, ou quem sabe ele simplesmente tirou os policiais do sério. Espero que eles estejam simplesmente atendendo a um chamado e agindo de acordo. Sei que a maioria dos policiais, na maior parte dos casos, faz o melhor que pode. Sei que existem maus policiais, assim como existem maus profissionais em qualquer área. E sei que existem policiais que se consideram bons, mas, mesmo inconscientemente, consideram uma pessoa negra de camiseta e jeans mais perigosa que uma branca vestida da mesma forma.

Passo os olhos pela multidão ao redor, gente de todas as raças e cores. Dez pessoas observando a mesma situação poderiam apresentar dez relatos completamente diferentes. Haverá quem veja policiais cumprindo seu dever. Outros vão ver um homem negro sendo tratado de forma diferente por causa da cor da pele. Às vezes, é uma versão. Às vezes, é a outra. Às vezes, um pouco das duas. Seja como for, na cabeça de cada observador passa sempre a mesma pergunta: será que esse sujeito desarmado vai acabar levando um tiro?

Uma segunda viatura passa pela rua no momento em que os policiais conseguem imobilizar o homem, algemá-lo e levantá-lo.

Atravesso a rua e sigo para o meu destino. Problemas como esse não têm soluções fáceis, e, portanto, tento seguir meu próprio conselho: entender minhas limitações e continuar fazendo o possível para melhorar a situação. Uma ordem executiva, um projeto de lei que chega à minha mesa, discursos, palavras ditas da minha posição de autoridade: tudo isso contribui para dar o tom, para nos colocar na direção certa.

Mas essa luta é tão antiga quanto a própria humanidade: nós contra eles. Em todas as épocas, indivíduos, famílias, clãs e nações tiveram dificuldade para entender como tratar o "outro". Nos Estados Unidos, o racismo é nossa mais antiga maldição. Mas existem outros motivos de divisão, em torno de religião, imigração, identidade sexual. Às vezes a estratégia do "eles" não passa de um narcótico que alimenta a fera em cada um de nós. Muitas vezes, os que investem contra "eles" levam a melhor sobre os mais bem-intencionados argumentos ao nos lembrar do que "nós" podemos ser e fazer juntos. Nosso cérebro funciona assim há muito tempo. E talvez vá funcionar assim para sempre. Mas temos de continuar tentando. É a missão perene que os Pais Fundadores nos legaram: caminhar na direção da "união mais perfeita".

O vento fica mais forte quando dobro a esquina. No alto, o céu agitado, nuvens escuras.

Enquanto caminho até o final da rua, indo para o bar da esquina, sinto que estou prestes a enfrentar a parte mais difícil de uma noite muito difícil.

CAPÍTULO 20

Respiro fundo e entro no bar.

Lá dentro: estandartes do Georgetown Hoyas, do Skins e do Nationals, televisões penduradas nos cantos das paredes de tijolos aparentes, música alta competindo com a falação animada da happy hour. Muita gente com roupas casuais, universitários, mas também jovens profissionais que acabaram de sair do trabalho de terno e gravata afrouxada, ou de calça e blusa, no caso das mulheres. O pátio externo está lotado. O chão está grudento e paira no ar o cheiro de cerveja velha. Sou de novo transportado para Savannah durante o treinamento básico, quando costumávamos botar pra quebrar na River Street nos fins de semana.

Aceno com a cabeça para os dois agentes do Serviço Secreto, ambos de terno, montando guarda. Foram informados de que eu viria e como estaria vestido. Foram instruídos a não me receber formalmente, e obedecem à ordem, fazendo apenas um gesto sutil com a cabeça, ajeitando levemente a postura.

No fundo, minha filha está sentada a uma mesa, cercada de gente — alguns amigos, algumas pessoas que só querem estar junto da primeira-filha —, bebendo algo colorido e cheio de frutas enquanto uma mulher sussurra ao seu ouvido em meio à música alta. Ela reage ao comentário levando a mão à boca, como se tentasse rir e engolir ao mesmo tempo. Mas parece forçado. Está apenas sendo educada.

Ela passa os olhos pelo salão. Inicialmente seus olhos passam por mim, mas se voltam. Os lábios de Lilly ficam entreabertos, ela aperta os olhos. Por fim, relaxa a expressão. Levou um momento, o que significa que meu disfarce deve ser bom.

Continuo caminhando, passo pelos banheiros e chego ao depósito nos fundos do bar, a porta deliberadamente destrancada. Lá dentro, um cheiro de república estudantil, prateleiras e mais prateleiras das mais variadas bebidas, barris alinhados perto da parede, caixas de guardanapos abertas e copos no piso de concreto.

Meu coração bate forte quando ela entra, o bebezinho de rosto redondo e olhos enormes vindo tocar meu rosto, a menininha com o rosto sujo de pasta de amendoim na ponta dos pés para me dar um beijo, a adolescente gesticulando muito em sua argumentação a favor dos incentivos às energias alternativas no debate intercolegial.

Ao recuar um pouco para me olhar bem nos olhos, seu sorriso já desapareceu.

— Quer dizer então que isso está mesmo acontecendo.

— Está.

— Ela foi à Casa Branca?

— Sim, foi. Eu não posso dizer mais que isso.

— Para onde você está indo? — pergunta ela. — O que você vai fazer? Por que o Serviço Secreto não está aqui? Por que esse disfarce...?

— Ei. Ei. — Coloco as mãos nos ombros dela. — Está tudo bem, Lil. Eu vou me encontrar com eles.

— Com Nina e o parceiro dela?

Duvido muito que a garota com a camiseta de Princeton tenha dado o nome verdadeiro à minha filha. Mas, quanto menos informação, melhor.

— Sim.

— Não vejo a Nina desde que ela falou comigo — comenta Lilly. — Nunca mais. Ela desapareceu completamente do programa.

— Eu não acredito que ela tenha mesmo se matriculado no programa da Sorbonne. Acho que ela foi até Paris para encontrar você. Para transmitir a mensagem.

— Mas por que falar *comigo*, logo comigo?

Não respondo. Não quero dar mais detalhes que o necessário. Mas Lilly é tão inteligente quanto a mãe era. Não demora muito para entender.

— Ela sabia que eu iria transmitir a mensagem diretamente para você — conclui. — Sem intermediários. Sem filtro.

Exatamente.

— E o que ela queria dizer? — pergunta Lilly. — Que história é essa de "Idade das Trevas"?

— Lil... — Eu a puxo para perto, mas sem dizer nada.

— Você não vai me dizer. Não pode — acrescenta ela, me liberando, me perdoando. — Deve ser importante. Tão importante que você me pediu para pegar um avião em Paris e agora está... fazendo seja lá o que for. — Ela olha para os lados. — Onde está Alex? E a sua proteção? Além do Tico e o Teco, os sujeitos que você mandou para me proteger?

Desde que se formou na faculdade, Lilly decidiu dispensar proteção, já que tem esse direito. Mas, assim que recebi sua ligação na segunda-feira passada, botei o Serviço no encalço dela. Lilly levou alguns dias para voltar para casa, pois tinha uma prova final, e garantiram a mim que ela estava em segurança em Paris.

— Minha proteção está por aí — minto.

Ela não precisa saber que eu vou sozinho. Já tem motivos suficientes para estar ansiosa. Lilly ainda está no processo de superar a perda da mãe, o que aconteceu pouco mais de um ano atrás. Não é preciso adicionar a possibilidade de perder o pai também. Ela não é nenhuma criança, e é bem madura para a idade, mas só tem 23 anos, meu Deus, ainda não está pronta para tudo o que a vida vai jogar no seu caminho.

Sinto um aperto no peito ao pensar no que tudo isso poderia significar para Lilly. Mas não tenho escolha. Jurei defender o país, e sou a única pessoa que pode fazê-lo.

— Olha só — digo, tomando-lhe a mão —, quero que você passe os próximos dias na Casa Branca. Seu quarto está pronto. Se precisar de alguma coisa do seu apartamento, os agentes vão buscar para você.

— Mas... eu não estou entendendo. — Ela se vira para mim, os lábios levemente trêmulos. — Você está correndo algum *risco*, papai?

Tudo o que eu podia fazer era controlar as emoções. Ela parou de me chamar de "papai" na adolescência, embora o tenha feito uma ou duas vezes quando Rachel estava morrendo. Lilly só me chama assim quando está se sentindo muito vulnerável, muito assustada. Encarei sargentos sádicos, interrogadores iraquianos cruéis, parlamentares radicais e a imprensa de Washington, mas minha filha mexe comigo como ninguém.

Eu me inclino e encosto a cabeça na dela.

— Eu? Para com isso. Só estou sendo cauteloso. Eu só quero ter certeza de que você vai estar em segurança.

Mas não basta para ela. Lilly envolve meu pescoço com os braços e aperta com força. Eu também a puxo para perto. Ouço seu choro aos soluços, sinto seu corpo tremendo.

— Eu sinto muito orgulho de você, Lilly — sussurro, disfarçando o aperto na garganta. — Eu já disse isso alguma vez?

— Você diz isso o tempo todo — sussurra ela no meu ouvido.

Passo as mãos nos cabelos da minha menina brilhante, forte e independente. Lilly já é uma mulher agora, com a beleza, a inteligência e o espírito da mãe, mas ela será sempre a menininha que ficava animada quando me via, que dava gritinhos quando eu a bombardeava de beijos, que não conseguia voltar a dormir depois de ter um pesadelo se o papai não segurasse sua mão.

— Agora vá com os agentes — sussurro. — Está bem?

Ela se afasta um pouco de mim, enxuga as lágrimas, respira fundo, olha para mim cheia de esperança e assente.

Então volta a se atirar no meu pescoço, envolvendo-o com os braços de novo.

Fecho os olhos e abraço seu corpo trêmulo. De repente minha filha adulta tem quinze anos a menos, uma criança que precisa do papai, um pai que deve ser sua rocha, que nunca vai decepcioná-la.

Queria poder abraçá-la, secar suas lágrimas, afastar todas as suas preocupações. Já há muito tempo, precisei me convencer de que não podia seguir a minha menina o tempo todo para me certificar de que o mundo não estava lhe fazendo mal. E agora tenho de me afastar e cuidar do que preciso cuidar, quando tudo o que queria, na verdade, era abraçá-la e não largar mais.

Levo as mãos ao seu rosto, enquanto os olhos inchados e cheios de expectativa da minha filha me encaram.

— Você é a pessoa que eu mais amo neste mundo — digo. — E prometo que vou voltar.

CAPÍTULO

21

Depois que Lilly deixa o bar com os agentes do Serviço Secreto, peço um copo d'água ao barman. Pego no bolso minhas pílulas, os esteroides que vão fazer a minha contagem de plaquetas subir. Odeio essas pílulas. Elas confundem a minha cabeça. Mas ou eu funciono com a cabeça confusa mesmo ou paro de funcionar por completo. Não há meio-termo. E parar de funcionar não é uma opção.

Vou para o carro. As nuvens estão escuras como as minhas panturrilhas. Nada de chuva ainda, mas o cheiro paira no ar.

Pego o celular no bolso e, enquanto caminho, ligo para a dra. Lane. Ela não tem como reconhecer o número, mas atende de qualquer maneira.

— Dra. Lane, aqui é Jon Duncan.

— *Senhor presidente? Liguei para o senhor muitas vezes essa tarde.*

— Eu sei. Estava ocupado.

— *Sua contagem continua caindo. Está abaixo de dezesseis mil.*

— Tudo bem, estou tomando o dobro de esteroides, como prometi.

— *Isso não é o suficiente. O senhor precisa de tratamento imediato.*

Quase sou atropelado, distraído na faixa de pedestres. O motorista de uma SUV enfia a mão na buzina, para deixar bem claro o meu erro.

— Eu ainda não cheguei a dez mil — argumento com a dra. Lane.

— Esse valor é apenas um parâmetro. Cada pessoa é diferente. O senhor pode estar sofrendo uma hemorragia interna neste exato momento.

— Mas é improvável — retruco. — A ressonância deu negativo ontem.

— Ontem. Mas e hoje? Não tem como saber.

Chego ao estacionamento onde meu carro está. Entrego o canhoto e o dinheiro, o funcionário me dá as chaves.

— Senhor presidente, o senhor tem muitas pessoas talentosas e capazes ao seu redor. Não tenho dúvidas de que elas poderiam cuidar de tudo durante algumas horas, enquanto o senhor estivesse no tratamento. Eu achava que os presidentes delegavam tarefas.

E delegam. Quase sempre. Mas isso eu não posso delegar. E não posso dizer à doutora o porquê. Nem a mais ninguém.

— Estou prestando atenção em tudo o que você está dizendo, Deborah. Mas agora tenho de ir. Por favor, mantenha o celular à mão.

Eu desligo, dou a partida no carro e me enfio no trânsito pesado. Pensando na garota com a camiseta de Princeton. Nina, para minha filha.

Pensando na "Idade das Trevas".

Pensando no encontro desta noite, nas ameaças que posso fazer, nas coisas que posso oferecer.

Um sujeito segurando um cartaz com a palavra ESTACIONAMENTO escrita me faz um sinal para que eu entre num terreno. Pago com dinheiro e sigo a orientação de outro homem até determinado ponto. Fico com as chaves e caminho por dois quarteirões até a frente de um prédio de apartamentos não muito alto, com CAMDEN SOUTH CAPITOL escrito na entrada. Do outro lado da rua há uma multidão barulhenta.

Atravesso o bulevar, o que não é fácil com todo o trânsito. Um sujeito passa por mim oferecendo: "Quem quer duas? Quem quer duas?"

Pego o envelope que Nina me deu e retiro a entrada do jogo desta noite, Nationals contra o Mets.

No portão esquerdo do Nationals Park, funcionários orientam o público pelos detectores de metal, usando detectores de mão em quem não passa na primeira triagem, vasculhando bolsas e mochilas em busca de armas. Espero a vez na fila, mas não demora muito. O jogo já começou.

Meu assento fica na seção 104, bem lá atrás. Estou acostumado a sempre ficar nos melhores lugares, em um camarote ou atrás da *home plate* ou logo ao lado do *dugout*. Mas prefiro assim, aqui atrás, no lado esquerdo do campo. Não é a melhor visão, mas parece mais real.

Olho ao redor, mas não adianta de nada. Vai acontecer quando tiver de acontecer. A mim, cabe ficar aqui sentado esperando.

Normalmente, eu estaria aqui como uma criança numa loja de doces. Segurando uma Budweiser e um cachorro-quente. Nada de cervejas artesanais: num jogo, nada melhor que uma Bud estupidamente gelada. E nunca houve comida melhor que um cachorro-quente com mostarda num jogo, nem a costela com molho de vinagre da minha mãe.

Eu relaxaria na cadeira e me lembraria dos arremessos na época da UCN, os sonhos de jogar profissionalmente quando o Royals me convocou na quarta rodada, meu ano no Memphis Chicks, suando nos ônibus, botando gelo no cotovelo nas noites passadas em espeluncas de beira de estrada, jogando para públicos de centenas apenas, comendo Big Macs e mascando tabaco.

Mas nada de cerveja hoje. Meu estômago já está se revirando enquanto espero o parceiro da garota de Princeton.

Meu celular vibra no bolso do jeans. Na tela, aparece o nome C Brock. Carolyn manda uma mensagem com um algarismo apenas: 3. Eu digito Wellman e aperto Enviar.

É nosso código para nos atualizarmos: até agora tudo bem. Mas não estou tão certo assim de que tudo esteja indo bem. Cheguei atrasado ao jogo. Será que ele já veio e foi embora? E se eu o perdi?

Não pode ser. Mas tudo o que posso fazer é ficar aqui, esperar e ver o jogo. O arremessador do Mets tem um braço forte, mas exagera na força do *splitter* e a bola não desce como deveria. O rebatedor do Nationals, canhoto, claramente está numa situação de *bunt*, de bater leve na bola, com homens na primeira e na segunda bases e o terceira-base posicionado bem atrás. O arremessador devia jogar alto, lá dentro, mas não é o que ele faz. Mas tem sorte quando o rebatedor não consegue reposicionar o taco a tempo e não sai da posição de *bunt*. No fim das contas, com dois *strikes*, o garoto manda uma bola alta para o fundo da área esquerda, na minha direção. Instintivamente, a torcida se levanta, mas era alta demais, e o interceptador do Mets consegue pegar pouco antes que ela saia do campo.

Quando todo mundo volta a se sentar, alguém no meu campo de visão periférico continua de pé, vindo pela fileira na minha direção. Usa um boné do Nationals novo em folha, mas, exceto por isso, parece totalmente deslocado num jogo de beisebol. Sem titubear sei que ele vai se sentar na cadeira vazia ao meu lado.

É o parceiro de Nina. Chegou a hora.

CAPÍTULO 22

A assassina conhecida como Bach fecha a porta, trancando-se no pequeno banheiro. Respira fundo, ofegante, cai de joelhos e vomita no vaso.

Em seguida, sentindo uma pressão nos olhos, o estômago embrulhado, respira fundo de novo e cai sentada. Isso não é bom. Inaceitável.

Quando por fim consegue se levantar, dá descarga e usa lenços desinfetantes para esfregar cuidadosamente o vaso, e depois os joga nele e dá outra descarga. Nada de vestígios nem de DNA.

Essa é a última vez que ela vai vomitar esta noite. Ponto final.

Ela se olha no espelho encardido acima da pia. Sua peruca é loira, um coque. O uniforme, azul-celeste. Não era o ideal, mas ela não conseguiu arrumar nenhum uniforme da equipe de limpeza do condomínio Camden South Capitol.

Ao sair do banheiro da sala de manutenção, os três sujeitos ainda estão lá de pé, também usando camisas azul-claras e calças escuras. Um deles é tão musculoso que os bíceps e o peitoral quase saltam fora da camisa. A aversão foi imediata quando se encontrou com ele mais cedo. Primeiro, porque ele se destaca. Ninguém nessa profissão devia se destacar. Depois, porque provavelmente ele confia mais na força bruta que na inteligência, na habilidade e na maldade.

Os outros dois são aceitáveis. Fortes e firmes, mas sem físicos avantajados. Rostos banais, perfeitamente esquecíveis.

— Está melhor? — quer saber o musculoso.

Os outros dois reagem com um sorriso, até verem a expressão no rosto de Bach.

— Melhor do que vocês vão se sentir se voltarem a perguntar isso.

Nunca provoque uma mulher no primeiro trimestre de gravidez, com um enjoo matinal que aparentemente não se limita à manhã. Ainda mais se ela for especializada em assassinatos de alto risco.

Bach se vira para o líder do trio, um careca com um olho de vidro. Ele levanta a mão, pedindo desculpas.

— Com todo o respeito, com todo o respeito.

O inglês dele é bom, apesar do sotaque pesado: Tchéquia, ela suspeita.

Bach estende a mão. O líder lhe entrega um fone de ouvido. Ela o coloca, ele faz o mesmo.

— Situação? — pergunta ela.

A resposta vem pelo fone.

— *Ele chegou. Nossa equipe está pronta.*

— Então vamos ocupar nossas posições.

Carregando o estojo da arma e a bolsa, Bach pega o elevador de carga. Nele, retira um casaco preto da mochila e o coloca. Tira a peruca por enquanto e põe na cabeça um boné preto. Agora está vestida de preto dos pés à cabeça.

Sai do elevador no último andar e sobe a escada até a porta que dá para o telhado. Como prometido, está destrancada. Sopra um vento forte lá fora, mas nada a que ela não possa se adaptar. Tem certeza de que vai chover em algum momento. Mas pelo menos não choveu até agora. Se essa bobagem desse evento esportivo tivesse sido cancelado, sua operação teria sido abortada.

Ela precisa, portanto, se preparar para a eventualidade de a chuva interromper o jogo, obrigando milhares de pessoas a sair de uma só vez, debaixo de um mar de guarda-chuvas. Uma vez ela matou um embaixador turco disparando uma bala através do guarda-chuva e atingindo o cérebro do sujeito, mas ele estava acompanhado de apenas uma pessoa numa rua tranquila. Seu problema esta noite será atingir o alvo na primeira situação — caso uma multidão saia simultaneamente pelos portões.

Para isso servem as equipes de campo.

Ela abre o estojo da arma usando o reconhecimento digital e monta Anna Magdalena, seu fuzil semiautomático, instalando a mira tática e carregando o pente.

Então se posiciona, agachada sob a proteção da noite que começa a cair. O sol vai se pôr em menos de vinte minutos, o que contribuirá para esconder ainda mais sua posição no telhado.

Bach se ajeita e focaliza a mira. Encontra a entrada que buscava, o portão esquerdo.

E agora vai esperar. Podem ser cinco minutos. Podem ser três horas. E então terá de agir quase imediatamente, com precisão mortal. Mas esse é o seu trabalho, e ela nunca falhou.

Ah, como gostaria de colocar os fones e ouvir um concerto para piano! Mas cada operação é diferente, e nesta ela precisa de uma equipe de reconhecimento mandando informações pelo seu ouvido. Elas podem chegar a qualquer momento, de modo que, em vez de ouvir Andrea Bacchetti tocando o Concerto para piano nº 4 no Teatro Olimpico di Vicenza, ouve os sons do tráfego, o delírio da multidão no estádio, rajadas de música de órgão usadas para empolgar as pessoas ainda mais e eventualmente atualizações da equipe.

Ela inspira e expira. Deixa o pulso se acalmar. Deixa o dedo perto do gatilho, mas livre. Não faz sentido ficar impaciente. O alvo virá até ela, como sempre.

E, como sempre, ela vai acertar.

CAPÍTULO

23

O sujeito se senta ao meu lado sem dizer uma palavra, a cabeça baixa quando passa por mim e se acomoda à minha esquerda, como se fôssemos estranhos que por acaso compraram entradas ao lado um do outro.

E de fato somos estranhos. Não sei nada sobre ele. O inesperado é tão comum na minha função que passa a ser esperado, mas, sempre que algo aparece, disponho de uma equipe de assessores para me ajudar a analisar a situação, para coletar todos os dados e entender o que está acontecendo, impondo alguma ordem no caos. Dessa vez, estou sozinho e completamente perdido.

Ele pode ser apenas um mensageiro, entregando uma informação que sequer entende, sem nada de valor para apresentar caso seja interrogado. Se esse for o caso, o perfil que me foi apresentado estava deturpado, embora não desse mesmo para confiar na fonte, a mulher conhecida como Nina.

Ele pode ser um assassino. Essa história toda pode ser uma armadilha para me apanhar sozinho e vulnerável. Nesse caso, minha filha ficará sem pai nem mãe. E eu terei comprometido a função presidencial ao me deixar ludibriar por uma trama simplista, comparecendo a um encontro secreto.

Mas eu tinha de arriscar, tudo por causa destas palavras: *Idade das Trevas*.

Ele se vira e olha para mim de perto pela primeira vez, para o sujeito que sabe se tratar do presidente Duncan, mas que, com a barba ruiva, os óculos e o boné de beisebol, não se parece muito com o comandante em chefe que costuma ver na mídia, barbeado, de terno e gravata. Faz com a cabeça um leve gesto de aprovação, que tomo como aprovação não do disfarce propriamente, mas do fato de eu estar usando um disfarce. Significa que entrei no jogo, pelo menos por enquanto. Eu havia concordado em ter esse encontro secreto. Já havia reconhecido a importância dele.

Era a última coisa que eu queria admitir, mas não podia evitar. Para mim, neste exato momento, esse sujeito pode ser a pessoa mais perigosa do mundo.

Olho de relance ao redor. Ninguém sentado ao meu lado nem ao lado dele, ninguém diretamente atrás de nós, tampouco.

— Diga o código — peço.

Ele é jovem, como a parceira, Nina, talvez 20 e poucos anos, no máximo. Magro, como ela. A estrutura óssea sugere origem do Leste Europeu, como a dela. É caucasiano, mas tem a pele mais morena que a parceira. Talvez alguma ascendência mediterrânea, talvez do Oriente Médio ou da África. O rosto é em grande parte coberto por uma barba espessa e amarfanhada, o cabelo oleoso despontando sob o boné de beisebol. Os olhos são fundos, como se estivesse com olheiras. O nariz é longo e torto — ou isso é genético, ou por ter sido quebrado.

Usa uma camiseta preta, calça cargo escura e tênis de corrida. Não carrega nenhuma bolsa ou mochila.

Não está com uma arma de fogo. Não teria passado pela segurança. Mas não faltam objetos que possam ser usados como arma. É possível matar alguém com uma chave de casa, um pedaço de madeira e até uma caneta esferográfica, se for inserida com precisão cirúrgica no corpo da vítima. No treinamento dos Rangers, antes de ser mandado para o Iraque, nos mostraram coisas — técnicas de defesa pessoal, armas improvisadas — que jamais teriam me ocorrido. Um movimento rápido com uma lâmina na artéria carótida e eu estaria me esvaindo em sangue antes que qualquer ajuda médica aparecesse.

Seguro o braço dele, minha mão envolvendo completamente o membro ossudo.

— Diga o código. *Agora*.

Ele se surpreende com o movimento. Olha para minha mão agarrando seu bíceps e de novo para mim. Perplexo, mas — observo e percebo devidamente — não particularmente abalado.

— Meu filho — digo, mantendo o controle da expressão facial e da voz —, isso aqui não é brincadeira. Você não sabe com quem está se metendo. Você não está com essa bola toda, não.

Gostaria de estar numa posição que fosse tão vantajosa quanto estou querendo dar a entender.

Ele aperta os olhos e só então decide falar.

— O que você quer que eu diga? — pergunta. — Armagedom? Holocausto nuclear?

O mesmo sotaque da parceira. Mas o inglês dele parece melhor.

— Última chance — digo. — Você não vai gostar nada do que vem depois.

Ele foge ao contato visual.

— Você diz essas coisas como se eu quisesse alguma coisa de você. Mas é você que quer alguma coisa de mim.

Esta última afirmação é inegável. Minha presença aqui o confirma. Mas o inverso também é verdadeiro. Não sei o que ele tem a me dizer. Se for apenas informação, ele vai ter um preço. Se quiser fazer uma ameaça, vai exigir um pagamento. Ele não se deu a esse trabalho todo por nada. Eu também tenho algo que ele quer. Só não sei o que é.

Solto o braço dele.

— Você não vai conseguir sair do estádio — digo, me levantando.

— "Idade das Trevas" — solta ele entre os dentes, como se rogasse uma praga.

No campo, Rendon rebate a bola para o chão de tal forma que obriga o *shortstop* a pegá-la e arremessá-la enquanto ainda corre para eliminar o rebatedor antes que ele chegue à primeira base.

Eu volto a me sentar. Respiro fundo.

— Como vou chamá-lo? — pergunto.

— Pode me chamar de... Augie.

A arrogância e o sarcasmo se foram. Uma pequena vitória para mim. Ele provavelmente tem cartas melhores que as minhas, mas é um garoto, e eu, um profissional nisso.

— E como... eu devo chamá-lo? — indaga ele, quase inaudível.

— Senhor presidente.

Passo o braço pelo encosto da cadeira dele, como se fôssemos velhos amigos, ou parentes.

— O negócio é o seguinte — começo. — Você vai me dizer como é que ficou sabendo dessas palavras. E vai dizer tudo o que veio aqui para dizer. E então *eu* vou decidir o que fazer. Se nós dois conseguirmos nos entender, se eu ficar satisfeito com a nossa conversa, aí pode dar tudo certo para você, Augie.

Dou um tempo para que ele assimile o que acabei de dizer, a luz no fim do túnel para ele. Isso não pode faltar em nenhuma negociação.

— Mas, se eu *não* ficar satisfeito — prossigo —, vou fazer com você, com a sua namorada e com todo mundo com quem você se importa o que for necessário para proteger meu país. Não há nada que eu não possa fazer. Não há nada que eu *não* vá fazer, se for preciso.

Sua boca se contrai num esgar. Uma expressão de ódio, sem dúvida, ódio de mim e de tudo o que eu represento. Mas ele também está com medo. Até agora lidou comigo a distância, usando a parceira para entrar em contato com minha filha na Europa, usando sua tecnologia a distância, mas agora está aqui, em pessoa, com o presidente dos Estados Unidos. Não tem mais volta.

Ele se inclina para a frente, cotovelos apoiados nos joelhos, numa tentativa de se afastar de mim. Ótimo. Está desorientado.

— Você quer saber como é que eu fiquei sabendo da "Idade das Trevas" — diz então, a voz menos segura, hesitante. — Também quer saber por que a energia tem andado instável na Casa Branca?

Eu não demonstro nenhuma reação. Ele está dizendo que é responsável pelas quedas de luz na Casa Branca. Isso é um blefe? Tento me lembrar se a luz piscou quando Nina estava lá.

— Deve ser chato mesmo — continua ele — ter que cuidar de problemas importantes de segurança nacional e política econômica e... maquinações políticas no seu Salão Oval com a luz falhando, como se você morasse num barraco num país do Terceiro Mundo.

Ele respira fundo.

— Os seus técnicos não têm a menor ideia do motivo, têm? Claro que não.

O tom de voz dele voltou a ser confiante.

— Você tem dois minutos, garoto. Começando agora. Se não disser a que veio, vai ter de dizer às pessoas que trabalham para mim, pessoas nada amistosas.

Ele balança a cabeça, mas é difícil saber a quem está querendo convencer, se a mim ou a si mesmo.

— Não, você veio sozinho — declara, com esperança na voz, e não convicção.

— Vim?

A multidão urra com o som da bola batendo num taco, todos ao nosso redor se levantam, gritando, mas logo desanimam quando fica evidente que houve uma infração. Augie não se mexe, ainda inclinado para a frente, os olhos fixos no encosto da cadeira à frente.

— Um minuto e meio — aviso.

No jogo, o rebatedor leva um terceiro *strike*, uma *slider* impossível de ser rebatida, e a multidão grita e vaia sem parar.

Consulto o meu relógio.

— Um minuto — digo. — E é o fim da linha para você.

Augie se recosta para me encarar de novo. Mantenho os olhos no campo, não vou ter a consideração de olhar para ele.

Mas acabo me virando, como se agora estivesse pronto para ouvir o que ele tem a dizer. Sua expressão agora é diferente, intensa e fria.

Augie segura no colo uma pistola apontada para mim.

— É o fim da linha para *mim*?

CAPÍTULO

24

Fico olhando para Augie, não para a arma.

Ele a mantém no colo, longe da visão dos outros espectadores. Agora entendo por que os assentos de ambos os nossos lados estão vazios, assim como os quatro assentos à nossa frente e atrás. Augie comprou todos eles para termos alguma privacidade.

Pelo formato quadrado, dá para perceber que é uma Glock, uma pistola que eu nunca usei, mas ainda assim uma 9 milímetros, capaz de disparar uma bala em mim a curta distância.

Houve uma época em que eu seria capaz de desarmá-lo sem levar um tiro fatal. Mas os Rangers ficaram para trás há muito tempo. Estou com 50 anos e enferrujado.

Não é de modo algum a primeira vez que apontam uma arma para mim. Quando fui prisioneiro de guerra, diariamente um guarda carcerário iraquiano apontava uma pistola para minha cabeça e puxava o gatilho.

Mas essa é a primeira vez depois de muito tempo, e a primeira vez como presidente.

Mesmo com o pulso acelerado, tento equacionar a situação: se ele quisesse me matar, já teria puxado o gatilho. Não precisaria esperar até que eu me virasse para ele. Augie queria que eu visse a pistola. Queria alterar a dinâmica da conversa.

Espero estar certo. Ele não parece ter muita experiência no manejo de armas de fogo. Um mero espasmo nervoso é o que me separa de levar uma bala no meio das costelas.

— Você está aqui por algum motivo — digo. — Guarde essa arma e diga do que se trata.

Ele contrai os lábios.

— Talvez eu me sinta mais seguro assim.

Eu me inclino para a frente, baixando a voz.

— Com essa arma você está *menos* seguro. O meu pessoal fica nervoso. Isso os deixa com vontade de meter uma bala na sua cabeça agora mesmo, sentado aqui do meu lado.

Ele começa a piscar muito, os olhos vasculhando ao redor, tentando manter o controle. A ideia de se estar na mira de um franco-atirador pode deixar os nervos de qualquer um em frangalhos.

— Você não vai conseguir vê-los, Augie. Mas pode ter certeza: eles estão vendo você.

O que estou fazendo é arriscado. Talvez deixar apavorado um sujeito com o dedo no gatilho de uma pistola pronto para atirar não seja o mais indicado. Mas eu preciso que ele guarde essa arma. E vou continuar a fazê-lo crer que não está lidando com um homem, mas com um país — um país com uma força esmagadora e recursos intermináveis.

— Ninguém quer te machucar, Augie — asseguro. — Mas, se você puxar esse gatilho, vai estar morto em dois segundos.

— Não. Você veio... — E sua voz some.

— O quê? Eu vim sozinho? Você sabe que não. Você é esperto demais para acreditar nisso. Por isso guarda essa arma e me diz por que eu estou aqui. Caso contrário, eu vou embora.

A pistola se move no seu colo. Os olhos se apertam de novo.

— Se você for embora, não vai poder impedir o que vai acontecer.

— E você não vai conseguir o que quer de mim, seja lá o que for.

Ele reflete um pouco. É o mais inteligente a fazer, pensando bem, mas Augie quer que seja ideia dele, não minha. Por fim, assente com a cabeça e ergue a perna da calça, guardando a pistola no coldre.

Eu finalmente respiro.

— Como você conseguiu passar pelos detectores de metal com essa pistola?!

Ele baixa a perna da calça. Parece tão aliviado quanto eu.

— Uma máquina rudimentar só sabe o que dizem que ela sabe. Ela não pensa sozinha. Se alguém mandar que ela não veja nada, ela não vê nada. Se alguém mandar que ela feche os olhos, ela fecha os olhos. Máquinas não fazem perguntas.

Tento recordar o momento em que passei pelo detector. Não havia raios X, como nos aeroportos. Só um portal que fazia bipe ou não quando alguém passava, enquanto a segurança ao lado esperava algum sinal audível.

Augie provocou alguma interferência no dispositivo. Desativou-o ao passar.

Ele hackeou o sistema elétrico da Casa Branca.

Derrubou um helicóptero em Dubai.

E sabe sobre a "Idade das Trevas".

— Aqui estou eu, Augie. Você já conseguiu esse encontro. Me diga como é que sabe da "Idade das Trevas".

Ele ergue as sobrancelhas. Quase sorri. Conseguir esse código é um feito e tanto, e ele sabe disso.

— Você deu um jeito de hackear? — pergunto. — Ou...

Agora ele abre um sorriso.

— Você está preocupado é com o "ou". Tão preocupado que nem consegue dizer.

Não discuto. Ele está certo.

— Porque, se eu não consegui isso remotamente — continua ele —, só existe outra forma. E você sabe o que isso quer dizer.

Se Augie não ficou sabendo da "Idade das Trevas" hackeando — e é difícil imaginar como ele teria sido capaz —, obteve esse nome por meio de alguém, e a lista de pessoas com acesso à "Idade das Trevas" é muito, muito pequena.

— Foi por isso que você aceitou se encontrar comigo. É claro que você entendeu o que isso significa.

Eu aceno positivamente com a cabeça e digo:

— Isso significa que há um traidor na Casa Branca.

CAPÍTULO

25

A torcida explode em aplausos. Um órgão toca. O Nationals está deixando o campo. Alguém percorre a fileira de assentos indo para o corredor. Como invejo esse sujeito, cuja maior preocupação no momento é mijar ou comprar nachos na barraquinha.

Meu celular vibra. Faço menção de pegá-lo no bolso, mas me dou conta de que qualquer movimento brusco pode assustá-lo.

— Meu celular — explico. — É só o celular. Verificação de segurança.

Augie franze a testa.

— O que é isso?

— Minha chefe de Gabinete. Ela quer saber se está tudo bem comigo. Só isso.

Augie recua, desconfiado. Mas não espero sua aprovação. Se não atender Carolyn, ela vai presumir o pior. E haverá consequências. Ela vai abrir a carta que lhe entreguei.

A mensagem de texto, mais uma vez, é de C Brock. E, de novo, apenas um número, dessa vez, 4.

Eu digito Stewart em resposta e envio.

Guardo o celular e digo:

— Então, vamos lá. Como é que você ficou sabendo da "Idade das Trevas"?

Ele balança a cabeça. Não vai ser tão fácil assim, não. Assim como a parceira, ele não vai entregar a informação. Ainda não. Com isso, ganha poder de barganha. Pode até ser seu *único* poder de barganha.

— Eu preciso saber.

— Não, não precisa. Você *quer* saber. O que você *precisa* saber mesmo é mais importante.

É difícil imaginar algo mais importante que saber se alguém do meu círculo mais próximo traiu o país.

— Então me diga o que eu preciso saber.

— O seu país não vai sobreviver.

— O que isso quer dizer? — pergunto. — Como assim?

Ele dá de ombros.

— Na verdade, pensando bem, isso é inevitável. Por acaso acha que vocês vão poder impedir para sempre uma explosão nuclear nos Estados Unidos? Você já leu *Um cântico para Leibowitz*?

Balanço a cabeça, buscando no banco de memória. Me parece familiar, da aula de literatura no ensino médio.

— E *The Fourth Turning*? Uma discussão fascinante sobre a... natureza cíclica da história. A humanidade é previsível. Os governos tratam mal os povos, o próprio povo e os outros. Sempre foi assim e sempre vai ser. E os povos reagem. Ação e reação. A história sempre avançou assim e sempre vai avançar.

Ele agita o dedo no ar.

— Ah, mas agora... agora a tecnologia permite a qualquer um causar destruição total. Ela altera os termos, certo? A destruição mútua assegurada não é mais um fator impeditivo. Não é mais necessário recrutar milhares ou milhões para uma causa. Ter um exército, um movimento popular, tudo isso é desnecessário. Basta um homem, disposto a acabar com tudo, a morrer, se necessário, e que não seja suscetível a coerção nem negociação.

Lá no alto, os primeiros sinais de um céu turbulento. Trovões, mas sem relâmpagos. Nada de chuva ainda. As luzes do estádio já se acenderam, por isso o céu escuro não surte grande efeito.

Eu me inclino para perto dele, olhando nos seus olhos.

— Isso é uma aula de história? Ou você está me dizendo que algo está prestes a acontecer?

Augie pisca. Engole em seco, o pomo de adão sobe e desce.

— Algo está prestes a acontecer — diz, a voz alterada.

— Quando?

— Em questão de horas.

Meu sangue gela.

— E do que estamos falando exatamente? — pergunto.

— Você já sabe.

Claro que sei. Mas quero ouvi-lo dizer. Não vou entregar de bandeja assim.

— Me diga — insisto.

— O vírus. Aquele que você viu por um momento — ele estala os dedos —, antes de desaparecer. O motivo da sua ligação para Suliman Cindoruk. O vírus que vocês não conseguiram localizar. O vírus que deixou os seus especialistas sem saber o que fazer. O vírus que te deixa apavorado. O vírus que você jamais vai ser capaz de conter sem a nossa ajuda.

Olho ao redor, para ver se alguém está prestando atenção em nós. Ninguém.

— Os Filhos da Jihad estão por trás disso? — sussurro. — Suliman Cindoruk?

— Sim. Nisso você tinha razão.

Eu engulo em seco com um nó na garganta.

— O que ele quer?

Augie pisca algumas vezes, a expressão alterada, confuso.

— O que *ele* quer?

— Sim — repito. — Suliman Cindoruk. O que ele quer?

— Isso eu não sei.

— Você não...

Eu me recosto na cadeira. Qual é o sentido de se fazer uma chantagem sem saber o que está sendo exigido? Dinheiro, libertação de um prisioneiro, perdão, uma mudança na política externa... alguma coisa. Ele veio aqui para me ameaçar, para conseguir alguma coisa, e não sabe o que quer?

Talvez sua função seja demonstrar a ameaça. Mais tarde, alguém fará a exigência. É possível, mas me parece um pouco estranho.

Então a ficha cai. Sempre foi uma possibilidade, mas, na lista de situações possíveis para esta noite, nunca esteve entre as mais prováveis.

— Você não veio em nome de Suliman Cindoruk — arrisco.

Augie dá de ombros.

— Meus interesses não estão mais... alinhados com os de Suli, é verdade.

— Quer dizer que já estiveram. Você fazia parte dos Filhos da Jihad.

Um esgar de desdém percorre seu lábio superior, o rosto se ruboriza, ele fica com fogo nos olhos.

— Fazia — reconhece. — Não mais.

Sua reação de raiva, emocional — ressentimento em relação ao FdJ ou ao seu líder, alguma luta por poder, talvez —, é algo que deixo para mais tarde, algo que talvez possa usar.

A batida de um taco na bola. A torcida se levanta, barulhenta. Música tocando nas caixas de som. Alguém consegue um *home run*. Parece que estamos a anos-luz de distância de um jogo de beisebol.

Abro as mãos.

— Então me diga o que *você* quer.

Ele balança a cabeça.

— Ainda não. — *Ainda non.*

As primeiras gotas de chuva caem na minha mão. Leve, esporádica, nada pesada, provocando resmungos da torcida, mas nenhum movimento, ninguém preocupado em procurar abrigo.

— Agora vamos — diz Augie.

— "Vamos"?

— Sim, nós dois.

Estremeço. Mas eu presumi que esse encontro acabaria sendo transferido para outro lugar. Não é seguro, mas esse encontro também não é. Nada nessa história é seguro.

— OK — digo, e me levanto da cadeira.

— Seu celular — diz ele. — Fica com ele na mão.

Eu olho para ele como se perguntasse por quê.

Augie também se levanta e acena positivamente com a cabeça.

— Logo, logo você vai entender.

CAPÍTULO

26

Respire. Relaxe. Mire. Aperte.

Bach está deitada no telhado, respiração regular, nervos relaxados, o olho observando o estádio de beisebol lá embaixo pela mira do fuzil, portão esquerdo. Lembrando-se das palavras de Ranko, seu primeiro professor, com um palito no canto da boca e cabelos ruivos eriçados — *um espantalho com um cabelo que pegou fogo*, como ele próprio se descreveu certa vez.

Alinhe seu corpo com a arma. Pense no fuzil como parte do seu corpo. Mire com o corpo, não com a arma.

Você precisa se manter firme.

Mire num ponto específico, não no alvo.

Aperte o gatilho num movimento contínuo. Seu indicador está separado do restante da mão.

Não, não... você mexeu a arma. Mantenha o restante da mão imóvel. Você não está respirando. Respire normalmente.

Respire. Relaxe. Mire. Aperte.

A primeira gota de chuva cai no seu pescoço. A chuva pode rapidamente acelerar os acontecimentos.

Ela afasta a cabeça da mira e lança mão dos binóculos para verificar a ação das suas equipes.

A equipe 1, ao norte da saída, três homens juntos, falando e rindo, aparentemente apenas três amigos que se encontraram na rua e estão conversando.

A equipe 2, ao sul da saída, fazendo o mesmo.

Logo abaixo da sua posição, do outro lado da rua, em frente ao estádio, fora do seu campo de visão, deve estar a equipe 3, também reunida, pronta para impedir qualquer fuga na sua direção.

A saída estará cercada, as três equipes prontas para apertar o cerco como uma jiboia.

— Ele está se levantando.

Seu coração bate mais forte, a adrenalina correndo pelo corpo, ao ouvir as palavras pelo fone de ouvido.

Respirar.

Relaxar.

O mundo fica mais lento. Devagar. Tranquilo.

Não vai ser perfeito, como planejado. Nunca é. Uma pequena parte dela, a competidora que existe dentro dela, prefere quando não é, quando ela precisa fazer algum ajuste de última hora.

— *Caminhando para a saída* — ela ouve agora.

— Equipes 1 e 2, agora — ordena ela. — Equipe 3, a postos.

— Equipe 1, a caminho — vem a resposta.

— Equipe 2, a caminho.

— Equipe 3, a postos.

Ela aproxima o olho da mira do fuzil.

Respira.

Relaxa.

Mira.

Ela envolve o gatilho com o dedo, pronta para apertar.

CAPÍTULO

27

Augie e eu caminhamos para a saída, o portão esquerdo por onde entrei, meu celular na mão, como instruído. Algumas pessoas já desistiram do jogo com as primeiras gotas de chuva, mas a maior parte dos trinta e tantos mil se mantém firme por enquanto, por isso não estamos saindo com uma multidão. O que eu teria preferido. Mas não cabe a mim decidir.

Todo o autocontrole e a confiança de Augie se foram. Enquanto nos aproximávamos da saída, enquanto o que quer que estivesse por vir se aproximava, ele começou a ficar mais nervoso, o olhar inquieto, os dedos agitados sem motivo algum. Ele verifica o celular, talvez para ver a hora, talvez para ver alguma mensagem, mas não tenho como saber, pois as mãos dele envolvem o aparelho.

Atravessamos o portão do estádio. Ele se detém quando ainda estamos no pátio, já do lado de fora da construção, olhando para a Capitol Street, mas ainda protegidos pelo muro. Sair do estádio é um momento importante para ele. Augie deve se sentir seguro na multidão.

Olho para o céu, agora de uma escuridão profunda, uma gota de chuva cai no meu queixo.

Augie respira fundo e faz um sinal positivo com a cabeça.

— Agora — diz.

Ele avança, passando pelo muro do pátio e chegando à calçada. Há algumas poucas pessoas por ali. À nossa direita, ao norte, um grande utilitário estacionado junto ao meio-fio. Ao lado do veículo, dois lixeiros suados curtindo um cigarro debaixo de um poste de luz.

Ao sul, à nossa esquerda, uma viatura da Polícia Metropolitana de Washington parada no meio-fio, sem ninguém dentro.

Logo atrás da viatura, uma van, estacionada a cerca de dez metros de nós.

Augie parece olhar para o veículo, querendo ver o motorista. Também olho. Difícil discernir os detalhes, mas as características são inconfundíveis: o contorno esquelético dos ombros, o rosto anguloso. A parceira de Augie, a mulher de Princeton, Nina.

Aparentemente em resposta, os faróis da van piscam duas vezes. E depois ela se apaga por completo.

Augie baixa a cabeça para o celular, que se acende quando ele digita. Então para, ergue a cabeça e espera.

Por um momento, ele fica imóvel. Tudo fica imóvel.

Algum sinal, penso com meus botões. *Alguma coisa está prestes a acontecer.*

Meu último pensamento antes de tudo escurecer.

CAPÍTULO

28

— Eu, Katherine Emerson Brandt... juro solenemente... que exercerei lealmente o cargo de presidenta dos Estados Unidos... e vou fazer tudo o que estiver ao meu alcance... para preservar, proteger e defender... a Constituição dos Estados Unidos.

Kathy Brandt ajeita o casaco e, com a cabeça, dirige a si mesma um cumprimento no espelho do banheiro, nos aposentos privados da vice-presidência.

Não tem sido fácil ser vice-presidenta, embora saiba muito bem que muita gente não hesitaria em trocar de lugar com ela. Mas quantas dessas pessoas estiveram prestes a conquistar uma indicação para concorrer à presidência para em seguida ver os sonhos desmoronando por causa de um herói de guerra meio boa-pinta com um senso de humor ácido?

Na noite da Superterça, quando o Texas e a Geórgia aderiram a Duncan no último momento, ela prometeu a si mesma que não reconheceria a derrota, que não apoiaria a candidatura dele e que, com a ajuda de Deus, não faria parte da *chapa* dele.

E, no fim das contas, ela fez tudo isso.

E agora é uma parasita, vivendo à custa do hospedeiro. Se ele comete um erro, *ela* cometeu o erro. Como se não bastasse, precisa defender o erro como se fosse seu.

E, se não o faz, se ela se distancia e critica o presidente, está sendo desleal. Os críticos, de qualquer maneira, vão botá-la no mesmo pacote que Duncan, e seus partidários vão abandoná-la por não ter sido capaz de se posicionar com o presidente.

Tem sido uma dança bem complicada.

— Eu, Katherine Emerson Brandt... juro solenemente...

O telefone toca. Instintivamente, ela estende a mão para atender o aparelho que está na penteadeira, seu telefone de trabalho, embora perceba que o toque é do outro telefone.

Seu telefone pessoal.

Ela entra no quarto e o pega ao lado da cama. Vê quem está ligando. Sente um arrepio.

Lá vamos nós, pensa com seus botões ao atender.

CAPÍTULO 29

Escuro, tudo escuro.

Trinta mil pessoas gritando em uníssono no estádio atrás de mim enquanto tudo mergulha na escuridão, postes de luz, prédios e sinais de trânsito, tudo apagado em muitos quarteirões. Os faróis dos carros que passam pela Capitol Street formam halos, holofotes varrendo um palco, e os celulares são vaga-lumes dançando no escuro.

— Usa o seu celular — manda Augie, a voz furiosa, batendo no meu braço. — Vamos, rápido!

Nós corremos no escuro até a van de Nina, segurando o celular na frente, na tentativa de iluminar um pouco o caminho.

Uma luz se acende no interior da van quando a porta de correr se abre para nós. Agora se destacando na escuridão do ambiente, surgem bem delineados os traços da mulher de Princeton, o rosto anguloso de uma modelo esquelética, as sobrancelhas unidas numa expressão de preocupação quando ela agarra o volante. Nina parece estar dizendo alguma coisa, provavelmente querendo que nos apressemos...

... no exato instante em que o vidro da sua janela é estilhaçado e o lado esquerdo do seu rosto explode, sangue, pele e massa cinzenta salpicando o para-brisa.

Sua cabeça tomba para a direita, o corpo sustentado pelo cinto de segurança, os lábios ainda contraídos pela fala, os olhos de corça vazios ao lado de uma cratera sangrenta à esquerda do crânio. Uma criança inocente e assustada subitamente, abruptamente, violentamente não está mais assustada, agora em paz...

Se tiver de encarar fogo inimigo, se jogue no chão ou se agache até passar.

— N.. Não... Não! — grita Augie...

Augie.

Volto a ter foco e o agarro pelos ombros, baixando-o de encontro à viatura estacionada perto da van, caindo por cima de Augie na calçada. À nossa volta, com o ar sibilando por causa dos projéteis, ocorrem pequenas explosões na pavimentação. As janelas da viatura se espatifam, o que causa uma chuva de estilhaços de vidro. O muro do estádio cospe pedras e pó em cima de nós.

Um caos de gritaria, pneus cantando, buzinas, tudo meio abafado pela percussão na minha cabeça, meu pulso ensandecido. A viatura parece afundar sob a chuva de balas implacável.

Arrasto Augie pela calçada, tentando encontrar a perna da sua calça, a pistola no coldre preso ao tornozelo. Em meio à injeção de adrenalina ouço batidas surdas, sempre presentes nos combates. Um veterano nunca se livra disso.

A Glock é consideravelmente mais leve que a Beretta, a pistola com a qual fui treinado, tem uma pegada melhor, e ouvi dizer que é bem precisa, mas armas são como carros: sabe-se que eles sempre têm faróis, ignição e limpadores de para-brisa, mas ainda assim são necessários alguns segundos para se acertar quando se lida com um modelo diferente. E assim perco preciosos momentos sentindo o peso e a pegada, até estar preparado para apontar e atirar...

Ao sul, a luz da porta lateral da van se projeta na calçada. Três homens surgem da escuridão, correndo na nossa direção. Um deles, grande e musculoso, vem à frente dos outros, correndo na minha direção iluminado pelo facho de luz da van, segurando uma arma com as mãos.

Disparo duas vezes, mirando no centro de massa. Ele cambaleia e cai para a frente. Não consigo ver os outros dois recuando para a escuridão... onde estão?... quantas balas eu tenho?... será que vão vir outros pelo outro lado?... é um pente de dez balas?... onde estão os outros dois caras que vieram do sul?

Eu me viro para a esquerda no momento em que o teto da viatura leva dois tiros, então cubro o corpo de Augie com o meu. Giro a cabeça para a esquerda, para a direita, para a esquerda, tentando enxergar na escuridão, mais explosões na calçada ao redor. O atirador experimenta todos os ângulos para nos acertar, mas não consegue. Enquanto ficarmos aqui agachados atrás do carro, o atirador, onde quer que esteja, não tem como nos atingir.

Mas, enquanto ficarmos aqui, seremos alvos fáceis.

Augie se esforça para se desvencilhar de mim.

— A gente tem que sair correndo, a gente tem que correr...

— Não se mexe! — grito, fazendo força para mantê-lo deitado. — Se a gente sair correndo, a gente morre.

Augie fica parado. Assim como eu, no nosso casulo de escuridão. Uma enorme barulheira no estádio, caos generalizado por causa do blecaute, pneus cantando, buzinas... porém, as balas param de castigar a viatura.

E a calçada onde estamos.

E o muro do estádio na nossa frente.

O atirador parou. Ele parou porque...

Eu me viro e vejo um sujeito contornando a van pelo lado do motorista, iluminado pela luz interna, uma arma na altura do ombro. Puxo o gatilho uma, duas, três vezes, vendo fogo sair de sua arma também, balas ricocheteando no capô da viatura na troca de tiros, mas levo vantagem, deitado no escuro, enquanto ele está de pé na luz.

Arrisco outra olhada por cima do capô, meu pulso emitindo ondas de choque pelo corpo inteiro. Nenhum sinal do atirador nem do terceiro homem do grupo ao sul.

Carros freando, homens gritando, vozes que reconheço, palavras que reconheço...

— Serviço Secreto! Serviço Secreto!

Baixo a arma e eles já estão em cima de mim, me cercando com armas automáticas apontadas em todas as direções, enquanto alguém me agarra por baixo dos braços e me levanta, e eu tento dizer "franco-atirador", mas não sei se a voz sai realmente, estou pensando, mas não consigo falar, e gritos de "Vai! Vai! Vai!" enquanto sou carregado até um veículo, protegido por todos os lados por gente treinada para sacrificar a própria vida para salvar a minha...

E de repente uma luz cegante, um zumbido alto, tudo volta a ficar claro, claro como um holofote na minha cara, a energia totalmente restabelecida.

Eu me ouço dizer "Augie" e "tragam ele", e a porta é fechada, e estou deitado no carro, e "Vai! Vai! Vai!", e já estamos a toda a velocidade em terreno irregular, o canteiro central da Capitol Street.

— O senhor está ferido? O senhor está ferido? — Alex Trimble passa as mãos por mim freneticamente, em busca de sinais de ferimentos.

— Não — respondo, mas ele não quer acreditar, tocando meu peito e meu tronco, me forçando a virar de lado para verificar minhas costas, meu pescoço, minha cabeça e por fim as pernas.

— Ele não está ferido — anuncia Alex.

— Augie — balbucio. — O... garoto.

— Já estamos com ele, senhor presidente. Ele está no carro, atrás de nós.

— A garota... Tragam a garota também.

Ele suspira, olhando pela janela traseira, a adrenalina desacelerando.

— O pessoal da Polícia Metropolitana pode cuidar...

— Não, Alex, não — interrompo. — A garota... Ela está morta... Precisamos levá-la... Digam qualquer coisa... qualquer coisa ao pessoal da polícia...

— Sim, senhor.

Alex dá uma ordem ao motorista. Tento processar o que acabou de acontecer. Estou vendo todos os pontos, espalhados feito as estrelas de uma galáxia, mas não consigo ligar uns aos outros, por enquanto é impossível.

Meu celular vibra. Deve ter caído no chão. Carolyn. Só pode ser Carolyn.

— Eu preciso... do celular — digo a Alex.

Ele o pega e o põe na minha mão, ainda trêmula. O número que Carolyn me manda por mensagem é 1. Meus pensamentos estão confusos demais para que eu me lembre do nome da minha professora do primeiro ano do ensino fundamental. Mas consigo vê-la. Era alta, um nariz adunco enorme...

Preciso lembrar. Preciso responder. Se eu não responder...

Richards. Não, Richardson, sra. Richardson.

O celular cai da minha mão. Estou tremendo tanto que não consigo segurá-lo, muito menos digitar. Digo a Alex o que deve escrever, e é o que ele faz.

— Eu quero ir no mesmo carro... que Augie — peço. — O homem... que estava comigo.

— Nós vamos nos encontrar na Casa Branca, senhor presidente, e então podemos...

— Não — corto. — Não.

— Não o quê, senhor?

— Não vamos voltar... para a Casa Branca.

CAPÍTULO

30

Não paramos até chegar à rodovia, então digo a Alex que pegue uma saída. O céu finalmente desabou, uma chuva pesada castiga o para-brisa, os limpadores indo de um lado para o outro, uma cadência urgente como meu pulso.

Alex Trimble está gritando com alguém no celular ao mesmo tempo que fica de olho em mim, querendo se certificar de que não estou em estado de choque. *Choque* não é bem a palavra. Meu corpo é bombardeado por adrenalina enquanto repasso o que aconteceu, então relaxa quando cai a ficha de que estou em segurança no interior deste SUV blindado, mas o veículo volta a ser bombardeado com ainda mais intensidade, como se fosse uma maré alta.

Enquanto não morrer, eu continuo vivo. Era o meu mantra como prisioneiro de guerra, quando os dias se misturavam às noites na cela sem janelas, quando enrolavam uma toalha no meu rosto e a encharcavam de água, quando usavam os cães, quando me vendavam e entoavam orações pressionando uma arma na minha têmpora.

Não é uma questão de ter sobrevivido por um triz. Eu simplesmente estou vivo, ponto, e mais do que nunca, uma euforia que enche meu corpo de energia, cada sentido aguçado, o cheiro do assento de couro, o gosto da bile na boca, a sensação do suor escorrendo pelo rosto.

— Não posso dizer mais nada — declara Alex ao telefone a alguém do departamento de polícia, mostrando autoridade, ou pelo menos tentando.

Não vai ser fácil. Temos muito a explicar. A Capitol Street deve estar parecendo uma pequena zona de guerra. Calçada esburacada, um dos muros do Nationals Park destruído, uma viatura crivada de balas, estilhaços de vidro por todo lado. E corpos, pelo menos três: o grandalhão que veio na minha direção, o outro integrante da sua equipe que tentou contornar a van para chegar até nós e Nina.

Eu agarro o braço musculoso de Alex. Ele se vira para mim e diz no celular:

— Eu ligo daqui a pouco. — E desliga.

— Quantos mortos? — pergunto, temendo o pior, que transeuntes inocentes tenham sido atingidos pela chuva de balas do franco-atirador ou da equipe de campo que apareceu logo em seguida.

— Só a garota da van, senhor.

— E os homens? Eram dois.

Ele balança a cabeça.

— Sumiram, senhor. Devem ter sido levados por quem os acompanhava. Foi um ataque bem coordenado.

Com certeza. Um franco-atirador e pelo menos uma equipe de campo.

Mas eu ainda estou vivo.

— Acabamos de retirar a garota da cena, senhor. Dissemos que era uma investigação do Serviço Secreto sobre falsificações.

Bem sacado. Uma ideia difícil de vender — uma investigação sobre falsificações acabando num tiroteio sanguinolento em frente a um estádio de beisebol —, mas Alex não tinha como inventar uma história diferente.

— Imagino que seja melhor do que dizer que o presidente estava saindo incógnito de uma partida de beisebol quando alguém tentou assassiná-lo.

— Pensei a mesma coisa, senhor — diz Alex, impassível.

Meu olhar cruza com o dele. Ele me recrimina. Está dizendo, sem dizer, que esse é o tipo de complicação que acontece quando um presidente abre mão da segurança.

— O blecaute ajudou — comenta, querendo diminuir minha culpa. — E a barulheira no estádio também. Um verdadeiro pandemônio. E agora está caindo um pé d'água, e trinta, quarenta mil pessoas estão saindo às pressas do estádio enquanto a polícia tenta entender o que aconteceu e a água leva embora as evidências.

Ele tem razão. O caos, nesse caso, é bom. A mídia vai cair em cima do assunto, mas quase tudo aconteceu no escuro, e o resto o Departamento do Tesouro vai jogar para baixo do tapete como sendo uma investigação fiscal. Vai funcionar? É melhor que sim.

— Você me seguiu — digo-lhe.

Alex dá de ombros.

— Não exatamente, senhor. Quando a mulher foi à Casa Branca, tivemos de revistá-la.

— Vocês verificaram o envelope.

— Naturalmente.

Certo. E viram que era uma entrada para o jogo desta noite no Nationals Park. Passava tanta coisa pela minha cabeça que eu nem pensei nisso.

Alex olha para mim, me dando a chance de repreendê-lo. Mas é difícil dar uma bronca no sujeito que acabou de salvar a sua vida.

— Obrigado, Alex. E agora nunca mais me desobedeça.

Já saímos da rodovia, diminuindo a velocidade ao chegar a um espaço aberto, que parece um enorme estacionamento vazio a essa hora da noite. Mal consigo ver nosso segundo carro através da chuva pesada. Mal consigo ver qualquer coisa.

— Eu quero Augie aqui comigo — peço.

— Ele é uma ameaça, senhor.

— Não, não é. — Pelo menos não do tipo que Alex pensa que é.

— O senhor não sabe. A missão dele podia ser tirar o senhor do estádio...

— Se eu fosse o alvo, Alex, estaria morto. O próprio Augie podia ter me matado. E o franco-atirador atingiu Nina primeiro. Imagino que o segundo alvo fosse Augie, e não eu.

— Senhor presidente, meu dever é partir do princípio de que o senhor era o alvo.

— OK. Pode algemá-lo, se quiser. Pode até meter a porra de uma camisa de força nele. Mas ele vem no carro comigo.

— Ele já está algemado, senhor. Está muito... agitado. — Alex pensa por um momento. — Senhor, talvez seja melhor eu seguir no outro carro. Preciso ficar perto do que está acontecendo no estádio. O pessoal da Polícia Metropolitana quer respostas.

E só ele é capaz de resolver essa situação. Só ele saberia o que dizer e o que não dizer.

— Jacobson vai acompanhar o senhor.

— Ótimo. Traga Augie aqui.

Ele fala pelo rádio preso ao paletó. Logo depois, abre a porta lateral do SUV com algum esforço por causa do vento violento que castiga o carro, fazendo a chuva entrar sem poupar ninguém.

Os agentes se reacomodam. Jacobson, o segundo em comando depois de Alex, entra no carro logo em seguida. Jacobson é menor que Alex, um sujeito esguio e forte, sempre muito intenso. Ele está encharcado, a água escorre pelo casaco quando se senta ao meu lado.

— Senhor presidente — saúda do seu jeito pragmático, mas com certo senso de urgência enquanto vigia a porta, pronto para agir a qualquer momento.

Pouco depois, é exatamente o que faz, indo até o agente que veio ao SUV para assumir o lugar dele. A cabeça de Augie passa pela porta, depois o restante do corpo, enquanto Jacobson o empurra violentamente para o banco oposto ao meu na traseira do carro. As mãos de Augie estão algemadas à frente. O cabelo molhado está caindo no rosto.

— Fique sentado aí e não se mexa, entendeu? — grita Jacobson. — Entendeu?

Augie se debate, tentando se livrar do cinto de segurança que Jacobson prendeu nele.

— Ele entendeu — digo.

Jacobson se senta ao meu lado, inclinado para a frente e apoiado na ponta dos pés.

Os olhos de Augie, até onde consigo vê-los em meio ao cabelo caindo sobre o rosto, enfim encontram os meus. Ele provavelmente esteve chorando, embora seja impossível de se ter certeza naquele rosto molhado de chuva. Seus olhos se arregalam com um sentimento de fúria.

— Você matou ela! — grita. — Você matou ela!

— Augie — intervenho, frio, tentando acalmá-lo com meu tom de voz —, isso não faz o menor sentido. O plano era de vocês, não meu.

Seu rosto se contorce num esgar, lágrimas escorrem, ele chora e soluça. Podia ser um ator no papel de um paciente de um hospital psiquiátrico, resistindo enquanto tentam controlá-lo, gemendo e xingando e chorando, com a diferença de que sua dor é real, e não produto de uma mente transtornada.

Não adianta nada lhe dizer qualquer coisa por enquanto. Primeiro ele precisa extravasar.

O carro volta a se movimentar, seguindo para a rodovia, para o nosso destino. Vai ser uma longa viagem.

Seguimos em silêncio por algum tempo, enquanto Augie, algemado, resmunga alternando entre inglês e sua língua natal, gritando de dor enquanto tenta respirar em meio ao choro.

Aproveito esses minutos para refletir, entender o que acabou de acontecer. Tento responder a algumas perguntas. Por que eu estou vivo? Por que a garota foi morta primeiro? E quem mandou essa gente?

Perdido nesses pensamentos, de repente me dou conta do silêncio no carro. Augie me observa, esperando que eu o perceba.

— Você espera... — diz, a voz falhando. — Você espera que eu te ajude depois do que aconteceu?

CAPÍTULO

31

Bach sai discretamente pelo portão dos fundos do prédio, a capa de chuva abotoada até o queixo, uma bolsa no ombro, um guarda-chuva escondendo o rosto e protegendo-a da chuva pesada. Ela chega à rua em meio ao barulho das sirenes enquanto as viaturas da polícia passam pela rua seguinte, a Capitol Street, indo para o estádio.

Ranko, seu primeiro mentor, o espantalho ruivo — o soldado sérvio que ficou com pena dela depois do que seus homens fizeram com seu pai, e a manteve sob sua proteção (e sob seu corpo) —, pode tê-la ensinando a atirar, mas nunca lhe ensinou sobre retiradas. Um franco-atirador sérvio não precisava saber essas coisas, ele nunca precisava se retirar da montanha Trebević, de onde podia atirar à vontade nos cidadãos e nos alvos militares da oposição durante a guerra, enquanto seu exército estrangulava Sarajevo feito uma jiboia.

Não, ela aprendeu sozinha sobre retiradas, planejamento de rotas de fuga e movimentos furtivos enquanto tentava encontrar comida desesperadamente em ruelas e becos ou latas de lixo no mercado, esquivando-se de minas terrestres, atenta a atiradores e emboscadas, à ameaça sempre presente do disparo de morteiros ou, à noite, ao papo furado de soldados embriagados que não queriam saber de regras em se tratando de jovens bósnias que encontravam nas ruas.

Às vezes, buscando pão ou arroz ou lenha, Bach era rápida o suficiente para escapar dos soldados. Às vezes, não.

— *Temos duas entradas sobrando* — vem a voz masculina pelo seu fone.

Duas entradas: dois homens feridos.

— Pode levá-las para casa? — pergunta ela.

— *Não temos tempo* — responde ele, querendo dizer que a situação é urgente do ponto de vista médico.

— Em casa vamos resolver tudo — diz ela. — Nos encontramos em casa.

Eles já deviam saber que a única alternativa é o ponto de retirada. Estão entrando em pânico, perdendo o foco. Deve ser por causa da chegada do Serviço Secreto. Ou quem sabe do blecaute, que ela reconhece ter sido uma manobra tática impressionante. É claro que estava pronta para trocar a mira para o modo de visão noturna, mas é evidente que a escuridão repentina afetou as equipes de campo.

Ela tira os fones de ouvido e os enfia no bolso direito da capa de chuva.

Mete a mão no bolso esquerdo e leva outros fones aos ouvidos.

— O jogo ainda não acabou — diz. — Eles foram para o norte.

CAPÍTULO

32

— Foram... os seus homens — diz Augie, arfando, os olhos tão inchados e vermelhos de chorar que ele parece outra pessoa. Parece um menino, que é exatamente o que ele é.

— Meus homens não atiraram na sua amiga, Augie — digo, tentando transmitir alguma compaixão mas também, acima de tudo, calma e ponderação. — Quem quer que tenha atirado nela estava atirando em *nós* também. Meus homens são o motivo de estarmos sãos e salvos neste carro.

De nada serve para conter suas lágrimas. Não sei exatamente qual era sua relação com Nina, mas é evidente que ele não está apenas com medo. Fosse quem fosse, o fato é que Augie gostava muito dela.

Eu sinto por sua perda, mas não tenho tempo para sentir pena de ninguém. Tenho de ficar de olho no objetivo. Tenho trezentos milhões de pessoas para proteger. Minha única dúvida, portanto, é como tirar vantagem de suas emoções.

Porque isso pode se voltar contra mim muito rapidamente. Se eu acreditar no que Nina me disse no Salão Oval, ela e Augie dispunham de informações diferentes, partes distintas do quebra-cabeça. E agora ela está morta. Se eu perder Augie também, se ele se fechar, não vou ter nada.

O motorista, o agente Davis, está em silêncio, concentrado na estrada, nesse tempo traiçoeiro. O passageiro ao seu lado, o agente Ontiveros, pega o rádio no painel e fala baixo nele. Jacobson, ao meu lado no banco traseiro, está com um dedo no fone receptor, ouvindo atentamente as instruções enviadas por Alex Trimble do outro carro.

— Senhor presidente — diz Jacobson. — Apreendemos a van que ela estava dirigindo. A garota e a van foram retiradas da cena. Tudo o que restou foi uma calçada esburacada e uma viatura completamente perfurada. E um bando de policiais putos da vida — acrescenta.

Eu me inclino na direção de Jacobson para que só ele possa me ouvir.

— Mantenha o corpo e a van sob vigilância. Sabemos como preservar um cadáver?

Ele assente energicamente.

— Vamos descobrir, senhor.

— Quem vai cuidar disso é o Serviço Secreto.

— Entendido, senhor.

— Agora me dê a chave das algemas de Augie.

Jacobson recua.

— Senhor?

Eu não repito. Um presidente não precisa. Apenas o encaro.

Jacobson fazia parte das Forças Especiais, exatamente como eu, há muito tempo, mas nossas semelhanças param por aí. Sua intensidade não vem da disciplina ou da dedicação ao dever, é um modo de vida. Ele não parece saber viver de outro jeito. É daquele tipo de pessoa que sai da cama de manhã cedo e faz cem flexões e cem abdominais. Um soldado em busca de uma guerra, um herói atrás do seu momento de heroísmo.

Ele me entrega a chave.

— Senhor presidente, sugiro que deixe que eu faça isso.

— Não.

Mostro a chave a Augie, como se estendesse a mão em advertência para sinalizar a um animal ferido que estou me aproximando. Passamos juntos por uma experiência traumática, mas Augie ainda é um mistério para mim. Tudo o que sei é que ele fez parte dos Filhos da Jihad e não faz mais. Não sei por quê. Não sei o que ele quer com isso. Sei apenas que não está aqui por nada. Ninguém faz alguma coisa a troco de nada.

Atravesso o interior do SUV e fico ao lado de Augie, com cheiro de roupas molhadas e suor. Eu me viro e enfio a chave nas algemas.

— Augie — digo no seu ouvido —, eu sei que ela era importante para você.

— Eu a amava.

— OK. Eu sei como é perder uma pessoa amada. Quando minha esposa morreu, tive de seguir em frente sem deixar a peteca cair. E é o que temos de fazer agora, você e eu. Não vão faltar momentos para ficar de luto, mas agora não. Você me procurou por um motivo. Não sei qual era, mas deve ter sido importante para você se dar todo esse trabalho e correr tantos riscos. Você já confiou em mim. Confie de novo.

— Eu confiei em você, e agora ela está morta — sussurra ele.

— E, se não me ajudar agora, *quem* você estará ajudando? As pessoas que acabaram de matá-la.

Consigo escutar sua respiração acelerada quando me afasto, voltando ao meu assento, as algemas penduradas no dedo.

Jacobson começa a puxar o cinto de segurança para mim. Termino de colocá-lo e o aperto na cintura. Esses caras realmente fazem o serviço completo.

Augie esfrega os punhos e olha para mim com um sentimento que não é de ódio. Curiosidade. Espanto. Ele sabe que o que eu digo faz sentido. Sabe que estivemos bem perto de morrer, que eu podia mandar trancafiá-lo, interrogá-lo e até matá-lo — mas desde o início tenho feito tudo o que ele quer.

— Para onde a gente está indo? — pergunta, sem nenhuma emoção na voz.

— Para algum lugar privado — respondo, enquanto entramos na rodovia que leva à ponte sobre o Potomac, entrando na Virgínia. — Um lugar no qual estejamos em segurança.

— Em segurança — repete Augie, desviando o olhar.

— O que é *isso*?! — pergunta Davis, o motorista. — Ciclovia, duas horas...

— Mas que porr...

O agente Ontiveros não consegue terminar a frase, alguma coisa atinge o para-brisa com uma pancada violenta, encobrindo-o. O carro derrapa enquanto o lado direito do SUV é metralhado, balas chovendo na carroceria blindada do veículo, *tunc-tunc-tunc*.

— Tira a gente daqui! — berra Jacobson enquanto eu caio por cima dele, e ele tenta alcançar a arma, e o motorista perde completamente o controle do veículo na ponte molhada e escorregadia da rua 14, sob fogo inimigo.

CAPÍTULO 33

Bach inclina o guarda-chuva para se proteger. A chuva cai um pouco de lado por causa do vento implacável, forçando-a a caminhar mais devagar do que gostaria.

Chovia assim quando os soldados vieram pela primeira vez.

Ela se lembra muito bem da chuva castigando o telhado. Da escuridão da casa, a eletricidade do bairro cortada havia semanas. Do calor da lareira na sala. Da rajada de vento frio que entrou quando a porta da casa se abriu, o que ela, num primeiro momento, achou que tinha acontecido por causa da tempestade. E dos gritos dos soldados, dos tiros, dos pratos sendo quebrados na cozinha, dos protestos indignados do pai ao ser levado. Foi a última vez que ouviu a voz dele.

Ela enfim chega ao armazém, segue para a porta dos fundos e entra antes de trazer o guarda-chuva para dentro, então o deixa aberto, de cabeça para baixo, no piso de concreto. Ouve os homens na frente do armazém, cuidando dos feridos, gritando uns com os outros e trocando acusações numa língua que ela não entende.

Mas entende pânico em qualquer língua.

Permite que os saltos ressoem no chão para que eles a ouçam se aproximar. Não quis avisar da sua chegada para não ser surpreendida por uma emboscada — o seguro morreu de velho — mas também não vê necessidade de surpreender um grupo de homens violentos e fortemente armados.

Eles se viram na direção do som dos seus saltos ecoando no pé-direito alto do depósito, dois dos nove instintivamente fazem menção de pegar as armas, mas logo relaxam.

— Ele escapou — avisa o líder do grupo, o careca, ainda de camisa azul acinzentada e calça escura, quando ela se aproxima.

Os homens abrem caminho para ela, que se depara com dois sujeitos encostados nos engradados. Um deles é o fisiculturista, aquele que nunca lhe agradou nem um pouco, os olhos fechados, gemendo e fazendo caretas, sem camisa e com um curativo improvisado perto do ombro direito. O tiro provavelmente atravessou direto, pensa ela, atingiu músculos e tecidos, mas nenhum osso.

O outro sujeito também está sem camisa, respirando com dificuldade, um olhar apático, ficando sem cor, enquanto outro homem comprime um trapo ensanguentado no lado esquerdo do peito dele.

— E a equipe médica? — pergunta outro homem.

Não foi ela quem selecionou essa equipe. Garantiram-lhe que era formada por alguns dos melhores agentes do mundo. Considerando que a haviam contratado, e também quanto estavam lhe pagando, ela presumiu que não poupariam recursos para conseguir os nove melhores agentes disponíveis para esta parte da missão.

Ela pega a pistola no bolso da capa de chuva, já com o silenciador acoplado, e atira na têmpora do fisiculturista e no crânio do outro homem.

Agora, *sete* dos melhores agentes disponíveis.

Os outros recuam, emudecidos pelos disparos rápidos que acabaram com a vida dos dois colegas. Bach percebe que nenhum deles faz menção de sacar a arma.

Ela olha bem nos olhos de cada um, como se perguntasse *algum problema?* e desse a questão por resolvida ali mesmo. Eles não podem estar surpresos. O sujeito com o ferimento no peito ia morrer de qualquer forma. O fisiculturista, não fosse uma infecção, poderia ter se safado, mas o fato é que ele era um ativo que se transformou num inconveniente. Esse trabalho é uma questão de ganhar ou perder. E o jogo ainda não acabou.

O último a quem ela se dirige é o careca, o líder da equipe.

— Dê um fim aos corpos.

Ele assente.

— Você sabe para onde os homens têm de ir agora?

Ele assente de novo.

Bach se aproxima dele.

— Alguma pergunta?

Ele sacode a cabeça, um enfático não.

CAPÍTULO

34

— Estamos sendo atacados. Repetindo: estamos sendo atacados... Nosso SUV dá guinadas violentas, rajadas rápidas de tiros vêm da lateral da ponte, a sensação de total impotência e náusea, como se estivéssemos dançando num hidroavião, enquanto o agente Davis faz um esforço descomunal para readquirir o controle.

Nós três no banco de trás somos jogados de um lado para o outro como bolas de pinball, presos nos cintos de segurança. Jacobson e eu damos encontrões um no outro o tempo todo.

Um carro bate na nossa traseira, fazendo o SUV atravessar a pista girando, então outra colisão vem da direita, os faróis a centímetros do rosto de Jacobson, e eu sinto o impacto nos dentes, no pescoço, quando sou arremessado para a esquerda.

Tudo está girando, todos gritam, balas atingem a blindagem do nosso carro, à esquerda e à direita, norte e sul indistinguíveis...

A traseira do nosso carro bate na barreira de concreto, e de repente estamos parados, virados na contramão na ponte da rua 14, voltados para o norte na pista que segue para o sul. Agora o impacto dos tiros das armas automáticas vem da nossa esquerda, incessantes, algumas balas ricocheteando, outras se alojando na blindagem e no vidro à prova de bala.

— Arrume uma saída! — grita Jacobson.

É a primeira preocupação: encontrar uma rota de fuga para o presidente e tirá-lo dali.

— Augie — sussurro.

Ele está pendurado no cinto de segurança, consciente e ileso, mas grogue, tentando se localizar, tentando recuperar o fôlego.

Um pensamento me ocorre: quase dá para ver a Casa Branca daqui da ponte. Um grupo de agentes, uma equipe da SWAT, a apenas seis quarteirões daqui, e, no entanto, totalmente inúteis, como se estivessem do outro lado do mundo.

O agente Davis xinga muito enquanto tenta engatar a marcha, e, nesse meio-tempo, através do para-brisa conseguimos ver o que há na nossa frente. Os tiros não partem apenas do caminho de pedestres mas também do carro de apoio, pois Alex Trimble e sua equipe disparam contra nossos agressores.

Como vamos sair daqui? Estamos presos! Temos que sair correndo...

— Vai! Vai! Vai! — grita Jacobson naquela cadência ensaiada, ainda preso ao cinto de segurança, mas com a arma automática pronta para atirar.

Davis finalmente consegue engatar a ré, usando o radar do painel. Quando os pneus conseguem tração na pista escorregadia, seguimos arrastando o carro de ré, enquanto o tiroteio à nossa frente diminui e por fim some por completo quando um veículo maior que o nosso Suburban entra na mesma pista.

Um caminhão vem na nossa direção com o dobro da nossa velocidade.

Ainda de ré, Davis acelera, tentando ganhar o máximo de velocidade, mas sem conseguir se afastar muito do caminhão, que diminui a distância entre nós. Eu me contraio à espera do impacto quando a grade do radiador do caminhão é a única coisa que dá para ver pelo para-brisa.

Davis vira o volante bem rápido, tentando fazer o carro dar meia-volta numa manobra evasiva. Caio em cima de Jacobson quando a traseira derrapa para a direita. Agora o carro está de lado para o caminhão, e sofre todo o impacto da colisão na lateral.

A batida e seu estrondo me deixam sem ar, vendo estrelas, e uma onda de choque percorre o meu corpo. A grade do radiador do caminhão atinge com força o banco do carona, arremessando Ontiveros em cima do motorista, Davis, como se ele fosse uma boneca de pano. A traseira do SUV fica amassada num ângulo de sessenta graus, enquanto a frente, presa à grade do radiador do caminhão, range com metal retorcido. O compartimento traseiro é tomado por um ar quente enquanto o SUV ameaça se desfazer em pedaços.

Jacobson dá um jeito de abrir a janela e disparar com sua submetralhadora MP5 contra a cabine do caminhão, enquanto somos atingidos pela chuva e pelo ar quente. Os veículos, presos um ao outro, finalmente param. Jacobson continua atirando enquanto o carro de apoio se aproxima, com Alex e sua equipe disparando contra o caminhão das janelas do SUV.

Tire Augie daqui.

— Augie — chamo, soltando meu cinto de segurança.

— Não se mexa, senhor presidente! — berra Jacobson no instante em que o teto do nosso carro explode numa bola de fogo.

Pálido de medo, Augie também solta o cinto de segurança. Abro a porta esquerda e o puxo pelo punho.

— Agachado! — grito para ele.

Corremos pela traseira do SUV, protegendo-nos da mira da cabine do caminhão, então seguimos para o carro de Alex debaixo da chuva pesada, que inviabiliza a mira dos atiradores do caminhão — se é que eles sobreviveram ao ataque implacável de Jacobson.

— Senhor presidente, entre no carro! — grita Alex no meio da ponte enquanto nos aproximamos. A essa altura, ele e os outros dois agentes estão do lado de fora do segundo carro, castigando o caminhão com fogo de metralhadora.

Augie e eu corremos para o segundo veículo. Atrás desse SUV há um monte de carros virados em todas as direções na ponte.

— Entre pela traseira! — grito para ele, com a chuva pesada caindo no rosto. Ocupo o assento do motorista. Engato a primeira e piso no acelerador.

A traseira do veículo está avariada, mas ele ainda funciona, o suficiente para nos tirar dali. Não gosto de deixar meus homens para trás. Vai de encontro a tudo o que aprendi no Exército. Mas estou desarmado, por isso não seria de nenhuma ajuda. E estou protegendo o que é mais importante: Augie.

A inevitável segunda explosão ocorre quando estamos atravessando a ponte para entrar na Virgínia, deixando mais perguntas que nunca e ainda sem uma única resposta.

Mas, enquanto não morrermos, continuamos vivos.

CAPÍTULO

35

Minhas mãos tremem no volante, o coração bate rápido enquanto tento enxergar através do para-brisa cravejado de balas e castigado pela chuva, com os limpadores se debatendo furiosamente de um lado para o outro.

O suor escorre pelo meu rosto, meu peito parece em chamas, quero ajustar a temperatura, mas tenho medo de tirar os olhos da pista, de parar o SUV ou mesmo de desacelerar, e olho pelo retrovisor apenas para ver se estou sendo seguido. A traseira do veículo foi avariada, ouço o barulho de metal arranhando um dos pneus, alguma coisa que atrapalha na hora de dirigir. Não vou muito longe com este carro.

— Augie — chamo. — Augie! — E fico surpreso com a raiva e a frustração na minha própria voz.

Sentado no banco traseiro, meu companheiro misterioso não diz nada. Parece em choque, devastado, os olhos fixos ao longe, a boca entreaberta formando um pequeno O, retraindo-se a cada relâmpago ou solavanco na estrada.

— Tem gente morrendo, Augie. É melhor me dizer o que você sabe, e dizer agora!

Mas eu nem sei ainda se posso confiar nele. Desde que o encontrei, com suas referências enigmáticas ao Armagedom no estádio, passamos cada segundo simplesmente tentando continuar vivos. Não sei se ele é amigo ou inimigo, um herói ou um agente.

Só uma coisa é certa: ele é importante. Representa uma ameaça para alguém. Caso contrário, nada disso estaria acontecendo. Quanto mais tentam nos deter, mais aumenta sua importância.

— Augie! — grito. — Cacete, garoto, sai dessa! Não me vem com essa de ficar em estado de choque! A gente não tem tempo para choque nenhum nesse...

Meu celular vibra. Tento apanhá-lo com a mão direita, me esforçando para tirá-lo do bolso antes que caia na caixa postal.

— *Senhor presidente, o senhor está bem!* — diz Carolyn Brock, com evidente alívio na voz. — *Era o senhor na ponte da rua 14?*

Não me surpreende ela já saber do ocorrido. Não levaria nem um minuto para informações sobre um atentado chegarem à Casa Branca, a menos de dois quilômetros da ponte. Todos ficariam preocupados com a possibilidade de se tratar de terrorismo, de um ataque à capital.

— Feche todos os acessos à Casa Branca, Carrie — peço, de olho na estrada, as luzes do caminho formando um borrão de cores no para-brisa molhado. — Exatamente como...

— *Já providenciamos, senhor.*

— E mantenha a...

— *A vice-presidenta já está em segurança no centro de operações, senhor.*

Respiro fundo. Meu Deus, Carolyn é exatamente o porto seguro que eu preciso no meio de toda essa tempestade, prevendo meus movimentos e até os aprimorando.

Explico a ela, em pouquíssimas palavras, tentando não divagar, me esforçando para permanecer calmo, que, sim, eu estava envolvido no que aconteceu na ponte e no Nationals Park.

— *E o Serviço Secreto está com o senhor?*

— Não. Só eu e Augie.

— *O nome dele é Augie? E a garota...*

— A garota está morta.

— *Morta? O que aconteceu?*

— No estádio de beisebol. Ela levou um tiro. Augie e eu conseguimos nos safar. Olha só, eu preciso sair da estrada, Carrie. Estou indo para a Casa Azul. Sinto muito, mas eu não tenho escolha.

— *Claro, senhor, claro.*

— E preciso falar com Greenfield imediatamente.

— *O senhor tem o número dela no telefone, senhor presidente, a menos que prefira que eu transfira a ligação.*

Claro, é óbvio. Carolyn salvou o número de Liz Greenfield nesse telefone.

— Ok. A gente se fala.

— *Senhor presidente! O senhor está aí?*

É a voz de Alex, chiando no painel do carro. Deixo o celular no banco do carona, então pego o rádio e com o polegar direito aperto o botão para falar.

— Alex, eu estou bem. Só estou dirigindo pela rodovia. Fale comigo.

E solto o polegar.

— *Eles foram neutralizados, senhor. Quatro mortos no caminho de pedestres. O caminhão explodiu. Não sabemos quantas baixas dentro dele, mas certamente não há sobreviventes.*

— Um caminhão-bomba?

— *Não, senhor. Não eram homens-bomba. Se fossem, nenhum de nós estaria vivo. Nossos tiros atingiram o tanque de combustível e causaram um incêndio. Não havia explosivos no veículo. Não houve baixas civis.*

Ao menos já sabemos alguma coisa. Não eram fanáticos, combatentes de alguma causa. Não era o Estado Islâmico nem a al Qaeda ou alguma ramificação cancerosa. Eram apenas mercenários.

Respiro fundo e faço a pergunta que estava com medo de fazer.

— E o nosso pessoal, Alex?

Rezo em silêncio à espera da resposta.

— *Perdemos Davis e Ontiveros, senhor.*

Dou um soco no volante. O carro sai do caminho e logo trato de controlá-lo, imediatamente lembrando que não posso fugir às minhas obrigações nem por um segundo.

Se o fizer, meus homens terão dado a vida em vão.

— Sinto muito, Alex — digo no rádio. — Sinto muito mesmo.

— *Sim, senhor* — responde ele, com ar profissional. — *Senhor presidente, está uma bagunça dos infernos aqui. Carros dos bombeiros. Da Polícia Metropolitana de Washington e da polícia de Arlington. Todo mundo está tentando entender o que aconteceu e quem é o responsável.*

Certo. Claro. Uma explosão numa ponte entre Washington e Virgínia, um pesadelo da jurisdição. Uma confusão total.

— Deixe claro que *você* está no comando, Alex. Por enquanto, diga apenas "investigação federal". A ajuda vai chegar a qualquer momento.

— *Sim, senhor. Senhor, continue na rodovia. Vamos localizá-lo pelo GPS e mandar veículos para acompanhá-lo em pouco tempo. Fique dentro do veículo, senhor. É o lugar mais seguro até conseguirmos trazê-lo de volta à Casa Branca.*

— Eu não vou voltar para a Casa Branca, Alex. E não quero um comboio. Um veículo. Um.

— *Senhor, o que quer que esteja acontecendo, ou que tenha acontecido, as circunstâncias mudaram. Eles têm inteligência e tecnologia e homens e armas. Eles sabiam onde o senhor estaria.*

— Não temos como ter certeza disso. Eles podem ter armado emboscadas em vários pontos. Provavelmente também deviam estar nos esperando caso fôssemos para a Casa Branca, ou se fôssemos para o sul ao sair do estádio. É provável até que estivessem *torcendo* para que atravessássemos a ponte do Potomac!

— *Não temos como saber, senhor presidente, é exatamente essa a questão...*

— Um veículo, Alex. É uma ordem direta.

Eu desligo o rádio e pego meu celular no assento ao lado. Encontro no telefone o contato Liz FBI e ligo.

— *Alô, senhor presidente* — diz a diretora interina do FBI, Elizabeth Greenfield. — *O senhor já soube da explosão na ponte?*

— Liz, há quanto tempo você é diretora?

— *Dez dias, senhor.*

— Bem, senhora diretora, está na hora de pôr mãos à obra.

CAPÍTULO 36

— *A próxima casa, senhor.*

A voz de Jacobson chia no painel, como se eu já não tivesse reconhecido a casa.

Estaciono o Suburban no meio-fio, aliviado por ter chegado até aqui. Esses carros do Serviço Secreto são verdadeiros tanques, mas não dava para saber até onde eu conseguiria chegar, com as avarias na traseira.

O veículo de Jacobson estaciona atrás de mim. Ele me alcançou na rodovia e usou o GPS para me orientar. Já vim a essa casa muitas vezes, mas nunca prestei muita atenção aos vários caminhos que me traziam até ela.

Puxo o freio de mão e desligo o motor. Ao fazê-lo, sinto vir a onda que já esperava: tremores, toda a reação física pós-traumática, pós-adrenalina. Até este momento, precisava manter o controle para fugir do perigo com Augie. Minha missão está longe de ter sido concluída — na verdade, tornou-se mais complicada que nunca —, mas me concedo esta breve pausa, respiro fundo algumas vezes, tento deixar para trás as crises de vida ou morte, me livrando de todo o pânico e de toda a raiva acumulados.

— Você tem de segurar as pontas — sussurro para mim mesmo, tremendo. — Caso contrário, ninguém vai segurar. — Encaro a coisa como uma decisão como outra qualquer, como se fosse algo que pudesse controlar perfeitamente, tomando a decisão de parar de tremer.

Jacobson vem correndo e abre a porta do meu carro. Não preciso de ajuda para sair, mas ele me ajuda de qualquer maneira. Exceto alguns cortes e sujeira no rosto, ele parece ileso.

De pé, sinto uma confusão momentânea, as pernas meio vacilantes. A dra. Lane não ficaria nada satisfeita comigo neste momento.

— Você está bem? — pergunto a Jacobson.

— Se *eu* estou bem? Perfeitamente. E como está, senhor?

— Tudo bem. Você salvou a minha vida.

— Davis salvou a sua vida, senhor.

Isso também é verdade. A manobra evasiva, virando nosso veículo na perpendicular do caminhão, foi o jeito que ele encontrou de receber o maior impacto e me poupar, no banco de trás. Uma solução brilhante, ao volante, de um agente muito bem treinado. E Jacobson tampouco dormiu no ponto, atirando contra a cabine do caminhão antes mesmo que os dois veículos agarrados parassem. Augie e eu não teríamos escapado sem essa cobertura.

Os agentes do Serviço Secreto nunca recebem o reconhecimento merecido pelo trabalho que fazem diariamente para me manter em segurança, por arriscar a própria vida pela minha, por fazer o que ninguém faria em juízo perfeito — jogar-se na frente de uma bala, em vez de se esquivar. Muito de vez em quando, um agente faz alguma besteira com o dinheiro do contribuinte e é disso que todos se lembram. Ninguém fala das vezes, noventa e nove por cento do tempo, em que fazem seu trabalho direito.

— Davis era casado e tinha um filho pequeno, certo? — pergunto.

Se soubesse que o Serviço Secreto vinha atrás de mim hoje, teria feito o que sempre faço quando estou em algum lugar mais exposto, num desses países onde o serviço fica mais inseguro quanto à minha segurança — Paquistão ou Bangladesh ou Afeganistão: teria insistido em não ser acompanhado por ninguém com filhos pequenos.

— Faz parte do trabalho — argumenta Jacobson.

Diga isso à viúva e ao filho dele.

— E Ontiveros?

— Senhor — diz ele, balançando a cabeça.

Ele tem razão. Isso será importante mais à frente. Vou garantir que ninguém esqueça a família de Davis e qualquer família que Ontiveros tivesse. É uma promessa. Mas esta noite ainda não é o momento de lidar com isso.

Lamente as perdas depois, quando o combate tiver terminado, costumava dizer o sargento Melton. *Quando estiver em combate, combata.*

Augie sai do Suburban também de pernas bambas e enfia o pé numa poça. Parou de chover, e na tranquila e escura rua residencial paira um cheiro de terra, um aroma fresco, como se a Mãe Natureza nos dissesse: *Você conseguiu chegar ao outro lado, a um novo começo.* Espero que seja verdade, mas não é essa a sensação.

Augie olha para mim como um cachorrinho perdido, num lugar estranho, sem a parceira, sem nada que seja seu realmente além do celular.

À nossa frente, uma casa em estilo vitoriano feita de estuque e tijolos, com um gramado muito bem-cuidado, um acesso de veículos que dá numa garagem com duas vagas e um poste de luz que ilumina o caminho até a varanda — aparentemente a única luz acesa depois das dez da noite. O estuque foi pintado de azul-claro, motivo da designação de Casa Azul.

Augie e Jacobson me seguem pelo acesso à garagem.

A porta se abre antes de chegarmos até ela. O marido de Carolyn Brock estava à nossa espera.

CAPÍTULO

37

Greg Morton, o marido de Carolyn Brock, com uma camisa de tecido oxford, jeans e sandálias, acena para entrarmos.

— Sinto muito ter de vir para cá, Morty — digo.

— Não é nenhum incômodo.

Morty e Carolyn comemoraram este ano quinze anos de casados, embora, como Carrie é chefe de Gabinete da presidência, a comemoração, até onde me lembro, tenha se resumido apenas a um fim de semana prolongado em Martha's Vineyard. Hoje com 52 anos, Morty se aposentou depois de uma bem-sucedida carreira como advogado, que terminou com um ataque cardíaco num tribunal do condado de Cuyahoga, enquanto falava aos jurados. Seu segundo filho, James, ainda não tinha completado 1 ano. Ele queria ver os filhos crescerem, e não podia gastar todo o dinheiro que tinha juntado até então, por isso pendurou as chuteiras. Atualmente, faz documentários de curta-metragem e fica em casa com as crianças.

Ele nos examina, eu e meu grupo heterogêneo. Eu tinha esquecido todo o trabalho feito para disfarçar minha aparência: a barba que ninguém jamais vira, as roupas casuais e encharcadas de chuva, os cabelos ainda pingando no rosto. E há também Augie, que já estava desgrenhado antes da contribuição da chuva. Pelo menos Jacobson ainda se parece com um agente do Serviço Secreto.

— Parece que você tem aí uma bela história para contar — diz Morty com aquela voz de barítono que convenceu muitos jurados ao longo dos anos. — Mas eu não vou ouvir nem uma palavra dela.

Entramos. No meio da escada de caracol do vestíbulo, as duas crianças estão sentadas, nos observando por trás dos balaústres: James, de 6 anos, usando um pijama do Batman, cabelo em pé, e Jennifer, 10, o rosto da mãe olhando para mim. Não sou nenhuma novidade para eles a esta altura, mas em geral não pareço ter sido atropelado por um caminhão.

— Se eu tivesse algum poder de controlar essas crianças, elas estariam na cama — comenta Morty.

— Você está de barba vermelha — observa Jennifer, torcendo o nariz. — Nem parece um presidente.

— Grant usava barba. Coolidge era ruivo.

— Quem? — pergunta James.

— Eles eram presidentes, espertalhão — responde a irmã, dando uma cutucada nele. — Tipo, há muito tempo mesmo. Tipo, quando mamãe e papai eram pequenos.

— Epa! Quantos anos você acha que eu tenho? — intervém Morty.

— Você tem 52 anos — responde Jennifer. — Mas você está ficando de cabelo branco antes da hora por causa da gente.

— *Isso* mesmo. — Morty se vira para mim. — Carrie falou do escritório do subsolo, senhor presidente. Está bom?

— Perfeito.

— O senhor sabe onde fica. Vou levar umas toalhas. E as crianças vão para a cama, não é?

— Ahhhhhh...

— Chega de reclamação. Todo mundo para a cama!

Carolyn fez uma reforma no porão, transformando-o num escritório completo, com direito a linhas de telecomunicação seguras, o que lhe permite trabalhar até tarde da noite em casa.

Jacobson vai na frente, descendo a escada e inspecionando a área para em seguida me mandar um "afirmativo".

Augie e eu descemos. O lugar é organizado e bem equipado, o que era de esperar da casa de Carolyn. Uma grande sala de jogos com pufes, além de uma escrivaninha, uma cadeira e um sofá; há também uma TV na parede, adega, sala de projeção com uma tela grande e poltronas confortáveis, um banheiro completo no corredor, um quarto e, nos fundos, o escritório de Carolyn. Nele, uma mesa em forma de ferradura com vários computadores, um grande painel de cortiça na parede, vários arquivos e uma enorme TV de tela plana.

— Aqui está, rapazes. — Morty entrega uma toalha a cada um de nós. — Podemos chamar Carrie, senhor presidente? Basta pressionar esse botão.

Ele aponta para o mouse do computador.

— Um segundo. Existe algum lugar onde meu amigo possa ficar? — pergunto, referindo-me a Augie. Eu não o apresentei a Morty, nem Morty pediu para ser apresentado. Ele sabe como as coisas funcionam.

— A sala de jogos — sugere Morty. — O espaço amplo perto da escada.

— Ótimo. Vá com ele — digo a Jacobson.

Os dois saem. Morty me faz um sinal.

— Carrie disse que você gostaria de trocar de roupa.

— Seria ótimo.

A bolsa que eu estava carregando, contendo roupas para o sábado, ficou no carro estacionado perto do estádio de beisebol.

— Sem problemas. Bem, então eu vou me retirar. Estarei em oração, senhor presidente.

Olho para ele, tentando entender. Palavras fortes, essas. Sem dúvida eu aparecer por aqui incógnito, desse jeito, é uma situação bem fora do comum. Morty é um sujeito esperto, mas eu sei que Carolyn não compartilha informações confidenciais com ele.

Morty se inclina para perto de mim.

— Eu conheço Carrie há dezoito anos — explica. — Eu estava com ela quando ela perdeu a eleição para o Congresso. E quando sofreu um aborto, quando quase morri de infarto do miocárdio e quando Jenny desapareceu por duas horas num shopping em Alexandria. Já vi Carrie encostada na parede, preocupada, aflita. Mas, até esta noite, eu nunca a tinha visto aterrorizada.

Não faço nenhum comentário. Não posso. Ele sabe disso.

Morty estende a mão.

— Seja lá o que for, aposto que vocês dois dão conta.

Eu lhe dou um aperto de mão e digo:

— De qualquer forma, não se esqueça das orações.

CAPÍTULO

38

Fecho a porta do escritório de Carolyn no subsolo, com isolamento acústico, e me sento à escrivaninha. Pego o mouse do computador. Ao fazê-lo, a tela preta passa a uma espécie de borrão, e em seguida uma tela mais ou menos clara dividida em duas.

— *Olá, senhor presidente* — saúda Carolyn, falando da Casa Branca.

— *Olá, senhor presidente* — saúda Elizabeth Greenfield, a diretora interina do FBI, na outra metade da tela.

Liz ocupou o cargo há dez dias, quando seu antecessor morreu vítima de um aneurisma. Além disso, eu a indiquei para o cargo em caráter permanente. Sob todos os aspectos, é a pessoa mais qualificada para a função: ex-agente, promotora federal, diretora da divisão criminal do Departamento de Justiça, respeitada por todos como funcionária imparcial e correta.

O único fator negativo, que eu de modo algum vejo como tal, é o fato de, há mais de uma década, ela ter participado de manifestações contra a invasão do Iraque, o que fez com que certos senadores belicosos a acusassem de não ser patriota, provavelmente esquecendo que um protesto pacífico é uma das mais admiráveis formas de patriotismo.

Eles também disseram que eu só queria ser o primeiro presidente a indicar uma mulher negra para a direção do FBI.

— Me falem sobre a ponte — peço — e sobre o Nationals Park.

— *Sabemos muito, muito pouco sobre o estádio. Ainda é cedo, claro, mas o blecaute impediu que obtivéssemos qualquer evidência visual, e a chuva levou embora boa parte das evidências. Se alguém foi morto fora do estádio, ainda não temos como saber. Se eles deixaram provas, ainda podemos levar dias até encontrar. E a probabilidade é pequena.*

— E o atirador?

— *O atirador. O veículo foi retirado pelo Serviço Secreto, mas recolhemos as balas que atingiram a calçada e o muro do estádio, por isso podemos deduzir o ângulo. Pelo que vimos, parece que o atirador estava no telhado de um prédio de apartamentos do outro lado da rua, em frente ao estádio, um condomínio chamado Camden South Capitol. Não encontramos ninguém por lá, naturalmente, mas o problema é que também não encontramos nada, absolutamente nada. O atirador soube limpar a cena muito bem. E, claro, também choveu.*

— Certo.

— *Senhor presidente, se esse prédio foi usado, vamos descobrir quem são essas pessoas. Teria sido necessário todo um planejamento. Ter acesso. Uniformes roubados, provavelmente. Câmeras de segurança. Reconhecimento facial. Temos como descobrir. Mas o senhor está dizendo que não há tempo.*

— Sim, não temos muito tempo.

— *Estamos agindo o mais rápido que conseguimos, senhor. Só não posso garantir que teremos respostas dentro de poucas horas.*

— Tentem. E a mulher? — pergunto, referindo-me à parceira de Augie.

— *Nina, sim. O Serviço Secreto acabou de entregar o veículo e o corpo. Teremos as digitais e o DNA em questão de minutos, e vamos ver o que conseguimos no banco de dados. Vamos rastrear o carro, tudo.*

— Ótimo.

— *E a ponte?* — pergunta Carolyn.

— *Ainda estamos analisando. O incêndio foi apagado. Retiramos os quatro corpos do caminho de pedestres e estamos processando suas informações no banco de dados. Vai ser mais complicado fazer isso com os que estavam no caminhão, mas estamos cuidando da questão. Mas, senhor presidente, ainda que venhamos a descobrir as identidades, quem quer que tenha contratado essa gente não deve ter deixado vestígios. Vamos encontrar desvios. Intermediários. Provavelmente acabaremos conseguindo rastrear, mas não, eu não acho que...*

— Não dentro de poucas horas. Eu entendo. Mas ainda assim vale a tentativa. E com discrição.

— O senhor quer que eu não informe ao secretário Haber?

Liz ainda é nova na função, por isso ainda não se refere aos outros integrantes da minha equipe de segurança nacional pelo primeiro nome, inclusive Sam Haber, da Segurança Interna.

— Sam pode saber que vocês estão atrás dessa gente. Ele esperaria que isso fosse feito, de qualquer forma. Mas quero que só comuniquem o que descobrirem a mim ou a Carolyn. Se ele perguntar, se qualquer pessoa perguntar, a resposta é: "Ainda não conseguimos nada." OK?

— Senhor presidente, posso ser franca?

— Sempre, Liz. Eu não gostaria nada se não fosse.

Para mim, não há nada mais importante nos subordinados que a disposição de dizer que estou errado, de me contrariar, de aperfeiçoar meu processo decisório. Cercar-se de bajuladores e puxa-sacos é o caminho certo para o fracasso.

— Por que, senhor? Por que não coordenar tudo da forma mais aberta possível? Sempre funciona melhor quando uma mão sabe o que a outra está fazendo. Se aprendemos alguma coisa com o 11 de Setembro, foi isso.

Olho para o rosto de Carolyn na tela dividida. Ela dá de ombros, concordando comigo que vale a pena manter a diretora interina informada.

— O código "Idade das Trevas", Liz. Só oito pessoas no mundo sabem disso, além de mim. Nunca foi escrito, por ordem minha. Nunca foi repetido fora do nosso círculo, por ordem minha. Certo?

— Sim, claro, senhor.

— Nem mesmo a força-tarefa de técnicos tentando localizar e neutralizar o vírus, a Equipe de Emergência para Ameaças Iminentes... Nem eles sabem da "Idade das Trevas", certo?

— *Correto, senhor. Só nós oito e o senhor.*

— Uma dessas oito pessoas vazou para os Filhos da Jihad — concluo.

Uma pausa, enquanto a diretora interina absorve a informação.

— O que significa que a pessoa não se limitou a vazar a informação — acrescento.

— *Sim, senhor.*

— Quatro dias atrás — continuo —, na segunda, uma mulher sussurrou essas palavras no ouvido da minha filha em Paris para que ela me transmitisse. Essa mulher era Nina, a que foi baleada pelo atirador no estádio.

— *Meu Deus!*

— Ela abordou a minha filha e pediu a ela que me dissesse "Idade das Trevas" e que meu tempo estava acabando e que me encontraria na noite de sexta.

Liz ergue ligeiramente o queixo ao processar a informação.

— *Senhor presidente... eu sou uma dessas oito pessoas* — diz ela. — *Como o senhor me excluiu?*

Bola dentro.

— Antes de colocá-la no cargo de diretora interina, há dez dias, você não estava a par de nada. Quem quer que seja o agente externo responsável por isso, quem quer que seja a pessoa do nosso grupo que está ajudando... Isso levaria tempo. Não aconteceria da noite para o dia.

— *Quer dizer que eu não sou a traidora porque não teria tido tempo.*

— Sim, o tempo fez com que você fosse excluída. De modo que, além de você, Carolyn e de mim, restam seis pessoas, Liz. Seis pessoas que podem ser o nosso Benedict Arnold.

— *O senhor já considerou a possibilidade de uma dessas seis pessoas ter contado a um cônjuge ou um amigo, que vendeu a informação? Ela estaria violando sua ordem de confidencialidade, mas ainda assim...*

— Sim, pensei. Mas a pessoa que nos traiu não se limitou a vazar um código. Ela está envolvida nisso tudo. Nenhum cônjuge ou amigo teria recursos ou acesso para fazer tudo isso. Precisariam de um oficial do governo.

— *Quer dizer então que é um dos nossos seis.*

— É um dos nossos seis — concordo. — Com isso você entende, Liz, que é a única pessoa em quem podemos confiar plenamente.

CAPÍTULO

39

Quando termino a conversa com a diretora interina Greenfield, Carolyn me informa que a ligação seguinte já está pronta.

Pouco depois, passado um momento com a tela confusa e distorcida, aparece a imagem de um homem de pescoço largo, extremamente sério, careca, uma barba cuidadosamente aparada. As bolsas sob seus olhos são um testemunho não de sua idade, mas da semana que teve de enfrentar.

— *Senhor... presidente* — diz ele num inglês perfeito, o sotaque estrangeiro quase imperceptível.

— David, que bom vê-lo!

— *É bom vê-lo também, senhor presidente. Considerando os acontecimentos das últimas horas, podemos dizer que falar isso não é mera cortesia.*

Pura verdade.

— A mulher morreu, David. Você já sabe disso?

— *Era o que presumíamos.*

— Mas o sujeito está comigo. Ele diz que se chama Augie.

— *Ele disse que se chama Augie?*

— Sim. É verdade? Você conseguiu uma foto do rosto?

Depois de receber de Nina a entrada para o jogo do Nationals, liguei para David e disse onde eu estaria sentado, entre as cadeiras do lado esquerdo do estádio. Ele teve de correr, mas sua equipe conseguiu entradas para o jogo e se posicionou de modo a captar uma imagem do rosto de Augie para submetê-la a um software de reconhecimento facial.

— Conseguimos uma boa imagem, sim, apesar do boné de beisebol que estava usando. Acreditamos que a pessoa que se sentou ao seu lado seja Augustas Koslenko. Nascido em 1996, em Sloviansk, província de Donetsk, leste da Ucrânia.

— Donetsk? Interessante.

— Também achamos. A mãe é lituana. O pai é ucraniano, operário de uma fábrica. Não sabemos de nenhuma filiação política nem militância.

— E do próprio Augie?

— Ele deixou a Ucrânia no fim do ensino fundamental. Era um prodígio em matemática, um gênio. Frequentou um internato no leste da Turquia, com uma bolsa de estudos. Acreditamos... Presumimos que foi onde conheceu Suliman Cindoruk. Antes disso, não sabemos de nada que tenha feito ou dito relacionado a qualquer tipo de militância.

— Mas é ele mesmo, pelo que está me dizendo. Foi integrante dos Filhos da Jihad.

— Sim, senhor presidente. Mas não tenho certeza se o verbo deva ser usado no passado.

Nem eu, por sinal. Não tenho certeza de nada quando se trata de Augie. Não sei o que ele quer nem por que está fazendo isto. Agora, ao menos sei que, de certa forma, ele me deu o nome verdadeiro, mas, se for inteligente como achamos que é, provavelmente sabia que eu descobriria sua identidade. E, se sua legitimidade se deve ao fato de ter sido filiado aos Filhos da Jihad, ele *ia querer* que eu descobrisse seu nome, que confirmasse a informação. De modo que minha relação com Augie continua no mesmo pé.

— Ele disse que teve um desentendimento com o FdJ.

— Disse. Mas o senhor naturalmente considerou a possibilidade de que ainda esteja trabalhando com eles, certo? De que esteja agindo a mando deles?

Dou de ombros.

— Sim, claro, mas... com que objetivo? Ele teve a oportunidade de me matar no estádio.

— *Verdade.*

— E há quem o queira morto.

— *Aparentemente, sim. Ou querem que o senhor pense assim, senhor presidente.*

— Bem, David... se for mentira, é uma belíssima de uma mentira. Não sei o que o seu pessoal viu fora do estádio, e presumo que não tenha visto nada na ponte. Eles não estavam de brincadeira. Podíamos facilmente ter morrido nas duas ocasiões.

— *Não duvido do que está dizendo, senhor presidente. Quero apenas dizer que o senhor deve ficar aberto a outras possibilidades. Na minha experiência, esses indivíduos são excelentes estrategistas. Precisamos estar sempre reavaliando nossa posição e nossa maneira de pensar.*

É um belo lembrete.

— Diga então o que você apurou até agora.

David fica em silêncio por um momento, medindo as palavras.

— *Estamos ouvindo uma conversa de que os Estados Unidos vão ser subjugados. Profecias do Juízo Final. O fim dos tempos. Claro que sempre ouvimos esse tipo de coisa em conversas de jihadistas... que virá o dia do Grande Satã, que o momento está chegando... mas...*

— Mas o quê?

— *Mas nunca houve uma data precisa especificada para essas coisas. E o que temos ouvido agora é que vai acontecer amanhã. Sábado, estão dizendo.*

Respiro fundo. Faltam menos de duas horas para o sábado.

— Quem está por trás disso, David?

— *Não temos como saber, senhor presidente. Suliman Cindoruk não está subordinado a nenhuma entidade estatal oficial, como o senhor sabe. Temos ouvido uma infinidade de suspeitos. Os de sempre, o senhor poderia dizer. Estado Islâmico. Coreia do Norte. China. Meu país. Até o seu país. Estão dizendo que isso vai servir como propaganda, uma crise gerada internamente para justificar uma retaliação militar, toda aquela bobajada típica das teorias da conspiração.*

— Mas e a sua avaliação? — pergunto, embora imagine qual vá ser a resposta dele.

A difusão de conversas com fins táticos, a transmissão de informações clandestinas destinada, na verdade, a ser interceptada pelos serviços de informações. A mais desonesta forma de contraespionagem, a mais refinada forma de espionagem. Isso tudo contém a marca de um país específico.

David Guralnick, diretor do Instituto de Inteligência e Operações Especiais de Israel — o Mossad —, respira fundo. Para aumentar o caráter dramático da declaração, a tela se apaga e volta a acender, até que sua expressão fica nítida outra vez.

— *Nossa avaliação é de que se trata da Rússia.*

CAPÍTULO

40

Encerro a transmissão com o diretor do Mossad e tento organizar as ideias antes de falar com Augie. Existem muitas formas de abordar a situação, mas não tenho tempo para sutilezas.

Sábado, disse David. Daqui a noventa minutos.

Eu me levanto da cadeira e me viro para a porta, então sinto uma onda de vertigem, como se alguém estivesse brincando de girar a garrafa com minha bússola interna. Eu me apoio na escrivaninha para recuperar o equilíbrio e normalizar a respiração. Enfio a mão no bolso em busca das minhas pílulas. Preciso delas.

Mas as pílulas acabaram. Não há mais nenhuma no bolso, e o restante ficou na bolsa, dentro do sedã, no estacionamento perto do estádio.

— Droga.

Ligo para Carolyn do meu celular.

— Carrie, eu preciso de mais esteroides. Estou sem nada na Casa Branca e perdi o vidrinho que estava carregando. Ligue para a dra. Lane. Talvez ela tenha...

— *Pode deixar, senhor presidente.*

— Ótimo.

Desligo e saio do escritório com isolamento acústico, caminhando com cuidado pelo corredor até a sala de jogos, perto da escada. Augie está no sofá, parecendo um adolescente desgrenhado como outro qualquer, sentado na frente da televisão.

Mas ele não é um adolescente nem uma pessoa como outra qualquer.

A televisão está sintonizada no noticiário da TV a cabo, estão fazendo a cobertura da tentativa de assassinato do rei Saad ibn Saud, na Arábia Saudita, e da crescente agitação política em Honduras.

— Augie — chamo. — De pé.

Ele faz o que peço, de frente para mim.

— Quem nos atacou? — pergunto.

Ele afasta o cabelo do rosto e dá de ombros.

— Não sei.

— Vamos, você consegue. Vamos começar por quem enviou vocês dois. Você disse que não se dá bem mais com Suliman Cindoruk e os Filhos da Jihad.

— Sim, é isso mesmo. Eu não me dou bem com eles.

— Então quem mandou vocês?

— Ninguém nos mandou. A gente veio por vontade própria.

— Por quê?

— Não é óbvio?

Eu o agarro pela camiseta.

— Augie, muita gente morreu essa noite. Inclusive uma pessoa importante para você e dois agentes do Serviço Secreto que eram importantes *para mim*, homens com família. Então, pode começar a responder a...

— A gente veio para impedir isso — responde ele, se afastando.

— Impedir a Idade das Trevas? Mas... por quê?

Augie balança a cabeça e dá uma risada amarga.

— Você quer saber o que... eu ganho com isso?

— Foi exatamente o que eu quis dizer — confirmo. — Você não quis me falar antes. Então fale agora. O que um garoto de Donetsk quer dos Estados Unidos?

Augie dá um passo para trás, surpreso apenas por um momento. Mas nem tão surpreso, na verdade.

— Até que não demorou.

— Você é pró-Rússia ou pró-Ucrânia? Tem muita gente dos dois lados em Donetsk, pelo que sei.

— Sério? E quando você ficou sabendo disso, senhor presidente? — O rosto dele muda de cor, enfurecido. — Quando foi conveniente para você, essa é a resposta. É essa — continua ele, apontando o dedo para mim — a diferença entre nós dois. Eu não quero nada de você, é isso o que eu quero. Eu quero... que um país com milhões de pessoas não seja destruído. Isso não é o suficiente?

Simples assim? Augie e sua parceira estavam apenas tentando fazer o que tinha de ser feito? Hoje em dia, acreditar nisso nunca é o instinto imediato.

Mas mesmo agora não sei se acredito nisso. Eu não sei em que acreditar.

— Mas vocês criaram a Idade das Trevas — argumento.

Ele faz que não com a cabeça.

— Suli, Nina e eu criamos. Mas Nina era a verdadeira inspiração, a força motora. Sem ela, a gente jamais teria conseguido. Eu ajudei a escrever o código e principalmente com a implementação do plano.

— Nina? Esse era o nome verdadeiro dela?

— Sim.

— Eles criaram e você invadiu os nossos sistemas.

— Mais ou menos isso.

— E você tem como impedir?

Ele dá de ombros.

— Isso eu não sei.

— O quê? — Agarro-o pelos ombros, como se o fato de sacudi-lo fosse gerar uma resposta diferente. — Você disse que podia, Augie. Foi o que você disse antes.

— Eu disse, sim. — Ele assente e me olha com olhos cheios d'água. — Nina estava viva antes.

Eu o solto, vou até a parede e dou um soco nela. É sempre assim: um passo para a frente, dois para trás.

Respiro fundo. O que Augie está dizendo faz sentido. Nina era a estrela. Por isso foi o alvo prioritário do atirador. Do ponto de vista prático, faria mais sentido atirar primeiro em Augie, que estava em movimento, e então partir para Nina, sentada num carro estacionado. Claramente, Nina era a prioridade máxima.

— Vou fazer o possível para ajudar — diz ele.

— OK, muito bem, quem nos atacou? — pergunto pela segunda vez. — Pelo menos você pode me ajudar com isso?

— Senhor presidente, os Filhos da Jihad não são uma... democracia. Suli jamais me passaria esse tipo de informação. Só posso dizer duas coisas. Uma, obviamente, é que Suli sabe que Nina e eu rompemos com ele, e está claro que ele deu um jeito de localizar a gente nos Estados Unidos.

— Isso ficou óbvio — confirmo.

— E a segunda coisa é que, pelo que sei, os recursos de Suli se limitam aos computadores. Ele é extraordinário. Pode causar um estrago considerável, como você bem sabe. Mas ele não tem mercenários treinados à sua disposição.

Eu apoio a mão na parede.

— E isso significa...

— Isso significa que ele está trabalhando com alguém — completa Augie. — Algum país que queira subjugar os Estados Unidos.

— E que cooptou alguém da minha equipe de confiança — acrescento.

CAPÍTULO

41

— OK, Augie, próxima pergunta. O que Suliman quer? Ele certamente quer alguma coisa. Ou eles... Quem quer que esteja trabalhando com ele. O que eles querem?

Augie inclina a cabeça.

— Por que você está dizendo isso?

— Por que eu estou dizendo isso? Ora, por que eles teriam nos mostrado o vírus antes da hora? — Eu estendo a mão. — Augie, duas semanas atrás, um vírus apareceu de repente nos nossos sistemas dentro do Pentágono. Ele apareceu e desapareceu. Você sabe disso. Você mesmo me disse no estádio. O vírus apareceu de repente e sumiu tão de repente quanto — eu estalo os dedos —, assim.

— Como se fosse uma prova.

— Exatamente, uma prova, foi o que os meus assessores disseram. Uma prova para sentirmos o gosto desse vírus. Sem aviso prévio, sem disparar nenhum dos nossos alertas de segurança de última geração, de uma hora para outra o vírus apareceu em todos os sistemas internos do Departamento de Defesa e depois desapareceu da mesma forma, sem deixar rastro. Foi assim que essa história toda começou. Nós demos o nome de Idade das Trevas e formamos uma força-tarefa. Nossos melhores especialistas em segurança virtual estão trabalhando vinte e quatro horas por dia na tentativa de encontrar o vírus e barrar seu avanço, mas não conseguem.

Augie balança a cabeça.

— E isso te deixa apavorado.

— Claro que deixa.

— Porque o vírus invadiu os sistemas sem o menor aviso e evaporou com a mesma rapidez. Vocês sabem que ele pode voltar a qualquer momento, ou talvez ele nem tenha ido embora. E não têm a menor ideia do que ele pode provocar nos sistemas.

— Certo, tudo isso — digo. — Mas a prévia tinha algum motivo, essa prova do vírus. Se os responsáveis quisessem apenas derrubar os nossos sistemas, eles teriam feito exatamente isso. Não teriam mandado uma *advertência*. Só se manda uma advertência quando se quer alguma coisa, quando se vai exigir algo.

— Por isso um *ransomware* — diz ele. — Sim, eu entendo o seu raciocínio. Quando viu a advertência, você achou que em seguida viria algum tipo de exigência.

— Exato.

— Ah, então foi por isso... foi por isso que você fez aquela ligação para Suli. — Augie balança a cabeça. — Para perguntar qual era a exigência.

— Sim. Ele queria chamar a minha atenção. E eu mostrei que tinha conseguido. Eu queria saber qual era a exigência sem precisar perguntar diretamente a ele, sem dar a entender que os Estados Unidos cederiam à chantagem.

— Mas ele não apresentou nenhuma exigência.

— Não, não apresentou. Ficou na dele. Suliman parecia... não saber o que dizer. Como se não esperasse minha ligação. É claro que ele fez comentários ofensivos sobre o meu país, o de sempre... mas sem nenhuma exigência. Não admitiu que tivesse dado a nós uma prova do vírus. Por isso a única coisa que eu podia fazer era ameaçá-lo. Eu disse que, se esse vírus causasse algum dano ao nosso país, eu iria atrás dele com todos os recursos que tenho à disposição.

— Deve ter sido... uma conversa bem estranha.

— E foi — concordo. — O pessoal de tecnologia aqui estava convencido de que era coisa do FdJ. E eles disseram que a prova do vírus não tinha sido uma falha, era intencional. Mas e a exigência? Por que ele se daria ao trabalho de dar uma prova do vírus sem exigir nada?

Augie assente com a cabeça.

— E aí a Nina apareceu. Você achou que ela ia apresentar a exigência.

— Isso. Você ou Nina. E aí? — Eu jogo as mãos para o alto, realmente cedendo à irritação. — Cadê essa porra dessa exigência?

Augie respira fundo.

— Não vai ter nenhuma exigência — diz.

— Não vai... Por que não? Por que eles mandaram o aviso então?

— Senhor presidente, os Filhos da Jihad não mandaram a tal prova do vírus. Nem quem quer que por acaso esteja financiando a organização.

Fico olhando para ele. Leva um tempinho para a ficha cair. Mas acabo entendendo.

— Foram vocês dois — digo.

— Nina e eu, sim. Como uma advertência — prossegue ele. — Para que vocês começassem a tomar providências preventivas. E assim, quando Nina e eu entrássemos em contato, você nos levaria a sério. Suliman não sabia nada a respeito disso. A última coisa que ele faria seria mandar um aviso prévio sobre esse vírus.

Reflito sobre o que ele me disse. Augie e Nina mandaram a prévia do vírus há duas semanas. Então, mais de uma semana depois, Nina localizou Lilly em Paris e sussurrou as palavras mágicas no ouvido dela.

Eles vieram me avisar. Para me ajudar.

Essa é a boa notícia.

A má notícia? Isso quer dizer que Suliman Cindoruk e o agente estrangeiro que está por trás dele não queriam que os Estados Unidos soubessem disso previamente.

Eles não vão pedir nada. Não querem nenhuma mudança na nossa política externa. Não querem a libertação de prisioneiros. Não querem dinheiro.

Eles não vão fazer nenhuma exigência.

Simplesmente vão lançar o vírus.

Eles querem nos destruir.

CAPÍTULO

42

— Quanto tempo nós temos? — pergunto a Augie. — Quando o vírus vai ser lançado?

— Sábado nos Estados Unidos. É tudo o que eu sei.

O mesmo que o diretor do Mossad disse.

— Então temos de ir agora mesmo — aviso, passando por Augie e agarrando o braço dele.

— Ir para onde?

— Eu vou dizer no...

Eu me viro rápido demais e fico com a sensação de que a sala está girando, perco o equilíbrio, sinto uma dor aguda no meio das costelas, como se um pedaço de madeira tivesse me atingido — uma quina do sofá —, o teto lampeja diante dos meus olhos e gira...

Dou um passo à frente, mas algo está errado, minha perna está torta, o chão onde não deveria estar... tudo meio de lado...

— Senhor presidente!

É Jacobson, que estende os braços e me impede de cair, meu rosto a poucos centímetros do carpete.

— Dra. Lane — sussurro, enfiando a mão no bolso.

A sala dança ao meu redor.

— Ligue para... Carolyn — consigo dizer. Seguro o celular, acenando com a mão, até que Jacobson o toma de mim. — Ela sabe... o que fazer...

— Sra. Brock! — grita Jacobson ao telefone. Instruções transmitidas, ordens recebidas, tudo um eco distante, não é a voz normal de Jacobson, em modo de combate.

Agora não. Não pode ser agora.

— Ele vai ficar bem, certo? ... Em quanto tempo?

Sábado nos Estados Unidos. Sábado nos Estados Unidos é logo, logo.

Uma nuvem de cogumelo. Um calor abrasador no interior do país. Onde está o nosso líder? Onde está o presidente?

— Agora... não...

— Diga a ela que é urgente!

Não temos como reagir, senhor presidente.

Eles neutralizaram nossos sistemas, senhor presidente.

O que vamos fazer, senhor presidente?

O que o senhor *vai fazer, senhor presidente?*

— Fique deitado, senhor. A ajuda já está a caminho.

Eu ainda não estou pronto. Ainda não.

Não, Raquel, eu ainda não estou pronto para me juntar a você, ainda não.

Sábado nos Estados Unidos.

Silêncio, o chamado brando da morte, um espaço sem fim, sem forma.

— Cadê essa médica?

E uma luz forte.

SÁBADO NOS ESTADOS UNIDOS

CAPÍTULO

43

A vice-presidenta Katherine Brandt abre os olhos, arrancada da névoa de um sonho. Ouve de novo o mesmo som, alguém batendo à porta do quarto.

A porta se abre ligeiramente, a batida se torna mais forte. O rosto de Peter Evian, seu chefe de Gabinete, aparece na brecha.

— Me desculpe por acordá-la, senhora vice-presidenta.

Por um momento ela não reconhece nada ao redor e leva um segundo para se localizar. Está no subsolo, dormindo sozinha, embora *sozinha* seja relativo, considerando os agentes montando guarda à porta do quartinho.

Ela pega o telefone na mesa de cabeceira e vê a hora: 1:03.

— Sim, Peter, pode entrar — fala calmamente.

Esteja sempre a postos. É o que diz a si mesma diariamente. Pois pode acontecer a qualquer momento, dia ou noite, sem aviso prévio. Uma bala. Um aneurisma. Um ataque cardíaco. É assim a vida de um vice-presidente.

Ela se senta na cama. Como sempre de camisa social e gravata, Peter entra e lhe entrega o celular, aberto numa matéria de jornal num site.

Manchete: O PRESIDENTE ESTÁ DESAPARECIDO.

De acordo com o artigo, fontes da Casa Branca confirmam que o presidente não se encontra na sede do governo. E, sobretudo, não sabem *onde* ele está.

A especulação come solta, variando do plausível ao implausível, sem esquecer o simplesmente ridículo: um retorno da sua doença sanguínea, e ele está gravemente doente. O presidente saiu de Washington para se preparar para a sessão da Comissão Especial. Está isolado com os assessores mais próximos para redigir um discurso de renúncia. Está desaparecido com o dinheiro que recebeu de Suliman Cindoruk, foragido do país para não ter de responder na justiça.

O presidente e a vice-presidenta estão em segurança, dizia a declaração oficial na noite anterior, depois da explosão na ponte, do tiroteio no Nationals Park. Só isso. E provavelmente era o melhor a fazer. Dizer sempre que os líderes estão a salvo e passam bem, mas sem especificar exatamente onde se encontram. Ninguém esperaria ou exigiria que fosse diferente.

Mas essa matéria diz que seu próprio pessoal não sabe onde ele está. Nem ela, por sinal.

— Preciso falar com Carolyn Brock.

CAPÍTULO

44

Carolyn Brock, observa a vice-presidenta, está com as mesmas roupas do dia anterior. Como se não bastasse, os olhos injetados confirmam que não dormiu.

Parece que a incansável chefe de Gabinete não foi para casa na noite passada.

Elas se sentam em extremidades opostas de uma longa mesa numa sala de conferências do centro de operações no subterrâneo da Casa Branca. A vice-presidenta preferia que esta reunião acontecesse em seu gabinete na Ala Oeste, mas ela foi mandada para o subsolo na noite passada como parte do protocolo de preservação da integridade do governo e não vê motivos para discutir sobre isso agora.

— Onde está Alex Trimble? — pergunta.

— Ele não está disponível no momento, senhora vice-presidenta.

Katherine aperta os olhos. Esse olhar, costumavam dizer os assessores, era o que todos mais temiam, seu jeito duro mas silencioso de demonstrar insatisfação com uma resposta.

— É isso mesmo? "Não está disponível"?

— Sim, senhora.

Seu sangue ferve. Tecnicamente, Katherine Brandt é a segunda pessoa mais poderosa do país. E assim ela é tratada por todos, ao menos oficialmente. Isto ela tem de reconhecer: por mais que se ressentisse de Jon Duncan por ter lhe passado a perna e a privado da candidatura que por direito era sua, por mais que tivesse de engolir a língua e aceitar a segunda posição, o fato é que o presidente lhe conferiu o papel que havia prometido, buscando sua colaboração, reservando-lhe um lugar à mesa em todas as grandes decisões. Duncan cumpriu sua parte no trato.

Apesar disso, ambos sabem que quem tem poder de verdade aqui é Carolyn.

— Onde está o presidente, Carolyn?

Carolyn ergue as mãos com as palmas para cima, uma eterna diplomata. Ainda que relutantemente, Brandt não consegue deixar de admirar a chefe de Gabinete, que muitas vezes conseguiu passar o que queria no Congresso, fez com que tudo funcionasse como um relógio e manteve a equipe da Ala Oeste sempre na linha, tudo a serviço dos interesses do presidente. Quando a própria Carolyn estava no Congresso, antes daquele infeliz deslize diante de um microfone ligado, muita gente apostava nela como futura presidenta da Câmara, talvez até mesmo candidata à presidência dos Estados Unidos. Uma mulher articulada, preparada, rápida nas reações, forte nas campanhas, atraente sem ser uma miss — a eterna corda bamba em que as mulheres precisam se equilibrar na política —, Carolyn poderia ter sido uma das melhores.

— Eu perguntei onde está o presidente, Carolyn.

— Não posso responder, senhora vice-presidenta.

— Não pode ou não quer? — A vice-presidenta estende a mão. — *Você* sabe onde ele está? Ao menos *isso* você pode responder?

— Eu sei onde ele está, senhora.

— Ele... — Katherine balança a cabeça. — Ele está bem? Em segurança?

Carolyn inclina a cabeça.

— Ele está com o Serviço Secreto, se é isso...

— Ah, *Meu Deus do céu*, Carolyn! Será que você não pode me dar uma resposta direta?

As duas se encaram por um momento. Carolyn Brock não vai ceder. Sua lealdade ao presidente transcende todo o resto. Se ela tiver de levar um tiro por ele, vai levar.

— Não estou autorizada a dizer à senhora onde ele está.

— O presidente disse isso. Ele disse que você não pode me dizer.

— A ordem naturalmente não era específica a seu respeito, senhora.

— Mas me inclui.

— Não posso lhe dar a informação que a senhora quer, senhora vice-presidenta.

A vice-presidenta bate com a palma das mãos na mesa e se levanta.

— Desde quando o presidente se esconde de *nós*? — pergunta pouco depois.

Carolyn também se levanta, e as duas voltam a se encarar. Ela não espera que Carolyn responda e não se decepciona. Muita gente esmoreceria diante desse olhar, do silêncio desconfortável, mas Brandt tem certeza de que Carolyn vai encará-la a noite inteira, se preciso for.

— Algo mais, senhora vice-presidenta? — A mesma frieza de objetividade na voz, o que apenas a irrita ainda mais.

— Por que as medidas extremas de segurança? — pergunta Katherine.

— A violência da noite passada — explica Carolyn. — Apenas por precau...

— Não — corta. — A violência da noite passada era uma investigação do FBI e do Serviço Secreto, correto? Uma investigação de fraude? Ao menos foi isso que chegou a público.

A chefe de Gabinete não fala, não se mexe. Aos olhos de Brandt, essa história não tinha colado.

— A violência... talvez justificasse medidas imediatas — prossegue ela. — Alguns minutos, uma hora, até entendermos o que está acontecendo. Mas eu passei a noite inteira aqui. Por acaso vou ter de continuar aqui embaixo?

— Por enquanto, sim, senhora.

Ela vai até Carolyn e para bem perto da chefe de Gabinete do governo.

— Então não me diga que é por causa da violência na capital ontem à noite. Me diga *realmente* por que a Casa Branca está isolada. Por que o protocolo de preservação da integridade do governo foi acionado? Diga por que o presidente teme pela própria vida neste momento.

Carolyn pisca algumas vezes, mas se mantém firme.

— Senhora, recebi ordens diretas do presidente: medidas extremas de segurança, protocolo de preservação da integridade do governo. Não cabe a mim questionar as ordens. Não cabe a mim perguntar o motivo. E não cabe...

Ela olha para o outro lado e comprime os lábios.

— E também não cabe *a mim*... Era isso que você ia dizer, Carolyn?

Carolyn volta a olhar nos olhos dela.

— Sim, senhora. Era o que eu ia dizer.

A vice-presidenta assente lentamente com a cabeça, ficando cada vez mais furiosa.

— Estamos falando do impeachment? — pergunta, embora não possa imaginar como.

— Não, senhora.

— Então é uma questão de segurança nacional?

Carolyn não responde, fazendo questão de continuar calada.

— É por causa da Idade das Trevas?

Carolyn quase vacila, mas não vai mesmo responder à pergunta.

— Muito bem, sra. Brock, posso não ser a presidenta...

Ainda.

— ... mas eu *sou* a vice-presidenta. Não recebo ordens da senhora. E não ouvi do presidente nenhuma ordem de isolamento total por motivos de segurança. Ele sabe como entrar em contato comigo. Tem o meu telefone. Se ele quiser, a qualquer momento pode me ligar e dizer *que merda* está acontecendo.

Ela se vira e caminha até a porta.

— Aonde a senhora vai? — pergunta Carolyn, mudando o tom de voz, mais firme, menos respeitosa.

— Aonde você acha que estou indo? Eu tenho um dia cheio. Inclusive uma entrevista no *Meet the Press*, cuja primeira pergunta certamente será "Onde está o presidente?".

E, sobretudo, antes de mais nada, a reunião que marcou ontem à noite, depois de receber a ligação em sua residência particular. Pode ser um dos encontros mais interessantes da sua vida.

— A senhora não vai sair do centro de operações.

A vice-presidenta para junto à porta. Ela se vira para encarar a chefe de Gabinete da Casa Branca, que acaba de se dirigir a ela de um jeito que ninguém se dirige desde a eleição... Na verdade, desde muito antes.

— *Como é?*

— A senhora me ouviu. — A chefe de Gabinete aparentemente deixou de lado qualquer deferência fingida. — O presidente quer que a senhora fique no centro de operações.

— Quem vai me ouvir é *você*, sua criadinha sem cargo eletivo. Eu só recebo ordens do presidente. Enquanto ele não falar comigo, vou estar no meu gabinete na Ala Oeste.

Ela deixa a sala e dá no corredor com seu chefe de Gabinete, Peter Evian, que ergue os olhos para ela, com o celular na mão.

— O que está acontecendo? — pergunta ele, seguindo-a.

— Eu vou dizer o que *não* está acontecendo — retruca ela. — Eu não vou afundar com esse barco.

CAPÍTULO

45

A calmaria antes da tempestade.

Ou melhor, a calmaria não para ele, mas para eles, para os seus homens, sua pequena equipe de gênios da informática que passaram as últimas doze horas curtindo do bom e do melhor. Acariciando mulheres que normalmente sequer olhariam para eles, e que transaram com eles das mais diversas maneiras, apresentando-lhes prazeres que nunca tinham vivenciado em seus poucos anos de vida. Bebendo champanhe de garrafas que normalmente só chegam aos lábios da elite. Deleitando-se num bufê com direito a caviar, patê, lagosta e filé mignon.

Agora estão dormindo, todos eles, o último se retirou há apenas uma hora. Nenhum deles vai acordar antes do meio-dia. Nenhum deles terá qualquer utilidade hoje.

Tudo bem. Eles fizeram sua parte.

Suliman Cindoruk está sentado no terraço da cobertura, um cigarro aceso entre os dedos, celulares, laptops e café na mesa ao lado, cortando um croissant enquanto expõe o rosto ao sol da manhã.

Desfrute dessa manhã tranquila, lembra a si mesmo. *Porque, quando o sol se erguer sobre o rio Spree a esta mesma hora amanhã, não haverá mais paz.*

Ele deixa o desjejum de lado. Não encontra paz em si mesmo. Não consegue comer, tanto ácido nadando no estômago.

Pega o laptop, atualiza a tela, percorre as principais notícias.

Manchete: a tentativa fracassada de assassinar o rei Saad ibn Saud, da Arábia Saudita, e as dezenas de prisões de suspeitos. Possíveis motivos, de acordo com as agências de notícias e os especialistas supostamente "bem-informados" dos canais a cabo: as reformas pró-democracia do novo rei. A defesa dos direitos das mulheres. Sua posição intransigente contra o Irã. O envolvimento saudita na guerra civil no Iêmen.

Matéria número dois: os acontecimentos em Washington na noite passada, a troca de tiros e a explosão na ponte, o tiroteio no estádio, o isolamento temporário da Casa Branca. Não foi um ato terrorista, segundo as autoridades federais. Não, estava tudo ligado a uma investigação de casos de fraude conduzida paralelamente pelo FBI e pelo Departamento do Tesouro. Até agora, a mídia parece estar comprando essa versão, passadas poucas horas dos acontecimentos.

E o blecaute no estádio imediatamente antes do tiroteio: mera coincidência? Sim, afirmam as autoridades federais. Um simples acaso o fato de um estádio lotado de gente e toda uma área num raio de quase meio quilômetro sofrerem queda total de energia quase num piscar de olhos antes do caos que os agentes federais e os contraventores causaram na Capitol Street, como se estivessem reencenando o famoso tiroteio no O.K. Corral.

O presidente Duncan não pode acreditar que essa história ridícula vá se sustentar por muito tempo. Mas é provável que ele não se importe. Está apenas ganhando tempo.

Só que ele não sabe de quanto tempo dispõe.

Um dos telefones de Suli vibra. O pré-pago não rastreável. A mensagem de texto atravessou o mundo até chegar a ele, passando por intermediários anônimos e sendo processada em servidores distantes de vários países diferentes. Alguém que tentasse rastrear a mensagem acabaria em algum lugar entre Sydney, na Austrália, Nairóbi, no Quênia, e Montevidéu, no Uruguai.

Confirmar cumprimento do cronograma, diz a mensagem.

Ele dá uma risada de escárnio. Como se soubessem de algum cronograma...

Responde: Confirmada morte de Alfa.

"Alfa", no caso, é Nina.

Em nenhuma das matérias on-line sobre os casos de violência da noite passada no estádio de beisebol, sobre o tiroteio e a explosão na ponte entre Washington e Virgínia, se falava da morte de uma mulher.

Ele aperta Enviar e espera enquanto a mensagem de texto percorre seu caminho tortuoso.

E sente o corpo estremecer. A pontada da traição, a traição de Nina. E da perda, também. Talvez nem mesmo ele tivesse a exata noção dos sentimentos que nutria por ela. Por seu espírito revolucionário. Por seu corpo rijo e ágil. Por seu apetite voraz para a exploração, no mundo das guerras virtuais e dentro do quarto. As horas, os dias e as semanas que passaram colaborando um com o outro, desafiando um ao outro, trocando ideias, sacando e descartando hipóteses, tentativas e erros, aconchegados diante de um laptop, teorizando em torno de uma garrafa de vinho ou nus na cama.

Até que ela perdeu qualquer interesse romântico por ele. Podia viver com isso. Não tinha a menor intenção de passar a vida com a mesma mulher. Mas jamais entenderia como é que ela podia se juntar com Augie, logo ele, aquele *troll* sem graça.

Para com isso. Ele leva a mão aos olhos. Pensar nisso não serve para nada.

Chega a resposta:

Informados de que a morte de Alfa foi confirmada.

Não é exatamente uma confirmação. Mas o profissionalismo e a competência da equipe enviada aos Estados Unidos lhe foram assegurados, e ele não tem escolha senão acreditar.

Suli responde: Se Alfa morreu, estamos no cronograma.

A nova mensagem chega tão rápido que Suli conclui que foi enviada antes de receberem a sua:

Confirmado: Beta vivo e detido.

E "Beta", naturalmente, é Augie. Quer dizer então que ele conseguiu, ele está com os americanos.

Suli não consegue conter um sorriso.

Outra mensagem, tão rápido depois da anterior. Estão nervosos.

Confirme que estamos no cronograma após esta última notícia.

Ele logo responde: Confirmado. No cronograma.

Eles acham que estão a par do cronograma do lançamento do vírus. Mas não estão.

Nem o próprio Suli, por enquanto. A coisa agora está totalmente nas mãos de Augie.

Quer ele saiba, quer não.

CAPÍTULO

46

— ... Preciso acordá-lo.

— Ele vai acordar quando tiver que acordar.

— Minha esposa disse para acordá-lo.

Muito acima de mim, a superfície da água. A luz do sol cintila em meio às ondas.

Nado até ela, meus braços se debatendo, minhas pernas agitadas.

Uma lufada de ar nos pulmões, e a luz tão vívida, queimando meus olhos...

Pisco várias vezes e aperto os olhos diante da luz no meu rosto, lentamente recobrando o foco.

Foco em Augie, sentado no sofá, algemas nos punhos e nos tornozelos, um olhar sombrio e pesado.

Flutuo, o tempo sem nenhum significado, enquanto vejo seus olhos apertados para se concentrar, os lábios se movendo levemente.

Quem é você, Augustas Koslenko? Posso confiar em você?

Eu não tenho escolha. É você ou nada.

Seu pulso gira ligeiramente, quase de forma imperceptível. Ele não está olhando para as algemas de ferro. Olha para o próprio relógio.

O relógio.

— A que horas... em que dia...

Começo a me mexer, mas sou impedido pela dor no pescoço e nas costas, um tubo intravenoso que sai do meu braço e segue para o alto, atrás de mim.

— Ele está acordado, ele está acordado!

A voz do marido de Carolyn, Morty.

— Senhor presidente, é a dra. Lane. — Ela põe a mão no meu ombro. O rosto fica entre mim e a luz. — Fizemos uma transfusão de plaquetas. O senhor está bem. São quinze para as quatro da manhã de sábado. O senhor ficou inconsciente por pouco mais de quatro horas.

— Precisamos... — Eu tento me levantar de novo, me virando para o lado, sentindo alguma coisa embaixo de mim, parece uma almofada.

A dra. Lane pressiona suavemente o meu ombro.

— Fique calmo, por favor. O senhor sabe onde está?

Tento afastar a sensação de cansaço. Estou meio atordoado, mas eu definitivamente sei onde estou e o que me aguarda.

— Eu preciso ir, doutora. Não há tempo. Tire esse tubo.

— Espera aí! Calma.

— Tire o tubo ou eu mesmo tiro. Morty — chamo, vendo-o com o celular no ouvido —, é a Carrie?

— Pare! — diz a dra. Lane, sem sorrir. — Esqueça o Morty um pouco. Por favor, me escute, um minuto, pelo menos dessa vez.

Respiro fundo.

— Um minuto — digo. — Contando.

— A sua chefe de Gabinete explicou que o senhor não pode ficar aqui, que precisa ir a algum lugar. Não posso impedi-lo. Mas posso *ir* com o senhor.

— Não. Essa não é uma opção.

Ela trava a mandíbula.

— Ela disse a mesma coisa. Esse tubo... — prossegue. — Leve com o senhor no carro. Deixe acabar a bolsa. O seu agente, o agente...

— Jacobson — grita ele.

— Sim. Ele disse que aprendeu a tratar de ferimentos com os Seals. Ele vai poder retirar o tubo quando acabar.

— Ótimo — digo, inclinando-me para a frente, com a sensação de que levei vários chutes na cabeça.

Ela me empurra para trás de novo.

— Meu minuto ainda não acabou. — A dra. Lane se aproxima mais de mim. — O senhor deveria ficar deitado nas próximas vinte e quatro horas. Eu sei que não vai fazer isso. Mas o senhor precisa limitar ao máximo qualquer esforço físico. Ficar sentado, e não de pé. Caminhar, e não correr.

— Entendi. — Eu estendo a mão direita, agitando os dedos. — Morty, me passe a Carolyn por favor.

— Sim, senhor.

Morty me entrega o telefone, eu o levo ao ouvido.

— Carolyn, vai ser hoje. Avise a toda a equipe. Estou anunciando formalmente que entramos na fase 2.

Era só o que eu precisava dizer para estarmos prontos para enfrentar o que vem pela frente. Em condições "normais" de previsão de catástrofes, pelos parâmetros estabelecidos em 1959, eu acionaria os níveis de condição de defesa, o Defcon, fosse para todos os sistemas militares mundo afora, fosse para determinados comandos. Mas agora é diferente: estamos diante de uma crise inconcebível na década de cinquenta, e as peças têm de ser movidas de maneiras muito diferentes do que faríamos num ataque nuclear convencional. Carrie sabe exatamente o que significa a fase 2, inclusive porque estamos há duas semanas na fase 1.

Do outro lado, nada, apenas o som da respiração de Carrie.

— *Senhor presidente* — diz ela, por fim —, *talvez já tenha começado.*

Eu fico apenas ouvindo, nos dois minutos mais rápidos — e mais longos — da minha vida.

— Alex — chamo. — Esquece o carro. Vamos no Marine One.

CAPÍTULO

47

Jacobson está ao volante. Alex, ao meu lado no banco traseiro do SUV, com a bolsa do medicamento intravenoso empoleirada entre nós. Augie está do outro lado.

No meu colo, um computador com um vídeo aberto. É uma filmagem de satélite, capturando do alto um quarteirão urbano numa zona industrial de Los Angeles. A maior parte do quarteirão é ocupada por um prédio enorme com chaminés que parece uma fábrica.

Está tudo escuro. No canto da tela aparece a indicação do horário: 02:07 — pouco depois das duas da manhã, cerca de duas horas atrás.

E de repente bolas de fogo alaranjadas explodem no telhado e nas janelas, abalando e por fim derrubando a lateral do prédio industrial. O quarteirão inteiro desaparece numa nuvem de fumaça preta e laranja.

Eu pauso o vídeo e clico na janela no canto da tela.

Ela se abre, ocupando a tela inteira, que por sua vez se divide em três. Na parte central está Carolyn, da Casa Branca. À sua esquerda, a diretora interina do FBI, Elizabeth Greenfield. À direita de Carolyn, Sam Haber, secretário de Segurança Interna.

Estou com fones conectados ao laptop, de modo que as falas deles chegarão apenas a mim. Quero ouvir a história toda primeiro, sem que Augie também escute.

— OK, eu vi — digo. — Comecem do começo.

Minha voz sai rouca quando tento me livrar da ressaca do tratamento para conseguir focar plenamente.

— *Senhor presidente* — começa Sam Haber. — *A explosão ocorreu há cerca de duas horas. Uma deflagração e tanto, como pode imaginar. Ainda estão tentando controlar o incêndio.*

— Quero saber da empresa.

— *Senhor, é uma empresa terceirizada do setor de defesa. Uma das maiores fornecedoras do Departamento de Defesa. Eles têm várias instalações na região de Los Angeles.*

— E o que essa tinha de especial?

— *Era uma fábrica de aeronaves de reconhecimento, senhor.*

Não consigo fazer a ligação. Uma terceirizada que prestava serviço ao Departamento de Defesa? Aviões de reconhecimento?

— Houve baixas? — pergunto.

— *Acreditamos que algumas dezenas, não chegou a centenas. Foi no meio da noite, de modo que, basicamente, só o pessoal de segurança. Mas ainda é cedo para saber ao certo.*

— Causa? — pergunto, querendo limitar ao máximo minha participação na conversa.

— *Senhor, a única certeza que temos é de que houve uma explosão de gás. O que não significa necessariamente um ato hostil. Explosões de gás acontecem, obviamente.*

Olho para Augie, que me observa. Ele pisca e desvia o olhar.

— Existe um motivo para eu estar sendo informado a respeito disso.

— *Sim, o senhor está certo. A empresa entrou em contato com o Departamento de Defesa. Os técnicos deles insistem em que alguma coisa, não se sabe como, reprogramou a velocidade das bombas e o controle das válvulas. Em outras palavras, sabotagem, que gerou uma pressão que sobrecarregou juntas e soldas. Mas isso não foi feito manualmente, com alguém presente. Esse tipo de instalação conta com uma segurança mais rigorosa que qualquer gabinete do governo.*

— Remotamente — digo.

— *Exatamente, senhor. Eles acham que foi feito remotamente. Mas ainda não temos como saber ao certo.*

Mas eu aposto que sei quem poderia ter feito isso. Olho de relance para Augie mais uma vez, que está observando o relógio, sem perceber que o observo.

— Suspeitos?

— *Nada óbvio por enquanto* — responde Sam. — *O pessoal do ICS--CERT está investigando.*

Ele está se referindo ao pessoal de emergências virtuais da Segurança Interna na área de sistemas de controle industrial.

— *Mas uma coisa nós sabemos, senhor: os chineses tentaram hackear nosso sistema de gasodutos em 2011, 2012. Isso agora pode significar que eles conseguiram. Se roubaram os dados de acesso de algum usuário do sistema, podem fazer o que quiserem nele.*

Os chineses. Talvez.

— Acho que a primeira pergunta é: por acaso acreditamos que...

Olho para Augie, que está olhando pela janela.

Carolyn intervém:

— *Isso estaria relacionado à Idade das Trevas?*

Ela entendeu minha relutância em falar muito na presença de Augie. Mais uma vez, é como se Carrie estivesse na minha mente, lendo meus pensamentos, concluindo minha frase, para que não fosse ouvida por Augie.

Eu fiz a pergunta porque quero saber.

Mas também pergunto para ouvir a resposta do secretário de Segurança Interna. Sam faz parte do círculo das oito pessoas que sabem da Idade das Trevas. Carolyn não vazou a informação. Liz Greenfield não vazou a informação. Já descartei duas delas.

Sam Haber é uma das seis pessoas que ainda não descartei.

Ele suspira e balança a cabeça, como se isso soasse errado.

— *Bom, senhor presidente, a sra. Brock acaba de me informar que temos motivos para crer que vai acontecer hoje.*

— Correto.

— Mas ela não me disse qual era a fonte dessa informação.

— Correto — repito. É minha forma de dizer: *E nós não vamos dizer qual é a fonte para você, Sam.*

Ele espera uma fração de segundo e se dá conta de que não vai conseguir mais que isso. Sam inclina a cabeça, mas é sua única reação.

— Muito bem, senhor, se for o caso, então, tenho de admitir que a escolha do momento é suspeita. Ainda assim preciso dizer que parece diferente. Idade das Trevas é um malware, *um vírus que descobrimos.*

Bom, não foi exatamente uma descoberta que fizemos. Eles — Augie e Nina — é que nos mostraram. Mas Sam não sabe disso. Ele nem sabe que Augie existe.

Ou sabe?

— O que temos aqui parece um método mais convencional, tipo roubo de dados, spear-phishing — continua ele. *— Tentar comprometer o executivo de uma empresa, induzi-lo a abrir o anexo de um e-mail ou clicar num link, que instala um código malicioso que dá ao hacker acesso aos dados de usuário e todo tipo de informações sigilosas. Depois de roubar os dados e obter esse tipo de acesso, é possível fazer qualquer coisa... como o que aconteceu hoje.*

— Mas como podemos saber que é diferente da Idade das Trevas? — insiste Carolyn. *— Não temos como dizer que a Idade das Trevas não resulta de roubo de dados. Não temos a menor ideia de como o vírus entrou no sistema.*

— Você tem razão. Ainda não posso descartar a possibilidade. Aconteceu há poucas horas. Vamos começar agora mesmo a trabalhar nisso. Teremos alguma resposta o mais rápido possível.

"O mais rápido possível" tem outro significado hoje.

— Senhor presidente — diz Sam —, *entramos em contato com todas as empresas de gás a respeito da segurança dos dutos. O ICS-CERT está trabalhando com elas nos protocolos de prevenção de emergências. Esperamos ter como impedir que esse tipo de coisa aconteça de novo.*

— Senhor presidente. — Alex me dá uma cutucada.

Nosso carro chegou ao heliporto no leste da Virgínia, onde o imponente helicóptero verde e branco dos Marines é iluminado apenas pelas luzes em torno da pista.

— Sam, por enquanto vou deixar você cuidando disso — aviso. — Mantenha Carolyn e Liz informadas o tempo todo. E só elas. Está claro?

— *Sim, senhor. Vou desligar.*

O terço ocupado por Sam na tela desaparece. Carolyn e Liz agora aparecem em imagens maiores.

Eu me viro para Alex.

— Leve Augie para o Marine One. Eu já vou.

Espero Alex e Augie saírem do SUV e me viro de novo para Carolyn e Liz.

— Por que eles explodiriam uma fábrica de aviões de uma terceirizada do Departamento de Defesa?

CAPÍTULO

48

— Não faço a menor ideia — responde Augie quando lhe faço a mesma pergunta.

Estamos no Marine One, cada um de um lado de um confortável assento de couro creme, enquanto o helicóptero se ergue silenciosamente no ar.

— Eu não estou ciente de nenhuma ação desse tipo — continua. — Não tenho nada a ver com isso.

— Hackear um sistema de gasodutos. Ou o sistema de uma empresa terceirizada da área de defesa. Você nunca fez nada do gênero?

— Senhor presidente, se estamos falando em termos gerais, então sim, a gente já fez esse tipo de coisa. Você está falando de *spear-phishing*?

— Sim.

— Nesse caso, sim, já fizemos esse tipo de coisa. Os chineses foram os primeiros. Eles tentaram hackear os gasodutos de vocês, não foi?

O mesmo ponto levantado por Sam Haber.

— Isso é de conhecimento público, o que os chineses fizeram — prossegue Augie. — Mas, nesse caso, não fomos nós. Ou, melhor dizendo, não fui *eu*.

— Suliman Cindoruk é capaz de hackear os nossos sistemas sem você?

— Claro que é. Ele tem uma equipe para isso. Eu diria que talvez eu fosse o mais capacitado, mas isso não é nada realmente difícil. Qualquer um pode infiltrar um vírus num e-mail e esperar a vítima clicar. É realmente uma terra sem lei, o ciberterrorismo, essa nova fronteira assustadora. Qualquer um pode solapar a segurança de um país inteiro simplesmente sentado de cueca no sofá.

— Você nunca ouviu nada sobre Los Angeles...

— Não.

Eu me recosto no assento.

— Então você não sabe nada dessa história.

— Não — responde ele. — E não sei por que explodir uma empresa que constrói aviões para vocês.

Não posso deixar de concordar. Qual a finalidade de se destruir uma fábrica?

Tem de haver alguma coisa por trás disso.

— OK. OK, Augie. — Eu esfrego os olhos, tentando combater a exaustão da transfusão de plaquetas, a irritação de estar o tempo todo sem saber o que vem a seguir. — Então me diga, me diga como você entrou nos nossos sistemas, e que danos isso vai causar.

Enfim temos uma oportunidade de falar. Desde que nos encontramos no estádio, tentando nos esquivar de balas e escapar de emboscadas, além do meu desmaio perto da meia-noite, não tivemos a chance de concluir essa história.

— Posso garantir a você que não tentamos nada rudimentar como infiltrar o vírus em e-mails e esperar que alguém os abrisse — responde ele. — E posso garantir que o código "Idade das Trevas" que vocês inventaram se encaixa perfeitamente.

CAPÍTULO

49

Eu me forço a beber um pouco de café no Marine One, na esperança de me livrar dessa sensação de confusão que a medicação provocou. Eu tenho de estar em forma, cem por cento. O próximo passo pode ser o mais importante de todos.

O dia está raiando, as nuvens exibem um alaranjado esplêndido. Normalmente, eu ficaria profundamente tocado com esse lembrete da onipotência da natureza, da nossa pequenez neste mundo que herdamos. Mas, na verdade, as nuvens servem como um lembrete da bola de fogo que acabei de ver em Los Angeles pelas imagens de satélite, e o sol nascendo me diz que o relógio está correndo num tique-taque ensurdecedor.

— Já estão com tudo pronto para nós — avisa Alex Trimble, interrompendo a conversa que está tendo pelo fone. — A sala de comunicação está em segurança. A sala de guerra está em segurança. Terreno vasculhado e seguro. Barricadas e câmeras instaladas.

Pousamos tranquilamente numa área destinada a helicópteros, um quadrado de terreno capinado nas extensas florestas do sudoeste da Virgínia. Estamos na propriedade de um amigo meu, um investidor de capital de risco que, como ele próprio admite, não entende nada "dessas coisas técnicas de computador", mas soube muito bem identificar uma promessa de sucesso e investiu milhões numa startup de softwares, transformando esses milhões em bilhões. Isso aqui é o refúgio dele, o lugar aonde vem pescar no lago e caçar veados quando não está em Manhattan ou no Vale do Silício. Centenas de hectares de pinheiros e flores silvestres, terras para caça e navegação, longas caminhadas e acampamentos. Lilly e eu viemos para cá alguns fins de semana depois da morte de Rachel e ficávamos sentados no pontão ou fazendo longas caminhadas, tentando descobrir como lidar com a perda.

— Somos os primeiros a chegar, certo? — pergunto a Alex.

— Sim, senhor.

Ótimo. Quero pelo menos alguns minutos antes de tudo para colocar as coisas na cabeça em ordem e me ajeitar um pouco. Não podemos mais errar a partir de agora.

Nas próximas horas, podemos alterar a história do mundo por algumas gerações.

Ao sul de onde pousamos há caminhos que levam ao píer, mas além disso só se vê mata densa. Ao norte fica uma cabana construída há mais de uma década com toras de pinheiro-branco que ao longo dos anos passaram de um castanho-amarelado para um alaranjado-escuro que quase combina com a cor do céu ao alvorecer.

Uma das grandes vantagens deste lugar, especialmente do ponto de vista de Alex, é a dificuldade de acesso. Não há como entrar na propriedade pelo sul nem pelo oeste, pois a área está protegida por uma cerca eletrificada de dez metros de altura, com sensores e câmeras. A leste da propriedade há um lago enorme protegido por agentes do Serviço Secreto que montam guarda no píer. E, para chegar à propriedade de carro, só encontrando uma pista de cascalho sem nenhuma sinalização que parte da rodovia do condado e virando num caminho de terra com uma barricada de veículos do Serviço Secreto.

Fiz questão de que a escolta fosse pequena para manter o lugar em segredo. O que está prestes a acontecer deve ter caráter totalmente confidencial. E o Serviço Secreto plenamente mobilizado tende a chamar a atenção — nestes casos, o objetivo é justamente chamar a atenção. Tínhamos conseguido um belo equilíbrio entre segurança e discrição.

Subo a pequena encosta sem firmeza nas pernas, carregando o suporte da bolsa de medicação intravenosa porque as rodas não deslizam bem na grama espessa. O ar aqui é tão diferente, tão fresco, puro e suave, com o perfume das flores silvestres, que me sinto tentado a esquecer por um momento que o mundo pode estar à beira de uma catástrofe.

De um lado do gramado, foi montada uma tenda, toda preta. Não fossem a cor e o fato de ser totalmente fechada, poderia ter sido montada para uma festa ao ar livre. Mas ela está ali para permitir conversas privadas, sejam em pessoa ou eletrônicas, no mais estrito isolamento, impedindo a entrada de qualquer sinal, qualquer tentativa de intrusão.

E hoje não vão faltar conversas decisivas e confidenciais.

Os agentes abrem a cabana. Lá dentro, o estilo rústico foi em grande medida respeitado: alguns troféus de caçadas pendurados nas paredes, quadros com molduras de pinho, uma canoa de madeira servindo de estante de livros.

Quando entro, um homem e uma mulher estão em posição de sentido. Os dois notam a medicação intravenosa que estou carregando, mas não dizem nada. O sujeito é Devin Wittmer, 43 anos, com a aparência de um professor universitário — calça e paletó esportivos, camisa social de colarinho aberto, os cabelos longos penteados para trás, fios grisalhos salpicando a barba que cobre o rosto fino —, mas, ainda assim, tem um ar jovial, apesar das bolsas sob os olhos, que refletem o estresse das duas últimas semanas.

A mulher é Casey Alvarez, 37, ligeiramente mais alta que Devin e com certo ar do mundo corporativo dos Estados Unidos: cabelos pretos presos, óculos de armação vermelha, blusa e calças pretas.

Devin e Casey dirigem juntos a Equipe de Emergência para Ameaças Iminentes, parte da força-tarefa que montei quando o vírus que passamos a chamar de Idade das Trevas fez sua breve aparição nos servidores do Pentágono há duas semanas. Eu disse ao meu pessoal que queria só os melhores, que fizessem o que fosse necessário, de onde quer que viessem, qualquer que fosse o custo.

Reunimos trinta pessoas, as melhores mentes da segurança virtual ao nosso alcance. Algumas foram cedidas, sob acordos estritos de confidencialidade, pelo setor privado: empresas de software, gigantes das telecomunicações, empresas de segurança virtual, terceirizadas militares. Fazem parte do grupo dois ex-hackers, sendo que um deles cumpre atualmente uma pena de treze anos de prisão numa penitenciária federal. Em sua maioria, os integrantes desse grupo vêm de diferentes órgãos do governo federal: Segurança Interna, CIA, FBI, NSA.

Metade da equipe se dedica à prevenção de ameaças: como limitar os danos aos nossos sistemas e à nossa infraestrutura depois do ataque do vírus.

Mas, neste exato momento, estou mais preocupado com a outra metade, a equipe de reação rápida comandada por Devin e Casey. Eles estão empenhados em conter o vírus, o que não conseguiram fazer nas duas últimas semanas.

— Bom dia, senhor presidente — saúda Devin Wittmer.

Ele veio da Agência de Segurança Nacional, a NSA. Depois de se formar em Berkeley, Devin passou a criar softwares de defesa para clientes como a Apple até que foi recrutado pela NSA. Desenvolveu ferramentas de avaliação de segurança virtual de alcance federal para ajudar empresas e governos a entender seu nível de preparo frente a ataques. Quando os grandes bancos de dados do sistema de saúde da França foram atacados por um *ransomware* há três anos, nós emprestamos Devin, que conseguiu localizá-lo e desativá-lo. Dizem que não há ninguém nos Estados Unidos melhor que ele em encontrar falhas nos sistemas de defesa ou em corrigi-las.

— Senhor presidente — diz Casey Alvarez.

Ela é filha de imigrantes mexicanos que se estabeleceram no Arizona para começar uma família e acabaram montando uma rede de supermercados no sudoeste do país. Casey não se interessava pelo negócio, e logo se voltou para os computadores, querendo trabalhar como agente da lei. Quando estava fazendo pós-graduação na Universidade da Pensilvânia, foi rejeitada para uma vaga no Departamento de Justiça. Casey então abriu seu computador e conseguiu o que as autoridades estaduais e federais não conseguiam havia anos: invadiu um site clandestino de pornografia infantil e revelou a identidade de todos os envolvidos, praticamente entregando de bandeja um caso judicial prontinho ao Departamento de Justiça e acabando com um esquema que era considerado o maior gerador de pornografia infantil do país. O departamento a contratou na hora, e ela continuou lá até passar a trabalhar na CIA. Atualmente, está com o Comando Central americano no Oriente Médio, interceptando, decodificando e impossibilitando comunicações virtuais de grupos terroristas.

Garantiram a mim que esses dois são de longe os melhores de que dispomos. E estão prestes a se encontrar com a pessoa que até agora tem se mostrado melhor que eles.

Suas expressões parecem exibir uma pitada de respeito quando lhes apresento Augie. Os Filhos da Jihad são a elite dos grupos de ciberterrorismo, figuras míticas nesse universo. Mas eu também percebo certa competitividade, o que será bom.

— Devin e Casey vão mostrar a sala de guerra para você — aviso. — E também estão em contato com o restante da equipe de emergência no Pentágono.

— Venha — chama Casey.

Sinto certo alívio. Pelo menos consegui reuni-los. Depois de tudo o que aconteceu, já é uma pequena vitória.

Agora posso focar no que vem pela frente.

— Jacobson — chamo, depois que eles saem. — Tire esse tubo.

— Antes de acabar, senhor?

Olho para ele.

— Você sabe o que está prestes a acontecer, não sabe?

— Sim, senhor, claro.

— Certo. E eu não vou ficar com um maldito tubo no braço. Arranque isso.

— Sim, senhor, sim.

Ele põe mãos à obra, pega luvas de borracha na bolsa e junta os demais equipamentos. Começa a falar sozinho, como uma criança tentando decorar os passos de um manual de instruções: *apertar o grampo, estabilizar o cateter, puxar o curativo e a bandagem na direção do ponto de injeção e...*

— Ai!

— Desculpe, senhor... Nenhum sinal de infecção... Aqui. — Ele coloca uma gaze no local. — Segure aqui.

Pouco depois, estou com uma bandagem e pronto para continuar. Vou direto para o meu quarto, que conta com um banheiro minúsculo. Pego um barbeador elétrico e raspo a maior parte da barba ruiva, em seguida uso navalha e creme de barbear para concluir o serviço. Tomo um banho, aproveitando o momento para desfrutar da pressão da água quente no rosto, por mais incômodo que seja manter o braço esquerdo esticado longe da água, para proteger a gaze e o esparadrapo, e fazer tudo com uma só mão. Ainda assim, estava precisando de uma ducha, precisava fazer a barba. Eu me sinto melhor, e as aparências ainda contam, pelo menos por mais um dia.

Visto as roupas limpas que o marido de Carolyn me deu. Ainda estou com meus jeans e sapatos, mas ele me deu uma camisa social que coube bem em mim, além de cuecas e meias limpas. Mal acabei de me pentear quando recebo uma mensagem de texto de Liz FBI dizendo que precisamos conversar.

— Alex! — chamo. Ele aparece no quarto. — Onde eles estão?!

— Pelo que sei, estão perto, senhor.

— Mas está tudo bem? Quer dizer, depois do que passamos ontem à noite...

— O que eu sei, senhor, é que eles estão em segurança e a caminho.

— Verifique de novo, Alex.

Ligo para a diretora do FBI.

— Sim, Liz. O que foi?

— *Senhor presidente, notícias de Los Angeles. O alvo deles não era a fábrica de equipamento de defesa.*

CAPÍTULO

50

Desço ao porão, uma sala na extremidade leste da construção, onde o dono da cabana, ajudado pela CIA, fez a gentileza de instalar uma porta acústica e montar linhas de comunicações seguras para meu uso quando estou aqui. Essa sala de comunicação fica a várias portas de distância da sala de guerra, no lado oeste do porão, onde Augie, Devin e Casey foram instalados.

Fecho a porta, conecto a linha protegida no meu laptop e convoco o triunvirato à tela dividida em três: Carolyn Brock, Liz Greenfield e Sam Haber, da Segurança Interna.

— Digam — ordeno. — Rápido.

— *Senhor, no mesmo quarteirão da fábrica de aviões ficava um laboratório particular que tinha convênio com o estado da Califórnia e com o nosso CDC.*

— O Centro de Controle de Doenças — digo.

— *Correto, senhor. No CDC, temos uma Rede de Laboratórios Socorristas. Ela... Basicamente, são cerca de duzentos laboratórios mobilizados em todo o país para resposta imediata em caso de ataques terroristas biológicos e químicos.*

Sinto um frio na espinha.

— *O maior laboratório da rede na Grande Los Angeles ficava ao lado da fábrica do fornecedor do Departamento de Defesa. A instalação foi completamente destruída no incêndio, senhor.*

Fecho os olhos.

— Você está me dizendo que o principal laboratório encarregado de lidar com ataques bioterroristas em Los Angeles acaba de ser destruído por um incêndio?

— *Sim, senhor.*

— Que merda!

Massageio as têmporas.

— *Sim, senhor, isso resume tudo.*

— E o que exatamente esse laboratório faz? Ou o que ele *fazia*.

— *Ele era o primeiro a diagnosticar* — responde Sam. — *O primeiro a tratar. O diagnóstico é o fator mais crítico. A primeira missão dos socorristas é entender ao que exatamente nossos cidadãos foram expostos. É impossível tratar o paciente quando não se sabe o que se está tratando.*

Todos ficam em silêncio por um momento.

— Estamos falando de um atentado biológico em Los Angeles? — pergunto.

— *Estamos partindo desse pressuposto no momento, senhor. Estamos em contato com as autoridades locais.*

— OK, Sam... E temos protocolos prontos para direcionar operações do CDC no país todo?

— *É o que estamos fazendo neste momento, senhor. Estamos mobilizando recursos de outras cidades da Costa Oeste.*

Uma reação previsível. Era o que os terroristas esperariam. Seria uma tática diversionista? Estariam fingindo que vão atacar Los Angeles para levarmos todos os recursos da Costa Oeste para lá, e em seguida atacar outra cidade, como Seattle ou São Francisco, quando estivermos com a guarda baixa?

Jogo as mãos para o alto.

— Por que eu estou com a sensação de que estamos andando em círculos, pessoal?

— *Porque é sempre assim, senhor* — responde Sam. — *Não tem outro jeito. Estamos na defensiva contra inimigos invisíveis. Tentamos fazer com que eles se revelem, tentamos prever o que vão fazer, na esperança de que nada aconteça, mas estando o mais preparados possível se acontecer.*

— Você disse isso para me tranquilizar? Porque não funcionou.

— *Senhor, estamos cuidando do caso. Faremos o que for possível.*

Passo os dedos pelos cabelos.

— Vá em frente, Sam. Me mantenha informado.

— *Sim, senhor.*

A tela se ajusta para mostrar apenas Carolyn e Liz no momento em que Sam se retira.

— Mais alguma boa notícia? — pergunto. — Um furacão na Costa Leste? Tornados? Algum vazamento de petróleo? Alguma merda de um vulcão em erupção em algum lugar?

— *Uma coisa, senhor* — diz Liz. — *Sobre a explosão de gás.*

— Alguma novidade?

Ela inclina a cabeça.

— *Não é bem uma novidade.*

Liz me informa. E eu não sabia que podia me sentir pior.

Dez minutos depois, abro a pesada porta e saio da sala de comunicação no instante em que Alex se aproxima. Ele me faz um sinal com a cabeça.

— Eles acabaram de chegar ao perímetro de segurança pela estrada — avisa Alex. — A primeira-ministra de Israel chegou.

CAPÍTULO 51

A delegação da primeira-ministra israelense, Noya Baram, veio como previsto: um carro como batedor que chegou antes e agora dois SUVs blindados, um com uma unidade de segurança, que vai se retirar quando a primeira-ministra já estiver fora de perigo, e outro transportando a própria primeira-ministra.

Noya desce do carro de óculos escuros e terninho. Olha para o céu por um momento, como se quisesse confirmar que ele ainda está lá. Vai ser um daqueles dias.

Noya tem 64 anos, cabelos grisalhos que chegam aos ombros e olhos escuros que podem ser intensos ou simpáticos. É uma das pessoas mais corajosas que já conheci.

Ela me ligou na noite em que fui eleito presidente. Perguntou se podia me chamar de Jonny, o que ninguém jamais fez durante minha vida inteira. Pego de surpresa, meio sem jeito, desnorteado com a vitória, respondi: "Claro que sim!" E é assim que ela me chama desde então.

— Jonny — diz ela agora, tirando os óculos escuros e me cumprimentando com dois beijinhos no rosto. Com as mãos segurando as minhas, um sorriso tenso no rosto, acrescenta: — Parece que você está precisando de um amigo neste exato momento.

— Com certeza.

— Você sabe que Israel vai estar sempre do seu lado.

— Eu sei, sim — respondo. — E por isso sou eternamente grato, Noya.

— David tem colaborado?

— Muito.

Entrei em contato com Noya quando descobri o vazamento da minha equipe de segurança nacional. Não sabia em quem confiar ou deixar de confiar, de modo que fui obrigado a terceirizar parte do trabalho de reconhecimento para o Mossad, lidando diretamente com David Guralnick, seu diretor.

Noya e eu discordamos em questões relativas à solução de dois Estados e aos assentamentos na Cisjordânia, mas não poderia haver maior concordância sobre aquilo que nos reúne hoje. Segurança e estabilidade nos Estados Unidos significam segurança e estabilidade em Israel. Eles têm todos os motivos para nos ajudar e nenhum para deixar de fazê-lo.

E têm os melhores especialistas em segurança virtual do mundo. Cuidam da defesa melhor que ninguém. Dois deles chegaram acompanhando Noya e vão se juntar a Augie e ao meu pessoal.

— Eu fui a primeira a chegar?

— Sim, Noya, foi. Gostaria de dar uma palavrinha com você antes que os outros cheguem. Se houvesse tempo podia mostrar a você...

— Mostrar o quê? — Ela faz um gesto com a mão. — A cabana? São todas iguais.

Passamos pela cabana e chegamos ao pátio. Ela dá uma olhada na tenda preta.

Caminhamos até a floresta, com árvores de dez metros de altura e flores silvestres amarelas e violeta, percorrendo o caminho de pedras que dá no lago. Alex Trimble nos segue, falando pelo rádio.

Eu lhe digo tudo o que ela ainda não sabe, o que não é muito.

— O que sabemos até agora — diz Noya — não tem cara de um plano de atentado biológico contra uma cidade grande.

— Concordo. Mas talvez a ideia seja acabar com a nossa capacidade de reação, para então introduzir algum elemento patogênico biológico. E para isso seria necessário destruir prédios e nossa infraestrutura tecnológica.

— Verdade, verdade — concorda ela.

— A explosão da tubulação de gás pode ser significativa — digo.

— Como assim?

— Algum vírus de computador, um *malware*, causou um problema no sistema — continuo. — Confirmamos minutos atrás. O vírus forçou o aumento de pressão que causou a explosão.

— Ah, sim? E daí?

Dou um leve suspiro e me detenho, então me viro para ela.

— Noya, em 1982, nós fizemos a mesma coisa com os soviéticos.

— Ah. Vocês sabotaram um gasoduto deles?

— A diretora do FBI acabou de me informar. Reagan descobriu que os soviéticos estavam tentando roubar um software industrial — explico. — Então ele decidiu deixar que roubassem. Mas antes nós adulteramos o programa. Plantamos uma armadilha. E, quando os soviéticos o roubaram e usaram, provocaram uma enorme explosão no gasoduto siberiano. Nosso pessoal disse que as imagens de satélite mostravam uma das maiores explosões que já tinham visto.

Noya ri, apesar das circunstâncias.

— Reagan — diz, balançando a cabeça. — Eu não conhecia essa história. Mas é a cara dele. — Ela inclina a cabeça e olha para mim. — Mas isso já é história antiga...

— Sim e não — retruco. — Ficamos sabendo que houve punições por causa disso. Foi motivo de grande embaraço para o Kremlin. Muita gente pagou caro. Houve quem pegasse prisão perpétua. Nunca ficamos sabendo de todos os detalhes. Mas um dos agentes da KGB que desapareceram se chamava Viktor Tchernokev.

O sorriso dela some.

— O pai do presidente da Rússia.

— O pai do presidente da Rússia.

Noya acena positivamente com a cabeça.

— Eu sabia que o pai dele era da KGB. Mas não sabia como morreu. Nem por quê.

Ela morde o lábio, o que sempre faz quando se concentra.

— Então... o que você vai fazer com essa informação, Jonny?

— Senhor presidente... Me desculpe, senhor. Me desculpe, senhora primeira-ministra.

Eu me viro para Alex.

— O que foi, Alex?

— Senhor, o chanceler alemão está chegando.

CAPÍTULO

52

Jürgen Richter, o chanceler da Alemanha, desce do seu SUV parecendo um membro da realeza britânica com seu terno e colete listrados. Ele tem um pouco de barriga, mas altura — quase dois metros — e porte suficientes para compensar.

O rosto longo e majestoso se ilumina quando ele vê Noya Baram. Jürgen faz uma mesura exagerada, o que ela descarta com uma risada. Os dois então se abraçam. Ela é um palmo e meio mais baixa que ele, por isso fica na ponta dos pés enquanto Jürgen se inclina para que os dois troquem um beijinho de saudação.

Estendo a mão e ele me cumprimenta, agarrando meu ombro com a outra mão, a mão enorme de um ex-jogador de basquete da Alemanha nos Jogos Olímpicos de 1992.

— Senhor presidente — diz então. — Sempre nos encontramos nessas situações difíceis.

A última vez que estive com Jürgen foi no velório de Rachel.

— Como vai a sua esposa, senhor chanceler? — pergunto. Ela também está com câncer, fazendo o tratamento nos Estados Unidos.

— Ah, ela é uma mulher forte, senhor presidente, obrigado por perguntar. Ela jamais perdeu uma batalha. Nunca comigo, com certeza.

Ele olha para Noya, esperando uma risada, que ela concede. Jürgen tem uma dessas personalidades marcantes, sempre querendo fazer graça. A necessidade de aparecer já lhe rendeu problemas mais de uma vez em entrevistas e coletivas, com sua famosa tendência a realizar eventuais comentários de mau gosto, mas parece que seus eleitores apreciam esse estilo meio destemperado.

— Agradeço por ter vindo — falo.

— Quando um amigo tem um problema, o outro amigo ajuda — diz ele.

Verdade. Mas o principal motivo para tê-lo convidado é convencê-lo de que o problema não é só do meu país mas também do seu — e de toda a Otan —, na verdade.

Eu lhe mostro brevemente as instalações, mas não demora muito e meu celular começa a vibrar. Peço desculpas ao grupo e atendo. Três minutos depois, estou lá embaixo de novo, usando o laptop para me comunicar pela linha segura.

Outra vez, participam as mesmas três pessoas. Carolyn e Liz, as duas em quem eu confio, e Sam Haber, que não pode deixar de participar de questões que envolvem segurança interna e em quem eu gostaria muito de acreditar que também posso confiar.

Sam Haber era um oficial de inteligência da CIA responsável por fazer a ligação com agentes secretos trinta anos atrás, quando então voltou para Minnesota e foi eleito para o Congresso. Candidatou-se a governador, perdeu a eleição e conseguiu ser nomeado como um dos vice-diretores da CIA. Meu antecessor o nomeou como secretário do Departamento de Segurança Interna, função que cumpriu com louvor. Ele me pressionou para nomeá-lo diretor da CIA, mas escolhi Erica Beatty para o cargo e pedi a ele que continuasse na Segurança Interna. Fiquei agradavelmente surpreso quando Sam aceitou. Quase todos nós achávamos que ele ficaria apenas em caráter interino, auxiliando na troca de secretários para então seguir em frente. Mas Sam já está há mais de dois anos no cargo, e, se não está satisfeito, jamais permitiu que alguém percebesse.

Sam mantém os olhos quase permanentemente semicerrados, a testa sempre marcada pelas rugas por baixo do eterno corte à escovinha. Tudo nele é intenso. Não é uma característica ruim num secretário de Segurança Interna.

— Onde foi exatamente? — pergunto.

— *Numa cidadezinha nas imediações de Los Angeles* — responde Sam. — *É a maior usina de tratamento de água da Califórnia. Distribui quase dois bilhões de litros por dia, sobretudo para os condados de Los Angeles e de Orange.*

— E o que aconteceu?

— *Senhor, depois da destruição do laboratório, mantivemos contato constante com funcionários estaduais e locais, verificando infraestruturas públicas fundamentais, como gás, eletricidade, ferrovias, mas principalmente o abastecimento de água.*

Faz sentido. O alvo mais óbvio para um ataque biológico contra instalações públicas. Um elemento patogênico introduzido na água se espalha mais rápido que fogo.

— *O Distrito Metropolitano de Água do Sul da Califórnia e integrantes do Departamento de Segurança Interna e da Agência de Proteção Ambiental fizeram uma inspeção de emergência e descobriram a falha.*

— Explique a falha — peço. — Para um leigo.

— *O software foi hackeado, senhor. Conseguiram alterar a programação dos aplicadores de produtos químicos. E também desativaram as funções de alerta que normalmente detectariam anomalias no processo de tratamento.*

— Isso quer dizer que a água suja que devia passar pelo processo químico não recebia os produtos, e as funções de alerta do sistema, destinadas justamente a detectar esse problema...

— *... não estavam detectando. Exatamente, senhor. O lado bom disso é que descobrimos logo. Menos de uma hora depois de o sistema ter sido hackeado. A água sem tratamento ainda estava nos reservatórios de água tratada.*

— A água contaminada não saiu da usina?

— *Não, senhor, correto. Nada havia entrado na rede ainda.*

— A água continha patógenos biológicos? Alguma coisa do tipo?

— *Ainda não sabemos, senhor. Nossa equipe de reação rápida na área...*

— O laboratório que vocês costumavam usar foi destruído há quatro horas.

— *Exatamente, senhor.*

— Sam, preciso da sua atenção total agora. — Eu me inclino para perto da tela. — Você pode me dizer com cem por cento de certeza que os cidadãos dos condados de Los Angeles e de Orange não receberam água contaminada?

— *Correto, senhor. Foi a única usina que eles invadiram. E sabemos exatamente quando foi hackeada, o momento em que o software dos aplicadores de produtos químicos e os sistemas de detecção foram comprometidos. É impossível que a água sem tratamento tenha saído.*

Suspiro.

— OK. Muito bem, já é alguma coisa, pelo menos. Bom trabalho, Sam.

— *Sim, senhor, um belo trabalho em equipe. Mas não são só boas notícias, senhor.*

— É claro que não! Por que esperaríamos apenas boas notícias, não é?! — Eu afasto a minha raiva. — Me dê a má notícia, Sam.

— *A má notícia é que nenhum dos nossos técnicos jamais viu um ciberataque como esse. Até agora eles não conseguiram reativar os aplicadores de produtos químicos.*

— Eles não estão conseguindo consertar a usina?

— *Exatamente, senhor. Na prática, a principal usina de tratamento de água que atende os condados de Los Angeles e de Orange está desativada.*

— OK, muito bem... mas com certeza existem outras.

— *Sim, senhor, com certeza, mas na prática não há como compensar a perda por muito tempo. E eu receio, senhor, que a invasão não tenha acabado. E se eles atingirem outra usina na região de Los Angeles? Estamos mantendo vigilância total, claro. Vamos isolar qualquer sistema afetado e impedir que água sem tratamento entre na rede.*

— Mas vocês também teriam de fechar a usina — concluo.

— *Sim, senhor. É possível que várias usinas de tratamento tenham de ser fechadas ao mesmo tempo.*

— O que você está me dizendo, Sam? Podemos ter uma completa falta de água em Los Angeles?

— *Exatamente, senhor.*

— Isso afetaria quantas pessoas? Nos condados de Los Angeles e de Orange.

— *Quatorze milhões, senhor.*

— Meu Deus!

Eu levo a mão à boca.

— *E não estamos falando apenas do banho quente e dos regadores automáticos* — continua ele. — *Estamos falando de água potável. Estamos falando também de hospitais, salas de cirurgia e primeiros socorros.*

— Quer dizer... que vai ser outra vez como em Flint, Michigan?

— *Vai ser como em Flint, Michigan* — responde Sam —, *multiplicado por cento e quarenta.*

CAPÍTULO

53

— *Mas não imediatamente* — diz Carolyn. — *Não hoje.*

— *Não hoje, mas em breve. A população do condado de Los Angeles é maior que a de muitos estados, e essa usina é a maior fornecedora de água potável. Temos uma crise que começa hoje. Não exatamente Flint, Michigan, ainda não... mas uma crise de verdade.*

— Acionem a Emergência Federal — ordeno.

— *Isso já foi feito, senhor.*

— Podemos declarar estado de calamidade federal.

— *Já redigi para o senhor.*

— Mas você tem outros planos.

— *Claro, senhor. Vamos resolver esse problema.*

Era o que eu esperava que Sam dissesse.

— *O senhor sabe tanto quanto eu que em matéria de segurança virtual temos colaboradores muito bons, altamente competentes. Mas parece que "muito bons" e "altamente competentes" não vão bastar hoje em Los Angeles. Nossos homens que estão lá nos disseram que nunca viram um vírus assim. Eles não sabem o que fazer.*

— Você precisa dos melhores.

— Sim, senhor. Precisamos da equipe de emergência que o senhor reuniu.

— Devin Wittmer e Casey Alvarez estão comigo, Sam.

Sam fica um tempo em silêncio. Eu estou mesmo o mantendo no escuro. Nós dois sabemos disso. Tenho uma fonte que me diz que o atentado vai acontecer hoje, mas não a identifiquei para ele. O que não é comum. E, ainda por cima, agora estou lhe dizendo o que ele provavelmente já havia entendido sozinho: que os dois maiores especialistas da elite da segurança virtual do país estão comigo num lugar secreto. Nada disso faz sentido para ele. Sam é o secretário de Segurança Interna. Por que eu não diria nada a ele?!

— *Senhor, se não podemos convocar Wittmer e Alvarez, pelo menos mande parte da equipe.*

Esfrego o rosto, pensando no caso.

— *Isso só pode ser a Idade das Trevas, senhor. Não existe a menor chance de ser mera coincidência. Esse é o começo. Onde vai acabar, eu não sei. As outras usinas de água? A rede elétrica? E se abrirem as represas? Precisamos desse pessoal em Los Angeles. Tivemos sorte uma vez hoje. Não quero contar com a sorte de novo.*

Eu me levanto da cadeira, sentindo-me claustrofóbico. Andar me ajuda. Faz o sangue circular. Preciso me focar para tomar a melhor decisão possível.

A explosão de gás... O laboratório destruído... A interferência na usina de água.

Espera aí. Só um min...

— Mas foi *mesmo* sorte? — questiono.

— *Descobrir o defeito na usina de tratamento? Não sei que outro nome dar. Podíamos ter levado dias para descobrir. Foi uma invasão ao sistema altamente sofisticada.*

— E foi só por causa da destruição do laboratório responsável pela reação a ataques bioterroristas que tivemos a ideia de verificar manualmente as funções de controle da usina de tratamento de água?

— *Correto, senhor. Era uma precaução inicial óbvia a ser tomada.*

— Eu sei. Era exatamente o que estava querendo dizer.

— *Não estou entendendo, senhor.*

— Sam, se você fosse um terrorista, em que ordem faria as coisas? Contaminaria o reservatório de água antes ou destruiria o laboratório primeiro?

— *Eu... Bem, se eu...*

— Pois vou dizer o que *eu* faria se fosse um terrorista — prossigo. — Primeiro eu contaminaria a água. Isso demoraria até ser percebido. Talvez em questão de horas, ou mesmo dias. E *só então* eu acabaria com o laboratório. Porque, se o laboratório é destruído antes... se um laboratório destinado a emergências relacionadas a atentados biológicos é lançado pelos ares primeiro...

— *Você está abrindo o jogo* — completa Carolyn. — *Sabe que a primeira providência que o governo federal vai tomar é verificar coisas como o abastecimento de água.*

— Que foi exatamente o que fizemos — continuo.

— *Eles abriram o jogo* — murmura Sam, tanto consigo mesmo quanto conosco, tentando entender.

— Eles abriram o jogo *de propósito* — declaro. — Nos deram a dica. Queriam que inspecionássemos todas as usinas de tratamento de água. Queriam que descobríssemos a invasão.

Sam pondera:

— *Não entendo no que isso pode contribuir...*

— Talvez eles não queiram envenenar a água de Los Angeles. Talvez queiram apenas que a gente *ache* que eles querem. Querem que a gente envie a elite da segurança virtual do país para Los Angeles, para o outro lado do país, para estarmos de calças arriadas quando o vírus atacar.

Coloco as mãos no alto da cabeça, processando a informação de novo.

— *Se partirmos desse princípio, estaremos assumindo um risco enorme, senhor.*

Volto a andar.

— Liz, algum comentário?

Ela parece surpresa com a pergunta.

— *O senhor quer saber o que eu faria?*

— Sim, Liz. Você se formou numa daquelas universidades de elite, não foi? O que você faria?

— *Eu... Los Angeles é uma área metropolitana enorme. Eu não arriscaria. Mandaria a equipe para lá para consertar o sistema.*

Faço que sim com a cabeça.

— Carolyn?

— *Senhor, eu entendo a sua lógica, mas não posso deixar de concordar com Sam e Liz. Imagine se descobrissem que o senhor decidiu não mandar...*

— Não! — grito, apontando para a tela do computador. — Nada de política hoje! Não quero ninguém preocupado com o que pode acontecer depois. A merda do circo está montado aqui e agora, pessoal. Qualquer decisão que eu tomar hoje é um risco. Estamos na corda bamba sem rede de proteção. Se eu tomar a decisão errada, seja em que direção for, estamos fodidos. Não dá para jogar no seguro. Só existem o certo e o errado.

— *Então mande parte da equipe* — sugere Carolyn. — *O senhor não precisa mandar Devin e Casey, mas parte da equipe de emergência do Pentágono.*

— Essa equipe foi formada como um grupo coeso — retruco. — Não dá para cortar uma bicicleta ao meio e achar que ela vai funcionar. Não... É tudo ou nada. Mandamos o pessoal para Los Angeles ou não?

Silêncio na sala.

— *Mande a equipe para Los Angeles* — recomenda Sam.

— *Sim, mande* — reforça Carolyn.

— *Estou de acordo* — diz Liz.

Três pessoas altamente inteligentes, o mesmo voto. Até que ponto a decisão delas tem base na razão, até que ponto é baseada no medo?

Eles têm razão. A aposta certa seria mandá-los.

Mas meu instinto diz o contrário.

Como vai ser então, senhor presidente?

— A equipe fica onde está por enquanto — decido. — Los Angeles é uma isca.

CAPÍTULO

54

Manhã de sábado, seis e cinquenta e dois. A limusine está estacionada junto ao meio-fio na rua 13, noroeste.

A vice-presidenta Katherine Brandt está no banco traseiro, o estômago se revirando, mas não de fome.

Sua desculpa é perfeita: todo sábado de manhã, às sete, ela e o marido têm reserva cativa para desfrutar dos seus omeletes logo depois da esquina da rua G, noroeste, no Blake's Café. A mesa está pronta para ela, e a essa hora o pedido já foi feito: omelete de clara com queijo feta e tomates e *hash brown* supercrocante.

De modo que ela tem todos os motivos para estar aqui nesse momento. Ninguém diria o contrário, se ela fosse confrontada.

O marido, felizmente, não está na cidade, mais uma das suas viagens para jogar golfe. Ou pescar. Ela nem sabe mais. Era mais fácil quando moravam em Massachusetts e ela se ausentava durante a semana quando estava no Senado. A vida a dois em Washington tem sido difícil para ambos. Ela o ama e os dois ainda têm muitos bons momentos juntos, mas ele não se interessa por política, odeia Washington e não tem o que fazer desde que vendeu a empresa. O que tem causado certo estresse no relacionamento e tornado mais difícil para ela manter a rotina de doze horas diárias de trabalho. Sendo assim, algumas ausências bem calibradas até que aquecem o coração.

O que ele vai achar de ser primeiro-marido?

Podemos descobrir isso logo, logo. Vamos ver como vai ser esta próxima meia hora.

Ao seu lado, ocupando o lugar do marido como companhia para o desjejum, seu chefe de Gabinete, Peter Evian. Ele lança mão do celular para lhe mostrar a hora: 6:56.

Katherine faz um breve gesto de concordância com a cabeça.

— Senhora vice-presidenta — diz ele, para ser ouvido também pelos agentes do banco da frente —, como ainda temos alguns minutos antes da hora da nossa reserva, se importa se eu fizer uma ligação pessoal?

— Claro que não, Pete. Vá em frente.

— Vou sair do carro por um instante.

— Não há pressa.

E ela sabe que, para manter as aparências, Peter vai fazer exatamente isto: ligar para a mãe e deixar registrada, para todos os efeitos, uma longa conversa com ela.

Peter desce do carro e caminha pela rua 13 com o celular no ouvido enquanto um grupo de três corredores vira a esquina da rua G, noroeste, e passa por ele na direção da limusine da vice-presidenta.

Os corredores diminuem a velocidade ao se aproximarem do comboio de Katherine Brandt. O sujeito que vai à frente, muito mais velho e menos em forma que os outros dois, olha para a limusine e aparentemente faz algum comentário. Eles agora estão caminhando e puxam conversa com os agentes do Serviço Secreto que montam guarda perto do veículo.

— Senhora vice-presidenta — chama o motorista, ajeitando o fone de ouvido —, o presidente da Câmara está aqui. Com os dois outros corredores.

— Lester Rhodes? Está brincando — diz ela, tentando não exagerar na demonstração de surpresa.

— Ele quer dizer um "oi" brevemente para a senhora.

— Prefiro um tiro na testa — retruca ela.

O agente não acha graça. Ele vira a cabeça e espera que ela fale mais alguma coisa.

— Eu digo a ele que...

— Bom, acho que não posso mesmo recusar, não é? Diga que entre.

— Sim, senhora.

Ele fala pelo receptor.

— Nos dê privacidade então, Jay. Não quero que você e Eric fiquem no fogo cruzado.

Dessa vez o agente dá a esperada risadinha.

— Sim, senhora.

Cuidado nunca é demais. Os agentes do Serviço Secreto podem ser intimados judicialmente como qualquer um. Assim como os membros da Polícia do Capitólio que protegem o presidente da Câmara. Sob juramento, todos contariam a mesma história, se a situação chegasse a esse ponto. Foi tudo coincidência. O presidente da Câmara simplesmente tinha saído para seu *jogging* enquanto a vice-presidenta esperava que o café abrisse.

Os dois agentes no banco da frente descem da limusine. O carro é tomado pelo cheiro de suor quando Lester Rhodes se senta no banco de trás, ao lado de Katherine.

— Senhora vice-presidenta, eu só queria dar um "oi"!

A porta se fecha. Só os dois dentro do carro.

Lester não fica muito bem em roupas de corrida. Precisa perder um pouco de barriga e alguém deveria ter lhe dito que escolhesse um short mais comprido. Pelo menos está de boné — azul-marinho, com POLÍCIA DO CAPITÓLIO DOS EUA escrito em letras vermelhas —, e assim ela não precisa olhar para aquele penteado idiota com uma divisão perfeitinha que ele faz nos cabelos grisalhos.

Ele tira o boné e limpa a testa com a testeira. O imbecil está usando uma testeira!

Correção. Ele não é um imbecil. É um estrategista implacável que orquestrou a tomada da Câmara, que conhece melhor os parlamentares do que eles próprios, que está no jogo político pra valer, que nunca esquece alguém que o contrarie, por menor que seja o insulto ou o desrespeito, e que só move as peças no tabuleiro após cuidadosa deliberação.

Lester se vira para ela, os olhos azuis letais espremidos entre as pálpebras.

— Kathy.

— Lester. Seja breve.

— Já tenho os votos na Câmara — avisa ele. — Tudo muito bem amarrado. Fui breve?

Uma das coisas que ela aprendeu com os anos foi a arte de não responder rápido demais. Ganha-se tempo e fica-se parecendo mais ponderado.

— Não banque a desinteressada, Kathy. Se você não estivesse interessada, não estaríamos aqui agora.

Ela aceita o argumento.

— E o Senado? — pergunta.

Lester dá de ombros.

— Você preside o Senado, não eu.

Ela dá um sorriso forçado.

— Mas o seu partido o controla.

— Você tem doze do seu lado, eu garanto que os meus cinquenta e cinco vão votar pela condenação.

A vice-presidenta se ajeita no assento para ficar de frente para ele.

— E por que você está me dizendo isso, senhor presidente da Câmara?

— Porque eu não preciso puxar o gatilho. — Ele se recosta, se acomoda. — Eu não tenho motivo para pedir o impeachment dele. Poderia simplesmente deixá-lo seguir ao sabor do vento, ferido e sem poder. Ele está acabado, Kathy. Não vai conseguir a reeleição. Ele é meu pelos próximos dois anos. Por que eu pediria o impeachment dele e deixaria o Senado tirá-lo do cargo para dar aos eleitores um rostinho novo como o seu para concorrer contra mim?

Essa possibilidade ocorrera a ela — o presidente seria mais útil a Lester Rhodes neutralizado que retirado do poder.

— Porque o seu partido será eternamente grato a você por ter removido um presidente, só isso — argumenta ela.

— Pode ser. — Ele parece saborear a ideia. — Mas existem coisas mais importantes.

— O que pode ser mais importante para você do que ser presidente vitalício da Câmara?

Lester pega uma garrafa d'água no compartimento lateral, abre a tampa, bebe um gole e estala os lábios de satisfação.

— Sim, tem uma coisa mais importante — reforça ele.

Katherine abre as mãos e gesticula para ele.

— Diga o que é.

Um sorriso largo se abre no rosto dele, então desaparece.

— Algo que o presidente Duncan jamais faria, mas a presidenta Brandt, em sua infinita sabedoria, poderia fazer.

CAPÍTULO 55

— Vai surgir uma vaga no Supremo — diz Lester.

— Hã? — Ela não sabia disso. É impossível saber quando se trata desses juízes. A maioria fica no cargo até os 80 e tantos anos. — Quem?

Lester se volta para ela, os olhos apertadinhos, a expressão impassível. *Ele está decidindo*, pensa ela. *Decidindo se vai me dizer.*

— Whitman recebeu péssimas notícias do médico na semana passada.

— O juiz Whitman está...

— Notícias nada boas — insiste ele. — Voluntariamente ou não, ele não vai chegar ao fim deste mandato presidencial. O juiz Whitman está sendo exortado a sair logo.

— Lamento muito.

— Lamenta mesmo? — Um sorriso zombeteiro aparece no rosto dele. — Seja como for, sabe o que não acontece há muito tempo? Não teve mais ninguém do Meio-Oeste na Suprema Corte desde John Paul Stevens. Ninguém de um tribunal federal como... ah, como o Sétimo Circuito. O centro.

O Tribunal de Apelação para o Sétimo Circuito. Se não lhe falha a memória, esse tribunal julga casos federais de Illinois, Wisconsin...

... e Indiana, o estado de Lester.

É claro.

— Quem, Lester?

— A ex-procuradora-geral de Indiana — responde ele. — Uma mulher. Moderada. Respeitada. Aprovada quase por unanimidade pelo Senado há quatro anos para o tribunal de apelações, inclusive com o seu voto. Competente e jovem, 43 anos, o que significa construir um legado para o futuro. Pode passar uns trinta anos na Suprema Corte. É do meu partido, mas vai votar com você nas questões importantes para o seu pessoal.

A vice-presidenta fica boquiaberta. Ela se inclina para perto dele.

— Meu Deus, Lester! Você quer que eu coloque a sua filha na Suprema Corte?

Katherine tenta se lembrar do que sabe sobre a filha de Lester. Casada, dois filhos. Formada em Harvard, direito. Trabalhou em Washington, voltou para Indiana e concorreu à procuradoria-geral como contrapeso moderado à política apocalíptica do pai. Todo mundo achava que o passo seguinte seria o governo do estado, mas ela correu da raia e aceitou uma indicação para o tribunal de apelação federal.

E é verdade, na época a senadora Katherine Brandt votou a favor de sua indicação para o tribunal de apelação. O relato a seu respeito dizia que ela não tinha nada a ver com o pai; pelo contrário, ia na direção oposta, a despeito da filiação partidária. Inteligente e sensível.

Lester enquadra uma manchete de jornal com as mãos:

— Acima dos partidos — diz, repetindo a promessa. — Um novo horizonte depois do impasse partidário do governo Duncan. A indicação vai ser confirmada sem problemas. Eu garanto os senadores do meu lado, e o seu lado vai ficar feliz. Ela é pró-aborto, Kathy, que parece que é a coisa mais importante para o seu pessoal.

Talvez... não seja tanta loucura assim.

— Você vai começar a sua presidência com uma grande jogada. Cacete, Kathy, se você conduzir as coisas como elas devem ser conduzidas, pode ficar quase dez anos no cargo!

A vice-presidenta olha para fora. Vem à lembrança aquela empolgação do momento em que anunciou sua candidatura, quando era a favorita, quando já era possível ver, sentir, saborear.

— Caso contrário — prossegue Lester —, você não será presidenta nem por um dia. Eu mantenho Duncan no cargo, ele vai ser trucidado na reeleição e você estará num beco sem saída.

Provavelmente ele tem razão sobre a próxima eleição. Ela não estaria num beco sem saída, como ele disse, mas seria complicado concorrer quatro anos depois como uma ex-vice-presidenta que perdeu uma reeleição.

— E tudo bem para você eu cumprir dois mandatos e meio como presidenta?

O presidente da Câmara desliza até a porta e estende a mão para a maçaneta.

— Por que *eu* me importaria com quem está na presidência?

Ela balança a cabeça, perplexa, mas não exatamente surpresa.

— Mas você precisa conseguir aqueles doze votos no Senado — acrescenta ele, sacudindo o indicador.

— E imagino que você tenha uma ideia de como fazer isso.

O presidente Rhodes tira a mão da maçaneta.

— Na verdade, senhora vice-presidenta, tenho, sim.

CAPÍTULO

56

Os altos dignitários fazem um leve desjejum composto por roscas, frutas e café na cozinha que dá para o pátio e para a floresta enquanto os informo sobre o ponto em que nos encontramos no momento. Tinha acabado de receber uma atualização sobre Los Angeles, onde a Segurança Interna e a Emergência Federal estão trabalhando com o município e o estado da Califórnia para fornecer água tratada. Sempre houve planos de emergência para o caso de falha ou paralisação das usinas de tratamento, de modo que, no curto prazo, apesar da urgência em restabelecer o funcionamento da usina, com alguma sorte não chegaremos a uma crise de grandes proporções. Não vou mandar para lá minha Equipe de Emergência para Ameaças Iminentes, mas vamos mandar todo mundo que estiver disponível.

Posso estar equivocado sobre Los Angeles. Talvez não seja apenas uma isca. Pode até mesmo ser o marco zero do que vem pela frente. Se for o caso, eu cometi um erro enorme. Mas, se as coisas não piorarem, não vou abrir mão da minha equipe. Agora ela está no subsolo com Augie e os especialistas em segurança virtual de Israel e da Alemanha, trabalhando com o restante da nossa equipe que está no Pentágono.

O chanceler Jürgen Richter tem ao lado um único assessor, um rapaz loiro chamado Dieter Kohl, diretor da BND, o serviço internacional de informações da Alemanha. A primeira-ministra Noya Baram trouxe o chefe de Gabinete, um sujeito mais velho, corpulento e formal, general reformado do Exército israelense.

Estamos tentando manter a reunião em segredo, o que significa que não podia haver muita gente. Um líder com um único assessor, além dos gurus técnicos. Não estamos em 1942, quando Roosevelt e Churchill se encontraram secretamente perto do Intracoastal Waterway, no sul da Flórida, para uma série de conferências de guerra. Eles comiam num grande restaurante chamado Cap's Place e enviaram ao proprietário cartas de agradecimento que hoje são troféus de uma lanchonete também famosa pelos frutos do mar, pela torta de limão-galego e pelo clima da década de quarenta.

Hoje em dia, com uma imprensa voraz e audaciosa, a internet e as redes sociais, todos os olhos voltados dia e noite para os líderes globais, é excepcionalmente difícil para qualquer um de nós andar por aí incógnito. A única coisa a nosso favor é a segurança: considerando as ameaças terroristas, conseguimos manter em segredo os detalhes dos nossos deslocamentos.

Noya Baram comparecerá amanhã a uma conferência em Manhattan e disse que aproveitaria o sábado para visitar a família nos Estados Unidos. Considerando que ela tem uma filha em Boston, um irmão nas imediações de Chicago e uma neta concluindo o primeiro ano de faculdade em Columbia, seu álibi parece plausível. Mas se vai se sustentar ou não já é outra história.

O chanceler Richter usou o câncer da esposa para antecipar para ontem uma viagem a Sloan Kettering que já estava programada. O plano anunciado pelos dois é passar o fim de semana com amigos em Nova York.

— Queiram me desculpar — digo ao grupo reunido na sala de estar da cabana no momento em que meu celular começa a vibrar. — Preciso atender. É... É um daqueles dias.

Também gostaria de ter um assessor ao meu lado, mas preciso de Carolyn na Casa Branca, e não há ninguém mais em quem possa confiar.

Vou para o terraço que dá para a floresta. O Serviço Secreto está no comando, mas há um pequeno contingente de agentes alemães e israelenses no jardim e espalhados pela propriedade.

— *Senhor presidente* — diz Liz Greenfield. — *A garota, Nina. As digitais chegaram. O nome dela é Nina Shinkuba. Não temos muita coisa a respeito dela, mas acreditamos que tenha nascido quase vinte e seis anos atrás na região da Abcásia, república da Geórgia.*

— O território separatista — comento. — O território em disputa.

Os russos deram apoio à Abcásia na luta por autonomia da Geórgia. Foi este o motivo da guerra entre Rússia e Geórgia em 2008, ao menos declaradamente.

— *Sim, senhor. Segundo o governo da Geórgia, Nina Shinkuba era suspeita de cometer um atentado a bomba em 2008 numa estação ferroviária do lado georgiano da fronteira em disputa. Houve uma série de atentados de ambos os lados da fronteira antes do início da guerra entre a Abcásia e a Geórgia.*

Que evoluiu para uma guerra entre Rússia e Geórgia.

— Ela lutava ao lado dos separatistas?

— *Aparentemente, sim. Na Geórgia, ela é considerada uma terrorista.*

— O que a inclui na categoria anti-Ocidente — digo. — Isso também faz dela pró-Rússia?

— *Os russos estavam do lado deles. Russos e abcásios estavam do mesmo lado na guerra. É uma dedução lógica.*

Mas não necessariamente automática.

— *Devemos entrar em contato com o governo da Geórgia para ver o que mais descobrimos sobre ela?*

— Espere um pouco — interrompo. — Quero consultar uma pessoa primeiro.

CAPÍTULO

57

— Eu conhecia ela apenas como Nina — diz Augie, cansado do trabalho no subsolo, esfregando os olhos ao meu lado na sala de estar da cabana.

— Nenhum sobrenome. Não pareceu estranho? Você se apaixonou por uma mulher sem saber o sobrenome dela?

Ele suspira.

— Eu sabia que ela estava tentando fugir do passado. Não sabia os detalhes. Nem me importava.

Continuo com os olhos grudados nele, mas Augie não fala mais nada nem parece preocupado em se explicar muito.

— Ela era uma separatista abcásia — continuo. — Eles trabalhavam com os russos.

— Foi o que você disse. Se Nina era... simpática aos russos, ela nunca me contou. Você sempre soube, senhor presidente, que os Filhos da Jihad atacavam instituições ocidentais. Nós nos opomos à influência do Ocidente no sudeste europeu. O que, naturalmente, combina com a política da Rússia. Mas isso não significa que trabalhamos para os russos. O que eu acho é que, sim, Suliman aceitou dinheiro dos russos no passado, mas não precisa mais do dinheiro deles.

— Ele se vende a quem pagar mais — arrisco.

— Ele faz o que bem entende. Nem sempre por dinheiro. Ele não tem que prestar contas a ninguém.

É o que apontam os nossos serviços de informação.

— Nina foi ferida assim — prossigo. — Aqueles estilhaços de bomba na cabeça. Ela disse que um míssil caiu perto de uma igreja. Foram os georgianos. Só podem ter sido eles.

Augie desvia o olhar, os olhos cheios de lágrimas, perdidos ao longe.

— Isso tem alguma importância? — sussurra.

— É importante saber se ela estava trabalhando para os russos, Augie. Se eu tiver alguma ideia de quem está por trás disso tudo, vou ter mais opções.

Augie assente, com o olhar ainda distante.

— Ameaças. Dissuasão. Senhor presidente — diz Augie —, se não conseguirmos conter o vírus, suas ameaças não vão adiantar de nada. Suas tentativas de dissuasão não vão significar nada.

Mas o vírus ainda não atacou. Ainda somos o país mais poderoso do mundo.

Talvez esteja na hora de lembrar isso aos russos.

Augie volta ao porão. Pego o celular e ligo para Carolyn.

— Carrie, o alto-comando conjunto está na Sala de Crise?

— *Sim, senhor.*

— Estarei on-line em dois minutos — aviso.

CAPÍTULO

58

— Senhor presidente — diz o chanceler Richter com sua habitual solenidade, ajeitando os punhos da camisa. — Não preciso ser convencido do envolvimento russo nesse atentado. Como o senhor sabe, a Alemanha passou por vários incidentes dessa natureza no passado recente. O caso do Bundestag, a sede da CDU. Até hoje estamos sentindo os efeitos.

Ele se refere ao ataque em 2015 aos servidores do Bundestag alemão, a Câmara Baixa do Parlamento. Antes que os alemães enfim detectassem o problema e conseguissem corrigi-lo, os hackers já tinham varrido e-mails e muita informação sensível foi extraída. Vazamentos dessas informações até hoje aparecem esporadicamente na internet, um verdadeiro pinga-pinga estratégico.

E a sede da União Democrata Cristã, a CDU, o partido do chanceler, também foi hackeada, com o roubo de muitos documentos contendo conversas sensíveis e às vezes contundentes sobre temas de estratégia política, coordenação de campanha e outras questões importantes.

Os dois ataques foram atribuídos a um grupo ciberterrorista conhecido como APT28, ou Fancy Bear, ligado ao serviço de informações militar da Rússia, o GRU.

— Fomos informados de cerca de setenta e cinco tentativas de ataques ciberterroristas desde os incidentes do Bundestag e da CDU — acrescenta o assessor de Richter, Dieter Kohl, o chefe da inteligência externa alemã. — Estou falando de tentativas de roubo e duplicação de dados dos servidores do governo federal, de governos locais e de vários partidos políticos, todos hostis ao Kremlin. E de incidentes envolvendo instituições governamentais, indústrias, sindicatos, instituições acadêmicas e de pesquisa. Todos eles atribuídos ao Fancy Bear.

— Boa parte das informações que eles... — O chanceler Richter se vira para o colega, querendo encontrar a palavra certa. — Sim, que eles subtraíram. Boa parte das informações que eles subtraíram ainda não foi vazada na internet. É o que acreditamos que vá acontecer com a aproximação do período eleitoral. Assim, senhor presidente, posso dizer que a Alemanha não precisa ser convencida do envolvimento dos russos nessa questão.

— Mas agora é diferente — interfere a primeira-ministra Noya Baram. — Pelo que sei do vírus detectado no servidor do Pentágono, eles não deixaram... migalhas no caminho, como diriam.

— Correto — respondo. — Dessa vez, os hackers não deixaram nenhum rastro. Nada de digitais. Nenhuma migalha pelo caminho. Ele simplesmente apareceu, do nada, e desapareceu sem deixar vestígios.

— E essa não é a única diferença — continua ela. — Jonny, você não está preocupado com o roubo de informações. Sua preocupação é a estabilidade da sua infraestrutura.

— As duas coisas — corrijo —, mas você está certa, Noya. Minha preocupação é que eles ataquem nossos sistemas. O lugar em que o vírus apareceu, quando acenou para nós antes de desaparecer... faz parte da nossa infraestrutura operacional. Eles não estão simplesmente roubando e-mails. Estão comprometendo nossos sistemas.

— E eu fiquei sabendo — diz o chanceler Richter — que, se existe alguém capaz fazer algo do gênero, só podem ser os Filhos da Jihad. O nosso pessoal — e ele olha para o chefe da inteligência externa, que assente — diz que o FdJ reúne os melhores do mundo. Imaginávamos que poderíamos encontrar gente tão competente quanto os Filhos da jihad. Mas descobrimos que não é simples assim. Na verdade, existem pouquíssimos ciberterroristas de elite, assim como pouquíssimos, ou talvez ainda menos, especialistas à altura em segurança virtual. Na Alemanha, formamos um novo cibercomando, mas encontramos dificuldade para preencher as funções. Talvez tenhamos mais ou menos uma dúzia de pessoas capazes de nos defender contra os piores ciberterroristas.

— Como em qualquer outra área — comento. — Esportes, artes, universidade. Algumas das pessoas no alto da pirâmide são simplesmente mais capacitadas que qualquer outra. Israel conta com muita gente assim na área da defesa. Israel tem os melhores sistemas de segurança virtual do mundo. — Faço um gesto com a cabeça na direção de Noya, que aceita o elogio sem objeção; é um motivo de orgulho para os israelenses.

— E, se Israel tem a melhor defesa, a Rússia tem o melhor ataque — conclui Richter.

— Mas agora nós temos Augie.

Richter concorda, apertando os olhos. Noya olha para ele, depois para mim.

— E o senhor tem certeza de que pode confiar nesse sujeito, nesse tal Augustas Koslenko?

— Noya. — E jogo as mãos abertas para os lados. — Eu tenho certeza de que não tenho escolha *senão* confiar nele. O nosso pessoal não consegue desatar esse nó. Não consegue nem encontrar o vírus. — Eu me recosto na cadeira. — Foi ele quem nos deu a dica. Não fosse ele, não saberíamos nada a respeito disso.

— É o que ele diz.

— É o que ele diz — reconheço. — Verdade. Olha só, quem quer que esteja por trás disso, o FdJ ou a Rússia ou alguém mais... sim, podem ter mandado Augie para mim. Ele pode ter alguma motivação obscura. E eu estou querendo descobrir qual é. Estou esperando alguma exigência, um pedido de resgate. Mas até agora... nada. E cabe lembrar que eles tentaram matar o garoto. Duas vezes. Para mim, portanto, ele representa uma ameaça para eles. O que significa que é um trunfo para nós. Temos aqui mobilizados os meus melhores agentes, os *seus* melhores e os melhores de Jürgen, observando cada movimento dele lá embaixo, ouvindo, aprendendo e fuçando. Temos até uma câmera instalada, de olho nele. — Jogo as mãos para o alto. — Se alguém tiver uma ideia melhor, estou aberto. Caso contrário, é o melhor que posso fazer para tentar evitar...

As palavras ficam presas. Não consigo dizer.

— Evitar... o quê? — pergunta Richter. — Temos alguma ideia dos possíveis danos? Podemos especular. Podemos imaginar possibilidades catastróficas. O que o rapaz disse?

Um excelente gancho para o assunto, um dos principais motivos para eu ter convidado o chanceler alemão.

Eu me viro para Alex, de pé num dos cantos da sala.

— Alex, traga Augie aqui, por favor. É bom os senhores ouvirem isso diretamente dele.

CAPÍTULO

59

Augie se apresenta diante dos líderes globais reunidos na sala de estar, exausto, usando as roupas que conseguimos para ele depois do banho e que não cabem muito bem, completamente sobrecarregado pelos acontecimentos das últimas doze horas. Mas o rapaz não parece nem um pouco intimidado pela companhia. Ali estão homens e mulheres com feitos que tiveram impacto no mundo inteiro, dotados de poderes incríveis, mas aqui, neste campo, ele é o mestre e nós somos os pupilos.

— Uma das maiores ironias do mundo atual — começa ele — é que os avanços da humanidade podem nos tornar mais poderosos e ao mesmo tempo mais vulneráveis. Quanto maior o poder, maior a vulnerabilidade. Vocês acham, com razão, que estão no auge do poder, que podem mais do que jamais puderam. Mas eu vejo vocês no auge da vulnerabilidade.

"O motivo é a dependência. Nossa sociedade se tornou completamente dependente da tecnologia. A Internet das Coisas... Vocês conhecem o conceito?"

— Mais ou menos — respondo. — A conexão de aparelhos domésticos à internet.

— Sim, basicamente. E não apenas laptops e smartphones. Qualquer coisa com um botão de ligar. Máquinas de lavar, cafeteiras, gravadores de vídeo, câmeras digitais, termostatos, componentes de máquinas, motores de jatos... A lista de coisas é quase infinita, sejam grandes ou pequenas. Dois anos atrás, havia quinze bilhões de dispositivos conectados à internet. E daqui a dois anos? Já li estimativas de que vão chegar a cinquenta bilhões. E já ouvi falar até de cem bilhões. É quase impossível para qualquer pessoa ligar a televisão sem ver um comercial sobre o mais recente aparelho inteligente e as coisas que ele vai ser capaz de fazer e que ninguém imaginaria possíveis há vinte anos. Ele vai encomendar flores. Vai permitir que você veja alguém na porta da sua casa enquanto estiver no trabalho. Vai dizer se tem alguma obra no caminho para você seguir outra rota de carro.

— E toda essa conectividade nos torna mais vulneráveis a *malwares* e *spywares* — intervenho. — Nós sabemos disso. Mas no momento não estou tão preocupado assim em saber se a Siri vai me dizer como está o tempo em Buenos Aires ou se algum país estrangeiro está usando a minha torradeira para me espionar.

Augie caminha pela sala, como se estivesse num grande palco fazendo uma conferência para milhares de pessoas.

— Não, não... Estou divagando. O que realmente interessa é que quase todas as formas sofisticadas de automação, quase todas as transações no mundo moderno dependem da internet. Vamos dizer assim: dependemos da rede elétrica para ter eletricidade, certo?

— Claro.

— E sem eletricidade? Seria o caos. Por quê?

Augie olha para cada um de nós à espera de uma resposta.

— Porque não dá para substituir a eletricidade — respondo. — Não dá mesmo.

Ele aponta para mim.

— Correto. Porque dependemos muito de algo que não pode ser substituído.

— E o mesmo agora vale para a internet — intervém Noya, falando ao mesmo tempo consigo própria e conosco.

Augie faz uma mesura discreta.

— Com certeza, senhora primeira-ministra. Toda uma série de funções antes executadas sem a internet agora *só* podem ser executadas *com* a internet. Não tem volta. Não dá mais. E o senhor tem razão: o mundo não vai entrar em colapso se não pudermos mais perguntar ao celular qual é a capital da Indonésia, o mundo não vai entrar em colapso se os aparelhos de micro-ondas pararem de esquentar os *burritos* do café da manhã ou se os gravadores digitais pararem de funcionar.

Augie dá alguns passos, olhando para o chão, mãos nos bolsos, parecendo um professor no meio da aula.

— Mas e se *tudo* parasse de funcionar? — pergunta.

Silêncio na sala. O chanceler Richter, que levava uma xícara de café à boca, fica paralisado. Noya parece prender a respiração.

Idade das Trevas, penso com meus botões.

— Mas a internet não é tão vulnerável assim — argumenta Dieter Kohl, que pode não ser páreo para Augie nessas questões, mas conhece muito mais do assunto que qualquer um dos representantes eleitos presentes na sala. — Um servidor pode ser comprometido, deixando o tráfego mais lento ou mesmo bloqueado, mas então outro passa a ser usado. As rotas dos dados são dinâmicas.

— Mas e se todas as rotas fossem comprometidas? — questiona Augie.

Kohl reflete, a boca fazendo um biquinho, como se ele fosse falar a qualquer momento, suspensa nessa posição. Ele fecha os olhos e balança a cabeça.

— E como... isso seria possível?

— Com tempo, paciência e habilidade — responde Augie. — Se o vírus não fosse detectado ao invadir o servidor. E se ficasse latente depois da invasão.

— Como você invadiu os servidores? Ataques de *phishing*?

Augie faz uma cara estranha, como se estivesse se sentindo insultado.

— Às vezes. Mas, basicamente, não. Usamos primariamente desorientação. Ataques de DDoS e corrupção de tabelas de BGP.

— Augie — intervenho.

— Ah, sim, me desculpe. O senhor me pediu que usasse uma linguagem leiga. Muito bem. Um ataque de DDoS é um ataque de negação de serviço distribuída. Um ataque que basicamente sobrecarrega uma rede de servidores que convertem os endereços de URL digitados nos navegadores em números de IP usados pelos roteadores da internet.

— Augie — repito.

Ele sorri, sem jeito.

— Então, vamos lá: uma pessoa digita www.cnn.com, mas a rede converte num número de encaminhamento para direcionar o tráfego. Um ataque de DDoS manda um tráfego falso à rede e a sobrecarrega, fazendo com que ela trave ou entre em colapso. Em outubro de 2016, um ataque de DDoS derrubou muitos servidores, e com isso também derrubou muitos sites importantes dos Estados Unidos durante quase um dia inteiro. Twitter, PlayStation, CNN, Spotify, Verizon, Comcast, para não falar de milhares de empresas de varejo on-line, tudo suspenso.

"E depois a corrupção das tabelas de BGP, as tabelas do Border Gateway Protocol. Provedores de serviço como, por exemplo, a AT&T basicamente anunciam nessas tabelas quem são seus clientes. Se a Empresa X recorre à AT&T para dispor de serviços de internet, a AT&T avisa nessas tabelas: "Se você quiser acessar o site da Empresa ABC, utilize nossos serviços." Digamos que alguém esteja na China, por exemplo, usando a VelaTel, e queira acessar o site da Empresa X. A pessoa vai ter que passar da VelaTel para a NTT, no Japão, e depois para a AT&T, nos Estados Unidos. As tabelas de roteamento fornecem o caminho. Nós, claro, apenas digitamos um site ou clicamos num link, mas muitas vezes o que acontece quase imediatamente é uma série de saltos de um provedor de serviço de internet para o outro, usando as tabelas de BGP como mapa.

"O problema é que essas tabelas se baseiam na confiança. Como os senhores devem se lembrar, vários anos atrás, a VelaTel, na época chamada ChinaTel, declarou um belo dia que era o salto final do tráfego para o Pentágono, e assim, durante um certo tempo, boa parte do tráfego da internet direcionado para o Pentágono foi roteado pela China."

Hoje eu sei desse episódio, mas na época não sabia. Era apenas governador da Carolina do Norte. Tempos mais fáceis. E como!

— Um hacker sofisticado — prossegue Augie — pode invadir as tabelas de BGP dos vinte principais provedores de serviço de internet do mundo inteiro, dar uma bela embaralhada e desviar o tráfego. O efeito seria o mesmo que o de um ataque de DDoS. O serviço de internet de qualquer pessoa atendida por qualquer um desses provedores seria temporariamente interrompido.

— Mas que relação isso tem com a instalação do vírus? — pergunta Noya. — Até onde eu sei, o objetivo de um ataque de DDoS é impedir que um provedor forneça o serviço de internet.

— Sim.

— E parece que isso, essa embaralhada das tabelas de BGP, causa o mesmo efeito.

— Sim. E, como podem imaginar, é algo muito sério. Um provedor de serviço não pode deixar de fornecê-lo aos clientes. É a razão de sua existência. Ele precisa agir imediatamente para resolver o problema ou vai perder os clientes e fechar as portas.

— Naturalmente — concorda Noya.

— Erros de direcionamento, como eu já disse. — Augie acena com a mão. — Nós usamos as tabelas de BGP e os ataques de DDoS como plataformas para invadir os servidores.

Noya ergue o queixo, enfim compreendendo. Augie teve de me explicar tudo isso mais de uma vez.

— Quer dizer que enquanto eles cuidavam dessa emergência você invadiu e plantou o vírus.

— De forma resumida, foi exatamente isso. — Augie não consegue disfarçar o orgulho. — E, como o vírus estava latente, como ficou oculto, sem desempenhar nenhuma função maliciosa, ninguém o detectou.

— Latente por quanto tempo? — pergunta Dieter Kohl.

— Anos. Acho que começamos... — Ele olha para o alto, olhos semicerrados. — Tem três anos?

— O vírus está dormente há três anos?

— Em certos casos, sim.

— E quantos servidores foram infectados?

Augie respira, uma criança se preparando para dar uma notícia ruim aos pais.

— O vírus foi programado para infectar todos os nós... qualquer dispositivo que receba serviço de internet do provedor.

— E... — Kohl faz uma pausa, como se temesse saber mais, com medo de abrir a porta do armário escuro e descobrir o que está escondido lá dentro. — Aproximadamente, quantos provedores de internet foram infectados?

— Aproximadamente? — Augie dá de ombros. — Todos eles.

Todo mundo esmorece com a notícia. Richter, incapaz de ficar parado, se levanta da cadeira e se apoia na parede, então cruza os braços. Noya sussurra algo ao assessor. Pessoas poderosas se sentindo impotentes.

— Se vocês infectaram todos os provedores de internet do país, e esses provedores por sua vez passaram o vírus para cada cliente, cada nó, cada dispositivo, isso quer dizer... — Dieter Kohl desmorona na cadeira.

— Infectamos praticamente todos os aparelhos que usam internet nos Estados Unidos.

A primeira-ministra e o chanceler olham para mim, ambos empalidecendo. Estamos lidando com um ataque contra os Estados Unidos, mas eles sabem muito bem que seus países podem ser os próximos.

O que é um dos motivos pelos quais eu queria que Augie lhes explicasse isto diretamente.

— Só os Estados Unidos? — pergunta o chanceler Richter. — O mundo inteiro está conectado à internet.

— Bem lembrado — diz Augie. — Nós atacamos apenas os provedores dos Estados Unidos. Sem dúvida haverá transferências para outros países, pois os dados dos equipamentos americanos são mandados para o exterior. Não tem como saber ao certo, mas não achamos que a propagação deva ser significativa. Nós focamos nos Estados Unidos. O objetivo era incapacitar os Estados Unidos.

A coisa é muito mais grave do que imaginávamos. Quando o vírus nos mostrou a cara, foi num servidor do Pentágono. Todos então pensamos em termos militares. Ou governamentais, pelo menos. Mas Augie está dizendo que vai muito, muito além da esfera do governo. Isso vai afetar todas as indústrias, incontáveis aspectos da vida cotidiana, cada residência, todas as facetas da nossa vida.

— Você está dizendo — começa o chanceler Richter, a voz trêmula — que vocês vão roubar a internet dos Estados Unidos.

Augie olha para Richter, e depois para mim.

— Sim, mas esse é só o começo — digo. — Augie, conte a eles o que o vírus vai fazer.

CAPÍTULO 60

— O vírus é o que chamamos de *wiper* — explica Augie. — Um *wiper* realiza um ataque de varredura que apaga todos os softwares de um equipamento. Os laptops de vocês só vão servir como peso de porta; os roteadores, como peso de papel. Os servidores vão ser apagados. Vocês não vão ter internet, isso é certo, mas os aparelhos também não vão funcionar.

Idade das Trevas.

Augie pega uma maçã na fruteira e a joga para o alto.

— A maioria dos vírus e códigos de ataque é destinado a invasão e roubo de dados — explica. — Imaginem um ladrão invadindo uma casa pela janela e andando na ponta dos pés. Ele quer entrar e sair sem ser percebido. E, quando o roubo for percebido, já é tarde demais.

"Já um *wiper* é barulhento. Ele *quer* que todo mundo saiba o que está acontecendo. Não tem por que se esconder. Porque ele quer obter alguma coisa diretamente de você. O que ele faz é basicamente... quer dizer, não basicamente, um *wiper de fato* mantém o conteúdo do seu equipamento como refém. Pague o resgate ou diga adeus a todos os seus arquivos. Naturalmente, esse tipo de ataque não quer apagar os seus dados. Quer apenas dinheiro."

Augie abre as mãos.

— Pois bem, o nosso vírus faz um ataque de varredura silencioso. Entramos silenciosamente e invadimos o máximo de sistemas possível. Mas não queremos nenhum resgate. Queremos *apagar* todos os arquivos de vocês.

— E os arquivos de backup não adiantam de nada — diz Dieter Kohl, balançando a cabeça. — Porque eles também foram infectados.

— É claro. O vírus fez o upload junto dos arquivos de backup no próprio ato de se fazer periodicamente o backup dos sistemas.

— São bombas-relógio — comento. — Elas estão escondidas nos equipamentos à espera do momento de serem postas em ação.

— Sim.

— E esse momento é hoje.

Nós todos nos entreolhamos. Eu já tive algumas horas para digerir tudo isso, porque Augie já havia me explicado no Marine One. E no helicóptero eu provavelmente estava com essa mesma cara de "puta merda" que todos na sala exibem agora.

— De modo que os senhores podem imaginar as consequências — continua Augie. — Cinquenta anos atrás, tudo o que se tinha eram máquinas de escrever e papel carbono. Agora só existem computadores. Cinquenta anos trás, ou, na maioria dos casos, *dez ou quinze* anos atrás, não se dependia da conectividade para tantas operações. Mas agora, sim. Só assim que tudo funciona. Sem isso, não existe alternativa.

Silêncio na sala. Augie olha para baixo, talvez por respeito pela dor alheia, ou quem sabe pedindo desculpas. Ele teve uma importante participação no que acabou de descrever.

— Você não pode nos dar uma ideia de... — Noya Baram massageia as têmporas.

— Bem... — Augie volta a andar de um lado para o outro. — Os exemplos são incontáveis. Pequenos exemplos: elevadores param de funcionar, leitores ópticos de caixas registradoras dos supermercados, catracas de trens e ônibus, aparelhos de televisão, telefones, rádios, sinais de trânsito, leitores de cartões de crédito, sistemas de alarme. Os laptops vão perder todos os softwares, todos os arquivos, tudo apagado. Seus computadores não vão ser nada além de um teclado com uma tela em branco.

"A energia elétrica seria gravemente comprometida. Ou seja, geladeiras. Em certos casos, aquecimento. Água... Bem, a gente já viu o efeito nas usinas de tratamento. Água limpa e potável logo vai virar uma raridade no país.

"E isso significa problemas de saúde em larga escala. Quem vai cuidar dos doentes? Os hospitais? Será que eles vão dispor dos recursos necessários? Hoje em dia as cirurgias são altamente informatizadas. E não haverá acesso on-line aos prontuários médicos.

"Na verdade, é o caso de se perguntar se eles vão realizar qualquer tipo de tratamento. Vocês têm plano de saúde? Quem disse? Um cartão no bolso? Vai ser impossível consultar e confirmar isso. Assim como pedir reembolso. E, mesmo que os hospitais consigam entrar em contato com o plano de saúde, ele não vai saber se você é mesmo um cliente. Por acaso as empresas de planos de saúde têm listas impressas dos segurados? Não. Está tudo nos computadores. Computadores que foram apagados. E os hospitais vão oferecer o serviço de graça?

"Nada de sites, é claro. Nem comércio on-line. Nem linhas de montagem. Nem maquinário sofisticado nas fábricas. Nem registro das folhas de pagamento.

"Os aviões não vão poder voar. Mesmo os trens talvez não possam operar na maioria dos lugares. Os carros também vão ser afetados, pelos menos os fabricados desde... 2010 mais ou menos.

"Documentos jurídicos. Arquivos da previdência social. Registros criminais. A capacidade dos órgãos policiais de identificar criminosos, coordenar ações com outros estados e o governo federal por meio dos bancos de dados: impossível.

"Registros bancários. Você acha que tem dez mil dólares na poupança? Cinquenta mil dólares numa previdência privada? Acha que tem uma pensão que permite a você receber um pagamento mensal fixo? — Ele balança a cabeça. — Não se os arquivos dos computadores e os backups tiverem sido apagados. Por acaso os bancos têm um enorme maço de cédulas preso por um elástico com o seu nome em algum cofre? É claro que não. Apenas dados."

— Minha mãe do céu! — exclama o chanceler Richter, secando o rosto com um lenço.

— É claro que — prossegue Augie — os bancos foram as primeiras empresas a se darem conta da vulnerabilidade, separando alguns registros em sistemas diferentes. Mas nós já tínhamos infectado o sistema. Foi a primeira indústria que atacamos. Por isso essas redes separadas estão igualmente comprometidas.

"Os mercados financeiros. Não existem mais pregões. É tudo eletrônico. Todas as operações das bolsas dos Estados Unidos vão parar.

"E as funções governamentais, é claro. O governo depende da coleta de impostos. Do cadastro de contribuintes que pagam o imposto de renda. Dos impostos de transmissão, de consumo etc. Tudo acabado. Onde é que o governo vai conseguir dinheiro para funcionar, se é que vai continuar funcionando?

"A circulação de moeda vai ser reduzida de uma hora para outra a transações em dinheiro, feitas pessoalmente. E o dinheiro vai sair de onde? Ninguém vai poder ir ao banco mais próximo, ou ao caixa eletrônico mais próximo, para fazer um saque, porque o banco não tem nenhum registro seu.

"A economia do país vai parar por completo. Setores industriais inteiros que dependem exclusivamente da internet não vão ter como sobreviver. Os outros vão ser gravemente comprometidos. O impacto inevitavelmente vai levar a desemprego em massa, uma enorme redução da disponibilidade de crédito, uma recessão que vai fazer a Depressão de trinta parecer um breve soluço.

"Pânico. Pânico generalizado. Corrida aos bancos. Saques em supermercados. Revoltas. Criminalidade em massa. Surgimento de doenças. O fim da mais remota aparência de alguma ordem civil.

"E eu nem mencionei ainda as funções militares e de segurança nacional. A possibilidade de caçar terroristas. Os recursos de vigilância. A Força Aérea altamente sofisticada que vocês têm não vai poder decolar.

Lançamento de mísseis? Não mais. Radares e sonares? Os recursos de alta tecnologia em telecomunicações nas Forças Armadas? Já eram.

"Os Estados Unidos vão ficar vulneráveis a ataques como nunca antes. As defesas militares vão ficar num nível comparável ao do século XIX frente a inimigos com recursos do século XXI."

Como a Rússia. E a China. E a Coreia do Norte.

Dieter Kohl levanta a mão.

— Se a internet for derrubada *permanentemente*, isso vai ser... uma catástrofe de proporções épicas. Mas esses problemas seriam resolvidos. Os Estados Unidos não ficariam sem internet *para sempre*.

Augie concorda, numa leve mesura.

— Tem razão, senhor, o funcionamento da internet acabaria sendo restabelecido. Provavelmente levaria meses para reconstruir toda a rede, dos provedores aos aparelhos de uso pessoal, pois seus sistemas, todos eles, em cada elo da cadeia, vão ter sido completamente destruídos. Nesse meio-tempo, os Estados Unidos vão ficar vulneráveis como nunca antes a ataques militares e atentados terroristas. Nesse meio-tempo, setores inteiros da economia que dependem fortemente ou mesmo exclusivamente da internet vão ser destruídos. Nesse meio-tempo, pessoas com doenças graves vão deixar de receber tratamento e procedimentos médicos. Toda empresa, todo banco, todo hospital, todo organismo governamental, todo indivíduo vai ter que comprar novos aparelhos, pois os antigos vão ter sido destruídos.

"Quanto tempo o país pode suportar sem água potável? Sem eletricidade? Sem refrigeração? Sem a possibilidade de realizar procedimentos médicos e cirúrgicos? Os Estados Unidos naturalmente teriam que focar primeiro nessas necessidades básicas, mas quão rápido seria possível restabelecer até mesmo esses serviços num país de trezentos milhões de habitantes? Certamente não seria em uma semana, não para o país inteiro. Duas semanas? É mais provável que leve vários meses. Imagino que o número de mortes seria inimaginável.

"E, mesmo quando a internet por fim for restabelecida, imaginem só os danos irreparáveis. Toda a população vai ter perdido suas economias, seus investimentos, todos esses registros permanentemente apagados. Todo mundo sem um tostão, a não ser o dinheiro vivo que tiverem no bolso quando o vírus atacar. O mesmo vale no caso de pensões, planos de saúde, benefícios da previdência social e registros médicos. Todos esses dados jamais vão poder ser recuperados. Ou, se por acaso forem, sem dados eletrônicos seria um processo imperfeito e impossível de se verificar... e ainda por cima levaria anos. *Anos*. Quanto tempo alguém pode ficar sem dinheiro?

"E, se as pessoas não têm dinheiro, como é que algum setor da economia vai continuar viável? Nem uma única loja de uma única rua do país, da sua Quinta Avenida, da sua Magnificent Mile e do seu Rodeo Drive às menores lojinhas das menores cidades... Como elas vão sobreviver sem clientes? Sem falar dos setores da indústria que dependem totalmente da internet. Não vai restar nada, absolutamente nada da economia dos Estados Unidos."

— Deus do céu! — murmura o chanceler. — É muito pior do que eu imaginava.

— É pior do que qualquer um poderia imaginar — reforça Augie. — Os Estados Unidos da América vão se transformar no maior país de Terceiro Mundo do planeta.

CAPÍTULO

61

Augie deixa meus dois convidados, a primeira-ministra Noya Baram e o chanceler Jürgen Richter, mudos e estupefatos. Richter tira o paletó, exibindo o colete, e volta a passar o lenço na testa. Noya se serve de um enorme copo d'água.

— Por que... — Richter leva a mão ao queixo, coçando-o. — Por que a Rússia faria isso?

Se é que a Rússia está por trás disso, penso com meus botões.

— Não é óbvio? — pergunta Noya Baram, depois de beber um gole d'água e usar o lenço para secar os lábios.

— Para mim, não. Existe algum fator militar nesta questão? Se a capacidade militar dos Estados Unidos fosse comprometida, se a sua infraestrutura fosse arruinada... Isso faria com que os Estados Unidos ficassem vulneráveis a um ataque militar? Não pode ser. Pode? A Rússia atacaria os Estados Unidos? Com certeza... — Ele balança a mão. — Com certeza os Estados Unidos... talvez o país ficasse temporariamente vulnerável, sim, mas sem dúvida reconstruiria seu poderio. Além disso, é claro, existe o Artigo 5.

Pelo Artigo 5 do Tratado do Atlântico Norte, um ataque a qualquer país da Otan é um ataque a todos eles. Um ataque aos Estados Unidos poderia provocar uma guerra mundial.

Ao menos teoricamente. Esse princípio nunca foi realmente testado até as últimas consequências. Se a Rússia neutralizasse nossa infraestrutura militar e em seguida nos atacasse com armas nucleares, os outros países com armas nucleares da Otan — a Alemanha, por exemplo, ou o Reino Unido e a França — reagiriam da mesma forma contra a Rússia? Seria um teste inédito para a nossa aliança. Qualquer um desses países, caso agisse dessa forma, certamente sofreria um ataque nuclear em retaliação.

Por isso é tão importante que Richter se dê conta de que a Alemanha pode ser a próxima, de que ele não pode permitir que a Rússia, ou quem quer que seja o responsável, escape impunemente.

— Mas qual é o maior impedimento da Rússia? — pergunta Noya. — A quem ela mais teme?

— A Otan — responde Richter.

Noya ergue os ombros.

— Muito bem, sim... exatamente, Richter. Sim, a expansão da Otan até as fronteiras russas é motivo de grande preocupação para eles. Mas, aos olhos da Rússia, e com todo respeito, Jürgen, aos olhos da Rússia, quando ela pensa na Otan, pensa nos Estados Unidos. Antes de tudo os Estados Unidos e só depois seus aliados.

— E o que a Rússia tem a ganhar? — Eu me levanto da cadeira, incapaz de ficar parado. — Eu entendo que a Rússia queira nos neutralizar, nos deixar para trás. Feridos. Mas nos destruir?

— Jonny — diz Noya, deixando de lado o copo d'água. — Durante a Guerra Fria, os Estados Unidos... Vocês sempre achavam que os soviéticos queriam acabar com vocês. E eles pensavam a mesma coisa de vocês. Muita coisa mudou nos últimos vinte e cinco, trinta anos. O império soviético ruiu. As Forças Armadas russas foram enfraquecidas. A Otan se expandiu até chegar às fronteiras da Rússia. Mas será que alguma coisa *realmente* mudou? A Rússia se sente tão ameaçada por vocês quanto sempre se sentiu. No fim das contas, se eles tiverem a oportunidade, não acha que seria mais uma vez uma alternativa viável? Você está disposto a correr o risco de errar? — Com a cabeça inclinada para o lado, ela suspira profundamente e conclui: — Você não tem escolha a não ser se preparar para a possibilidade de um ataque direto contra os Estados Unidos.

É algo quase inconcebível. Quase. Mas minha função é me preparar para o pior, ainda que trabalhe pelo melhor. E, se alguém acha que entende perfeitamente o presidente Tchernokev, está enganado. O sujeito pensa a longo prazo. O que não significa que não vá pegar um atalho, se puder.

O chanceler Richter olha para o relógio.

— Ainda está faltando uma delegação — comenta. — Eu imaginava que eles já estariam aqui a esta altura.

— Eles estão com alguns problemas para resolver — explico.

Alex Trimble entra na sala. Eu me viro para ele.

— Eles chegaram, senhor presidente. Os russos estão aqui.

CAPÍTULO

62

O comboio de SUVs pretos chega à entrada da propriedade. Agentes de segurança russos descem do primeiro carro e conferenciam com Jacobson e outros do Serviço Secreto.

Eu estou a postos para recebê-los, um pensamento dominando todos os demais:

É assim que guerras começam.

Convidei o presidente Tchernokev a comparecer à nossa reunião de cúpula ao mesmo tempo que chamei Israel e Alemanha. Naquele momento, eu não sabia do envolvimento russo — e ainda não sei, ao menos não com certeza —, mas a Rússia tem os melhores ciberterroristas do mundo, e, se eles não estiverem por trás disso tudo, vão poder nos ajudar, e têm tanto a temer quanto nós. Se os Estados Unidos ficarem vulneráveis, o mundo inteiro vai ficar. Inclusive a Rússia.

E, se a Rússia *de fato* estiver por trás disso, ainda assim faz sentido que o país esteja representado aqui. Quando Sun Tzu disse "Mantenha os amigos perto e os inimigos ainda mais perto", ele sabia o que estava dizendo.

Mas isso também foi um teste. Se a Rússia estivesse por trás da Idade das Trevas, não creio que o presidente Tchernokev se disporia a vir conversar comigo enquanto esse vírus estivesse sendo lançado e causando destruição em massa. Ele mandaria algum representante para preservar as aparências.

Os agentes russos abrem a porta traseira do segundo SUV.

Desce um oficial: o primeiro-ministro Ivan Volkov.

O segundo na hierarquia, um coronel reformado do Exército Vermelho, escolhido a dedo por Tchernokev. Para alguns, o Carniceiro da Crimeia.

O comandante militar por trás da suspeita de crimes de guerra cometidos na Tchetchênia, na Crimeia e, mais tarde, na Ucrânia, desde estupros e assassinatos de civis inocentes à tortura impiedosa de prisioneiros de guerra e o possível uso de armas químicas.

Ele parece uma pilha de tijolos, baixo e forte, o cabelo tão curto que só se vê uma pequena faixa escura no alto da cabeça, quase como um *mohawk*. Tem aproximadamente 60 anos, mas está em boa forma, um antigo boxeador que vai todo dia à academia, até onde sabemos, com rugas profundas na testa proeminente e um nariz achatado que foi quebrado mais de uma vez no ringue.

— Senhor primeiro-ministro — digo, de pé sozinho na entrada, a mão estendida.

— Senhor presidente.

A expressão implacável, os olhos escuros espreitando os meus, ele me cumprimenta com mão de ferro. Veste um terno preto e uma gravata azul-escura no alto e vermelha na ponta, dois terços da bandeira russa.

— Fiquei decepcionado quando soube que o presidente Tchernokev não poderia vir pessoalmente.

Mais que decepcionado.

— Ele também, senhor presidente. O presidente Tchernokev está doente há vários dias. Nada grave, mas não tinha como viajar. Posso assegurar ao senhor que represento aqui toda a sua autoridade. E o presidente pediu que eu também transmitisse a sua decepção. Na verdade, mais que decepção. Preocupação. Uma profunda preocupação com os recentes atos de provocação do seu país.

Faço um gesto indicando o jardim dos fundos. Ele assente e começamos a caminhar para lá.

— A tenda, sim — diz. — Bem apropriada para esta conversa.

A tenda preta não tem porta nem zíper, apenas abas sobrepostas na frente. Eu enfio as mãos e as afasto para entrar, seguido do primeiro-ministro Volkov.

Lá dentro, não entra nenhuma luz externa, a única iluminação vem de lâmpadas de querosene nos cantos. Uma mesinha de madeira com cadeiras foi preparada, como se houvesse planos para um piquenique, mas eu sequer me aproximo dela. Para esta conversa, apenas nós dois — apenas eu e um sujeito acusado de cometer uma carnificina selvagem de civis inocentes, um homem que representa o país que pode estar por trás deste terrível ataque ao meu país —, prefiro ficar de pé.

— O presidente Tchernokev ficou alarmado com seus atos de provocação militar das últimas trinta e seis horas — começa ele. Com seu sotaque carregado, as palavras parecem pingar de sua língua, especialmente *provocação*.

— São apenas missões de treinamento — explico.

Um sorriso ressentido passa pelos seus lábios e desaparece.

— Missões de treinamento — repete, num tom amargo. — Exatamente como em 2014.

Em 2014, depois da invasão russa da Ucrânia, os Estados Unidos enviaram à Europa dois bombardeiros B-2, invisíveis aos radares, para "missões de treinamento". A mensagem foi bem clara.

— Exatamente, sim — confirmo.

— Porém muito mais extensivas. A movimentação de porta-aviões e submarinos nucleares no mar do Norte. As manobras de aviões invisíveis aos radares na Alemanha. E, naturalmente, as manobras militares conjuntas na Letônia e na Polônia.

Dois antigos países do Pacto de Varsóvia, hoje membros da Otan. Um deles, a Letônia, faz fronteira com a Rússia, e o outro, a Polônia, não distante, no flanco sudoeste de Belarus.

— Com direito a um ataque nuclear simulado — acrescenta ele.

— A Rússia fez o mesmo recentemente — observo.

— Mas não a *oitenta quilômetros da sua fronteira.*

Os músculos da mandíbula do primeiro-ministro se contraem, seu rosto se torna ainda mais duro. Suas palavras são não só de desafio mas também de medo.

O medo é real. Nenhum de nós quer uma guerra. Ninguém sairá vencedor. A questão é sempre a mesma: até onde aceitaremos ser pressionados. Por isso é preciso tanto cuidado ao se traçarem limites. Se eles forem desrespeitados e nada for feito, perde-se credibilidade. Se forem desrespeitados e houver uma reação... bem, esta reação seria a guerra que nenhum de nós quer.

— Senhor primeiro-ministro, o senhor sabe por que motivo o convidei. O vírus.

Ele pisca, as sobrancelhas espessas se recurvam, como se estivesse surpreso. Mas é puro fingimento. Ele sabe que uma coisa está diretamente relacionada à outra.

— Descobrimos a presença do vírus há cerca de duas semanas — prossigo. — E a primeira coisa que nos ocorreu foi nossa vulnerabilidade a um ataque militar. Se o vírus comprometesse nossa eficácia militar, estaríamos expostos a um ataque. Por isso, senhor primeiro-ministro, fizemos duas coisas imediatamente.

"A primeira foi recriar nossos sistemas continentais, aqui mesmo nos Estados Unidos. Praticamente recomeçamos do zero. Pode dizer que foi a reinvenção da roda, engenharia reversa, o que quiser. Reconstruímos nossos sistemas operacionais, desconectados de qualquer dispositivo que pudesse ter sido infectado pelo vírus. Novos servidores, novos computadores... Tudo novo.

"Começamos pelas coisas mais importantes, nossos sistemas estratégicos de defesa, a frota nuclear, nos certificando de que eram reproduzidas sem nenhum vírus. E a partir daí fomos em frente. Tenho a satisfação de informar, senhor primeiro-ministro, que concluímos a operação com êxito. Foi um esforço de cada segundo das duas últimas semanas, mas nós conseguimos. Refizemos toda a nossa infraestrutura operacional militar no território continental dos Estados Unidos. Afinal de contas, desde o início, construímos esses sistemas de forma que não fosse tão difícil quanto se pode imaginar reconstituí-los um dia."

Volkov recebe a informação impassível. Confia tão pouco em mim quanto eu nele. Nós não divulgamos nada dessas operações. Toda a reconstrução da nossa infraestrutura militar foi feita, por motivos óbvios, em sigilo absoluto. Deste ponto de vista, eu poderia estar blefando. Ele não tem como confirmar nada do que acabo de lhe dizer.

Então agora podemos falar de algo que ele *pode* confirmar.

— A segunda coisa que fizemos, simultaneamente, foi desconectar nossa infraestrutura militar *no exterior* de qualquer base dentro do país. O mesmo tipo de engenharia reversa. Para resumir, todos os sistemas informatizados do nosso arsenal europeu que dependiam da nossa infraestrutura continental... bem, foram substituídos por novos sistemas. Eles se tornaram independentes. Queríamos ter a garantia de que, se todos os sistemas dos Estados Unidos entrassem em colapso, se todos os nossos computadores sofressem uma pane...

Uma sombra passa pelo olhar de Volkov. Ele pisca e desvia o olhar, mas rapidamente trata de me encarar de novo.

— Queríamos ter a garantia de que, mesmo que alguém destruísse completamente nossos sistemas operacionais militares em território americano, estaríamos armados e prontos para usar nossos recursos europeus, senhor primeiro-ministro... de que estaríamos preparados para reagir militarmente a qualquer país responsável pelo vírus. Ou a qualquer país que tivesse a ideia ridícula de tentar levar a melhor sobre os Estados Unidos num período difícil, por exemplo, nos atacando.

"De modo que essas manobras europeias de treinamento eram claramente necessárias. E a boa notícia é que foram muito bem-sucedidas. O senhor provavelmente já sabia disso."

O rosto dele muda de cor. Claro que ele sabia. Os russos obviamente acompanharam de perto nossas manobras. Mas ele não vai me dar o gostinho de reconhecer o fato.

A verdade? Não era possível mesmo concluir tudo isso em duas semanas. Só nossos generais sabem como esses novos sistemas são frágeis e provisórios, como são rudimentares em comparação com nossos sistemas já existentes. Mas eles me garantem que são eficazes e seguros. Ordens serão executadas. Mísseis serão disparados. Alvos serão atingidos.

— Agora temos total confiança — continuo — de que, ainda que o vírus consiga infectar nossa rede operacional em território americano, dispomos de total capacidade de entrar em guerra a partir das nossas bases da Otan na Europa, qualquer que seja o tipo de guerra: nuclear, por via aérea, convencional, o que vier. Não importa quem for o responsável por esse vírus, senhor primeiro-ministro, ou que país tente tirar vantagem desse momento difícil para atacar os Estados Unidos ou seus aliados, nós nos reservamos o direito, e disporemos de plena capacidade para tal, de reagir com força total.

"Por isso a atividade militar não tem nenhuma relação especial com a Rússia. Simplesmente calhou de muitos dos nossos aliados da Otan estarem no seu quintal. Bem no seu quintal" — concluo, demorando nas palavras.

As sobrancelhas de Volkov se agitam um pouco com o lembrete. A expansão da Otan até as fronteiras da Rússia, como lembrou Noya, tem sido motivo de grande consternação no Kremlin.

— Mas, se a Rússia não tiver nada a ver com esse vírus, como nos garantiu o presidente Tchernokev, e desde que o seu país não tente se aproveitar da nossa situação, não haverá motivo para se preocupar. — Balanço a mão. — Nenhum mesmo.

Ele acena positivamente com a cabeça, devagar, e o azedume de sua expressão desaparece em parte.

— É o que eu digo a qualquer um — continuo —, quem quer que seja o responsável por esse vírus: nós *vamos* descobrir quem foi. E, se o vírus for ativado, vamos considerar um ato de guerra.

Volkov continua assentindo com a cabeça, o pomo de adão sobe e desce enquanto ele engole mais essa.

— Não seremos os primeiros a atacar, senhor primeiro-ministro. É uma promessa solene. Mas, se formos atacados, vamos revidar.

Coloco a mão no ombro do primeiro-ministro.

— Por isso, por favor, transmita isso ao presidente Tchernokev. E, por favor, diga que espero que ele esteja melhor.

Eu me inclino para perto dele.

— E vamos ver se vocês podem nos ajudar a eliminar esse vírus.

CAPÍTULO

63

Noya Baram e eu estamos no píer olhando para o lago, o sol do meio-dia ganhando espaço no céu, os raios refletidos na água cintilante, a serenidade e a beleza da cena contrastando grotescamente com a sensação de desastre iminente que se aloja nas minhas entranhas. Nosso país nunca esteve tão perto de uma guerra desde que Kennedy obrigou Kruschev a ceder na crise dos mísseis em Cuba.

Agora eu fiz o que tinha de fazer. Tracei o limite. Agora eles sabem que nossa estrutura militar está em pleno funcionamento, apesar do vírus. E sabem que, se forem os responsáveis pelo vírus e ele for ativado, os Estados Unidos considerarão que foi um ataque inicial e vão reagir de acordo.

Há um agente do Serviço Secreto perto do píer com um colega da unidade de segurança da Alemanha e outro de Israel. A uns cinquenta metros da margem, três homens ocupam um barco a motor cinza, dois deles seguram preguiçosamente varas de pesca, embora não estejam exatamente preocupados com achigãs e bagres. Os três são do Serviço Secreto — homens sem filhos pequenos, por insistência minha. O barco é um modelo "Charlie" do tipo Defender usado pela Segurança Interna e pela Guarda Costeira. Este aí no lago da propriedade foi recentemente retirado do rodízio na baía de Guantánamo e apropriado pelo Serviço

Secreto. Agora parece um barco a motor comum, mas isso porque ninguém percebe que seu casco reformado é blindado e à prova de balas. Os agentes jogaram oleados por cima das metralhadoras montadas a bombordo e estibordo, perto da cabine, e sobre a metralhadora calibre .50 da proa.

Eles estão numa enseada que desemboca no grande reservatório artificial, próximos da passagem estreita que protege essa baía particular do restante do lago.

Eu me viro para olhar para o caminho que leva à cabana e à tenda preta no gramado.

— Volkov entrou e saiu tantas vezes dessa tenda que parece que ele quer ganhar uma medalha.

Nas últimas três horas, Volkov recebeu repetidas ligações de Moscou, o que o fez voltar constantemente à tenda.

— Isso significa que ele acreditou em você — declara Noya.

— Ah, eles sabem que somos capazes de contra-atacar — digo. — As manobras não deixaram margem a dúvida. Será que acreditam que eu de fato faria isso? Essa já é uma outra questão.

Instintivamente, apalpo no bolso a carteira contendo os códigos nucleares.

Noya se vira para mim.

— E *você* acredita que o faria?

É a pergunta de um milhão de dólares.

— O que você faria, Noya?

Ela dá um gemido.

— Imagine que o vírus seja ativado — diz. — Colapso econômico, pânico, histeria em massa. Em meio a tudo isso, você mandaria tropas para a Rússia? Lançaria mísseis nucleares em Moscou?

— Eles reagiriam na mesma moeda.

— Sim. E você não só enfrentaria problemas internos dessa ordem como milhões de americanos ficariam expostos a radiação nuclear. Será que os Estados Unidos sobreviveriam a tudo isso ao mesmo tempo?

Apoio as mãos nos joelhos. Um velho hábito, quando estou nervoso, da época do beisebol.

— Mas, por outro lado — continua ela —, como você *não* reagiria? O que vai acontecer com os Estados Unidos se não houver retaliação? De *alguma forma* você vai ter de retaliar, certo?

Encontro uma pedra na grama, pego-a e a jogo no lago. Eu sabia arremessar uma bela bola rápida. Me ocorre que, se não tivesse arrebentado o ombro ao cair de um Black Hawk no Iraque, eu não estaria aqui agora.

— Os Estados Unidos vão retaliar — afirmo. — Não há hipótese de isso não acontecer.

— Os comandantes do seu Estado-Maior preferem uma guerra convencional, eu presumo.

É claro que preferem. Não há vitoriosos numa guerra nuclear. Só se entra numa guerra desse tipo se não houver escolha, porque o outro lado disparou primeiro. Por isso ninguém recorre a essa opção. Não é à toa que a destruição mútua assegurada tem funcionado.

— Mas uma invasão à Rússia por terra? — questiona ela. — Mesmo com a adesão dos aliados da Otan, vai ser um processo longo e sangrento.

— Nós venceríamos — declaro. — Eventualmente. Mas o que Tchernokev faria? Usaria armas nucleares, é isso que ele faria. Se estivesse encurralado, sob ameaça de ser derrubado. Ele não teria nada a perder. Tchernokev está mais preocupado com o próprio pescoço do que com seu povo.

— Então voltamos ao holocausto nuclear.

— Pois é. Perdemos milhares de homens e mulheres no campo de batalha na Rússia e de qualquer maneira ele lança bombas nucleares.

Noya se cala. O que poderia dizer?

— Muito bem, então. — Entrego os pontos. — Nada disso está nos planos. Nossa única alternativa é neutralizar o maldito vírus e não ter de tomar essa decisão.

— E você fez o que pôde, Jonny. Deu à Rússia todos os motivos para querer ajudá-lo.

Esfrego as mãos no rosto, como se pudesse me livrar do estresse.

— Bem, era esse mesmo o objetivo da minha ameaça. — Faço um gesto para o caminho que leva à cabana. — Volkov ainda está na tenda, falando com Moscou. Espero que estejam levando a mensagem a sério.

— Se for mesmo a Rússia que está por trás disso — lembra ela. — Não temos certeza. Como a China está reagindo às manobras japonesas?

Acabamos de fazer no Japão basicamente a mesma coisa que fizemos na Europa, as manobras aéreas e a simulação nuclear.

— Beijing não ficou nada satisfeita — respondo. — Meu secretário de Defesa seguiu praticamente o mesmo roteiro que eu. Ele disse que estávamos testando novas tecnologias, independentes dos nossos sistemas continentais. Não mencionou o vírus, mas, se a China estiver por trás disso, recebeu a mensagem.

— Eles provavelmente estão preocupados com o que Pyongyang vai pensar.

Sim, podemos esperar mais declarações apocalípticas do ditador norte-coreano.

Noya agarra meu braço.

— Se serve de consolo, eu não faria nada diferente do que você fez. Você fortaleceu a capacidade militar, mostrou essa capacidade reforçada ao mundo inteiro, deu um ultimato a Volkov e reuniu as melhores mentes disponíveis para eliminar o vírus.

— Você não imagina quanto isso me reconforta — digo, enquanto nos viramos e começamos a caminhar para a cabana.

— Então acredite no plano.

Nós nos aproximamos da tenda preta, onde os membros da unidade de segurança russa permanecem em posição de sentido. Até que eles dão um passo para trás e o primeiro-ministro Volkov sai da tenda, ajeitando a gravata e cumprimentando seus homens.

— Se ele for embora agora — sussurro para Noya —, vamos ter a resposta à nossa pergunta.

— Ele vai arrumar uma desculpa. Vai dizer que está indo embora em protesto contra as suas manobras militares perto da fronteira deles.

Certo. Mas o motivo declarado não importa. Se os russos forem embora agora, depois da minha ameaça, não restará dúvida de que estão por trás disso tudo.

Volkov se vira e vê que estamos nos aproximando.

— Senhor presidente, senhora primeira-ministra.

Como é a primeira vez que encontra Noya, ele a cumprimenta com um aperto de mão muito formal.

Então olha para mim. Eu não digo nada. É a vez dele.

— O presidente Tchernokev lhe garante, senhor presidente, que a Rússia se compromete a ajudá-lo a impedir que esse vírus terrível ataque os Estados Unidos. — Ele faz um gesto para a cabana. — Podemos entrar?

CAPÍTULO

64

Plano B.

Chegou a hora. A última missão. O último assassinato. E então estará livre, rica e pronta para criar a filha que ainda não nasceu, em algum lugar longe de tudo isso. Sua filha saberá o que é amor. Saberá o que é felicidade. Ela só vai ouvir falar de guerras e violência nos livros e nos jornais.

Olha o relógio. Está quase na hora.

Aperta os olhos diante do sol da tarde. Ainda sente o enjoo matinal, como sempre, agravado pelo suave balanço do barco no lago, mas a adrenalina é mais forte que ele. Não tem tempo para náusea agora.

Ela olha para os outros membros da equipe no barco, ridículos com chapéus e varas de pesca. Eles passaram a manter certa distância dela desde que matou seus dois companheiros. Bach não se incomoda nem um pouco com isso. Muito provavelmente o papel deles na missão está encerrado, eles só precisam conduzi-la até ali.

Talvez agora ela tenha de reconsiderar sua opinião em relação aos homens. Estudos indicam que crianças criadas por pai e mãe são mais felizes, mais saudáveis e mais ajustadas. Por isso talvez ela se case. É difícil imaginar. Simplesmente nunca sentiu necessidade de um homem.

Sexo? Para ela, era um preço a pagar. Um preço que sua mãe teve de pagar aos soldados sérvios por eles terem permitido que ela continuasse em casa com os dois filhos depois de matarem seu pai, oficialmente porque ela era cristã e não muçulmana, como o marido, mas na verdade foi por causa de sua beleza e disposição, em nome dos filhos, de satisfazer as necessidades dos soldados toda noite. O sexo foi o preço que Bach pagou pelo pão e arroz que roubava no mercado nas noites em que não conseguia escapar das emboscadas dos soldados. Sexo foi o preço pago para se aproximar de Ranko, o soldado sérvio que concordou em lhe ensinar a usar um fuzil de longa distância.

E, naturalmente, era o preço a pagar para se ter um filho. O homem que a engravidou, Geoffrey, era um sujeito bom, que ela escolheu deliberadamente para essa finalidade, depois de uma cuidadosa investigação. Cérebro: um radiologista que estudou aqui nos Estados Unidos, em Yale. Talento musical: tocava violoncelo. Atlético: jogava rugby na faculdade. Bonitão, com uma boa estrutura óssea. Nenhum histórico de câncer ou doença mental na família. Os pais ainda estavam vivos, na casa dos 80 anos. Ela dormia com ele apenas três vezes por semana, para maximizar sua potência. Ficou com ele até o resultado do teste de gravidez dar positivo, quando então deixou Melbourne sem dizer uma palavra. Geoffrey nunca soube seu nome verdadeiro.

— Está na hora — avisa um dos homens, batendo no relógio.

Bach coloca o tanque de oxigênio nas costas e o acomoda sobre a mochila. Eleva o fuzil, Anna Magdalena, protegido no estojo, acima do ombro.

Põe a máscara de mergulho no rosto, ajusta-a e acena para o restante da equipe, lançando um último olhar a cada um deles. Então se questiona se, quando tudo isso acabar, eles de fato vão levá-la de volta. Ou vão tentar matá-la depois de a missão ser executada, quando não tiver mais utilidade para eles?

Provavelmente a segunda opção. E ela vai cuidar do caso quando chegar a hora.

Bach se joga de costas no lago.

CAPÍTULO

65

Na sala de comunicação, converso com a diretora da CIA, Erica Beatty. Danny costuma dizer que ela parece uma assombração, uma piadinha não sobre a carreira de agente secreta na Agência, mas por causa da atitude sempre impassível e das olheiras profundas. *Eu sei que ela já viu e fez muita coisa*, disse ele certa vez, *e sabe-se lá o que os alemães-orientais fizeram com ela enquanto esteve presa, mas, cacete!, eu consigo imaginar Erica assombrando casas e arrastando correntes por aí.*

Ela pode parecer uma assombração, sim, mas é a minha assombração. E sabe mais da Rússia que qualquer um na face da Terra.

E também é uma das seis pessoas que podem ter vazado o código "Idade das Trevas".

— Então, Erica, o que ele vai fazer?

Ela balança a cabeça, processando tudo o que eu lhe disse.

— *Senhor presidente, esse não é o estilo de Tchernokev* — começa. — *Ele é implacável, isso é verdade, mas não é imprudente. É claro que seria do interesse do presidente russo causar um enorme dano ao nosso país, mas o risco é alto demais. Se a Rússia estiver implicada nessa história, ele sabe que vamos retaliar com força total. Não consigo imaginá-lo correndo esse risco.*

— Mas responda à minha pergunta — insisto. — Se ele estiver por trás do vírus, vendo agora que recuperamos nossa plena força militar, o que vai fazer?

— *Ele vai abrir mão do plano* — responde ela. — *O risco agora é muito maior para Tchernokev, porque, por mais que fiquemos impedidos de tomar qualquer atitude aqui no território americano, ainda poderíamos atacá-lo. Mas, senhor presidente, o fato é que não vejo o dedo russo nessa história.*

Meu telefone vibra: C. Brock.

— Queira me desculpar, Erica.

— *O senhor está perto do computador?* — pergunta Carolyn quando atendo.

Pouco depois, a tela do meu computador se divide entre Carolyn Brock, na Casa Branca, e um vídeo com a imagem congelada de Tony Winters, o apresentador do programa *Meet the Press*, o cabelo impecável, a gravata com um nó irretocável, as mãos erguidas e a boca paralisada no meio de uma fala.

— *Eles concluíram há meia hora* — explica Carolyn. — *Vão começar a exibir trechos esta manhã. A entrevista inteira vai ao ar amanhã de manhã.*

Faço que sim com a cabeça. O vídeo começa a ser exibido na tela. Winters, no meio de uma frase:

— *...mações da noite passada de que o presidente está desaparecido, nem seus próprios assessores sabem onde ele está. Senhora vice-presidenta, o presidente está desaparecido?*

Kathy assente, como se esperasse a pergunta, uma expressão carrancuda. Eu esperaria um risinho, como quem diz: *Mas que pergunta ridícula*. Ela ergue a mão e a deixa cair como um machado.

— *Tony, o presidente trabalha dia e noite pelo povo deste país, para recuperar empregos, manter os Estados Unidos em segurança, reduzir os impostos da classe média.*

— *Mas ele está desaparecido?*

— *Tony...*

— *A senhora sabe onde ele está?*

Ela sorri educadamente e, por fim, diz:

— *Tony, eu não fico vigiando o presidente dos Estados Unidos. Mas só posso presumir que ele esteja o tempo todo cercado de assessores e gente do Serviço Secreto.*

— *As informações são de que nem os assessores sabem onde ele está.*

Ela abre as mãos.

— *Não vou comentar especulações.*

— *Há informações de que o presidente se afastou de Washington para se preparar para o depoimento dessa semana na Comissão Especial da Câmara. Outros afirmam que ele sofreu uma recaída de sua doença e que está em tratamento.*

A vice-presidenta balança a cabeça.

— *Agora* — avisa Carolyn. — *É agora.*

— *Tony* — prossegue Kathy —, *eu sei muito bem que os críticos adorariam pintar a imagem de um presidente tendo um colapso nervoso, se escondendo ou fugindo da capital em pânico. Mas esse não é o caso. Sabendo ou não onde exatamente ele se encontra no momento, o que sei é que está em pleno controle do governo. E não tenho mais nada a declarar a respeito.*

O vídeo chega ao fim. Eu me recosto na cadeira.

Carolyn explode:

— Os críticos *adorariam pintar a imagem de um colapso nervoso? Se esconder? Fugir em pânico?* Ela mesma *pintou essa imagem! Colapso nervoso? Só pode ser brincadeira!*

— Foi por isso que você me ligou? — pergunto.

— *Essa história vai circular o dia inteiro. Todo mundo vai ficar sabendo. Os jornais de domingo vão estampar isso na primeira página.*

— Eu não me importo.

— *Nenhuma das informações enviadas no meio da noite falava de um colapso nervoso nem de uma fuga...*

— Carrie...

— *Senhor presidente, isso foi de propósito. Ela não é amadora. Sabia que a pergunta seria feita. Já estava com essa resposta...*

— Carrie! Eu já entendi, OK? Ela fez de propósito. Kathy me apunhalou pelas costas. Ela está se afastando de mim. Eu não me importo! Está me ouvindo? Eu. Não. Me. Importo!

— *Nós temos de reagir. Isso é um problema.*

— Só existe um problema no momento, Carrie. Está me ouvindo? O problema que pode acabar com o nosso país a qualquer momento. Temos — olho para o relógio; são pouco mais de duas da tarde — cerca de dez horas até o fim do "sábado nos Estados Unidos", e, até lá, a qualquer momento nosso país pode arder em chamas. De modo que, por mais que eu aprecie a sua lealdade, você deve focar a atenção no que importa. Entendeu?

Carolyn baixa a cabeça, cedendo.

— *Sim, senhor, peço desculpas. E lamento ter permitido que ela saísse do centro de operações. Ela não me ouviu. Eu não podia mandar o Serviço Secreto detê-la.*

Dou um suspiro, tentando me acalmar.

— Isso é com ela, não com você.

Política à parte, essa atitude desleal de Kathy seria significativa? Afinal, ela é uma das seis pessoas que ainda estão sob suspeita.

Se eu tivesse morrido na noite passada, ela agora seria presidenta.

— Carrie, vá encontrá-la — peço. — Diga que quero que ela volte para o centro de operações subterrâneo. Diga que, quando ela estiver lá, vou entrar em contato.

CAPÍTULO 66

Bach ajeita o aparelho subaquático, os braços perto do corpo, como uma criança agarrada a uma prancha para aprender a nadar. Com a diferença de que as pranchas infantis não são movidas por propulsores.

Ela aperta o botão verde perto da mão esquerda e vira o propulsor aquático para baixo, mergulhando cerca de dez metros abaixo da superfície. Então pressiona o botão para acelerar até alcançar dez quilômetros por hora nas águas turvas. Tem uma boa distância a percorrer. Ela está na extremidade leste do enorme lago.

— *Barco ao norte da sua posição* — avisa a voz no fone de ouvido. — *Vire para o sul. Esquerda. Vire para a esquerda.*

Ela vê o barco na superfície, mas só depois da sua equipe, que dispõe de GPS e instrumentos de radar a bordo.

Vira para a esquerda, atravessando as águas verdes e turvas, as plantas e os peixes. O GPS no seu painel mostra o destino com um ponto verde que pisca, e logo abaixo um número indica a distância.

1.800m...

1.500m...

— *Esqui aquático à direita. Espere. Espere.*

Ela vê a lancha no alto, à sua direita, o motor roncando na água, seguido da espuma deixada pelo esquiador.

Mas não para. Está muito abaixo. Ela simplesmente acelera o propulsor aquático e passa por eles, por baixo deles.

Vai querer um brinquedinho desses depois.

1.100m...

Ela desacelera o propulsor. O lago chega a ter cinquenta metros de profundidade, mas, conforme chega mais perto da margem, o fundo se aproxima abruptamente da superfície, e a última coisa de que ela precisa é atingir a terra com o propulsor.

— *Espere. Espere. Fique aí. Fique aí. Sentinela. Sentinela.*

Bach se detém de repente a cerca de novecentos metros da margem e para de se mexer, quase deixando o propulsor escapar, permitindo que o movimento da água no fundo do lago a carregue. Deve ter um agente de segurança — do Serviço Secreto americano ou alemão ou israelense — na mata, perto da margem do lago, vigiando.

Não pode ter muita gente fazendo patrulha no meio das árvores. Seriam necessárias centenas de homens para montar guarda em mais de quatrocentos hectares de floresta densa, e as unidades de segurança deles são pequenas.

Na noite anterior naturalmente os agentes vasculharam a área toda, fazendo uma varredura detalhada, antes da chegada do presidente.

Mas agora eles não têm como patrulhar a floresta inteira. A maior parte do pessoal de segurança deve estar na cabana e nas imediações, com alguns poucos no píer e outros no jardim dos fundos, onde acaba a floresta.

— *Caminho livre* — anuncia finalmente a voz.

Ela deixa passar mais um minuto, por segurança, e continua em frente. Quando chega a trezentos metros da margem, desliga o motor. Aproveita o impulso restante daquele brinquedinho divertido para alcançar a superfície, como uma pessoa surfando até a praia. Ela se mantém o mais abaixada possível — considerando que está carregando um tanque de oxigênio, o fuzil e uma mochila nas costas — até encontrar um monte de areia estreito.

Tira a máscara de mergulho e respira ar fresco. Olha ao redor e não vê ninguém. Essa parte do lago faz uma curva, de modo que ela está totalmente fora do campo de visão de alguém que esteja no píer. Ninguém do Serviço Secreto teria como vê-la.

Bach começa a subir o terreno e encontra o local onde deve esconder o propulsor aquático e o equipamento de mergulho. Trata de fazê-lo rapidamente, despindo-se para colocar a farda seca e limpa que tira da mochila. Seca os cabelos com uma toalha e se certifica de que o rosto e o pescoço estejam bem secos para aplicar a camuflagem.

Tira o fuzil do estojo e o posiciona no ombro. Verifica a pistola.

Agora está pronta. Sozinha, como prefere estar, como sempre esteve.

CAPÍTULO

67

A floresta oferece uma excelente cobertura para Bach. As árvores altas e frondosas bloqueiam a maior parte da luz, o que dificulta a visibilidade por dois motivos: pela própria escuridão e pelos raios de sol intermitentes que atravessam as copas, confundindo os olhos. É difícil enxergar muito bem por ali.

Ela se vê novamente na encosta da montanha Trebević, foragida, se escondendo, depois que tudo acabou, depois de virar o jogo com o franco-atirador, Ranko, o soldado sérvio ruivo que, por piedade ou pelo sexo ou pelas duas coisas, lhe ensinara a manejar um fuzil.

— Você está usando demais os braços! — disse Ranko. Os dois estavam sentados na boate bombardeada que servia de esconderijo para os atiradores nas montanhas. — Eu não te entendo, garota. Um dia você consegue acertar uma lata de cerveja em cima do toco de uma árvore a cem metros, e agora parece uma iniciante. Vou te mostrar mais uma vez. — Ele pega a arma das mãos dela e se posiciona. — Segura firme, assim — disse ele, suas últimas palavras antes de levar a facada no pescoço.

Munida do fuzil, que já sabia usar muito bem, foi até a janela da boate que dava para Sarajevo e mirou nos companheiros de Ranko, os soldados sérvios em patrulha que tinham espancado seu pai até a morte e cravado uma cruz no peito dele, tudo isso pelo simples crime de ser muçulmano. Disparou em rápida sucessão e abateu todos eles, um depois o outro depois o outro depois o outro, mas precisou perseguir o último, que largou a arma e saiu correndo para o meio das árvores.

Depois ela passou mais de uma semana escondida na montanha, com fome, com sede e com frio, se deslocando constantemente, com medo de ficar no mesmo lugar, pois estavam atrás da garota que matou seis soldados sérvios, um deles de perto e os outros a cem metros de distância.

Com a mochila e o fuzil nas costas, ela avança cautelosamente; a cada passo, sente o terreno com o pé antes de jogar o peso nele. À direita, algo dá um salto e seu coração acelera enquanto ela leva a mão ao coldre. Algum animalzinho, um coelho ou um esquilo, que se foi antes que pudesse vê-lo. Bach espera a adrenalina passar.

— *Dois quilômetros ao norte* — avisam pelo fone de ouvido.

Ela avança com passos tranquilos e cuidadosos. Seu instinto é de chegar ao destino o mais rápido possível, mas a disciplina é fundamental. Ela não conhece essa floresta. Não pôde fazer o reconhecimento da área, como normalmente faria. O terreno é escuro e irregular, coberto por uma vegetação rasteira e com pouca luz, cheio de raízes e galhos caídos e sabe-se lá mais o quê.

Pé à frente, passo à frente, parar e ouvir. Pé à frente, passo à frente, parar e ouvir. Pé à frente, passo à...

Movimento.

Adiante, saindo de trás de uma árvore.

O animal não é maior que um cão de grande porte, com pelos espessos claros e escuros, orelhas compridas em posição de alerta, focinho longo e olhinhos pretos voltados para ela.

Supostamente não há lobos na região. Um coiote? Só pode ser.

Um coiote entre ela e seu destino.

E agora outro, surgindo mais à frente, mais ou menos do mesmo tamanho.

Um terceiro, um pouco menor e mais escuro, afastando-se dos outros, movendo-se para a esquerda de Bach, olhos grudados nela, alguma coisa carnuda na boca pingando.

Um quarto, à sua direita. Um semicírculo de quatro, só pode ser algum tipo de formação.

Formação defensiva. Ou de ataque.

Ela decide que é a segunda opção.

Oito olhinhos pretos grudados nela.

Bach dá um passo e ouve um rosnado baixo, então nota um tremor nas laterais do longo focinho do primeiro animal, que revela os dentes — caninos irregulares provavelmente —, embora ela esteja distante demais para ver direito. Os outros seguem o exemplo do líder, rangendo dentes e rosnando.

Será que são coiotes *mesmo*? Eles supostamente têm medo de seres humanos.

Comida, conclui. Devem estar perto de comida ou estavam no meio do banquete, talvez algo grande e apetitoso, como a carcaça de um veado. Devem considerá-la uma ameaça ao seu almoço.

A menos que *a* vejam como seu almoço.

Não tem tempo para isso. Alterar o caminho seria arriscado demais e levaria muito tempo. Um dos lados vai ter de ceder, e não será ela.

Com o corpo quase imóvel, saca a segunda arma, sua SIG Sauer com um silenciador comprido.

O primeiro animal baixa a cabeça, o rosnado mais alto, batendo os dentes para ela.

Bach mira no pequeno espaço entre os olhos. Então desloca a mira para a orelha e dispara uma vez, um único *tif* silenciado.

O animal uiva e se vira, fugindo num milésimo de segundo, com apenas um pequeno ferimento na ponta da orelha. Os outros também desaparecem num piscar de olhos.

Poderia ter sido um problema se todos atacassem ao mesmo tempo, vindos de direções diferentes. Ela teria eliminado todos eles, mas precisaria de mais munição e provavelmente faria mais barulho.

É sempre mais fácil neutralizar o líder.

Se tem uma coisa que a história ensinou é que, dos seres humanos aos animais, dos mais primitivos aos mais civilizados, a maioria dos indivíduos quer seguir uma liderança.

Eliminado o líder, o restante do bando entra em pânico.

CAPÍTULO

68

— Seria melhor se partisse do senhor — digo ao chanceler Richter enquanto conversamos no cômodo que eu diria que é a sala de estar da cabana. — Os outros líderes da União Europeia esperam seu exemplo, senhor chanceler. Isso não é nenhum segredo.

— Sim, muito bem.

Richter apoia a xícara de café no pires e procura um lugar para deixá-la, ganhando tempo para pensar. Nunca é demais afagar o enorme ego do chanceler, o líder da União Europeia há mais tempo no cargo e, independentemente das minhas lisonjas, a cada dia o mais influente.

Mesmo que, se o vírus for ativado e decisões de guerra precisarem ser tomadas, eu tenha de fazer as mesmas ligações, pedindo mais ou menos a mesma coisa aos líderes da França, do Reino Unido, da Espanha, da Itália e dos outros países da Otan.

Se tivermos de invocar o Artigo 5 do tratado da Otan e entrar em guerra contra a Rússia ou qualquer país que esteja por trás dessa história, o melhor seria que a iniciativa não partisse dos Estados Unidos. Melhor ainda, como aconteceu depois do 11 de Setembro, seria uma proposta em nome de todos os membros da Otan. Assim ficaria parecendo que foi uma decisão espontânea, e não um pedido de uma superpotência ferida.

Ele não responde de imediato. Eu não esperava que o fizesse. De qualquer forma, é a primeira vez que vejo Jürgen Richter sem saber o que dizer.

Ao fundo, no canto da sala, uma série infindável de notícias ruins na televisão: os problemas de abastecimento de água em Los Angeles, possivelmente causados por um ato terrorista; a Coreia do Norte anuncia mais um teste de mísseis balísticos depois das nossas manobras militares no Japão; a agitação social em Honduras, com a renúncia de metade do gabinete do presidente; novos desdobramentos do complô para assassinar o rei saudita. Mas o principal assunto, naturalmente, é o aguardado depoimento do presidente dos Estados Unidos na Comissão Especial da Câmara e, graças à minha vice-presidenta, a questão de saber se o presidente teve um "colapso nervoso" ou "fugiu em pânico da capital".

Meu celular vibra — **Liz FBI** —, salvando o chanceler do silêncio constrangedor.

— Queiram me desculpar — digo.

Aperto o celular no ouvido, de pé na cozinha, olhando para o jardim, para a tenda preta e o muro infindável de árvores mais além.

— Diga, Liz — começo.

— *Os membros da equipe mortos na ponte pelo Serviço Secreto* — diz a diretora interina do FBI, Elizabeth Greenfield. — *Conseguimos identificá-los.*

— E?

— *Eles fazem parte de um grupo chamado Ratnici. Basicamente, significa "guerreiros". São mercenários. Pessoas do mundo inteiro que já entraram em ação no mundo inteiro. Eram usados pelos narcos na Colômbia. Lutaram com os rebeldes no Sudão até serem contratados pelo governo para mudar de lado. Combateram a insurgência do Estado Islâmico em nome do governo na Tunísia.*

— Era o que imaginávamos. Intermediários. Sem vínculos rastreáveis.

— *Mas o Ratnici não trabalha de graça. São soldados, não são movidos por ideologias. Alguém pagou pelo serviço deles. E dá para imaginar, senhor presidente, quanto não devem ter pedido para um serviço desses.*

— Com certeza. Muito bem. Agora é ver de onde partiu o dinheiro.

— *Estamos tentando, senhor. É a nossa melhor pista.*

— Vão em frente, o mais rápido possível — digo, no momento em que a porta que dá para o subsolo é aberta atrás de mim.

Lá de baixo surgem os americanos da equipe de tecnologia, Devin Wittmer e Casey Alvarez, envoltos numa nuvem de fumaça de cigarro. Não sabia que esse povo fumava, e presumo que devam ser os europeus.

Devin não está mais de paletó. A camisa já está meio para fora da calça, as mangas, arregaçadas. O cansaço no rosto é evidente.

Mas ele exibe um sorriso.

O rabo de cavalo de Casey também está meio desfeito. Ela tira os óculos e esfrega os olhos, mas os cantos da boca ligeiramente curvados são promissores.

Sinto uma palpitação.

— Conseguimos localizar, senhor presidente — declara Devin.
— Encontramos o vírus.

CAPÍTULO

69

Pé à frente, passo à frente, parar e ouvir.

Pé à frente, passo à frente, parar e ouvir.

Funcionou quando ela precisou catar comida nos mercados de Sarajevo. Funcionou quando se escondeu do exército sérvio na montanha enquanto os soldados buscavam a garota bósnia meio muçulmana que matou seis homens.

Funcionou uma semana depois, quando ela enfim reuniu coragem para escapar da montanha e voltar para casa.

Uma casa destruída num incêndio. Uma casa de dois andares, agora pouco mais que um monte de escombros e cinzas.

Perto dela, o corpo nu da mãe, amarrado a uma árvore, o pescoço cortado.

Dois quilômetros. Correndo, Bach era capaz de percorrer essa distância em doze minutos, mesmo com a mochila nas costas. Caminhando, em vinte. Mas, com todo esse cuidado, leva quase quarenta.

Quando passa, alguns animais pequenos fogem saltitando, até mesmo alguns veados, que congelam de medo ao vê-la para em seguida se afastarem aos pulos. Porém, não apareceu mais nenhum coiote ou o que quer que eles fossem. Talvez tenham espalhado o recado para ninguém se meter com a garota armada.

Ela não se afasta muito do lado leste da propriedade, rumando para o norte em sua caminhada e se mantendo perto da margem do lago. É bem pouco provável que as patrulhas venham do lado da água, e sim do norte, do sul ou do oeste.

Ela chega à árvore, a mais frondosa que encontrou. Sessenta pés de altura e dois pés de diâmetro, disseram, o que para ela significam dezoito metros de altura e sessenta centímetros de diâmetro. Fina e alta.

É aqui que vai acontecer. É daqui que ela vai matá-lo.

A árvore tem uma copa densa e galhos fortes, fácil de escalar. Mas perto do chão não há no que se agarrar. Carregar um equipamento de escalada — corda de segurança, calçados apropriados — teria sido complicado e pesado demais.

Ela tira da mochila uma corda com um laço corrediço numa das pontas. Então o joga por cima do galho mais baixo, a uns bons quatro metros do solo. São três tentativas até conseguir passar o laço por cima do galho. Então ergue o lado da corda que está segurando conforme o lado com o laço baixa.

Quando está com o laço nas mãos, passa a outra extremidade por dentro dele. Em seguida, puxa devagar esta extremidade, tomando cuidado com as saliências do galho, enquanto o laço lentamente sobe de novo. No galho, os dois lados se apertam, formando um nó.

Ela leva de novo a mochila e o fuzil às costas e agarra a corda. Terá de ser rápida. É muito peso para o galho, de modo que, quanto menos tempo levar, melhor.

Ela respira fundo. A náusea passou, mas está exausta e tremendo. Fica pensando no momento em que poderá dormir, em que poderá esticar as pernas e fechar os olhos.

A equipe tinha lá seus motivos para se preocupar com essa incursão solitária. Queriam mobilizar dez ou doze na mata. Ela não teria nenhum problema com isso, mas o risco seria alto demais. Não tinha como saber quantos homens estariam patrulhando. Já foi difícil o bastante para ela chegar sozinha ao local. Multiplicando uma pessoa por doze, são doze oportunidades diferentes de eles serem detectados. Bastaria um erro, uma pessoa que fizesse muito barulho ou fosse desajeitada demais, para pôr toda a operação a perder.

Ela olha mais uma vez ao redor e não vê nem ouve nada.

Bach escala com a ajuda da corda, cuidadosamente, os braços retesados, uma mão após a outra, a corda no meio das pernas cruzadas.

Está prestes a alcançar o galho quando ouve alguma coisa.

Um barulho, ao longe. Não o som de animais fugindo assustados. Nem do rosnado baixo ou do latido furioso de um predador.

Vozes humanas vindo na sua direção.

Ouve primeiro risadas, depois uma conversa animada, abafada pela distância.

Será que ela pula dali e saca a arma secundária? A corda continuaria visível, pendurada no galho.

As vozes se aproximam. Mais risadas.

Bach afasta os pés da corda e os apoia na árvore para se firmar, sentindo a tensão do galho. Caso fique completamente parada, talvez não a vejam. Movimentos atraem os olhos mais que qualquer coisa, mais que cor ou som.

No entanto, se o galho quebrar, o barulho será inconfundível.

Ela se mantém parada, o que não é nada fácil de fazer suspensa no ar, os braços tensos, o suor escorrendo nos olhos.

Agora consegue vê-los, são dois homens, passando além das árvores a oeste, armas semiautomáticas nas mãos, as vozes ficando mais altas.

A mão direita solta a corda e vai até a arma.

Ela não pode ficar pendurada ali para sempre. O galho não aguentaria. E mais cedo ou mais tarde o braço que a sustenta também vai ceder.

Consegue sacar a arma.

Eles se aproximam. Não estão caminhando exatamente na sua direção — vão mais para sudeste —, mas estão se aproximando. Se ela consegue vê-los, eles conseguem vê-la.

Tentando ocultar o movimento da arma, ela a mantém junto ao corpo, ao lado. Terá de eliminar os dois antes que consigam emitir um som, antes que peguem os rádios.

E depois terá de pensar no que fazer em seguida.

CAPÍTULO

70

Olho para o relógio: quase três da tarde. O vírus pode ser ativado a qualquer momento nas próximas nove horas.

E o meu pessoal encontrou o vírus.

— Então... essa é uma ótima notícia, certo? — digo a Devin e Casey. — Vocês encontraram o vírus!

— Sim, senhor, *ótima* é a palavra certa. — Casey ajeita os óculos. — Graças a Augie. Nós nunca teríamos conseguido localizar. Passamos duas semanas tentando. Tentamos de tudo. Fizemos até buscas manuais, direcionadas...

— Mas agora encontraram.

— Sim. — Ela assente com a cabeça. — Esse é o primeiro passo.

— E qual é o segundo?

— Neutralizar o vírus. Não é só uma questão de apertar Delete e se livrar dele. E, se a gente fizer algo errado, bem... Ele é como uma bomba. Se não for desativado direito, explode.

— Certo, tudo bem — digo. — Então...

Devin interfere:

— Então estamos tentando recriar o vírus nos outros computadores.

— E Augie é capaz de fazer isso?

— Augie era o hacker, senhor, como sabe. Nina era a programadora. Na verdade, se alguém foi de grande ajuda, foram os russos.

Olho ao redor e baixo a voz.

— Eles estão ajudando mesmo ou só parecem ajudar? Eles podem estar levando vocês pelo caminho errado...

— Estamos atentos a isso — diz Casey. — Mas eles não parecem estar nos enganando. Os russos disseram coisas que não sabíamos sobre como atuam nesse campo. Parece que receberam mesmo ordens de fazer todo o possível para nos ajudar.

Faço que sim com a cabeça. Certamente era o que eu queria. Mas não tenho como saber se é verdade.

— Mas também não foram eles que programaram — acrescenta ela. — Esse vírus que Nina criou... Segundo Augie, ela criou o vírus três anos atrás. Ele é mais avançado que tudo que já vimos. É impressionante mesmo.

— A gente pode dar a ela um prêmio póstumo de melhor ciberterrorista de todos os tempos quando essa história toda acabar, OK? Mas o que vai acontecer agora? Vocês vão recriar o vírus para descobrir como neutralizá-lo. Como se fosse um jogo de guerra simulado?

— Sim, senhor.

— E vocês têm os equipamentos necessários?

— Acho que temos laptops suficientes aqui, senhor. E temos milhares no Pentágono para o restante da equipe de emergência.

Mandei que trouxessem cem computadores para cá justamente por isso. Temos mais quinhentos com os marines no aeroporto, a menos de cinco quilômetros daqui.

— E água, café, comida... Vocês têm tudo isso? — A última coisa de que eu preciso é que algum desses especialistas fraqueje por algum problema físico. A pressão mental já é suficiente. — Cigarros? — pergunto, fazendo um gesto para comentar o fedor.

— Sim, está tudo bem. Os russos e os alemães fumam sem parar.

— O ar está poluído lá embaixo. — Devin faz uma careta. — Pelo menos eles concordaram em fumar na lavanderia. Lá dá para abrir uma janela.

— Eles... Tem uma janela?

— Sim, na lavanderia...

— O Serviço Secreto trancou todas as janelas — digo, me dando conta de que, naturalmente, isso não impediria que alguém as destrancasse por dentro.

Eu me encaminho para o porão, seguido por Devin e Casey.

— Senhor presidente? — chama Alex, também me seguindo escada abaixo.

Chego lá embaixo e me viro para a sala de guerra, a passos rápidos, sentindo no ouvido um zumbido acompanhado das palavras de advertência da minha médica.

A sala de guerra está repleta de mesas e laptops, além de contar com um grande quadro branco. À parte a câmera de segurança no canto, parece uma sala de aula normal. Há seis pessoas aqui — duas da Rússia, duas da Alemanha e duas de Israel, conversando enquanto abrem seus laptops e digitam.

Nada de Augie.

— Verifique a lavanderia, Alex — ordeno.

Ouço Alex se movendo atrás de mim. E também ouço suas palavras, duas salas adiante.

— Por que essa janela está aberta?

Alex leva apenas um minuto para vasculhar o subsolo inteiro, inclusive o cômodo que transformei em sala de comunicação. E já sei a resposta antes que ele me diga.

— Ele sumiu, senhor presidente. Augie sumiu.

CAPÍTULO

71

Os dois integrantes da patrulha de segurança são morenos e musculosos, cabelos com corte militar, mandíbulas largas e robustos. Qualquer que seja o assunto sobre o qual estão conversando em alemão, deve ser muito engraçado. Eles vão parar de rir se qualquer um dos dois, enquanto seguem para sudeste, virar a cabeça para a esquerda.

Com a cabeça a poucos centímetros do galho, suspensa no ar por uma das mãos e uma corda, Bach começa a fraquejar. Pisca continuamente para afastar o suor dos olhos enquanto o braço começa a tremer. E ela ouve o galho, suportando todo o seu peso num único ponto, começar a ceder, rangendo constantemente.

A mochila e as roupas podem estar camufladas, seu rosto e seu pescoço podem estar pintados de verde para se confundir com a folhagem, mas, se esse galho começar a quebrar, é o fim da linha.

Se atirar, ela não pode errar, dois tiros rápidos. E depois? Poderia roubar os rádios dos dois, mas o restante da equipe de segurança não levaria muito tempo para se dar conta de que duas sentinelas desapareceram. Bach não teria saída a não ser abortar a missão.

Abortar. Ela nunca desistiu de uma missão nem fracassou. Poderia fazê-lo agora, sim, e provavelmente deveria esperar uma retaliação de quem a contratou. O problema não é esse — ela não tem medo de sofrer uma retaliação. Duas vezes já, em missões que realizou com sucesso, os contratantes tentaram matá-la depois para não deixar pontas soltas, e, no entanto, ela ainda está aqui; já as pessoas que mandaram atrás dela, não.

O problema agora é Delilah, o nome que vai dar à filha, o nome de sua mãe. Delilah não vai crescer com esse peso. Não vai saber o que a mãe fazia. Não vai viver com medo. Não vai experimentar um sentimento de horror tão intenso e por tanto tempo que passa a fazer parte de quem se é, que nunca vai embora, que marca tudo o que vem depois.

Os homens passam da linha de visão dela e desaparecem atrás da árvore em que está pendurada. Quando reaparecerem do outro lado, ela estará completamente exposta, a não mais de dez metros dos dois. Se qualquer um deles olhar para a esquerda, a leste, será impossível não vê-la.

Eles reaparecem do outro lado da árvore.

E param. O que está mais próximo tem uma verruga na bochecha e uma orelha deformada, que parece ter levado pancadas ao longo dos anos. Ele bebe água de uma garrafa, o pomo de adão sobe e desce no pescoço com a barba por fazer. O outro, mais baixo, está de pé na sombra, jogando o facho de luz de uma lanterna para cima, percorrendo as árvores, examinando o solo.

Não olhem para a esquerda.

Mas é claro que vão olhar. E não há tempo. Ela não vai aguentar muito mais.

O galho range bem alto.

O primeiro homem coloca a garrafa d'água no chão, olha para cima e se vira para a esquerda, na direção dela...

Bach já está mirando nele com a SIG, num ponto entre os olhos...

Os rádios dos dois emitem um chiado ao mesmo tempo, alguma coisa em alemão, mas que obviamente indica que algo deu errado.

Os dois pegam o rádio na cintura. Algumas palavras trocadas, e eles se viram e saem correndo para o norte seguindo para a cabana.

O que aconteceu? Ela não sabe e não se importa.

Sem mais tempo nem forças, Bach coloca a arma na boca, cravando os dentes no longo silenciador. Agora, com a mão direita livre, ela agarra a parte mais grossa do galho, perto do tronco. Bem rápido, para não cair, solta a esquerda da corda para se segurar no galho com ela também. Com um gemido um pouco alto demais, mas sem se preocupar com as consequências agora, reúne todas as energias que restaram e ergue o corpo, aproximando o rosto do galho. Firma os pés no tronco da árvore e com eles sobe até conseguir passar a perna esquerda por cima do galho.

Não foi seu movimento mais elegante, mas ela enfim está na vertical, montada no galho, depois de quase perder a mochila e o fuzil ao subir na árvore. Suspira e seca a testa, molhada de suor, dane-se a camuflagem. E se concede um minuto. Conta até sessenta em voz alta, conseguindo devolver a arma ao coldre, ignorando a ardência no braço, acalmando a respiração.

Ela desfaz o nó e puxa a corda. Enrola-a no pescoço, impossibilitada de alcançar a mochila no momento.

Não vai passar nem mais um minuto nesse galho, embora agora esteja na parte mais grossa.

Bach se escora no tronco e fica de pé, alcança outro galho e começa a subir. Quando estiver no alto, vai encontrar uma posição segura, com perfeitas condições para cumprir sua missão sem ser vista.

CAPÍTULO

72

— Caubói está desaparecido. Repetindo, Caubói está desaparecido. Vasculhar a floresta. Equipe Alfa, continue na base.

Alex Trimble desliga o rádio e olha para mim.

— Senhor presidente, eu sinto muito. A culpa foi minha.

Foi ideia minha reduzir a segurança ao mínimo para manter essa reunião em segredo. Era necessário. E a segurança de que dispomos está totalmente voltada para impedir que alguém tente *entrar* na cabana. Ninguém se preocupava com a possibilidade de alguém tentar *sair* dela.

— Encontre o garoto, Alex.

A caminho da escada, cruzo com Devin e Casey, pálidos, como se tivessem feito algo errado. Os dois de boca aberta, sem saber o que dizer.

— Resolvam o problema — ordeno, apontando para a sala de guerra. — Descubram como eliminar esse vírus. Isso é tudo o que importa. Vão.

Alex e eu subimos a escada e ficamos na cozinha olhando para o sul através da janela, o enorme jardim e a floresta que parece não ter fim. Alex dá instruções pelo rádio, mas ficará ao meu lado. Os agentes agora estão numa correria só, quase todos indo para a mata em busca de Augie, mas alguns poucos, os da equipe Alfa, ficam para garantir a segurança do perímetro.

Não sei como ele conseguiu chegar à mata sem ser visto. Mas sei que, se Augie estiver lá, será muito difícil para a nossa pequena equipe de agentes encontrá-lo.

E, sobretudo, por que fugir?

— Alex — digo, prestes a manifestar essas dúvidas —, devíamos...

Mas sou interrompido por um ruído vindo do meio das árvores, inconfundível mesmo dentro da cabana.

O *rá-tá-tá* de uma arma automática.

CAPÍTULO

73

— Senhor presidente!

Ignoro Alex e corro escada abaixo, seguindo para a floresta no terreno irregular, me desviando das árvores.

— Senhor presidente, *por favor*!

Continuo pelo terreno escuro, encoberto pela copa das árvores, ouvindo os gritos dos homens que estão à frente.

— Pelo menos me deixe passar na sua frente — pede ele, e eu permito.

Alex vira a cabeça para todas as direções, a arma automática pronta para atirar.

Ao chegarmos à clareira, vemos Augie sentado no chão, recostado numa árvore, a mão no peito. Acima dele, a árvore está crivada de balas. Dois agentes russos, as armas automáticas ao lado, estão levando uma bronca de Jacobson, com o dedo em riste.

Quando nos vê, Jacobson para e se vira, fazendo um sinal com a mão para não nos aproximarmos.

— Estamos bem. Está todo mundo bem.

Ele olha sério para os russos mais uma vez e se aproxima de nós.

— Nossos colegas da Federação da Rússia o viram primeiro — explica. — E abriram fogo. Eles estão dizendo que foram apenas tiros de advertência.

— Tiros de advertência? Para quê?

Eu me dirijo aos russos e aponto para a cabana.

— Voltem para a cabana! Saiam da minha floresta!

Jacobson diz alguma coisa a eles, uma ou duas palavras em russo. De cara fechada, os dois assentem, se viram e partem.

— Graças a Deus eu estava por perto — diz Jacobson. — Ordenei que parassem de atirar.

— Graças a Deus você estava por perto... Isso quer dizer que você acha que os russos queriam matar Augie? — pergunto.

Jacobson fica refletindo, soltando o ar pelas narinas. E joga uma mão para o alto.

— Eles são da Guarda Nacional russa, supostamente são os melhores do país. Se eles quisessem matar Augie, ele estaria morto.

O presidente Tchernokev criou recentemente uma nova força de segurança interna, que responde diretamente a ele. Dizem que sua Guarda Nacional é a elite da elite.

— Como você pode ter certeza? — pergunto a Jacobson.

— Eu não tenho certeza, senhor.

Passo entre os agentes do Serviço Secreto e vou até Augie, então me agacho perto dele.

— O que foi isso, Augie?!

Os lábios de Augie estão tremendo, ele ainda está arfando muito, os olhos, arregalados, parecem perdidos.

— Eles... — Augie engasga e engole em seco — ... tentaram me matar.

Olho para a árvore em que ele está recostado. De relance percebo que as balas que a atingiram estavam cerca de um metro e meio acima do solo. Para mim, não pareciam "tiros de advertência". Mas provavelmente isso depende do lugar onde ele se encontrava.

— Por que você fugiu, Augie?

Ele balança a cabeça levemente e seu olhar se perde.

— Eu... Eu não consigo impedir isso. Eu não posso estar lá quando... quando...

— Você está com medo? É isso?

Quase envergonhado, o corpo ainda tremendo, Augie faz que sim.

Será que é só isso? Medo, remorso, um sentimento de estar sobrecarregado?

Ou tem algo mais que ainda não entendi em Augie?

— Levanta. — Pego o braço dele e o obrigo a se levantar. — Não é hora de ter medo, Augie. Vamos conversar na cabana.

CAPÍTULO

74

Bach por fim chega à posição que desejava, bem no alto dos pinheiros-brancos, sentindo nos braços e nas costas o resultado do esforço de subir com uma mochila enorme e um fuzil. Nos fones, ouve Wilhelm Friedemann Herzog em sua vívida interpretação do Concerto para violino em mi maior, três anos atrás, em Budapeste.

Em meio aos pinheiros, ela tem uma visão clara da cabana a distância e de todo o terreno ao sul.

Os galhos próximos ao tronco são fortes o suficiente para sustentá-la. Ela se senta com as pernas abertas num deles e coloca o estojo na sua frente. Abre-o com a digital do polegar e retira Anna Magdalena, montando-a em menos de dois minutos, ao mesmo tempo que espia por cima das árvores.

Vê sentinelas patrulhando a área, homens armados.

Uma tenda preta.

Quatro homens sobem a escada da varanda, com pressa...

Ela ajusta a mira freneticamente. Não tem tempo para montar uma plataforma, preparar o fuzil e se posicionar; em vez disso, tem de apoiá-lo no ombro para mirar. Não é o ideal, e ela só vai ter uma chance de atirar, de modo que não pode errar...

Bach se escora bem enquanto eles se aproximam da porta da cabana.

Um grandalhão moreno com fone de ouvido.

Um mais baixo e magro, com fone de ouvido.

O presidente, passando entre eles, desaparecendo na cabana.

Seguido de um sujeito baixo, franzino, cabelos escuros bagunçados...

Será que é ele?

É ele?

Sim.

Um segundo para decidir.

Eu atiro?

CAPÍTULO

75

Pego Augie pelo braço e o puxo para a cabana. Alex e Jacobson, atrás de nós, entram também e fecham a porta.

Conduzo Augie até a sala de estar e o ponho no sofá.

— Traga água para ele — peço a Alex.

Sentado no sofá, Augie ainda parece atordoado, angustiado.

— Não é isso... que ela queria — sussurra. — Ela não ia... querer isso.

Alex volta com um copo d'água. Estendo a mão.

— Pode deixar comigo.

Vou até Augie e jogo a água no rosto dele, molhando o cabelo e a camisa. Ele reage com surpresa, balança a cabeça e se endireita.

Eu me inclino para perto dele.

— Você está sendo sincero comigo, garoto? Estamos apostando alto em você.

— Eu... Eu... — Augie olha para mim, diferente de antes, com medo não só das circunstâncias mas também de mim.

— Alex, eu quero ver as imagens da sala de guerra.

— Sim, senhor.

Alex tira o celular do bolso, toca nele e me entrega. São as imagens ao vivo da câmera de segurança no interior da sala de guerra que mostram Casey falando ao telefone, Devin no computador, os outros gênios da tecnologia trabalhando em seus laptops e escrevendo no quadro branco.

— Olha isso, Augie. Alguém parece querer entregar os pontos? Não. Eles estão apavorados, todos eles, mas não desistem. Cacete, foi você que localizou o vírus. Você conseguiu fazer o que os melhores membros da minha equipe não conseguiram em duas semanas.

Augie fecha os olhos e assente.

— Me desculpa.

Dou um chutinho nos sapatos dele, provocando-o.

— Olhe para mim, Augie. Olhe para mim!

Ele obedece.

— Me fale de Nina. Você disse que não era isso que ela queria. Como assim? Ela não queria destruir os Estados Unidos?

De olhos baixos, Augie balança a cabeça.

— Nina estava cansada de fugir. Ela disse que estava fugindo fazia tempo demais.

— Do governo da Geórgia?

— Sim. O serviço de informações da Geórgia estava atrás dela. Quase conseguiram matar Nina no Uzbequistão.

— OK, muito bem... Ela estava cansada de fugir. E o que ela queria? Viver aqui nos Estados Unidos?

O celular vibra no meu bolso. Eu o pego. É Liz Greenfield. Rejeito a ligação e o coloco de volta no bolso.

— Ela queria voltar para casa — responde Augie.

— Para a República da Geórgia? Onde era procurada por crimes de guerra?

— Ela esperava que o senhor... pudesse ajudar.

— Nina queria que eu interferisse, que eu pedisse ao governo da Geórgia que ela recebesse anistia, como um favor aos Estados Unidos.

Augie acena positivamente com a cabeça.

— E nas atuais circunstâncias o senhor não acha que a Geórgia ia fazer esse favor? Se os Estados Unidos estivessem em perigo e um dos seus aliados, especialmente um aliado que pudesse usar os Estados

Unidos como amigo, com os russos na fronteira... Não era de esperar que a Geórgia fizesse esse favor?

Provavelmente faria. Se eu fizesse pressão, se explicasse bem a situação... Sim, teríamos chegado a algum consenso.

— Então eu quero saber se está tudo bem claro — digo. — Nina ajudou Suliman Cindoruk na programação desse vírus.

— Sim.

— Mas ela não queria destruir os Estados Unidos com ele?

Augie para por um momento.

— Você precisa entender o Suli — fala. — O jeito como ele opera. Nina criou um vírus espetacular. Um *wiper* realmente devastador. Já eu agia, como se diz, do outro lado do balcão.

— Você era o hacker.

— Sim. Meu trabalho era invadir os sistemas americanos e espalhar o vírus o máximo possível. Mas estávamos em posições... separadas, por assim dizer.

Acho que agora estou entendendo.

— Ela escreveu o código de um vírus excepcional sem saber exatamente que uso teria. E você espalhou o vírus pelos servidores americanos sem saber exatamente o que estava espalhando.

— Sim, é isso. — Augie assente com a cabeça. Parece que agora ele se acalmou. — Não quero fazer parecer que a gente é inocente. Nina sabia do poder de destruição do vírus, claro. Mas não tinha ideia do alcance da coisa. Não sabia que seria disseminado nos Estados Unidos para acabar com a vida de milhões de pessoas. E eu... — Augie desvia o olhar. — Suli disse que eu estava espalhando uma forma avançada de *spyware*, que venderia isso a quem oferecesse mais para financiar outras missões. — Ele dá de ombros. — Quando percebemos o que tínhamos feito, não podíamos ficar de braços cruzados.

— Então Nina veio para cá para neutralizar o vírus — concluo. — Em troca da minha ajuda para conseguir a anistia.

Ele volta a assentir.

— A gente esperava que o senhor fosse concordar. Mas não tínhamos como prever sua reação. Os Filhos da Jihad já foram responsáveis pela morte de americanos no passado. E os Estados Unidos não são exatamente o que a gente pode chamar de um aliado. Por isso ela insistiu em primeiro se encontrar com o senhor, sozinho.

— Para ver como eu reagiria.

— Para ver se você deixaria que ela saísse da Casa Branca. Em vez de ser presa, torturada, qualquer outra coisa que pudesse fazer.

Faz sentido. Naquele encontro eu tive mesmo a sensação de estar sendo testado.

— Eu não queria que ela fosse sozinha à Casa Branca — continua. — Mas nada seria capaz de impedi-la. Quando nos encontramos aqui nos Estados Unidos, ficou claro que Nina já tinha um plano em mente.

— Espera aí. — Eu coloco a mão no seu braço. — Quando vocês se encontraram nos Estados Unidos? Como assim? Vocês não estavam juntos o tempo todo?

— Ah, não. Não, não. Sabe o dia em que a gente mandou a provinha do vírus para o servidor do Pentágono?

Sábado, 28 de abril. Jamais vou me esquecer do momento em que fui informado. Eu estava em Bruxelas, na primeira parada da minha viagem à Europa. Recebi a ligação na suíte presidencial. Eu nunca tinha visto meu secretário de Defesa tão agitado.

— Foi nesse dia que Nina e eu largamos Suliman na Argélia. Mas a gente se separou. Achamos que seria mais seguro. Ela entrou nos Estados Unidos pelo Canadá. Eu entrei pelo México. Nosso plano era nos encontrarmos na quarta em Baltimore, Maryland.

— Quarta... Quarta-feira passada? Três dias atrás?

— Sim. Quarta ao meio-dia, na estátua de Edgard Allan Poe na Universidade de Baltimore. Perto de Washington, mas não tão perto, um lugar que fazia sentido para alguém da nossa idade estar, um ponto fácil de encontrar.

— E foi nesse dia que Nina contou o plano para você.

— Sim. A essa altura ela já estava com o plano pronto. Ela iria à Casa Branca na noite de sexta, sozinha, para testar a sua reação. Depois você me encontraria no estádio de beisebol, o que seria outro teste, para ver se você sequer ia aparecer. E, se aparecesse, eu mesmo avaliaria se poderíamos confiar em você. Quando você apareceu no estádio, concluí que tinha passado no teste de Nina.

— E aí eu passei no seu.

— Sim. O simples fato de eu ter apontado uma arma para o presidente dos Estados Unidos sem ser preso ou abatido imediatamente me garantiu que você acreditava na gente e ia colaborar.

Balanço a cabeça.

— E aí você entrou em contato com Nina?

— Eu mandei uma mensagem. Ela esperava um sinal meu para estacionar a van no estádio.

Como estivemos perto naquele momento!

Augie deixa escapar um som que parece uma risada.

— Era para ser naquele momento — diz, com um olhar melancólico, perdido. — Tudo daria certo. *Eu* localizaria o vírus, *você* entraria em contato com o governo da Geórgia e *ela* neutralizaria o vírus.

Mas alguém impediu Nina.

— Vou voltar ao trabalho, senhor presidente. — Ele se levanta do sofá. — Lamento essa...

Eu o empurro de volta.

— Ainda não acabamos, Augie. Eu quero saber da fonte de Nina. Quero saber do traidor da Casa Branca.

CAPÍTULO

76

Continuo debruçado sobre Augie, que exibe uma expressão lúgubre.

— Você disse que Nina já tinha um plano quando vocês se encontraram em Baltimore três dias atrás.

Ele assente.

— Por quê? O que aconteceu entre o momento em que vocês se separaram na Argélia e o encontro em Baltimore? O que ela fez? Por onde ela esteve?

— Eu não sei.

— Essa não cola, Augie.

— O quê? Não cola?

Eu me aproximo ainda mais, quase encostando meu nariz no dele.

— Isso não está me parecendo verdade. Vocês dois se amavam, confiavam um no outro, precisavam um do outro.

— O que a gente *precisava* era manter as nossas informações separadas — insiste. — Para nossa própria segurança. Ela não podia saber como localizar o vírus e eu não podia saber como desativá-lo. Assim, nós dois seríamos importantes para você.

— E o que ela disse para você sobre a fonte?

— Eu já falei mais de uma vez...

— Pois fale de novo. — Eu o agarro pelos ombros. — É bom lembrar que a vida de centenas de milhões de pessoas...

— Ela não me disse! — berra, tomado pela emoção, a voz aguda. — Ela disse que eu precisava saber o código "Idade das Trevas", eu perguntei como é que ela sabia disso, e ela me disse que não era importante, que era melhor eu não saber, que seria mais seguro para nós dois.

Eu o encaro sem dizer nada, analisando sua expressão.

— Eu desconfiava que Nina estava em contato com alguém importante em Washington? É claro que sim. Não sou nenhum idiota. Mas isso me *tranquilizava*, não me preocupava. Isso significava que a gente tinha uma chance séria de sucesso. Eu confiava nela. Nina era a pessoa mais inteligente que eu...

A voz de Augie fica embargada, ele não consegue concluir a frase.

Meu celular toca. Liz FBI de novo. Não posso continuar ignorando as ligações dela.

Boto a mão no ombro dele.

— Você quer honrar a memória dela, Augie? Então faça tudo o que puder para neutralizar esse vírus. Vai. Agora.

Ele respira fundo e se levanta do sofá.

— Eu vou voltar ao trabalho.

Quando Augie já está distante o suficiente para não me ouvir, levo o celular ao ouvido.

— Sim, Liz.

— *Senhor presidente* — começa ela. — *Os celulares na van de Nina.*

— Sim. Você disse que eram dois, certo?

— *Sim, senhor, um com ela e o outro encontrado debaixo do chão do compartimento traseiro.*

— OK...

— *Senhor, o que foi encontrado nos fundos da van ainda não foi analisado. Mas o que estava no bolso dela... Nós finalmente conseguimos desbloquear o aparelho. Tem uma mensagem de texto do exterior que é particularmente interessante. Levamos um tempão para rastreá-la, porque a mensagem atravessou três continentes...*

— Liz, Liz — interrompo. — Direto ao ponto.

— *Acreditamos que o tenhamos encontrado, senhor* — diz ela. — *Achamos que localizamos Suliman Cindoruk.*

Prendo a respiração.

Uma segunda chance, depois da Argélia.

— *Senhor presidente?*

— Eu quero Suliman vivo.

CAPÍTULO

77

A vice-presidenta Katherine Brandt está sentada em silêncio, os olhos baixos, só ouvindo. Mesmo na tela do computador, com eventuais distorções, os saltos esporádicos da imagem, ela parece pronta para aparecer diante das câmeras de TV, com a maquiagem pesada da participação no *Meet the Press*, usando um terninho vermelho elegante e uma blusa branca.

— *Isso é...*

Ela olha para mim.

— Incompreensível — digo. — Sim. É muito pior do que imaginávamos. Conseguimos garantir o funcionamento das Forças Armadas, mas outras áreas do governo federal, e do setor privado... Os danos vão ser incalculáveis.

— *E Los Angeles... é uma isca.*

Balanço a cabeça.

— É o que eu acho. Um plano inteligente. Eles querem os nossos melhores técnicos do outro lado do país, tentando resolver o problema na usina de tratamento de água. E aí o vírus é ativado e nós ficamos completamente isolados deles... sem internet, telefone, aviões, trens... Nossos maiores especialistas isolados na Costa Oeste, a milhares de quilômetros.

— E só agora eu estou sabendo de tudo isso e de tudo o que você está fazendo, embora eu seja a vice-presidenta dos Estados Unidos. Porque o senhor não confia em mim. Eu sou uma das seis pessoas em quem o senhor não confia.

A imagem de Kathy não é suficientemente nítida para que eu avalie sua reação a tudo isso. Não deve ser nada bom descobrir que seu chefe, o comandante em chefe, acha que você pode ser uma traidora.

— Senhor presidente, o senhor realmente acha que eu faria uma coisa dessas?

— Kathy, eu não poderia imaginar, nem em um milhão de anos, que qualquer um de vocês fosse capaz. Nem você, nem Sam, nem Brendan, nem Rod, nem Dominick, nem Erica. Mas um de vocês fez isso.

Simples assim. Sam Haber, do Departamento de Segurança Interna. Brendan Mohan, assessor de segurança nacional. Rodrigo Sanchez, chefe do Estado-Maior Conjunto. O secretário de Defesa, Dominick Dayton. E a diretora da CIA, Erica Beatty. Além da vice-presidenta. Meu círculo de seis, todos sob suspeita.

Katherine Brandt fica em silêncio, presente na conversa, mas perdida nos próprios pensamentos.

Alex entra e me passa um bilhete de Devin. Não é uma boa notícia.

Quando me viro de novo para Kathy, ela parece pronta para dizer algo. E eu consigo imaginar o que vai ser.

— Senhor presidente, se eu não conto com a sua confiança, a única coisa que tenho a fazer é pedir minha renúncia.

CAPÍTULO

78

Na sala de guerra tecnológica, Devin se vira para mim ao me ver. Dá uma batidinha no ombro de Casey e os dois se afastam dos demais — todos com fones de ouvido e digitando freneticamente nos computadores — para falar comigo. Há uma pilha de laptops pifados perto da parede. No quadro branco, vários nomes, palavras e códigos: PETYA e NYETNA, SHAMOON e SCHNEIER ALG., DOD.

O ambiente está impregnado do cheiro de café, cigarro e suor. Eu mandaria abrir a janela se estivesse de bom humor.

Casey aponta para uma pilha de laptops, tão alta que quase chega à câmera de segurança que nos espia do teto.

— Todos inutilizados — explica ela. — Estamos tentando de tudo. Nada elimina esse vírus.

— Setenta computadores até agora?

— Mais ou menos — responde. — E, para cada um que estamos usando aqui, o restante da equipe no Pentágono usa três ou quatro. Juntamos quase trezentos computadores.

— Os arquivos dos computadores foram todos apagados?

— Tudo foi apagado — responde Devin. — Assim que tentamos desativá-lo, o vírus dispara. Esses laptops não passam de peso de papel agora. — Ele suspira. — Podemos pedir os outros quinhentos?

Eu me viro para Alex e faço o pedido. Os marines podem mandá-los num piscar de olhos.

— E quinhentos vão bastar? — pergunto.

Casey dá um sorriso forçado.

— Nós sequer conhecemos quinhentas formas de tentar acabar com ele. Já pensamos em praticamente tudo.

— Augie não está ajudando?

— Ah, ele é brilhante — elogia Devin. — A forma como conseguiu enfiar esse negócio no computador? Eu nunca vi nada igual. Mas, quando se trata de desativar o vírus... Essa não é a especialidade dele.

Olho para o relógio.

— São quatro horas, pessoal. Precisamos de um pouco de criatividade.

— Sim, senhor.

— Posso ajudar em mais alguma coisa?

— Alguma chance de capturar Suliman e trazê-lo para cá? — pergunta Casey.

Dou tapinhas no braço dela, mas não respondo.

Estamos tentando, não digo.

CAPÍTULO

79

Volto à sala de comunicação, onde encontro a vice-presidenta Katherine Brandt, os olhos baixos, recurvada. Antes da interrupção da nossa conversa, ela dissera algo importante.

Kathy se empertiga ao me ver entrar, enrijecendo.

— Nada ainda com o vírus — aviso ao me sentar. — A pessoa que criou esse negócio está jogando xadrez, e nós estamos jogando damas.

— *Senhor presidente, eu acabei de apresentar minha renúncia.*

— Sim, eu sei. Não é o momento, Kathy. Tentaram matar Augie e a mim duas vezes. E eu não estou bem, como acabei de explicar a você.

— *Sinto muito. Eu não sabia que seu problema de saúde tinha voltado.*

— Eu não disse a ninguém. Não é um bom momento para que nossos amigos e inimigos pensem que o presidente está mal de saúde.

Ela assente.

— Olha só, Carolyn está esse tempo todo alguns andares acima de você na Casa Branca. Ela sabe de tudo. Também deixamos tudo registrado num documento. Se algo tivesse acontecido comigo, Carolyn teria contado tudo a você em questão de minutos. Inclusive meus vários planos sobre o que fazer, dependendo de quão destrutivo fosse o vírus. Inclusive ataques militares à Rússia, à China, à Coreia do Norte... A quem quer que esteja por trás do vírus. Planos de contingência para lei marcial, suspensão de *habeas corpus*, controle de preços, racionamento de produtos essenciais... Tudo o que é preciso.

— *Mas, se eu fosse a traidora, senhor presidente* — diz ela, mal conseguindo pronunciar a palavra —, *por que confiaria em mim na hora de enfrentar essa gente? Porque, se eu estiver conspirando com eles...*

— Kathy, que escolha eu tinha? Não posso simplesmente trocar você. O que eu devia fazer quatro dias atrás, quando Nina me informou do vazamento por meio da minha filha? Exigir sua renúncia? E depois? Pense só no tempo que levaria para substituir você. Todos os procedimentos de checagem, o processo de designação, a aprovação nas duas Casas. Eu não dispunha desse tempo. E, se você fosse embora e o cargo ficasse vago, pense em quem estaria logo depois na linha sucessória...

Ela não reage, rompendo o contato visual. Kathy não parece ter lidado bem com a menção ao presidente da Câmara, Lester Rhodes.

— E, mais importante ainda, Kathy: eu não tinha como ter certeza de que foi você. Não tinha como ter certeza sobre nenhum de vocês. Claro que eu poderia ter afastado os seis, simplesmente para me livrar do responsável pelo vazamento. Só por segurança. Mas estaria basicamente perdendo toda a minha equipe de segurança nacional no momento em que mais preciso dela.

— *O senhor podia ter recorrido a um polígrafo* — sugere ela.

— Sim, podia. Foi a sugestão de Carolyn. Passar todos vocês pelo detector de mentiras.

— *Mas não foi o que fez.*

— Não, não fiz.

— *Por que não, senhor?*

— O fator surpresa — explico. — A única coisa que eu tinha ao meu favor era o fato de saber que alguém tinha vazado a informação, mas o responsável não saber disso. Se eu colocasse todos vocês numa caixa para perguntar se tinham vazado informações sobre a Idade das Trevas, eu estaria mostrando as minhas cartas. Quem quer que estivesse por trás disso ficaria sabendo que eu sabia. Era melhor bancar o bobo, por assim dizer.

"Então tratei de resolver o problema — prossigo. — Convoquei a subsecretária de Defesa para que ela verificasse, de forma independente, se a reformulação dos nossos sistemas militares estava sendo devidamente providenciada. Só para a eventualidade de o secretário Dayton ser o nosso Benedict Arnold. Mandei o general Burke, do Comando Central, fazer a mesma coisa no exterior, para a eventualidade de o almirante Sanchez ser o traidor."

— E todos garantiram ao senhor que tudo estava sendo devidamente providenciado.

— Exatamente. Porém, não tínhamos de modo algum como recriar todo o sistema do zero em apenas duas semanas, mas estamos em condições de lançar mísseis, mobilizar tropas por terra e por ar. Nossas manobras militares foram bem-sucedidas.

— Isso quer dizer que Dayton e Sanchez foram cortados da lista? Agora são quatro?

— O que você acha, Kathy? Eles devem ser cortados?

Ela reflete por um momento.

— Se um deles fosse o traidor, nenhum dos dois faria algo tão óbvio quanto sabotar alguma coisa sob sua responsabilidade direta. Eles poderiam vazar o código de forma anônima. Eles poderiam fornecer informações ao inimigo. Mas essas tarefas específicas de que foram incumbidos pelo senhor... Nesse caso, eles estão sob os holofotes. Não podem ferrar tudo. Ficariam expostos. Quem quer que tenha feito isso, com certeza pensou muito bem no que estava fazendo.

— É exatamente como eu penso. Por isso, não, eles não foram cortados da lista.

É muita coisa para ser digerida, e Kathy entende que, quando me refiro ao traidor, na minha cabeça posso estar pensando nela. Aceitar isso não seria fácil para ninguém. Por outro lado, ela não é nenhuma santinha nessa história toda.

Por fim, Kathy diz:

— Senhor presidente, se superarmos essa questão...

— Quando — interrompo. — Quando superarmos essa questão. Não tem "se". Não aceitamos nenhum "se".

— *Quando superarmos essa questão* — insiste —, *no momento adequado, vou entregar ao senhor minha carta de renúncia para fazer o que achar melhor. Se o senhor não confia em mim, não sei como lhe posso ser útil.*

— E quem vem depois na linha de sucessão presidencial? — pergunto, voltando ao assunto.

Kathy hesita por um tempo, mas a resposta não é exatamente difícil.

— *Bom, naturalmente eu não sairia antes que houvesse um substituto...*

— Você nem quer dizer o nome dele, não é mesmo, Kathy? O seu amigo Lester Rhodes.

— *Eu... Eu não creio que o considere um amigo, senhor.*

— Não?

— *Certamente não. Eu... Eu me encontrei com ele por acaso essa...*

— Um momento — interfiro. — Você pode mentir o quanto quiser para si mesma, Kathy. Mas não minta para mim.

Seus lábios ainda se movem por um momento, em busca de algo, mas ela fecha a boca e fica em silêncio.

— A primeira coisa que eu fiz quatro dias atrás, quando soube do vazamento... — digo. — A primeira coisa que eu fiz. Sabe o que foi?

Ela meneia a cabeça, mas não consegue abrir a boca.

— Passei a manter todos vocês sob vigilância.

Kathy leva a mão ao peito.

— *O senhor... me manteve...*

— Todos vocês seis — continuo. — Mandados do Tribunal de Vigilância de Inteligência Estrangeira. Eu mesmo assinei as declarações juramentadas. Os juízes nunca tinham visto *isso* antes. Liz Greenfield mandou o pessoal do FBI cumprir os mandados. Interceptações, escutas, o pacote completo.

— *O senhor...*

— Por favor, me poupe da sua indignação. Você teria feito a mesma coisa. E não fique aí fingindo que encontrou Lester Rhodes "por acaso" hoje cedo quando ia tomar café da manhã.

Não há muita coisa que ela possa dizer. Kathy não tem nenhum argumento, considerando o que fez. Nesse exato momento, ela parece querer se enfiar num buraco.

— Vamos focar a atenção no problema. Esqueça a política. Esqueça a sessão da Câmara da semana que vem. Esqueça quem pode ser o presidente daqui a um mês. Nosso país está enfrentando um problema gravíssimo, e a única coisa que importa é resolvê-lo.

Ela assente com a cabeça, muda.

— Se alguma coisa acontecer comigo, você entra em campo. Por isso levante a cabeça e se prepare.

Kathy assente de novo, primeiro lentamente, depois mais determinada. Ela endireita a postura, como se deixasse todo o resto de lado, focando numa nova linha de ação.

— Carolyn vai mostrar os planos de contingência para você. Só para você. Você vai ficar no centro de operações. Só vai poder se comunicar com Carolyn e comigo. Entendido?

— *Sim* — responde. — *Posso pedir uma coisa, senhor?*

Eu suspiro.

— Pode.

— *Me deixe passar pelo polígrafo.*

Eu recuo.

— *O fator surpresa já se foi* — continua ela. — *O senhor já me disse tudo. Me deixe passar pelo detector de mentiras e me pergunte se eu vazei o código "Idade das Trevas". Pergunte sobre Lester Rhodes, se quiser. Pergunte tudo. Mas, pelo amor de Deus, não deixe de perguntar se algum dia, de alguma forma, eu já traí o nosso país.*

Por essa, devo admitir, eu não esperava.

— *Pode perguntar, e eu vou dizer a verdade.*

CAPÍTULO 80

São onze e três da noite em Berlim, Alemanha.

Quatro coisas acontecem ao mesmo tempo.

Um: uma mulher usando um casaco branco e longo entra no prédio do condomínio, carregando várias sacolas de compras. Vai direto até a portaria. Olha ao redor e vê a câmera no canto do amplo e paramentado saguão. Então baixa as sacolas e sorri para o funcionário. Ele pede sua identificação e ela abre a carteira, mostrando um crachá.

— *Ich'm ein Polizeioffizier* — diz, deixando de sorrir. — *Ich brauche Ihre Hilfe jetzt.*

Ela se identifica como policial e diz que precisa da ajuda dele imediatamente.

Dois: um enorme caminhão de lixo laranja, da Berliner Stadtreinigungsbetriebe, estaciona no lado leste do mesmo prédio, castigado pelo vento que vem do rio Spree. Quando o veículo para, a porta traseira se abre. Doze homens, agentes do KSK, o Kommando Spezialkräfte, unidade de emergência das Forças Especiais de elite da Alemanha, saem da caçamba usando o equipamento de ação tática — coletes à prova de balas, capacetes, botas pesadas — e armados com submetralhadoras HK MP5 e fuzis de controle de multidões. A porta mais próxima do prédio se abre automaticamente, cortesia da recepção, e eles entram.

Três: um helicóptero pintado de branco e ostentando o nome de uma estação de TV local, mas, na verdade, um helicóptero invisível a radares do KSK com redução de ruído, sobrevoa silenciosamente o mesmo prédio. Quatro homens do KSK, também usando equipamento de ação tática, saem do helicóptero, descendo dez metros até chegar ao telhado, pousando suavemente e retirando as cordas da cintura.

E quatro: Suliman Cindoruk ri sozinho vendo sua equipe na suíte da cobertura. Seus quatro homens — os quatro membros que ainda restam nos Filhos da Jihad, além dele. Eles ainda estão se recuperando da festinha da noite anterior, meio trôpegos, seminus e de ressaca, ou talvez ainda bêbados. Desde que acordaram, lá pelo meio-dia, não fizeram absolutamente nada.

Elmurod, com a barriga avantajada esticando a camiseta roxa, se joga no sofá e pega o controle remoto para ligar a TV. Mahmad, vestindo uma camiseta manchada e cueca boxer, o cabelo arrepiado, vira uma garrafa d'água. Hagan, o último a acordar, no meio da tarde, sem camisa, usando uma calça de moletom, devora as uvas deixadas no meio das sobras da noite anterior. Levi, alto, magro e desengonçado, só de cueca, e que certamente perdeu a virgindade na noite passada, encosta a cabeça numa almofada do sofá com um sorrisinho no rosto.

Suli fecha os olhos e sente a brisa no rosto. Tem gente que reclama do vento que sopra do Spree, especialmente à noite, mas essa é uma das coisas que ele mais aprecia. Uma das que mais vai deixar saudade.

Leva a mão à arma que carrega na cintura, por força do hábito. Faz isso quase de hora em hora. Ele verifica se o pente está carregado.

Carregado, a propósito, com uma única bala.

CAPÍTULO

81

Eles sobem as escadas com o devido cuidado tático, encarregando um soldado — o batedor — de garantir a segurança de cada lance antes que o restante da equipe prossiga. Há pontos cegos por toda parte. Possibilidades de emboscada em cada andar. O contato deles na portaria avisou que o caminho pela escada estava livre, mas ele só vê o que as câmeras sob seu controle visualizam.

O líder da equipe 1 é um sujeito chamado Christoph, há onze anos no KSK. Quando os doze integrantes da equipe chegam ao patamar da cobertura, ele contata o comandante pelo rádio.

— Equipe 1 em posição vermelha — avisa, em alemão.

— *Equipe 1, mantenha posição vermelha* — responde o comandante, num veículo estacionado na rua.

O comandante da missão é o próprio general de brigada, o diretor do KSK. Algo inédito, pelo que Christoph sabe — o mais alto oficial do KSK comandando pessoalmente uma missão. Mas também foi a primeira vez que o general de brigada recebeu uma ligação do próprio chanceler.

O alvo é Suliman Cindoruk, disse o chanceler ao general. *Ele tem de ser capturado vivo. Num estado que permita ser interrogado imediatamente.*

Por isso a ARWEN nas mãos de Christoph, a arma de controle de multidões que dispara balas de borracha não letais, capaz de descarregar o pente de cinco cartuchos em quatro segundos. Seis deles estão armados com ARWENs para neutralizar os alvos. Os outros seis têm MP5s comuns, caso disparos letais sejam necessários.

— *Equipe 2, posição* — determina o comandante.

A equipe 2, formada por quatro homens no telhado responde:

— *Equipe 2 em posição vermelha.*

Dois soldados estão preparados para descer de rapel do telhado até a varanda abaixo. Os dois outros montam guarda no telhado, caso haja uma tentativa de fuga.

Mas ninguém vai fugir, Christoph sabe. *O cara já é meu.*

Será o seu bin Laden.

— *Equipe 3, confirmar quantidade e localização dos alvos* — diz a voz do comandante no seu fone de ouvido.

A equipe 3 é o helicóptero que sobrevoa o prédio, usando um equipamento termográfico de alta potência para detectar o número de pessoas no andar da cobertura.

— *Cinco alvos, comandante* — vem a resposta. — *Quatro dentro da cobertura, reunidos no cômodo da frente, e um na varanda.*

— *Cinco alvos, confirmado. Equipe 1, seguir para posição amarela.*

— Equipe 1 seguindo para posição amarela.

Christoph se vira para os homens e acena positivamente com a cabeça. Eles erguem as armas.

Christoph gira lentamente a maçaneta da porta da escada e a empurra rápido mas em silêncio, sentindo um jato de adrenalina.

O corredor está vazio, silencioso.

Eles avançam lentamente, os doze agachados, armas em punho, calculando cada passo para minimizar o impacto dos pés no piso acarpetado, esgueirando-se até a única porta, à direita. Os sentidos em alerta máximo, Christoph sente o calor e a energia dos homens que vêm atrás dele, o cheiro de limão que sobe do carpete, ouve a respiração pesada dos outros e o som de risos distantes na extremidade do corredor.

Oito metros ainda. Seis metros. A adrenalina corre nas veias. O pulso acelerado. Mas o equilíbrio se mantém firme, a confiança plena...

Clique-clique-clique.

Ele vira a cabeça para a esquerda. O som é baixo, mas claro. Uma caixinha minúscula na parede, um termostato...

Não, não é um termostato.

— Merda.

CAPÍTULO

82

Suliman acende um cigarro e verifica o celular. Nada de novo nas notícias internacionais. Eles parecem realmente preocupados com o problema da água em Los Angeles. *Será que os americanos caíram nessa?*, ele se pergunta.

Na cobertura, Hagan pega uma tigela de prata na mesa de comida e vomita nela. Provavelmente foi o champanhe caro, conclui Suli. Hagan pode ser um programador genial, mas nunca foi muito de beber...

O celular de Suli emite um bipe agudo, um toque específico para uma única coisa.

Uma invasão. O sensor do corredor.

Instintivamente sua mão vai para a pistola na cintura, a que tem uma única bala.

Ele sempre prometeu a si mesmo que não seria capturado vivo, não seria encarcerado e interrogado, espancado e torturado, vivendo como um animal. Prefere ir embora do seu jeito, metendo a pistola debaixo do queixo e puxando o gatilho.

Mas sempre soube que, apesar de todas as promessas, haveria uma hora da verdade. E sempre se perguntou se teria coragem de encará-lo.

CAPÍTULO

83

— Posição comprometida! — avisa Christoph num sussurro ríspido. — Equipe 1 seguindo para posição verde.

— *Seguir para posição verde, equipe 1.*

Eliminada a possibilidade de um ataque furtivo, os homens correm para a porta, formando uma posição de dupla entrada, com uma fila de cinco de cada lado e dois atrás com o aríete, prontos para investir.

— *O alvo da varanda entrou na cobertura* — informa o líder da equipe 3, no helicóptero com o equipamento termográfico.

É ele, Christoph sabe, se preparando.

Eles arrombam a porta com um golpe. As dobradiças voam longe com o impacto, a porta cai para a frente dentro do apartamento como uma ponte levadiça com as correntes arrebentadas.

Os soldados mais próximos de cada lado da porta jogam granadas atordoantes no apartamento e se afastam do portal. Um segundo depois, as granadas são detonadas, gerando uma explosão de cento e oitenta decibéis e uma luz cegante.

Durante cinco segundos, os ocupantes vão ficar cegos, surdos e atordoados.

Um, dois. Christoph é o primeiro a atravessar a porta depois do flash, a propagação da explosão ainda audível.

— Todo mundo parado! Todo mundo parado! — grita em alemão, enquanto outro membro da equipe grita a mesma ordem em turco.

Ele vasculha a sala, olhando para todos os lados.

Sujeito gordo de camisa roxa, jogado num sofá, os olhos apertados. *Não é ele.*

Um cara de camiseta e cueca, cambaleando enquanto segura uma garrafa d'água, caindo no chão. *Negativo.*

Sujeito sem camisa, atordoado, no chão, uma tigela de frutas derramada no peito. *Não.*

Christoph vai para o outro lado do sofá, onde um homem só de cueca está caído, inconsciente. *Não...*

E, mais adiante, perto da porta de vidro de correr da varanda, o derradeiro alvo, deitado de bruços no chão: uma jovem asiática de calcinha e sutiã, com uma expressão de dor.

— Só cinco alvos, equipe 3? — grita ele.

— *Afirmativo, chefe de equipe. Cinco alvos.*

Christoph passa pela jovem asiática, já subjugada por um dos soldados. Abre a porta de vidro e pula agachado na varanda, apontando a arma para todas as direções. Ninguém.

— O restante do apartamento está limpo — informa o segundo em comando, enquanto Christoph volta à sala, a adrenalina baixando, os ombros relaxando.

Ele olha ao redor, derrotado, enquanto os cinco alvos são presos com abraçadeiras de plástico e postos de pé, ainda atordoados — se é que estão conscientes.

Então seu olhar se dirige ao canto da sala.

Para a câmera que o vigia.

CAPÍTULO

84

— *Guten tag* — diz Suliman, fazendo uma pequena saudação para o soldado, que não o vê.

O soldado parece tão decepcionado que Suliman quase sente pena dele.

Então fecha o laptop quando um garçom se aproxima, no bar ao ar livre à beira do Spree, a vinte quilômetros da cobertura.

— Mais alguma coisa, senhor? — pergunta o garçom.

— A conta — responde Suliman.

Ele precisa seguir em frente. É uma longa viagem de barco.

CAPÍTULO

85

Na tenda preta, o chanceler Richter encerra a ligação.

— Sinto muito, senhor presidente.

— Ele desapareceu sem deixar nenhum vestígio? — pergunto.

— Sim. As pessoas que foram capturadas disseram que ele saiu tem cerca de duas horas.

Como sempre, Suliman estava um passo à nossa frente.

— Eu... Eu preciso pensar um pouco — digo.

Afasto as abas da tenda e volto à cabana. Minha expectativa era grande, maior do que eu admitia. Era a nossa melhor chance. Ele era a única pessoa capaz de neutralizar o vírus.

Desço ao porão, seguido por Alex Trimble. Consigo ouvi-los do corredor, antes de entrar na sala de guerra.

Eu me detenho na porta, mantendo distância. O pessoal de tecnologia está reunido em torno de um telefone usando o viva-voz, sem dúvida falando com o restante da nossa equipe de emergência no Pentágono.

— Estou dizendo... Se a gente inverter a sequência... — diz Devin. — Vocês sabem o que é *inverter*? Vocês têm um dicionário aí?

Do viva-voz:

— *Mas o WannaCry não...*

— Não é o WannaCry, Jared! Não é um *ransomware*. Não tem nada a ver com o WannaCry. Não tem nada a ver com merda nenhuma que eu já tenha visto.

Devin atira uma garrafa de água vazia do outro lado da sala.

— *Devin, escuta, eu só estou dizendo que o* back door...

Enquanto a pessoa ao telefone fala, Devin olha para Casey.

— Ele ainda está falando do WannaCry. Ele vai é me fazer chorar.

Casey anda de um lado para o outro.

— Isso é um beco sem saída — comenta.

Eu me viro e saio da sala. Eles já sanaram a minha dúvida.

— Vou para a sala de comunicação — aviso a Alex.

Ele me segue até a porta, mas eu entro sozinho.

Fecho a porta. Apago a luz.

Eu me encolho no chão e fecho os olhos, embora já esteja escuro.

Meto a mão no bolso, pego minha moeda dos Rangers e começo a recitar.

— Eu me apresentei como voluntário aos Rangers, plenamente ciente dos riscos da profissão que escolhi...

A destruição total de um país com trezentos milhões de pessoas. Trezentos *milhões* de pessoas, arruinadas, desesperadas, aterrorizadas, com todos os seus bens roubados — sua segurança, suas economias, seus sonhos —, tudo destruído por uns poucos gênios com um computador.

— ... meu país espera que eu siga em frente, mais rápido e combatendo com mais dedicação que qualquer outro soldado...

"... irei além da minha obrigação nesta missão, não importa o que aconteça, cem por cento e além..."

Centenas de computadores usados para teste, agora inúteis. Nossos melhores especialistas sem a menor ideia do que fazer para conter o vírus. Um vírus que pode atacar a qualquer momento, e o único indivíduo capaz de neutralizá-lo brincando com a gente, acompanhando tudo de algum lugar distante enquanto forças especiais alemãs invadiam sua cobertura.

— ... vou derrotá-los no campo de batalha...

"Rendição não está no vocabulário dos Rangers."

Talvez não esteja mesmo, mas, se o vírus atacar, não vou ter escolha a não ser impor medidas extremamente autoritárias só para impedir que as pessoas se matem por comida, água potável e abrigo.

Se isso acontecer, ficaremos irreconhecíveis. Não seremos mais os Estados Unidos da América que o mundo conhece. Sem mencionar que, além de todos os distúrbios nas ruas do país, desde Kennedy e Kruschev não temos uma probabilidade tão grande de entrar numa guerra nuclear.

Preciso falar com alguém além de mim mesmo. Pego o celular e ligo para meu apagador de incêndios. Depois de três chamadas, Danny Akers atende.

— *Senhor presidente.*

O simples fato de ouvir a voz de Danny já me anima.

— Eu não sei o que fazer, Danny. Sinto como se tivesse caído numa emboscada. Não tenho mais cartola nem coelhos para tirar de dentro. Dessa vez eles podem acabar com a gente. Eu não sei o que fazer.

— *Mas você vai descobrir. Você sempre dá um jeito, sempre deu.*

— Mas dessa vez é diferente.

— *Você lembra quando foi mobilizado com a Companhia Bravo na Tempestade do Deserto? O que aconteceu? Você ainda não tinha nem entrado para a Academia dos Rangers e foi promovido a cabo para poder comandar a equipe, quando Donlin foi ferido em Basra. Provavelmente foi a ascensão à liderança mais rápida na história da Companhia Bravo.*

— Também era diferente.

— *Você não foi promovido à toa, Jon. Principalmente considerando o fato de você ter passado à frente de todo mundo que tinha frequentado a Academia. Por quê?*

— Não sei. Mas era...

— *Porra, eu até ouvi gente falando disso na época. A história circulou. O tenente disse que, quando Donlin caiu e vocês estavam sob fogo inimigo, você tomou a frente. Ele disse que você era "um líder nato que manteve a cabeça fria e encontrou uma saída". E ele estava* certo. *Não vou dizer isso porque eu adoro você, mas, Jonathan Lincoln Duncan, não existe outra pessoa que eu preferiria ver no comando nesse momento.*

Esteja ele certo ou não, acredite eu ou não, o fato é que estou no comando. Está na hora de parar de me lamentar e aguentar firme.

— Obrigado, Danny. — Eu me levanto. — Você só fala merda, mas obrigado.

— *Mantenha a cabeça fria e encontre uma saída, senhor presidente.*

CAPÍTULO

86

Desligo e acendo a luz da sala. Quando vou abrir a porta, recebo uma ligação. É Carolyn.

— *Senhor presidente, estou com Liz na linha.*

— *Senhor presidente, passamos a vice-presidenta pelo detector de mentiras* — diz Liz. — *Os resultados foram inconclusivos.*

— O que isso quer dizer?

— *Deu "nenhuma opinião sobre dissimulação", senhor.*

— E o que concluir daí?

— *Bem, senhor, sinceramente, era mesmo o resultado esperado. Nós elaboramos muitas perguntas às pressas, quando normalmente deveríamos ter redigido cada uma delas com bastante cuidado. E o nível de estresse da vice-presidenta no momento, seja inocente ou culpada, é altíssimo.*

Uma vez fui submetido a um detector de mentiras. Foram os iraquianos. Eles fizeram todo tipo de perguntas sobre movimentação de tropas e localização de recursos. Eu menti para eles de todas as formas possíveis e imagináveis, mas passei no teste. Eu tinha aprendido medidas defensivas. Fazia parte do treinamento. Existem algumas formas de enganar o polígrafo.

— Ela merece algum crédito por ter se oferecido para o teste? — questiono.

— *Não, não merece* — responde Carolyn. — *Se ela falhasse no teste, colocaria a culpa no estresse e faria exatamente a mesma pergunta: por que eu teria me oferecido se soubesse que não ia passar?*

— *E, além do mais* — acrescenta Liz Greenfield —, *não tinha como ela não saber que, mais cedo ou mais tarde, ela e todos os outros teriam de passar pelo polígrafo. De modo que a vice-presidenta se apresentou voluntariamente para algo que sabia que de qualquer forma teria de fazer.*

Elas têm razão. Kathy é uma estrategista boa o suficiente para ter pensado em tudo isso.

Meu Deus, a gente não consegue um descanso!

— Carolyn, está na hora de fazer as ligações.

CAPÍTULO
87

— Senhor presidente do Supremo, gostaria de poder lhe dar mais detalhes — digo ao telefone. — No momento, só posso dizer que é importante que os juízes da Suprema Corte estejam em segurança e é fundamental que eu mantenha um canal de comunicação aberto com o senhor.

— *Entendo, senhor presidente* — responde o presidente da Suprema Corte dos Estados Unidos. — *Estamos todos em segurança. E rezando pelo senhor e pelo nosso país.*

A ligação com o líder da maioria no Senado transcorre basicamente do mesmo jeito, enquanto ele e sua liderança são transferidos para bunkers subterrâneos.

Lester Rhodes, instintivamente desconfiado depois que expus tudo o que podia revelar, pergunta:

— *Senhor presidente, de que tipo de ameaça exatamente se trata?*

— Não posso dizer isso a você no momento, Lester. Mas preciso que você e sua liderança estejam em segurança. Assim que puder dar mais detalhes, eu falo.

Desligo antes que ele tenha tempo de me perguntar o que isso significa para a sessão da Comissão Especial na próxima semana, o que sem dúvida lhe ocorreu. Lester provavelmente acha que estou tentando criar uma distração para desviar a atenção do país do que ele está tentando fazer comigo. É a primeira coisa que um sujeito como Lester pensaria. E aqui estamos nós, tratando dessa questão como um Defcon 1, inclusive com medidas para assegurar a continuidade do governo, e ele continua na esfera da politicagem barata.

Na sala de comunicação, clico no laptop e convoco Carolyn Brock.

— *Senhor presidente* — diz ela —, *estão todos em segurança no centro de operações.*

— E Brendan Mohan? — pergunto, referindo-me ao meu assessor de segurança nacional.

— *Também está em segurança.*

— Rod Sanchez? — Chefe do Estado-Maior Conjunto.

— *Está em segurança* — responde Carolyn.

— Dom Dayton? — Secretário de Defesa.

— *Em segurança.*

— Erica Beatty?

— *Em segurança, senhor.*

— Sam Haber?

— *Sim, senhor.*

— E a vice-presidenta.

Meu círculo de seis.

Carolyn completa:

— *Estão todos em segurança no centro de operações.*

Mantenha a cabeça fria e encontre uma saída.

— Eu quero falar com eles daqui a alguns minutos.

CAPÍTULO

88

Volto à sala de guerra, onde os técnicos de informática ainda estão dando o seu máximo. Com seus rostos relativamente jovens, os olhos cansados e injetados e a sensação de urgência no que fazem, poderiam tanto ser estudantes se preparando para as provas finais quanto especialistas em segurança virtual tentando salvar o mundo.

— Parem — digo. — Todos vocês. Parem.

Silêncio na sala. Todos os olhos voltados para mim.

— Será que vocês não são inteligentes demais? — questiono.

— Inteligentes demais, senhor?

— Sim. É possível que vocês saibam tanto e estejam enfrentando algo tão sofisticado, que não levaram em conta alguma solução simples? Que, por estarem prestando atenção nos detalhes, não estejam enxergando o todo?

Casey passa os olhos pela sala e joga a mão para o alto.

— Bom, a essa altura, eu estou aberta...

— Me mostre — peço. — Eu quero ver esse negócio.

— O vírus?

— Sim, Casey, o vírus. Aquele que vai destruir o nosso país, caso não saiba ao certo de que vírus estou falando.

Todos estão tensos, exaustos, um ar de desespero no ambiente.

— Me desculpe, senhor. — Ela baixa a cabeça e começa a digitar num laptop. — Vou usar o quadro — diz, e pela primeira vez me dou conta de que o quadro branco na verdade é uma espécie de tela interativa.

Olho para o quadro. De repente aparece um grande menu de arquivos. Casey vai descendo, então clica num deles.

— Aqui está — avisa ela. — O seu vírus.

Eu olho e fico pasmo:

Suliman.exe

— Quanta humildade, meu Deus — comento. — Ele deu ao vírus o próprio nome. É esse o arquivo que passamos duas semanas tentando encontrar e não conseguimos?

— Senhor, ele conseguia evitar qualquer forma de detecção — explica Casey. — Nina o programou para fugir de todo registro e... bem, ele basicamente desaparecia toda vez que fazíamos uma busca.

Eu balanço a cabeça.

— E agora podemos abrir essa coisa? Isso se abre?

— Sim, senhor. Até para isso levamos um tempo.

Ela digita no laptop e o conteúdo do vírus aparece na tela.

Não sei o que eu esperava. Talvez uma gárgula verde pronta para devorar dados e arquivos, como um PacMan ensandecido.

É só uma bagunça indecifrável. Seis linhas de símbolos e letras — *ampersands* e jogos da velha, letras maiúsculas e minúsculas, números e sinais de pontuação — sem nenhuma semelhança com a linguagem escrita em qualquer idioma conhecido.

— É algum código criptografado que vamos ter de desvendar?

— Não — diz Augie. — Está embaralhado. Nina embaralhou o código malicioso para que ele não fosse lido, não adianta usar engenharia reversa. O objetivo era torná-lo ilegível.

— Mas vocês não conseguiram recriar o vírus?

— Recriamos, em grande parte — responde Augie. — Tem gente muito boa nessa sala, mas não temos certeza de ter recriado tudo. E sabemos que não recriamos o temporizador.

Eu suspiro e boto as mãos na cintura, deixando a cabeça pender.

— OK, quer dizer que vocês não conseguem desarmar o vírus. Matar. Seja lá o que for.

— Isso. Quando a gente tenta desativar ou remover o vírus, ele entra em ação — explica Casey.

— E o que significa "ativar" nesse caso? Ele apaga todos os dados?

— Ele sobrescreve todos os arquivos ativos. Eles não podem ser recuperados.

— Então é como excluir um arquivo e voltar a excluir da lixeira, como no meu Macintosh dos anos noventa?

Casey torce o nariz.

— Não. Excluir é diferente. Quando alguma coisa é excluída, ela fica marcada como excluída. O arquivo fica inativo e se transforma em espaço livre, que eventualmente pode voltar a ser ocupado, quando acaba a capacidade de armazenamento...

— Casey, pelo amor de Deus. Você pode falar como um ser humano normal?

Ela ajeita os óculos de aros grossos.

— Na verdade, isso não importa, senhor. O que eu estava dizendo é que, quando o usuário exclui um arquivo, ele não desaparece imediatamente e para sempre. O computador o marca como excluído, o que abre espaço na memória, e ele desaparece dos arquivos ativos. Mas um técnico pode recuperá-lo. Não é o que esse vírus faz. O *wiper* sobrescreve os dados. E *isso* não tem volta.

— Me mostre — peço. — Me mostre o vírus sobrescrevendo os dados.

— Tudo bem. Nós fizemos uma simulação, caso o senhor quisesse ver. — Casey faz alguma coisa tão rápido no computador, que não consigo entender. — Aqui temos um arquivo ativo qualquer desse laptop. Está vendo? Todas as fileiras, as propriedades do arquivo.

No quadro interativo, abriu-se uma caixa mostrando as propriedades de um único arquivo. Uma série de fileiras horizontais, cada uma ocupada por um número ou uma palavra.

— Agora vou mostrar ao senhor o mesmo arquivo depois de sobrescrito.

De repente aparece uma imagem diferente na tela.

Como antes, eu imaginava algo dramático, mas a experiência visual real definitivamente é um anticlímax.

— É idêntico — comento —, só que as três últimas fileiras foram substituídas por um zero.

— Isso é sobrescrever. O zero. Quando isso acontece, não temos como reconstruir o arquivo.

Um monte de zeros. Os Estados Unidos vão se transformar num país do Terceiro Mundo por um monte de zeros.

— Me mostre o vírus de novo.

Casey faz aparecer de novo na tela a mistura de números, símbolos e letras.

— Quer dizer que esse negócio faz *cabum!* e tudo desaparece num piscar de olhos?

— Não exatamente — responde Casey. — Certos *wipers* agem assim. Esse, no caso, percorre arquivo por arquivo. É muito rápido, só que mais lento que um piscar de olhos. É mais ou menos a diferença entre morrer de repente de um ataque cardíaco e morrer lentamente de câncer.

— Mas com que lentidão?

— Não sei, talvez uns vinte minutos.

Encontre uma saída.

— E tem um temporizador dentro desse negócio?

— Pode ser. Não sabemos.

— E qual seria a outra possibilidade?

— Ele estar esperando um comando para ser executado. Os vírus de cada aparelho afetado se comunicarem uns com os outros. Um deles vai emitir uma ordem de execução, e todos vão fazer a mesma coisa simultaneamente.

Olho para Augie.

— Qual das duas?

Ele dá de ombros.

— Não sei. Sinto muito. Nina não me disse.

— Então não podemos jogar com o tempo? — pergunto. — Não podemos alterar o relógio do computador para um ano diferente? Se ele estiver programado para ser acionado hoje, não podemos mudar o relógio e o calendário para um século atrás? Para ele pensar que ainda tem de esperar cem anos? Como esse vírus sabe que dia e em que ano estamos, se dissermos algo diferente?!

Augie faz que não com a cabeça.

— Nina não o vincularia ao relógio do computador — retruca. — Impreciso demais e muito fácil de manipular. Ou é controlado por um comando central ou ela estabeleceu um prazo específico. Ela começaria a contar de trás para a frente da data e da hora desejadas, calculando em termos de segundos e ordenando a ativação ao fim do tempo.

— E ela fez isso há três anos?

— Sim, senhor presidente. Uma simples questão de multiplicação. Seriam trilhões de segundos, mas que seja. Ainda assim, pura matemática.

Eu desanimo.

— Se não é possível mudar o temporizador, como é que vocês conseguiram ativar o vírus? — pergunto.

— A gente tentou remover ou desativar o vírus — explica Devin. — E ele foi ativado. Ele tem um disparador, como uma armadilha explosiva, que reconhece qualquer atividade hostil.

— Nina não esperava que alguém conseguisse detectá-lo algum dia — acrescenta Augie. — E ela estava certa. Ninguém conseguiu. Mas instalou esse disparador para o caso de alguém conseguir.

— OK — digo, andando pela sala. — Pensem comigo. Pensem grande. Grande, mas simples.

Todos concordam, concentrando-se, como se reajustassem o raciocínio. São pessoas acostumadas ao raciocínio sofisticado, a enigmas, a equiparar as ideias com outros especialistas.

— Seria possível... Será que podemos de algum jeito colocar o vírus em quarentena? Colocá-lo dentro de uma caixa para que ele não consiga enxergar lá fora?

Augie já começa a balançar a cabeça antes mesmo de eu concluir a frase.

— Ele vai sobrescrever todos os arquivos ativos, senhor presidente. Nenhuma "caixa" pode mudar isso.

— Nós já tentamos, acredite — acrescenta Casey. — Muitas versões diferentes dessa ideia. Não podemos isolar o vírus do restante dos arquivos.

— Não podemos... Não daria para simplesmente desligar todos os aparelhos da internet?

Ela inclina a cabeça.

— Possivelmente. Pode ser que se trate de um sistema distributivo, quer dizer, os vírus se comunicam entre os aparelhos, como a gente acabou de dizer, e um deles acaba mandando o comando "executar" para os outros. É possível que ela tenha programado desse jeito. E, se fez isso, então, sim, se desligarmos tudo da internet, o comando de "executar" não seria recebido e o vírus não seria ativado.

— OK. Então... — Eu me inclino para a frente.

— Senhor, se desligarmos tudo da internet... nós desligamos tudo da internet. Se mandarmos todos os provedores de serviços de internet do país serem desligados...

— Tudo o que depende da internet seria desligado.

— Estaríamos fazendo o trabalho deles, senhor.

— E nem saberíamos se daria certo, senhor — intervém Devin. — Até onde sabemos, cada vírus tem o próprio temporizador interno, independentemente da internet. Os vírus individuais talvez não se comuniquem uns com os outros. Não temos como saber.

— OK. — Eu esfrego uma mão na outra. — Continuem. Continuem pensando. E se... O que acontece com o vírus depois que ele fez a varredura?

Devin estende as mãos abertas.

— Depois da varredura, o computador trava. Uma vez que os arquivos do sistema tenham sido sobrescritos, o computador trava para sempre.

— E o que acontece com o vírus?

Casey dá de ombros.

— O que acontece com uma célula cancerosa depois que o corpo hospedeiro morre?

— Você está dizendo então que o vírus morre quando o computador morre?

— Eu... — Casey olha para Devin, depois para Augie. — *Tudo* morre.

— Muito bem, e se tudo no computador fosse excluído, mas vocês reinstalassem o sistema operacional e o ligassem? O vírus estaria lá de novo, esperando por nós? Ou estaria morto? Ou pelo menos adormecido para sempre?

Devin pensa por um segundo.

— Não importaria, senhor. Os arquivos importantes já teriam sido sobrescritos, eles deixariam de existir para sempre.

— Mas não poderíamos... Imagino que seria impossível simplesmente desligar todos os nossos computadores e esperar o tempo passar.

— Não, senhor.

Dou um passo para trás, olhando para os três: Casey, Devin e Augie.

— De volta ao trabalho. Sejam criativos. Virem tudo de ponta-cabeça. Encontrem. Uma. Saída.

Eu saio abruptamente da sala, quase tropeçando em Alex, e vou para a sala de comunicação.

Vai ser minha última chance. Minha ave-maria.

CAPÍTULO

89

Meu círculo de seis, todos diante de mim na tela do computador. Um desses indivíduos — Brendan Mohan, chefe da NSA; Rodrigo Sanchez, chefe do Estado-Maior Conjunto; Dominick Dayton, secretário de Defesa; Erica Beatty, diretora da CIA; Sam Haber, secretário de Segurança Interna; e a vice-presidenta Katherine Brandt —, um deles...

— Um traidor? — questiona Sam Haber, quebrando o silêncio.

— Só pode ter sido um de vocês — reforço.

Não posso negar que sinto certo alívio, agora que enfim coloquei isso para fora. Nesses últimos quatro dias eu sabia o tempo todo que havia alguém trabalhando com o inimigo aqui dentro. O que se refletia em cada interação minha com esse grupo. É bom finalmente poder lhes revelar a verdade.

— É nesse ponto que nos encontramos — declaro. — Quem quer que tenha sido, não sei por que fez isso. Dinheiro, suponho, porque eu não posso acreditar que qualquer um de vocês, que dedicaram a vida ao serviço público, seja capaz de odiar tanto o nosso país a ponto de querer vê-lo destruído.

"Talvez o responsável pelo vazamento tenha perdido o controle da situação. Talvez tenha achado que era um caso de invasão corriqueiro como outro qualquer. Roubo de informações sensíveis ou algo assim.

Não se deu conta de que estava abrindo os portões do inferno no nosso país. E, quando por fim se deu conta, era tarde demais para voltar atrás. Eu consigo acreditar nessa possibilidade. Eu consigo acreditar que o responsável não pretendia que a situação ficasse tão ruim."

O que estou dizendo deve ser verdade. Não posso acreditar que o traidor realmente queira destruir nosso país. Ele ou ela pode ter sido chantageado ou sucumbiu ao bom e velho suborno, mas eu simplesmente não consigo acreditar que uma dessas seis pessoas seja secretamente agente de um governo estrangeiro que quer destruir os Estados Unidos.

Mas, mesmo que eu esteja errado, quero que o traidor pense que vejo as coisas dessa maneira. Quero lhe oferecer uma saída dessa situação.

— Mas nada disso importa agora — prossigo. — O que importa é neutralizar esse vírus antes que ele seja ativado e arruíne o nosso país. Por isso vou fazer algo que jamais pensei que faria.

Não consigo acreditar no que estou fazendo, mas não tenho escolha.

— Quem quer que seja o responsável, caso assuma o vazamento e me ajude a neutralizar o vírus, eu perdoarei todos os crimes que cometeu.

Enquanto digo essas palavras, observo as expressões dos seis, mas as telas são pequenas demais para perceber alguma reação.

— Quem quer que seja, os outros cinco são testemunhas do que acabo de dizer. Vou perdoar todos os crimes se cooperar comigo, se me ajudar a neutralizar o vírus e disser quem está por trás disso. E vou tornar essa informação confidencial. Você vai renunciar ao cargo e deixar o país imediatamente, para nunca mais voltar. Ninguém vai saber por que partiu. Ninguém vai saber o que fez. Se você recebeu dinheiro do nosso inimigo, pode ficar com ele. Você vai deixar o país e nunca mais poderá voltar. Mas será livre. O que é muito, mas muito mais do que merece.

"Se não assumir a culpa agora, fique sabendo de uma coisa: você não vai se safar de jeito nenhum. Eu não vou descansar enquanto não descobrirmos quem foi o ou a responsável. Será acusado e condenado por tantos crimes que nem sei a lista. Mas um deles será traição contra os Estados Unidos. A sentença será pena de morte.

Eu paro para respirar.

— Então é isso — concluo. — Pode escolher a liberdade e provavelmente a riqueza, com total acobertamento do que fez. Ou pode ser lembrado como Ethel e Julius Rosenberg ou o Robert Hassen dessa geração. Vai ser a decisão mais fácil que já tomou na sua vida.

"Essa oferta expira dentro de trinta minutos ou até a ativação do vírus, o que vier primeiro. Faça a escolha certa."

Encerro a ligação e saio da sala.

CAPÍTULO

90

Estou na cozinha olhando para o jardim dos fundos, para a floresta. Lá fora, a luz se esvai rapidamente. Mais ou menos uma hora até o pôr do sol, e ele já está atrás das árvores. Faltam apenas cinco horas para o fim do "sábado nos Estados Unidos".

E já se passaram onze minutos e meio desde a minha oferta ao círculo dos seis.

Noya Baram vem até mim. Ela pega minha mão e entrelaça seus dedos magros e delicados nos meus.

— Eu queria infundir um novo espírito no meu país — falo. — Queria que fôssemos mais próximos, que sentíssemos que estamos todos juntos. Ou pelo menos fazer com que seguíssemos nessa direção. Achei que podia fazer isso. Eu realmente achei que podia fazer isso.

— Você ainda pode — comenta ela.

— Já vai ser muito se eu conseguir manter todo mundo vivo — retruco. — E impedir que nos matemos uns aos outros por causa de um pedaço de pão ou de um galão de gasolina.

Nosso país vai sobreviver. Eu realmente acredito nisso. Mas vamos retroceder tanto, vamos sofrer tanto no processo.

— O que foi que eu não fiz, Noya? — pergunto. — O que eu devia ter feito e não estou fazendo?

Ela dá um longo suspiro.

— Você já se preparou para mobilizar todas as forças na ativa e na reserva caso seja necessário para preservar a ordem?

— Sim.

— Já garantiu a liderança dos outros dois poderes?

— Sim.

— Está preparando medidas de emergência para estabilizar os mercados?

— Já foram redigidas — respondo. — O que eu queria saber, Noya, é o que foi que eu deixei de fazer para impedir isso.

— Ah. O que se faz quando se sabe que um inimigo está se aproximando e é impossível detê-lo? — Ela se vira para mim. — Muitos líderes na história mundial gostariam de ter sabido a resposta.

— Pode me incluir entre eles.

Noya me olha bem nos olhos.

— O que você fez no Iraque quando seu avião foi derrubado?

Na verdade, um helicóptero — um Black Hawk numa missão de busca e resgate de um piloto de um F-16 que caiu perto de Basra. Não devem ter se passado mais de cinco ou dez segundos entre o momento em que o míssil ar-terra iraquiano acabou com a nossa cauda e a queda em espiral até o solo.

Dou de ombros.

— Eu só rezei por mim e pela equipe, me convencendo de que não entregaria nenhuma informação.

É o que eu sempre respondo. Apenas Rachel e Danny sabem a verdade.

De alguma forma, fui arremessado do helicóptero numa queda vertiginosa. Até hoje, o que ficou foi a visão de tudo borrado enquanto eu girava descontroladamente no ar, o estômago revirado, a fumaça e o cheiro de combustível me dando ânsias de vômito. Então a areia do deserto surgiu para absorver boa parte do impacto da minha aterrissagem, e ao mesmo tempo me deixou sem ar.

Areia nos olhos, areia na boca. Não conseguia me mexer. Não enxergava. Mas conseguia ouvir. Eu ouvia os gritos dos homens da Guarda

Republicana se aproximando, conversando na língua deles, as vozes cada vez mais próximas.

Não fazia ideia de onde estava meu fuzil. Tentei mexer o braço direito. Tentei me virar. Mas não consegui. Minha pistola estava presa debaixo do meu corpo.

Eu não conseguia me mexer de forma alguma. Minha clavícula estava quebrada, o ombro, terrivelmente deslocado, o braço inerte sob o peso do corpo.

De modo que a única alternativa — a única coisa que eu podia realmente fazer, no estado em que me encontrava — era ficar completamente parado, na esperança de que, quando os iraquianos viessem recolher o prêmio, acreditassem que eu já estava...

Espera aí.

Eu agarro o braço de Noya. Ela estremece com a surpresa.

Sem dizer uma palavra, desço correndo a escada até a sala de guerra. Casey quase pula da cadeira ao me ver, ao ver a expressão no meu rosto.

— O que foi? — pergunta ela.

— Nós não podemos matar esse negócio — digo. — E não podemos desfazer depois os danos causados.

— Certo...

— E se nós o enganássemos?

— Enganar...

— Vocês disseram que os arquivos ficam inativos depois de excluídos, certo?

— Sim.

— E que o vírus só sobrescrevia arquivos ativos, certo? Foi o que vocês disseram.

— Sim. E daí...

— E daí?

Eu me precipito para Casey, agarrando-a pelos ombros.

— E se a gente se fingisse de morto?

CAPÍTULO

91

— Se fingisse de morto — repete Casey. — Destruir os dados antes que o vírus destrua?

— Bem... eu estou raciocinando a partir do que vocês me disseram — prossigo. — Vocês disseram que, quando são excluídos, os arquivos não são de fato excluídos. Eles só ficam *marcados* como excluídos. Não desaparecem para sempre, mas ficam inativos.

Ela assente.

— E também disseram que o vírus só sobrescreve arquivos *ativos* — continuo. — Isso significa que ele não sobrescreve arquivos inativos, marcados como excluídos.

Augie, de pé ao lado do quadro interativo, ergue um dedo.

— Você está dizendo para apagarmos todos os arquivos ativos do computador.

— Isso — confirmo. — Quando chegar a hora de o vírus ser ativado, ele abre os olhos e não vê arquivos ativos a serem apagados. É como se... Bem, é o seguinte: é como se o vírus fosse um assassino contratado para entrar numa sala e atirar em todo mundo lá dentro. Mas, quando ele entra, todo mundo já está morto. Ou pelo menos é o que ele pensa. Então ele sequer saca a arma. Simplesmente dá meia-volta e vai embora, porque alguém já fez o trabalho por ele.

— Então marcamos todos os arquivos ativos como excluídos — diz Casey. — O vírus é ativado. E não faz nada porque não encontra arquivos ativos para sobrescrever.

Ela olha para Devin, que parece cético.

— E depois? — pergunta ele. — Depois esses arquivos vão ter que ser recuperados, certo? É exatamente essa a questão: salvar esses arquivos, salvar todos esses dados. E, quando eles forem recuperados, quando os desmarcarmos, nós os tornamos ativos de novo... O vírus vai sobrescrever tudo. Vai ser postergado, mas, ainda assim, vai acontecer. Estamos só adiando o inevitável.

Passo os olhos por todos na sala, relutante em desistir da ideia. Meu conhecimento nesse campo é uma fração infinitesimal do que eles sabem, mas, quanto mais interagimos, mais me convenço de que isso pode ser uma vantagem. Eles estão muito apegados aos detalhes para enxergar o panorama geral.

— Tem certeza? — questiono. — Depois que o vírus entrar em ação, temos certeza de que ele não volta a dormir, nem morre ou algo assim? Eu já perguntei isso antes, e vocês responderam perguntando o que acontece com uma célula cancerosa depois da morte do corpo hospedeiro. Em vez disso, usem a minha analogia. O assassino entra na sala, pronto para matar todo mundo, e encontra todos mortos. Ele vai embora, achando que seu trabalho já foi feito? Ou fica por ali esperando eternamente, para o caso de alguém se levantar?

Depois de refletir mais sobre o assunto, Casey começa assentir com a cabeça.

— Ele tem razão — diz a Devin. — A gente não sabe. Em todos os modelos que testamos, o vírus sobrescrevia os arquivos de sistema e inutilizava o computador. Mas a gente nunca se perguntou o que acontece com o vírus depois disso. Não testamos nenhum modelo em que o computador sobrevive. Não temos como afirmar com certeza que o vírus continuaria ativo.

— Mas por que ele *não* continuaria ativo? — pergunta Devin. — Não consigo imaginar que Nina tenha programado o vírus de Suliman para parar em algum momento. Concorda?

Todos os olhares se voltam para Augie, as mãos enfiadas nos bolsos, os olhos semicerrados, mas focados, a cabeça em algum ponto no presente ou no passado. Parece até que eu ouço o tique-taque do relógio. Minha vontade é de agarrá-lo e sacudi-lo. Mas ele está pensando no caso. Quando por fim abre a boca, todos na sala parecem se inclinar na direção dele.

— Eu acho que o seu plano é possível. Sem dúvida vale a pena tentar.

Olho meu relógio. Passaram-se dezoito minutos desde que fiz minha oferta de perdão. Ninguém tentou entrar em contato comigo.

Por que não? É o melhor acordo que alguém poderia querer!

— Vamos fazer um teste agora mesmo — avisa Casey.

Devin cruza os braços, não parecendo convencido.

— O que foi? — pergunto.

— Não vai funcionar. E estamos perdendo um tempo de que não dispomos.

CAPÍTULO 92

Um grupo de especialistas em informática desgrenhados, desalinhados e exaustos olha fixamente para o quadro interativo enquanto Devin conclui os preparativos para o teste.

— OK — diz ele, debruçado sobre o teclado de um dos computadores de teste. — Todos os arquivos desse computador estão marcados como excluídos. Até os arquivos de sistema.

— O computador continua funcionando depois que os arquivos de sistema são excluídos?

— Normalmente, não. Mas o que nós fizemos foi...

— Esquece. Não importa — interrompo. — Então... Vamos lá. Ative o vírus.

Eu me viro para o quadro interativo no momento em que Devin faz algo que até um dinossauro como eu poderia fazer: ele clica no arquivo Suliman.exe e tecla Delete.

Nada acontece.

— OK, ele resistiu ao comando de excluir — diz Devin. — Isso disparou o processo de ativação.

— Devin...

— O vírus foi ativado, senhor presidente — traduz Casey. — O assassino entrou na sala.

Uma série de arquivos aparece na tela, exatamente como os arquivos aleatórios que eles me mostraram antes, uma série de caixas, as propriedades dos arquivos descendo em fileiras.

— Não estão sendo sobrescritos — comenta Casey.

O assassino ainda não encontrou ninguém para matar. Até agora, tudo bem.

Eu me viro para Casey.

— Você disse que o vírus levou cerca de vinte minutos para localizar todos os arquivos. Isso quer dizer que temos vinte...

— Não — interrompe ela. — Eu disse que o vírus levou vinte minutos para sobrescrever todos eles, um por um. Mas ele *encontra* os arquivos muito mais rápido. Ele...

— Aqui.

Devin digita alguma coisa e projeta uma imagem do vírus Suliman.

Completando escaneamento...
62%

Ela tem razão. Está indo muito mais rápido.

Setenta por cento... Oitenta por cento...

Fecho os olhos, abro de novo, olho para o quadro:

Escaneamento completo
Número de arquivos encontrados: 0

— OK — retoma Devin. — Quer dizer que ele não sobrescreveu nada. Nem um único arquivo foi afetado.

— Agora vamos ver se o assassino vai sair da sala, missão cumprida — digo.

Augie, até agora em silêncio no canto da sala, batendo o pé no chão, com o queixo apoiado na mão, entra em cena.

— Agora a gente tem que apagar o vírus... de novo... agora que ele já cumpriu sua função. Talvez ele não resista.

— Ou então vai ser reativado — intervém Devin. — Isso pode fazer com que ele desperte de novo — completa, e se vira para mim.

— Se isso acontecer — prossegue Augie —, podemos aplicar o modelo de novo, mas sem apagar o vírus.

De repente percebo por que cada passo que eles dão tem consequências, por que cada tática empregada está sujeita a diversas repetições e variações e por que foi necessário recorrer a tantos computadores de teste, a tantas tentativas.

— Primeiro temos que fazer do meu jeito — sugere Devin. — É maior a chance de o vírus conviver com...

Começa na sala uma discussão em vários idiomas. Todo mundo tem uma opinião. Eu levanto a mão e grito mais alto que o tumulto.

— Ei! Ei! Façam do jeito de Augie. Apaguem o vírus de novo e vejam o que acontece. — Faço um gesto positivo com a cabeça para Devin. — Vá em frente.

— OK.

No quadro interativo, vejo Devin mover o cursor sobre o único arquivo ativo de todo o computador, o vírus Suliman.exe. Então ele tecla Delete.

O ícone desaparece.

Um suspiro coletivo é ouvido na sala. Os maiores especialistas do mundo em operações virtuais engolem em seco, surpresos diante da tela vazia.

— Puta merda! — solta Casey. — Sabe quantas vezes a gente tentou apagar essa porra?

— Umas quinhentas?

— Essa é literalmente a primeira vez que isso acontece.

— A Bruxa Malvada do Oeste morreu? — pergunta Devin, digitando freneticamente no computador, as mudanças acontecendo tão rápido na tela, que eu não consigo acompanhar. — A Bruxa Malvada do Oeste morreu!

Trato de conter meu entusiasmo, suprimindo a onda de alívio. Ainda não chegamos lá.

— Recupere todos os outros arquivos — pede Casey. — Vamos ver se o assassino realmente saiu da sala.

— OK, recuperando todos os arquivos marcados como excluídos — diz Devin, tamborilando enquanto os arquivos eram recuperados. — Exceto o vírus, claro.

Eu me viro, incapaz de ficar olhando. Silêncio total na sala.

Verifico a hora no celular. Passaram-se vinte e oito minutos desde que fiz a oferta de perdão. Ninguém me ligou. Não entendo. É claro que eu não esperava que o traidor ou a traidora fosse confessar na hora. Sem dúvida admitir uma coisa dessas seria um momento grandioso, o maior momento da vida de alguém. Seriam necessários alguns minutos para refletir.

Mas, ao refletir, pensaria: a enorme possibilidade de ser apanhado cometendo o crime de traição contra os Estados Unidos da América e as terríveis consequências disso — prisão, desgraça, ruína para a família. E lá estava eu, oferecendo um passe livre, o melhor passe livre que poderia oferecer — não apenas evitar a prisão ou a pena de morte mas também a infâmia. Eu prometi manter tudo confidencial. Ninguém jamais ficaria sabendo o que o traidor fez. E, se tivesse recebido dinheiro, o que presumivelmente recebeu, também poderia ficar com ele.

Nada de prisão, nada de desgraça, nada de confisco. Por que alguém recusaria uma oferta dessas? Será que ninguém acreditou em mim?

— Senhor presidente — chama Devin.

Eu me viro para ele, que aponta para a tela com a cabeça. Um monte de arquivos amontoados, com suas propriedades enumeradas nas fileiras.

— Nenhum zero — comento.

— Nenhum zero — repete Devin. — Os arquivos foram recuperados e estão ativos, e o vírus não atacou nenhum deles.

— Isso! — Casey ergue o punho, comemorando. — A gente enganou a porra do vírus!

Todo mundo se abraça, se cumprimenta, se livrando de horas de frustração.

— Viram só? Eu sabia que era uma boa ideia — brinca Devin.

E o celular vibra no meu bolso.

— Se preparem para fazer isso no mundo real! — grito para Devin, Casey, todos eles. — O objetivo agora é o servidor do Pentágono.

— Sim, senhor!

— Quanto tempo, pessoal? Minutos?

— Alguns minutos — responde Casey. — Talvez vinte, trinta... Isso vai levar algum tempo...

— Sejam rápidos. Se eu não estiver aqui quando vocês estiverem prontos, me procurem.

E saio da sala para atender ao telefone.

Passaram-se vinte e nove minutos desde a oferta de perdão. Quem quer que seja, usou quase cada segundo dos trinta minutos.

Tiro o celular do bolso para ver quem está me ligando.

Liz FBI, leio.

CAPÍTULO

93

No corredor que dá para a sala de guerra, atendo a uma ligação de uma pessoa que eu já havia descartado da lista de suspeitos...

— *Senhor presidente?*

— Diretora Greenfield.

— *Acabamos de desbloquear o segundo celular de Nina. O que encontramos nos fundos da van.*

— Isso é ótimo, não?

— *Esperamos que sim. Estamos baixando todo o conteúdo dele nesse exato momento. Logo poderemos mandar para o senhor.*

Por que Nina teria dois celulares? Não faço a menor ideia.

— Tem de haver alguma coisa boa nesse celular, Liz.

— *Isso certamente é uma possibilidade, senhor.*

— *Tem* de haver — insisto, olhando para o relógio. Trinta e um minutos já se passaram. Minha oferta de perdão expirou sem que ninguém tivesse se manifestado.

CAPÍTULO

94

No alto do pinheiro-branco, Bach ouve e espera, a mira do fuzil apontada para os fundos da casa, por entre os galhos.

Cadê ele?, pergunta-se ela. *Cadê o helicóptero?*

Ela perdeu sua chance. Aquele era o alvo, agora tem certeza... o cara franzino e desgrenhado que entrou na cabana depois do presidente. Com mais uns poucos segundos para confirmar, agora ele estaria morto, e ela, num avião.

Mas lhe ocorreram as palavras de Ranko naquele verão, nos três meses em que ele a ensinou a atirar: *um tiro errado é muito pior que tiro nenhum.*

Foi melhor mesmo ter cuidado. Ele podia ter saído de novo nas últimas horas, dando-lhe uma nova oportunidade. O fato de não ter voltado a sair da cabana não torna a decisão naquele momento absurda nem mesmo errada.

Nos seus fones, toca suavemente a Gavota em ré maior na interpretação de Wilhelm Friedemann Herzog, gravada há mais ou menos doze anos, uma aula para alunos do método Suzuki. Não é nem de longe sua obra favorita de Johann Sebastian — verdade seja dita, ela nunca gostou particularmente dessa peça, e preferiria ouvi-la sendo tocada por uma orquestra de câmara, não como solo de violino.

Mas não consegue parar de ouvi-la. Ela se lembra de quando a tocava no violino da mãe, no início tão hesitante e desajeitada, amadurecendo com o tempo, evoluindo de uma série de notas até algo elegante e comovente. A mãe debruçada sobre ela, ensinando com paciência, corrigindo cada arcada. *Pressão do arco!... Força!... Primeira arcada forte... forte, um pouco, um pouco... de novo... equilibre o arco,* draga... *afrouxe os dedos, mas não o arco... O arco não! Olha aqui,* draga, *vou mostrar.*

A mãe pegava o violino e tocava a gavota de cor, confiante, arrebatada, entregando-se à música, deixando as bombas e a artilharia lá fora, a casa em segurança no feitiço suave da música.

Seu irmão, tão mais talentoso com o violino, não só por ser dois anos mais velho, com dois anos a mais de prática, mas também porque ele parecia não se esforçar nem um pouco ao tocar, como se o violino fosse uma extensão do seu corpo e não um instrumento musical separado, como se, para ele, fazer aquela bela música fosse tão natural quanto falar ou respirar.

Para ele, um violino. Para ela, um fuzil.

Sim, um fuzil. Uma última vez.

Olha o relógio. Está na hora. Já até passou.

Por que não aconteceu nada?

Onde está o helicóptero?

CAPÍTULO

95

— Nem sei como agradecer — digo ao chanceler Jürgen Richter.

— Ora, eu estou bastante decepcionado com nosso fracasso em Berlim.

— Não foi um fracasso. Ele sabia que vocês estavam a caminho. — E então acrescento, chamando-o pelo primeiro nome, algo tão raro com ele, um homem tão formal: — Jürgen, sua influência na Otan será decisiva, se isso for necessário.

— Eu sei.

Ele assente gravemente com a cabeça. Jürgen sabe que esse é o principal motivo que me levou a convidá-lo: olhar nos seus olhos e me certificar de que nossos aliados da Otan estarão ao lado dos Estados Unidos se houver um conflito militar. O Artigo 5, o próprio compromisso assumido na Otan, será testado como nunca antes se os papéis tradicionais forem invertidos e a maior superpotência do mundo precisar de ajuda num conflito que facilmente poderia se transformar na Terceira Guerra Mundial.

— Noya.

Eu lhe dou um abraço demorado, desfrutando do conforto dos seus braços calorosos.

— Eu posso ficar, Jonny — sussurra ela no meu ouvido.

Eu me afasto.

— Não. Já passa das sete. Já prendi você aqui por mais tempo do que pretendia. Se de fato... acontecer... Se o pior... Não quero ser responsável pela sua segurança. E você vai mesmo querer estar de volta em casa.

Ela não discute. Sabe que eu tenho razão. Se o vírus for ativado e nossos maiores temores se tornarem realidade, isso vai reverberar no mundo inteiro. Esses líderes precisarão estar nos seus países quando acontecer.

— Meus especialistas podem ficar — oferece ela.

Eu balanço a cabeça.

— Eles já fizeram o que podiam. Agora o meu pessoal está trabalhando no servidor do Pentágono, e isso tem de ser um trabalho interno, como pode imaginar.

— Claro.

Dou de ombros.

— Além do mais, chegou a hora, Noya. É a nossa última chance de eliminar o vírus.

Ela toma minhas mãos nas suas, delicadas, cheias de rugas.

— Vocês são os melhores amigos de Israel — declara. — E você é o meu melhor amigo.

A melhor decisão que tomei foi chamar Noya aqui hoje. Sem os meus assessores no ambiente, sua presença e sua ajuda me faziam sentir uma paz indescritível. Mas, no fim das contas, nem agentes nem conselhos podem alterar o fato de que tudo depende de mim. Isso está acontecendo no meu quintal. A responsabilidade é minha.

— Senhor primeiro-ministro — digo, cumprimentando Ivan Volkov com um aperto de mão.

— Senhor presidente, espero que nossos especialistas tenham ajudado.

— Ajudaram, sim. Por favor, transmita minha gratidão ao presidente Tchernokev.

Até onde meu pessoal pôde ver, os técnicos russos foram completamente honestos. Pelo menos, Casey e Devin não perceberam nenhuma tentativa de sabotar o processo. Mas isso não quer dizer que não tenham retido alguma informação. Não há como saber.

— Meus especialistas me disseram que esse plano para neutralizar o vírus pode dar certo — comenta Volkov. — Torcemos sinceramente para que seja o caso.

Fico procurando alguma coisa por trás do comentário, algum sorriso malicioso, um toque de sarcasmo no rosto de pedra desse sujeito sangue-frio.

— Todos devemos torcer — reforço. — Porque, se nós formos atingidos, *todos* vão ser atingidos. Mas quem deve se preocupar, sobretudo, senhor primeiro-ministro, são as pessoas responsáveis por isso. Porque os Estados Unidos vão retaliar. E os aliados da Otan me garantem que estarão ao nosso lado.

Ele assente, sobrancelhas franzidas, expressão de profunda preocupação.

— Nos próximos dias, os líderes dos países vão ter de tomar decisões conscientes e com cuidado — diz Volkov.

— Nos próximos dias — acrescento —, vamos saber quem são os amigos dos Estados Unidos e quem são seus inimigos. Ninguém desejará estar entre os inimigos.

Dito isso, Volkov se retira.

Os três líderes, seus assessores e os especialistas descem pela escada dos fundos.

Um helicóptero dos marines pousa, preparando-se para levá-los.

CAPÍTULO

96

Lá vamos nós.

Do seu poleiro no pinheiro-branco, Bach olha pela mira do fuzil apontado para os fundos da cabana.

Respirar. Relaxar. Apontar. Atirar.

O helicóptero militar com supressor de ruído que reduz o barulho das hélices a um sussurro suave pousa.

A porta da cabana se abre. Ela se prepara.

Os líderes saem da cabana, iluminados pelas luzes da varanda.

Ela mira em cada um deles e vê a oportunidade de dar tiros certeiros na cabeça.

A primeira-ministra israelense.

O chanceler alemão.

O primeiro-ministro russo.

Outras pessoas também estão saindo. Ela examina os rostos. Um segundo, vai precisar de apenas um segundo, agora que está pronta...

Respirar. Relaxar. Apontar. Atirar.

Um sujeito de cabelos escuros...

... seus dedos acariciam o gatilho...

Negativo.

A adrenalina percorre o corpo inteiro. É agora, e é o fim...

Homem de cabelos longos...

Não. Não é o seu alvo.

A porta da cabana continua aberta.

E se fecha.

— *Jebi ga* — xinga. Ele não saiu. Ainda está lá dentro.

O helicóptero levanta voo. Ela sente a lufada de ar quando ele se eleva e muda de direção, desaparecendo rapidamente em relativo silêncio.

Ele não vai sair da cabana. Não virá até eles.

Então terão de ir até ele.

Ela coloca de lado o fuzil e pega os binóculos. Ainda há agentes do Serviço Secreto americano no gramado, protegendo também o terraço dos fundos. Eles espalharam sinalizadores em todo o perímetro do terreno para melhorar a iluminação.

Os próximos acontecimentos vão ser muito mais arriscados.

— *Equipe 1 em posição* — ouve ela nos fones.

— *Equipe 2 em posição.*

E muito mais sangrentos.

CAPÍTULO

97

— Rápido — digo a Devin e Casey no porão, enquanto Devin, conectado aos sistemas do Pentágono, marca todos os arquivos como excluídos. E me dou conta, enquanto falo, de que ele está fazendo o possível e ficar importunando não ajuda em nada.

Meu celular toca.

— Liz — atendo.

— *Senhor presidente, nós baixamos o conteúdo do segundo celular de Nina. O senhor precisa ver imediatamente.*

— OK. Como?

— *Vou mandar direto para o seu celular, agora mesmo.*

— Tudo? E o que eu devo procurar?

— *Ela só usava esse telefone para uma finalidade* — responde Liz. — *Uma única. Ela usava um celular não rastreável e trocava mensagens com outro não rastreável. Nina se comunicava com um dos nossos, senhor presidente. Ela mandava e recebia mensagens do nosso... do nosso traidor.*

Meu sangue gela. No fundo, sempre houve uma parte de mim que queria acreditar que não havia um traidor, que Nina e Augie descobriram o código "Idade das Trevas" de alguma outra forma, que ninguém do meu pessoal seria capaz de fazer isso.

— Quem foi, Liz? — pergunto, um tremor na voz. — Quem fez isso?

— *Sem nomes, senhor. Acabei de enviar.*

— Vou ler e ligo de volta.

Desligo.

— Devin, Casey! — chamo. — Vou para a sala de comunicação. Quando estiverem prontos, me chamem.

— Sim, senhor.

Um segundo depois meu celular emite um toque, mensagem de Liz. Há um documento anexado, que eu abro ao entrar na sala de comunicação, seguido por Alex.

O documento é uma transcrição, na qual as partes que se comunicam são designadas como "Nina" ou "C/D", "contato desconhecido" (eu prefiro "traidor" ou "Judas" ou "Benedict Arnold"), com datas e horas especificadas.

A primeira mensagem é do contato desconhecido, no dia 4 de maio. Uma sexta-feira. Um dia depois de eu ter voltado da viagem à Europa, um dia depois da notícia de que os Estados Unidos impediram uma tentativa de assassinato de Suliman Cindoruk e a mãe de um agente da CIA morto exigia satisfações.

Analisando a primeira série de mensagens de 4 de maio, logo noto a localização do contato desconhecido:

Pennsylvania Avenue, 1.600

As mensagens partiam da Casa Branca. A pessoa em questão se comunicava dentro da Casa Branca. Não consigo conceber isso. Deixo de lado esse pensamento e começo a ler:

Sexta-feira, 4 de maio
C/D: Pennsylvania Avenue, 1.600
Nina: Localização desconhecida
**** Todos os horários no fuso da Costa Leste ****

C/D: (7:52): Li sua mensagem, é claro. Quem é você? E como eu vou saber que está falando a verdade?

Nina (7:58): Vc sabe que é verdade. De que outra forma eu saberia o momento exato, até os segundos, em que o vírus apareceu no servidor do Pentágono?

Nina (8:29): Nenhuma resposta? Vc ñ tem nada a dizer?

Nina (9:02): Vc ñ acredita em mim? Ótimo. Pq vc vai ver o seu país arder em chamas. Em vez de salvar a pátria, que tal explicar ao presidente dos EUA q podia ter impedido mas ñ impediu? Q pena!!

Nina (9:43): Pq eu mentiria? O q vc tem a perder? Pq está me ignorando?

Volto a pensar na hora da conversa. Nessa manhã, tivemos uma reunião da equipe de segurança nacional. Meu círculo interno, todo mundo na Casa Branca.

Quem quer que seja, estava enviando as mensagens de texto durante a reunião.

Continuo lendo. Nina continua em cima do contato desconhecido:

Nina (9:54): Parece que vc ñ quer salvar o país, só se esconder e fingir que eu não existo???

Nina (9:59): Vc tem certeza de q quer correr o risco?

Nina (10:09): Talvez vc acredite em mim depois de Toronto

Toronto. Muito bem. Foi naquela sexta-feira que o sistema de metrô de Toronto parou completamente, desligado por um vírus que presumimos ter sido obra dos Filhos da Jihad. Aconteceu à noite, na hora do rush. Nina mandou mensagens a respeito disso na manhã anterior, antes de acontecer. Assim como me falou da queda do helicóptero em Dubai antes que acontecesse.

Isso enfim explica como aconteceu. Eu me perguntava como tudo isso começou, como, para começo de conversa, uma ciberterrorista e um integrante da minha equipe de segurança nacional se conheceram.

Foi *Nina* quem começou a conversa. De alguma forma ela ficou sabendo do Judas no nosso círculo interno.

Mas, quem quer que seja essa pessoa, por que ela não me contou logo de cara?! Por que não me procurou assim que recebeu a mensagem? Por que manter segredo?

Tudo poderia ter se desenrolado de forma diferente se tivesse me procurado naquele momento.

Desço a tela. Acabaram as mensagens de 4 de maio.

A comunicação seguinte é do dia seguinte: sábado, 5 de maio, pela manhã. De novo, o contato desconhecido enviando as mensagens de dentro da Casa Branca.

Então me dou conta de que essa foi uma saída inteligente. O traidor ou traidora sabia que sua localização poderia ser rastreada, que conseguiríamos até mesmo o nome e o número da rua, como Pennsylvania Avenue, 1.600, e deu um jeito de estar na presença de outros altos funcionários de segurança nesse momento. Escondendo-se no círculo interno. Cauteloso. Esperto.

Continuo lendo:

Sábado, 5 de maio

C/D: Pennsylvania Avenue, 1.600

Nina: Localização desconhecida

**** Todos os horários no fuso da Costa Leste ****

C/D (10:40): Então você está falando sério. É isso que vai fazer com nossos sistemas militares, o que fez ontem à noite no metrô de Toronto?

Nina (10:58): Multiplicado por um milhão. Agora vc responde!!

C/D (10:59): Sim, agora eu acredito. Você pode neutralizar esse vírus?

Nina (11:01): Sim posso dizer como neutralizar.

C/D (11:02): Me dizer não adianta. Eu não entendo de computadores.

Nina (11:05): Vc ñ precisa saber nada vou dizer o q precisa fácil fácil

C/D (11:24): Então se entregue. Vá até a embaixada dos EUA mais próxima.

Nina (11:25): E ir direto pra Guantánamo? Não brigadinha!!!

C/D (11:28): Então me diga como conter o vírus.

Nina (11:31): Entregar meu trunfo?? É o único motivo para vc me dar anistia. Se eu disser como conter o vírus, como vou saber q vc vai cumprir sua parte no trato?? Ñ sinto muito ñ vou fazer isso. De jeito nenhum

C/D (11:34): Então eu não posso ajudar. Você vai ter que fazer isso sozinha.

Nina (11:36): Pq vc ñ pode me ajudar?????

C/D (11:49): Porque agora eu me enrolei. Você me falou de Toronto ontem antes que acontecesse, e eu não disse nada nem contei a ninguém.

Nina (11:51): Pq vc ñ disse a ninguém??

C/D (11:55): Eu não acreditei em você. E já leu os jornais? O presidente está sendo crucificado simplesmente por ter ligado para Suliman. E eu aqui, trocando mensagens com uma pessoa que trabalha para ele. Eu cometi um erro. Mas agora não posso fazer mais nada.

Mas eu acredito em você. Me deixe organizar as ideias, OK? Espere notícias minhas, OK? Ainda temos tempo? Quando o vírus vai ser acionado?

Nina (11:57): Dentro de uma semana. Vc tem até amanhã só isso

E acaba aqui a conversa de sábado, 5 de maio. Minha mente está a mil, tentando entender tudo isso. Quer dizer então que não foi um plano engendrado para trair o país. Não foi uma questão de chantagem. Não era sobre dinheiro. Foi apenas um erro de avaliação? Uma decisão errada após a outra, e de repente estamos nessa bagunça?

A mensagem seguinte é do nosso Benedict Arnold, de novo dentro da Casa Branca, na manhã seguinte, domingo, 6 de maio:

C/D (7:04): Tive uma ideia de como resolver isso me deixando de fora. Você está perto de Paris?

CAPÍTULO

98

Uma van branca com o logotipo da Docas e Barcos do Lee sai da rodovia do condado da Virginia e entra numa estrada de cascalho. À frente há uma barreira com o aviso: PROPRIEDADE PRIVADA — ENTRADA PROIBIDA. Depois da placa, dois SUVs pretos estão estacionados perpendicularmente à estrada.

O motorista da van, que atende pelo nome de Lojzik, para o veículo e olha pelo retrovisor para os oito homens no compartimento traseiro, todos com trajes de proteção. Quatro deles armados com AK-47s. Os outros quatro carregam lança-foguetes com munição capaz de perfurar blindagens.

— Se eu tirar o chapéu — diz ele, lembrando o sinal combinado.

Lojzik sai do carro, vestido como alguém que gosta de frequentar lagoas e rios — boné de aba gasta, camisa de flanela, jeans rasgado. Ele se aproxima dos SUVs próximos à barreira e ergue a mão, como se quisesse fazer uma pergunta.

— Olá — saúda. — Vocês sabem como eu faço para encontrar a estrada municipal 20?

Nenhuma resposta. Os vidros dos SUVs são completamente escurecidos, ele não enxerga nada no interior.

— Tem alguém aí? — pergunta.

Ele repete a pergunta uma vez. E mais uma. Era o que já imaginavam: não havia ninguém nos carros. Não há muitos homens do Serviço Secreto mobilizados, especialmente agora, com o pessoal de segurança dos outros países partindo num helicóptero dos marines.

Por isso Lojzik não tira o boné, e os homens não descem para disparar seus foguetes no comboio.

Ótimo. Vão precisar deles na cabana.

Lojzik volta à van e acena com a cabeça para eles.

— O caminho até a cabana parece tranquilo — diz. — Se segurem.

Engata marcha a ré e volta para o fim da estrada de cascalho. Então para, engata a primeira, pisa no acelerador e joga a van contra a barreira.

Pouco depois, uma lancha avança lentamente para a enseada, onde há um barco com agentes do Serviço Secreto sentados à luz do pôr do sol. Ao contrário da van da equipe 1, que vem do norte, o barco transporta apenas quatro homens, que têm muito menos chances de conseguir se esconder.

Dois deles estão de pé na proa. Aos pés deles, no convés, os outros dois, deitados de barriga para baixo, e quatro fuzis de assalto AK-74 com lança-granadas acoplados.

— *Parem a lancha!* — grita o agente do Serviço Secreto por um megafone. — *Essas águas são de acesso restrito.*

O líder, um homem chamado Hamid, junta as mãos em concha na boca e grita para os agentes:

— Vocês podem nos rebocar para a margem? Nosso motor pifou!

— *Deem meia-volta!*

Hamid abre os braços.

— Não dá! O motor está pifado!

O sujeito ao lado de Hamid, a cabeça ligeiramente voltada para baixo, diz para os homens que estão aos seus pés:

— Ao meu sinal.

— *Então baixe a âncora e vamos mandar ajuda!*

— Você quer que eu...

— *Não avance! Baixe a âncora agora!*

Os agentes se espalham pelo barco, cada um para um lado, um deles para a proa, cada um erguendo oleados pesados para expor as metralhadoras montadas.

— Agora! — sussurra Hamid, estendendo a mão para pegar uma das armas.

Os homens que estavam escondidos pulam de pé com suas AK-74s, os lança-granadas, e abrem fogo contra o Serviço Secreto.

CAPÍTULO

99

Na sala de comunicação, lendo as mensagens trocadas no domingo, 6 de maio, entre Nina e o nosso Benedict Arnold, descubro como Lilly foi envolvida nessa história. Foi assim que a pessoa da Casa Branca conseguiu fazer Nina ter acesso direto a mim, sem recorrer a mais ninguém, e evitando deixar rastros. A resposta de Nina:

Nina (7:23): Vc quer q eu diga à filha do presidente?

C/D (7:28): Sim. Se passar a informação para ela, ela vai transmitir diretamente ao pai. E o presidente vai lidar diretamente com você.

Nina (7:34): Vc acha que o presidente vai fazer esse trato comigo?

C/D (7:35): É claro que vai. Anistia do seu governo em troca de salvar nosso país? É claro que vai! Mas você vai ter que se encontrar com ele. Você consegue fazer isso? Consegue entrar nos EUA?

Nina (7:38): Preciso me encontrar com ele pessoalmente??

C/D (7:41): Sim. Ele não faria nenhum acordo com você por telefone.

Nina (7:45): Ñ sei. Como vou saber q ele ñ vai me mandar para Guantánamo e me torturar?

C/D (7:48): Ele não faria isso. Pode confiar em mim.

A verdade é que eu não sei do que seria capaz para neutralizar esse vírus. Eu teria interrogado Nina se achasse que assim conseguiria as respostas.

Mas isso não foi necessário, porque Nina deixou claro, por meio de Lilly e depois quando veio me ver, que tinha um parceiro, a única pessoa que sabia a outra metade do quebra-cabeça. Os dois formavam um pacote completo, disse Nina, e, se eu a detivesse na Casa Branca, jamais teria acesso à outra metade e não poderia conter o vírus.

E é nesse ponto que nos encontramos agora.

Nina (7:54): Se eu fizer isso e for ver a filha dele em Paris, como vou saber que o presidente vai me levar a sério?

C/D (7:59): Ele vai.

Nina (8:02): Pq? Vc não levou

C/D (8:04): Porque eu vou te dar um código que vai garantir credibilidade imediata. No momento em que o ouvir ele vai levar você a sério. Sem a menor dúvida.

Nina (8:09): OK qual o código

C/D (8:12): Eu preciso confiar em você. Estou passando uma informação confidencial. Eu não teria só que renunciar à minha posição. Eu iria para a cadeia. Entendeu?

Nina (8:15): Sim Edward Snowden Chelsea Manning?

C/D (8:17): É isso. Eu estou arriscando tudo para ajudar você. Estou confiando em você.

Nina (8:22): A confiança é MÚTUA. Nunca vou dizer a ninguém quem vc é nem o q me disse. Juro por Deus!!

C/D (9:01): Tudo bem. Vou assumir o maior risco que eu poderia assumir na minha vida. Espero que entenda. Espero poder confiar em você.

Nina (9:05): Eu entendo. E vc pode confiar

E foi assim que Nina ficou sabendo da "Idade das Trevas". Um dia depois dessa troca de mensagens, apenas cinco dias atrás, segunda-feira passada, Nina encontrou Lilly em Paris, na Sorbonne, e sussurrou "Idade das Trevas" no ouvido dela. Lilly me ligou, e eu estou há mais de quatro dias tentando descobrir quem vazou essa informação.

Até agora, não consegui chegar mais perto de descobrir. Vou descendo a tela para a página seguinte...

— Senhor presidente! — A voz de Casey me chamando. — Estamos prontos!

Saio correndo da sala de comunicação, seguido por Alex, e encontro Casey, Devin e Augie na sala de guerra.

— Prontos para ativar o vírus? — pergunto.

Deixo meu celular numa mesa e me posiciono atrás de Devin.

Casey se vira para mim.

— Senhor presidente, só uma coisa antes de começarmos: o senhor entende que nós não sabemos se o vírus está se comunicando entre os aparelhos. É possível que cada vírus de cada aparelho do país esteja programado para disparar de forma independente. Mas também é possível que o vírus de um só computador envie o sinal para os outros, mande um comando "executar" para acionar o vírus simultaneamente em todos os aparelhos afetados.

— Sim, você já disse isso.

— O que eu quero dizer, senhor, é que espero que funcione... mas, se não funcionar e o vírus for ativado no servidor do Pentágono, pode ser que ele seja ativado nos milhões ou provavelmente bilhões de aparelhos de todo o país. Se o nosso plano não funcionar, nosso maior medo vai se tornar realidade.

— Funcionou quando fizemos o teste.

— Sim, funcionou. A gente fez o possível com engenharia reversa do vírus nos nossos testes. Mas não tenho como dizer com cem por cento de certeza que nossa recriação foi perfeita. Tivemos poucas horas para fazer isso, trabalhando rápido. Por isso não posso garantir que vai funcionar com o vírus real.

Respiro fundo.

— Se a gente não fizer nada, esse vírus vai ser ativado em breve de qualquer forma — retruco. — Talvez daqui a um minuto, no máximo algumas horas... mas não vai demorar. E esse nosso esquema é a melhor coisa que conseguimos até agora para neutralizá-lo, certo?

— Sim, senhor. A única coisa que deu mais ou menos certo.

— Então? — Dou de ombros. — Você tem alguma ideia melhor?

— Não, senhor. Eu só queria que entendesse que, se isso não funcionar...

— Vai ser uma merda generalizada. Eu já entendi. Pode ser uma enorme vitória para nós ou o Armagedom. — Olho para Augie. — O que você acha, Augie?

— Concordo com o seu raciocínio, senhor presidente. É a nossa maior chance. A única.

— Casey?

— Estou de acordo. Deveríamos tentar.

— Devin?

— De acordo, senhor.

Eu esfrego as mãos.

— Vamos em frente, então.

Devin passeia os dedos pelo teclado.

— Lá vai...

— *O quê?*

Alex Trimble, de pé perto de mim, se sobressalta, levando o dedo ao fone de ouvido.

— A estrada norte foi violada? Viper! — berra ele no rádio. — Viper, está me ouvindo, Viper? — Num instante, Alex está em cima de mim, agarrando meu braço e me puxando. — Para a sala de comunicação, senhor presidente! Precisamos nos isolar. É mais seguro...

— Não. Eu vou ficar aqui.

Alex me puxa, sem desistir.

— Não, o senhor tem de vir comigo agora.

— Então eles vêm também.

— OK. Mas vamos logo.

Devin desconecta o laptop. Todos saem correndo para a sala de comunicação.

No exato instante em que se ouve um intenso tiroteio ao longe.

CAPÍTULO

100

Depois de derrubar a barreira com a van a toda a velocidade, Lojzik diminui até quase parar completamente enquanto procura a estrada de terra, que não tem nenhuma indicação. Ali. Ele não tinha visto. Para, engata a ré, passa pela estrada e vira à esquerda. Se não tivesse sido informado de que havia um caminho por ali, não o teria visto de jeito nenhum.

A trilha estreita permite a passagem de um só veículo por vez. E está escuro, com o sol poente já completamente encoberto pelas árvores altas de ambos os lados. Lojzik agarra o volante com força e se inclina para a frente, impossibilitado de ganhar velocidade no terreno irregular, mas acelerando aos poucos.

Menos de um quilômetro até chegar à cabana.

No lago, um tiroteio.

A equipe 2 lança granadas de fumaça e ataca o barco do Serviço Secreto com rajadas das AK-74. O barco revida com fogo de metralhadora, obrigando os atacantes a se refugiarem no convés, usando o casco da embarcação como bunker.

Os poucos agentes do Serviço Secreto que restam estão a pé, dando cobertura ao jardim dos fundos da cabana. Eles saem correndo para o píer, apontando suas armas e também abrindo fogo contra a lancha da equipe 2.

Assim que os agentes do Serviço Secreto a pé chegam ao píer, com a atenção totalmente voltada para os atacantes, Bach corre pelo perímetro do terreno, protegida pela escuridão e pela distração, e pula na depressão cavada no solo em frente à janela da lavanderia no subsolo.

CAPÍTULO

101

Alex Trimble fecha e tranca a porta pesada da sala de comunicação. Pega o celular no bolso e digita nele.

Devin está sentado na cadeira, laptop aberto, pronto para recomeçar.

— Vai, Devin — digo. — Ative o vírus.

Olho para o celular de Alex por cima do ombro dele. O Serviço Secreto instalou câmeras no teto, e Alex e eu vemos as imagens da câmera que está voltada para o norte: uma van branca avança pelo caminho de terra vindo em nossa direção.

— Onde você está, Viper? — grita Alex no rádio.

Como se obedecesse à deixa de um diretor de cinema, um helicóptero dos marines, parte de uma nova frota de helicópteros de ataque Viper, surge do nada e investe em direção à van, por trás dela. Ele dispara da asa um míssil Hellfire ar-terra, que avança em espiral até atingir a van.

O veículo explode numa bola de fogo, capotando até parar de lado. Agentes do Serviço Secreto rapidamente correm até a van, armas automáticas apontadas...

Alex clica num botão e a tela muda: agora estamos olhando para sudeste, vendo um tiroteio à beira do lago, agentes num barco e agentes no píer atirando contra outra embarcação, tentando desesperadamente impedi-la de chegar à margem.

Com um dedo pressionando o fone de ouvido, Alex fala pelo rádio:

— Navegador, abrir caminho! Abrir caminho! Todos os agentes, se afastem para ação do Viper!

Com isso, o barco do Serviço Secreto dá meia-volta para se afastar da embarcação inimiga, e os agentes no píer saem correndo de volta à terra e se jogam no chão.

O Viper chega e dispara outro Hellfire, transformando a lancha inimiga numa bola de fogo que sobe junto com um jato de água do lago. O barco do Serviço Secreto vira.

— Agora mandem um comando de marines! — ordena Alex pelo rádio, imediatamente passando à fase seguinte.

Ter marines postados com o Viper no aeroporto local foi ideia de Alex, o que nos permitiu manter uma operação discreta na cabana, como eu havia insistido, que ao mesmo tempo contava com uma reserva de segurança não muito longe.

— Os agentes na água! — digo a Alex, apertando o ombro dele.

Ele baixa o rádio.

— Eles têm boias salva-vidas. Estão bem. — Retoma o rádio. — Onde estão os meus marines? E quero um relatório de baixas!

— OK, o vírus foi ativado no servidor do Pentágono — avisa Devin.

Eu me viro para Devin enquanto Alex vai até a porta da sala de comunicação e continua gritando instruções.

— Vamos ver se funciona. — Devin suspira. — Rezando.

Ele digita no laptop. Agora não temos mais o quadro interativo, e, apertados na sala de comunicação, ficamos nós três — eu, Casey e Augie — observando por cima do ombro de Devin, enquanto ele mostra na tela as propriedades dos arquivos, para ver se os marcados como excluídos vão sobreviver.

— Isso é um zero — digo, olhando para a fileira de baixo da caixa de propriedades. — Um zero é ruim, certo?

— Ele está... Não... Não — diz Devin. — Ele está sobrescrevendo os arquivos!

— Você excluiu tudo? — pergunto. — Marcou como excl...

— Eu marquei, sim, eu marquei! — Devin agarra o laptop, frustrado. — Merda!

Fico olhando para as mesmas propriedades de cada arquivo, as caixas com fileiras descendentes de palavras e números, vendo o zero na base delas.

— Por que não está funcionando? — questiono. — O que...

— Provavelmente não reconstruímos completamente o vírus nos nossos testes — sugere Augie. — As partes que não conseguimos decriptar.

— A gente deixou passar alguma coisa — diz Casey.

Meu sangue gela.

— O servidor do Pentágono vai ser apagado?

Casey leva a mão ao ouvido, o fone de ouvido.

— Repita — pede ela, fechando os olhos para se concentrar. — Você tem certeza?

— O que foi, Casey?

Ela se vira para mim.

— Senhor presidente, nossa equipe no Pentágono... Eles estão dizendo... O vírus que a gente acabou de ativar emitiu um comando de "executar" para todo o sistema. O vírus está sendo ativado no Tesouro... — Ela pressiona o fone de ouvido. — Segurança Interna. Transportes. Tu... Tudo, senhor. — Casey olha para o celular. — Meu celular também.

Boto a mão no bolso para pegar o meu celular.

— Cadê o meu telefone?

— Cacete, não! — diz Augie. — Não, não, não!

— Meu celular também — diz Devin. — Está acontecendo! Meu Deus, ele está sendo ativado em todo lugar! O vírus está atacando em toda parte.

Casey se agacha, puxando os cabelos.

— Está acontecendo! Meu Deus do céu!

Por um momento, fico perplexo, sem acreditar. Lá no fundo, eu achava o tempo todo que isso não ia acontecer de fato, que, de alguma forma, a gente ia encontrar uma solução.

Casey está certa, só Deus mesmo para nos ajudar.

A Idade das Trevas chegou.

CAPÍTULO

102

O jato particular aterrissa numa pista estreita nas imediações de Zagreb. Suliman Cindoruk se espreguiça, levanta-se e desce a escada até o asfalto.

É recebido por dois homens, cada um com um fuzil pendurado no ombro. Morenos e altos, os rostos sem demonstrar nenhuma expressão além de respeito por Suli. Ele os segue até um jipe. Os dois sujeitos se sentam à frente, e ele, atrás. Logo seguem por uma estrada de duas pistas paralela ao esplêndido monte Medvednica, tão majestoso em sua...

Suliman se sobressalta ao ouvir um toque no celular. Um toque que estava aguardando. O som de uma bomba explodindo. O toque que reservou para um único acontecimento.

Algumas horas antes do esperado. Os americanos devem ter tentado apagá-lo.

Ele pega o celular e lê as deliciosas palavras: Vírus ativado.

Fecha os olhos e se deixa levar pelo calor da satisfação que percorre seu corpo. Não existe nada tão bom quanto sobrescrever arquivos de forma devastadora, o poder que ele pode exercer com um teclado a milhares de quilômetros de distância.

Enquanto o jipe continua em frente, o vento nos seus cabelos, Suliman saboreia a adrenalina. Foi *ele* quem fez isso.

Um único homem que mudou o curso da história.

Um único homem que subjugou a única superpotência do mundo.

Um único homem que logo estará rico para desfrutar de seu feito.

CAPÍTULO

103

— Não pode ser!

— Não, meu Deus, não...

Pânico, xingamentos, gemidos ao meu redor. Com o corpo tremendo, ainda paralisado num estado de descrença, esperando acordar do pesadelo, vou até o computador da sala de comunicação, mantido em segurança por uma linha separada que não pode ser atingida pela Idade das Trevas.

Passamos à fase de atenuação da ameaça. Preciso falar com Carolyn.

Primeiro: comunicar aos líderes do Congresso, notificar a Câmara e o Senado o mais rápido possível para promulgar leis autorizando a mobilização de militares nas ruas de todo o país, a suspensão do *habeas corpus*, amplos poderes para decretar controle de preços e racionamento.

Segundo: emitir os decretos...

— Espera aí! O que é isso?! — exclama Devin. — Esperem, esperem, esperem! Casey, olha isso.

Casey corre até ele. Eu também.

Devin digita, os dados sobem rápido no monitor, pulando de um conjunto de arquivos a outro.

— Ele... Eu não estou entendendo... Ele...

— Ele *o quê*? — grito. — Fala!

— Ele...

Devin continua digitando, várias telas aparecem e desaparecem.

— Ele começou... Ele sobrescreveu alguns arquivos, como se quisesse mostrar que era capaz... mas agora parou.

— Parou? O vírus *parou*?

Casey estica o pescoço ao meu lado, espiando o monitor.

— O que é *isso*? — pergunta ela.

CAPÍTULO

104

Bach permanece no vão da janela enquanto o tiroteio continua no lago.

— Equipe 1, status — pede ela, esperando que Lojzik, o líder tcheco da equipe, se manifeste.

— *Estamos seguindo... O que é... O que...*

— Equipe 1, status! — sussurra ela, tentando manter a voz baixa.

— *Helikoptéra!* — grita Lojzik em sua língua natal. — *Odkud pochází helikoptéra?*

Um helicóptero?

— Equipe 1...

Ela ouve a explosão em alto e bom som, ao norte e passando nos fones de ouvido, via transmissor de Lojzik. Olha para o norte, o colorido das chamas no céu.

Um ataque de helicóptero? Bach sente um vazio no peito.

Ela tenta forçar a janela da lavanderia. Trancada.

— *Jebi ga* — sussurra, sentindo uma ponta de pânico.

Segura a pistola pelo silenciador e se inclina para perto da janela...

— *Ularning vertolyotlari bor!* — grita Hamid, o líder da equipe 2, ao fone. Ela não fala usbeque, mas tem a sensação de que...

— *Eles têm helicóptero! Eles...*

A explosão é ainda mais alta dessa vez, uma erupção barulhenta vinda do lago, atingindo seus tímpanos apesar dos fones de ouvido e a deixando momentaneamente atordoada.

Não está acostumada a esse medo que surge dentro dela, que eleva a temperatura do corpo, que embrulha o estômago. Desde Sarajevo que não sente um medo verdadeiro de alguém ou de alguma coisa. Nem sabia que ainda era capaz de sentir isso.

Dá uma pancada no vidro da janela com o cabo da arma e o quebra. Enfia o braço por ela e destrava o trinco, então espera para ver se há alguma reação ao ruído vinda lá de dentro, uma precaução que sempre toma. Cinco segundos. Dez segundos. Nenhum som.

Abre a janela e pula para dentro da lavanderia.

CAPÍTULO

105

— O quê? — pergunto. — O que está acontecendo?

— É um... — Devin sacode a cabeça. — Nina instalou um *circuit breaker* nele.

— Um o quê?

— Um... Ela instalou uma espécie de trava e um mecanismo de desativação por senha.

— *O que está acontecendo, gente?!*

Augie toca o meu braço.

— Aparentemente — diz, a voz assustada —, Nina instalou um mecanismo para suspender o vírus depois de ativado. Como Devin disse, ele começou a sobrescrever alguns dados, para mostrar que era capaz, mas agora está suspenso, nos dando a oportunidade de entrar com uma senha para desativá-lo.

— A gente não replicou isso quando reconstruiu o vírus — explica Casey. — A gente não sabia que ele tinha isso.

— E os vírus nos outros computadores e aparelhos no resto do país? — questiono. — Vocês disseram que ele se comunica com os outros. Eles também estão parando?

Casey fala às pressas no fone.

— Jared, um *circuit breaker* suspendeu a ação do vírus... Está vendo aí? Você deve estar vendo aí...

Olho fixamente para ela, esperando.

Vinte segundos nunca foram tão longos.

Seu rosto se ilumina, e Casey estende a mão, pedindo que eu espere.

— Sim — diz. — Isso! O vírus do servidor do Pentágono deve ter enviado um comando de "suspender" para todo o sistema de distribuição.

— Então... o vírus está suspenso em toda parte?

— Sim, senhor. Ganhamos uma sobrevida.

— Quero ver esse negócio de suspensão por senha e o *circuit breaker* — peço, afastando Augie e olhando para o monitor.

Digitar senha: ________________________________ 28:47

— O relógio — observo. — Está em contagem regressiva a partir de... trinta minutos.

28:41... 28:33... 28:28...

— Quer dizer que o vírus está suspenso por vinte e oito minutos e alguns segundos?

— Isso — responde Augie. — A gente tem vinte e oito minutos para entrar com a senha. Ou o vírus vai ser totalmente ativado. Em todo o sistema de aparelhos.

— Você só pode estar brincando! — retruco, agarrando os cabelos. — Não, isso é bom, isso é bom, o jogo ainda não acabou. Uma última chance. OK, uma senha. — Eu me viro para Casey. — A gente não tem um software para decodificar senhas?

— Bem... Sim, mas não dá para instalar e botar para funcionar em vinte e oito minutos, especialmente em se tratando *desse* vírus. Poderia levar horas, embora seja mais provável que fosse levar dias ou semanas...

— OK, então vamos ter de adivinhar. Temos de adivinhar.

Fácil, dissera Nina em sua mensagem, quando afirmara que podia explicar como conter o vírus. *Você não precisa saber nada*, acrescentara.

Fácil. Fácil para alguém que sabe a senha.

— Que porcaria de senha é essa? — Eu me viro para Augie. — Ela nunca comentou nada?

— Eu não sabia nada disso — responde ele. — Eu só consigo imaginar que essa foi sua maneira de me proteger, manter separado o que cada um de nós sabia...

— Mas talvez Nina tenha dito alguma coisa para você. Como se estivesse dando uma dica. Pensa, Augie, *pensa*.

— Eu... — Augie põe a mão na testa. — Eu...

Tento me lembrar de algo que Nina possa ter me dito no Salão Oval. Ela falou do país em chamas, de um pacote acertado com Augie. Me deu uma entrada para o jogo do Nationals. O helicóptero em Dubai...

Poderia ser qualquer coisa.

— Digita "Suliman" — peço a Devin.

Ele digita a palavra e tecla Enter. A palavra desaparece.

Digitar senha: ________________________________ 27:46

— Tudo em maiúsculas — sugere Casey. — Pode ser que ele diferencie.

Devin obedece. Nada.

— Tudo em minúscula.

— Nada.

— Digita o nome inteiro, Suliman Cindoruk — sugiro.

Devin digita. Nenhuma reação.

— Meu Deus, como é que a gente vai resolver isso? — pergunto.

Simples, dizia Nina na mensagem.

Meto a mão nos bolsos. Olho pela sala.

— Cadê o meu celular? Cadê a porcaria do meu celular?

— Tenta "Nina" — sugere Augie.

— Nada. Nem tudo em maiúscula — diz Devin. — Nem tudo em minúscula — completa, depois de tentar as duas possibilidades.

— Tenta "Nina Shinkuba" de todas as formas possíveis.

— Como se escreve Shinkuba?

Todo mundo olha para Augie, que dá de ombros.

— Eu não sabia o sobrenome dela, foi você que me disse — responde, dirigindo-se a mim.

Eu nunca o vi escrito. Foi Liz quem me deu essa informação. Eu preciso ligar para ela. Volto a remexer nos bolsos, olhando pela sala.

— Cadê o meu celular?

— Provavelmente s-h-i-n-k-u-b-a — sugere Casey.

Devin tenta de algumas maneiras:

Nina Shinkuba
nina shinkuba
NINA SHINKUBA
NINASHINKUBA
ninashinkuba

Nada feito. Olho para o cronômetro:

26:35

— Cadê a porcaria do meu telefone? — volto a perguntar. — Alguém por acaso...

Então me lembro. Deixei o celular na sala de guerra. Larguei-o em cima de uma mesa quando Devin estava ativando o vírus. Quando Alex soube do ataque lá fora e nos levou correndo para a sala de comunicação, eu esqueci o aparelho.

— Já volto — aviso.

Alex, ainda no rádio, acompanhando o que está acontecendo lá fora, vê o meu movimento e corre para impedir que eu atravesse a porta.

— Não, senhor! Estamos em confinamento. Ainda não recebemos sinal positivo.

— Meu celular, Alex. Eu preciso dele...

— Não, senhor, senhor presidente.

Eu o agarro pela camisa, surpreendendo-o.

— Isso é uma ordem direta, agente. Aquele telefone é mais importante que a minha vida.

— Então eu vou lá — informa ele.

Alex mete a mão no bolso.

— Então vai, Alex! Vai!

— Um momento, senhor — diz ele, tirando algo do bolso.

— Continuem tentando! — grito para a equipe. — Tentem o nome de Augie! Augie Koslenko!

CAPÍTULO

106

Sentada na máquina de lavar, Bach pula para o piso do cômodo escuro sem fazer nenhum barulho. Olha pela porta. Como lhe disseram, o subsolo não é um labirinto de salas, mas um longo corredor com vários cômodos de cada lado e uma escada no meio, à sua esquerda.

Pela janela que deixou aberta, ouve algo lá fora: a pancada de um barco chegando a terra, a agitação de ordens sendo gritadas, passos pesados, homens se espalhando.

O helicóptero de novo. Marines chegando, talvez Forças Especiais.

Passos. Eles estão correndo. Correndo para a janela aberta...

Ela se agacha e aponta a arma.

Os homens passam correndo e param. Um deles para bem perto da janela.

O que...

Então ela ouve uma voz:

— Equipe oeste em posição!

Equipe oeste.

Esse é o lado oeste da cabana. A equipe oeste. Presume-se então que também há equipes norte, sul e leste.

Eles cercaram o perímetro.

Nesse exato momento Bach pensa na mãe, Delilah, e no que ela teve de aguentar durante as visitas noturnas dos soldados, no que fazia pelos filhos toda noite, deixando o filho e a filha num quarto bem distante do seu, dentro do closet, protegendo-os com os fones de ouvido que os fazia usar para que escutassem a Passacaglia ou o Concerto para dois violinos, e não os sons que vinham do seu quarto. "Ouçam apenas a música", dizia ela a Bach e ao irmão.

Bach sai da lavanderia e se aproxima do portal da primeira sala à esquerda. A sala de guerra, como é chamada.

Espia o interior. Um grande quadro branco com as palavras:

Digitar senha: ________________________________ 26: 54

E outras palavras digitadas na caixa: Nina Shinkuba

As palavras desaparecem. Outras palavras: nina shinkuba

As palavras aparecem e desaparecem.

NINA SHINKUBA

NINASHINKUBA

ninashinkuba

E números ao lado da caixa, que parecem marcar o tempo:

26:42

26:39

26:35

Ela entra na sala apontando a arma. Vasculha o espaço com o olhar e não encontra nada. Verifica rapidamente atrás de um arquivo de gavetas, uma pilha de caixas. Ninguém escondido.

A sala está vazia. Era onde ele deveria estar, mas não há ninguém.

Bach volta a olhar para o quadro branco, novas palavras são digitadas:

Augie Koslenko

AugieKoslenko

augiekoslenko

Augustas Koslenko

Ela conhece o nome, naturalmente, mas não entende por que está sendo digitado numa tela.

Bach se assusta com o som e o movimento de um celular vibrando em cima de uma mesa. Na tela aparece Liz FBI.

E olha para cima.

Só então se dá conta de que há uma câmera de segurança no canto, a luz vermelha piscando, o que confirma que está ativada, observando-a.

Ela se joga para a direita. A câmera a acompanha.

Bach sente um calafrio.

Ouve um barulho vindo da lavanderia, alguém chutando a janela, tentando entrar.

E passos apressados acima, tantos homens que nem consegue contar, correndo para a porta que leva ao subsolo. A porta se abre.

Mais passos na escada, os homens estão descendo.

Bach vai até a porta da sala de guerra, tranca-a e recua de costas, até encostar na parede oposta.

Desatarraxa o silenciador da arma.

Respira fundo, combatendo a pulsação forte na garganta. A visão encoberta por lágrimas quentes.

Ela toca levemente a barriga.

— Você é a melhor coisa que já me aconteceu, *draga* — sussurra em sua língua natal, a voz trêmula. — Vou estar sempre com você.

Ela solta o celular da cintura e puxa os fones de ouvido que sobem por baixo do collant e vão até os ouvidos.

— Toma, *draga* — diz à criança dentro dela. — Ouça isso, meu lindo anjinho.

Ela escolhe a cantata sacra *Selig ist der Mann*. A suavidade das cordas, lideradas pelo violino de Wilhelm Friedemann Herzog; a delicada introdução do vox Christi; o clamor apaixonado do soprano.

Ich ende behände
mein irdisches Leben,
mit Freuden zu scheiden
verlang ich itzt eben.

Rapidamente encerro minha vida terrena, anseio pelo momento de partir com alegria.

Encostada na parede, ela desliza até o chão. Coloca o celular em cima da barriga e aumenta o volume.

— Ouça apenas a música, *draga*.

CAPÍTULO

107

Alex e eu estamos vendo as imagens da sala de guerra no seu monitor portátil: a assassina deslizando pela parede até o chão, os olhos fechados, o rosto camuflado aparentemente em paz.

Ela coloca a pistola debaixo do queixo e encosta o celular na barriga.

— Ela sabe que está cercada — comento.

— Fora isso, a área está limpa — avisa Alex. — O subsolo e o restante da cabana estão limpos. É só ela. A equipe está na porta, pronta para entrar. Agora *nós* é que temos de ir, senhor presidente.

— Não podemos, Alex, precisamos...

— Ela pode estar com explosivos no corpo, senhor.

— Ela está usando um collant!

— Podem estar por baixo. O celular pode ser um detonador. Ela está segurando o aparelho na altura da barriga. Por que ela faria isso?

Volto a olhar para a tela. A assassina retirou os fones de ouvido antes de colocar o aparelho na barriga.

Então me ocorre uma lembrança, eu cantando para Lilly, enquanto ela ainda estava na barriga de Rachel.

— Temos de ir imediatamente, senhor.

Alex agarra meu braço. Ele vai me arrastar, se eu não for por vontade própria.

Devin, Casey e Augie continuam tentando adivinhar a senha.

— Quanto tempo, Devin?

— Vinte e dois minutos.

— Dá para levar o laptop para o Marine One? Ele funcionaria de lá?

— Sim, claro.

— Então vamos. Todo mundo.

Quando Alex abre a porta, encontramos um grupo de marines do outro lado. Eles nos escoltam escada acima, pela casa, até a varanda, descendo a escada e até o heliporto, onde o Marine One nos espera. Alex só falta me empurrar pelo caminho, enquanto Devin segura o laptop como se fosse um bebê.

— Preciso do meu celular — digo a Alex ao entrarmos no helicóptero. — A gente pode subir a uma distância segura, mas ainda assim ficar por perto. Eu preciso que alguém me traga o celular.

Entramos no helicóptero, um ambiente familiar e tranquilizador. Devin se joga num assento de couro creme e volta ao laptop.

— Chegamos a vinte minutos — avisa ele, enquanto o Marine One levanta voo, faz uma curva e fica acima das árvores, das labaredas no lago, os restos do barco destruído pelo Viper.

Enquanto olho por cima do ombro de Alex para o monitor na mão dele, chamo Devin.

— Tenta "Filhos da Jihad", "FdJ", variações disso. Quem sabe só "jihad"...

— Sim, senhor.

No monitor, a assassina continua imóvel. A pistola debaixo do queixo, o celular encostado na barriga.

Perto do útero.

Alex pega o rádio.

— Marines, o presidente está em segurança. Ocupem a sala.

Tomo o rádio de Alex.

— Aqui quem fala é o presidente Duncan. Eu quero a mulher viva, se possível.

CAPÍTULO

108

Bach fecha os olhos enquanto cantarola a música, não há mais nada no mundo, apenas o bebê que cresce em sua barriga, Delilah, e as cordas suaves, o canto emocionante do coro.

Nem o som da porta sendo arrombada.

Nem as ordens dos soldados para que largue a arma e se entregue.

Ainda com a SIG apontada para o queixo, ela vê os homens se espalhando pela sala, fuzis de assalto apontados para ela. Devem ter ordens de levá-la com vida. Caso contrário, já estaria morta.

Eles não podem machucá-la. Ela está em paz com a decisão que tomou.

— É o melhor que posso fazer por você, *draga* — sussurra.

Ela joga a pistola longe e se inclina para a frente, as palmas das mãos abertas, e se deita de bruços no carpete.

Os marines a levantam numa fração de segundo, como se não pesasse nada, e a tiram dali.

CAPÍTULO

109

— Temos de voltar para o chão! — digo a Alex. — Eu preciso do celular!

— Ainda não. — Alex levanta o rádio. — Avisem quando ela estiver neutralizada!

Ou seja, quando for confirmado que ela não tem explosivos no corpo ou quando a afastarem o suficiente para não representar mais nenhuma ameaça a mim.

Os marines rapidamente a retiram do local, um soldado para cada perna e braço, e somem do campo de visão da câmera.

— Alguma coisa? — pergunto a Devin, já sabendo a resposta.

— Nada com "FdJ" nem "jihad" e variações.

— Tente "Abcásia" ou "Geórgia" — sugiro.

— Como se escreve Abcásia?

— A-b-... Preciso escrever. Não tem papel por aqui? *Onde tem papel e caneta?!*

Casey bota um bloquinho de anotações na minha mão e me entrega uma caneta. Eu escrevo e leio para Devin.

Ele digita.

— Nada com maiúsculas e minúsculas... Nem tudo em maiúsculas... Nem tudo em minúsculas...

— Muda para o gentílico, com *o* no fim. "Abcásio".

Ele obedece.

— Não.

— Tem certeza de que você escreveu certo?

— Acho... que sim.

— *Acha*? Você não pode *achar*, Devin!

Vou até o monitor do computador dele para ver a contagem do tempo...

18:01

17:58

... e tento me lembrar de alguma coisa que Nina tenha me dito, algo que eu tenha visto nas mensagens...

— Tudo limpo! — anuncia Alex. — Vamos colocar esse helicóptero no chão de novo!

O piloto executa uma manobra com uma rapidez que eu nunca vi no Marine One, quase mergulhando de nariz e logo endireitando o helicóptero, para então descer com suavidade no heliporto do qual tínhamos acabado de sair.

O agente Jacobson entra no helicóptero e me entrega meu celular.

Abro o documento, a transcrição das mensagens de texto, que ainda não consegui terminar de ler no caos da última hora.

O telefone vibra na minha mão. Liz FBI, informa a tela.

— Liz — atendo. — Não temos tempo, seja rápida.

CAPÍTULO

110

Ligo para Carolyn, minha chefe de Gabinete, com quem falei várias vezes hoje, mas parece que foi séculos atrás, com tudo o que aconteceu nesse meio-tempo: o teste para fazer os computadores de "mortos", o FBI desbloqueando o outro celular de Nina, o ataque à cabana, a descoberta do *circuit breaker* instalado por Nina com a senha.

— *Senhor presidente! Graças a Deus! Eu estava...*

— Me escuta, Carrie, me escuta. Não tenho tempo de explicar. Faltam menos de seis minutos para o vírus ser ativado.

Ouço Carolyn prender a respiração.

— Tem uma senha — prossigo. — Nina criou uma senha para conter o vírus. Se conseguirmos descobrir qual é, vamos desativá-lo em todos os sistemas. Caso contrário, ele vai ser ativado em todos os sistemas... É a Idade das Trevas. Já tentei de tudo com os nossos especialistas. Agora estamos simplesmente chutando possibilidades. Preciso das pessoas mais inteligentes que eu conheço. Preciso da nossa equipe de segurança nacional. Convoque todo mundo.

— *Todo mundo? Inclusive a vice-presidenta?*

— Principalmente a vice-presidenta.

— *Sim, senhor.*

— Foi ela, Carrie. Depois eu explico. Você também precisa saber. Eu acabei de ordenar uma busca no gabinete da vice-presidenta na Ala Oeste. Quando o FBI aparecer, provavelmente alguém vai te explicar. Você só precisa permitir que eles entrem.

— *Sim, senhor.*

— Reúna todo mundo em conferência e conecte comigo pelo Marine One, que é onde eu estou.

— *Sim, senhor.*

— Faça isso agora, Carrie. Faltam... cinco minutos.

CAPÍTULO

111

Passo por Devin e Casey, que praticamente desabaram nas confortáveis poltronas de couro da cabine central do Marine One, os rostos cansados, os cabelos molhados de suor, os olhos voltados para cima. Eles estiveram sob uma pressão enorme, fizeram tudo o que podiam. Agora eu não preciso mais deles. Agora é comigo e com a equipe de segurança nacional.

E com Augie, o maior vínculo que temos com Nina.

Vou para a cabine traseira e fecho a porta depois de deixar Augie entrar. Minhas mãos tremem quando pego o controle remoto da TV de tela plana e aperto o botão. Os rostos de oito pessoas aparecem imediatamente: Liz, Carolyn e o "círculo de seis".

Augie se senta numa das poltronas de couro, o laptop no colo, pronto para digitar.

— Carolyn explicou tudo para vocês? — pergunto à minha equipe na televisão. — Precisamos de uma senha, e temos...

Olho para o celular, que tem um cronômetro que sincronizei com o do vírus.

4:26

4:25

— ... quatro minutos e meio para descobrir. Tentamos todas as variações do nome dela, do nome de Augie, do nome de Suliman Cindoruk, de "Abcásia", "Geórgia" e "Filhos da Jihad". Eu preciso de ideias, pessoal, e preciso agora.

— *Quando ela nasceu?* — pergunta a diretora da CIA, Erica Beatty.

Liz, segurando o dossiê de Nina, responde:

— *Acreditamos que em 11 de agosto de 1992.*

Aponto para Augie.

— Tenta. "Agosto, 11". "Agosto, 11, 1992" ou "8-11-92".

— *Não* — interfere Erica. — *Os europeus colocam o dia antes do mês: "11-8-92".*

— Certo. — Eu me viro para Augie, o coração disparado. — Tenta das duas formas...

Ele digita rápido, a cabeça baixa, as sobrancelhas franzidas de concentração.

— Não — avisa, depois da primeira tentativa. — Não — depois da segunda. — Não — depois da terceira. — Não — na quarta.

3:57

3:54

Meus olhos estão na vice-presidenta Kathy Brandt, até agora em silêncio. Então Kathy levanta a cabeça.

— *E a família dela? Nomes de pessoas da família. Mãe, pai, irmãos.*

— Liz?

— *A mãe é Nadya, n-a-d-y-a, sobrenome de solteira desconhecido. O pai é Mikhail, m-i-k-h-a-i-l.*

— Tenta, Augie, todas as variantes: maiúsculas, minúsculas, normal, o que for. Os nomes juntos também. — Isso, naturalmente, significa todas as possíveis combinações de espaçamento e caixas altas e baixas. Cada tentativa tem múltiplas permutações. Cada permutação significa mais tempo no relógio. — Continuem enquanto ele digita, pessoal. Irmãos são uma boa ideia. E que tal...

Estalo os dedos, me interrompendo.

— Nina tinha uma sobrinha, não tinha? Ela me disse que a menina foi morta num bombardeio. Nina foi atingida por estilhaços na cabeça. Nós sabemos como essa sobrinha se chamava? Liz? Augie?

— *Não tenho essa informação* — responde Liz.

— Os nomes da família não funcionaram — avisa Augie. — Tentei todas as combinações.

3:14

3:11

— E a sobrinha, Augie? Alguma vez ela falou dessa sobrinha?

— Eu... acho que o nome começava com *r*...

— Começava com *r*? Isso não adianta de nada. Vamos lá, pessoal!

— *Do que ela gostava? O que era importante para ela?*

Olho para Augie.

— Liberdade? Tenta.

Augie digita e balança negativamente a cabeça.

— *O número do passaporte dela* — sugere o secretário de Defesa, Dominick Dayton.

Liz tem o número. Augie digita. Não.

— *Onde ela nasceu?* — pergunta Rod Sanchez, chefe do Estado-Maior Conjunto.

— *Um animal de estimação... um cão ou gato* — sugere Sam Haber, da Segurança Interna.

— *O nome da estação de trem que ela explodiu* — arrisca Brendan Mohan, assessor de segurança nacional.

— *E que tal "vírus", "bomba-relógio", "bum"?*

— *Armagedom.*

— *Idade das Trevas.*

— *O seu nome, senhor presidente.*

— *EUA. Estados Unidos.*

Todas boas ideias. Todas digitadas no computador em suas diferentes variações de maiúsculas e minúsculas.

Todas sem dar em nada.

2:01

1:58

Até onde consigo ver, a vice-presidenta olha para a frente o tempo todo, bastante concentrada. O que está passando pela mente dela nesse exato momento?

— *Ela era uma fugitiva... É o que sabemos, certo?* — volta Carolyn.

— Sim.

— *Então, o que isso pode significar? O que era mais importante para ela?*

Olho para Augie e aceno positivamente com a cabeça.

— Ela queria voltar para casa — responde Augie.

— Confere — confirmo. — Mas isso nós já tentamos.

— *Talvez... A Abcásia não fica no mar Negro?* — pergunta Carolyn. — *Ela sentia falta do mar Negro? Alguma coisa do gênero?*

Aponto para Augie.

— Boa ideia. Tenta "mar Negro", todas as variações.

Enquanto Augie digita e cada um oferece novas ideias, eu observo apenas a minha vice-presidenta, a pessoa que escolhi para ser minha companheira de chapa em detrimento de muitas outras que teriam aceitado com prazer e teriam servido lealmente a mim e ao país.

Kathy se mantém impassível, mas os olhos perscrutam a sala onde ela está, no interior do centro de operações do subsolo da Casa Branca. Eu gostaria de ver melhor o seu rosto. Gostaria de saber se, no mínimo, tudo isso está causando algum impacto nela.

— Nada com "mar Negro" — anuncia Augie.

Outras sugestões são feitas:

— *Anistia.*

— *Família.*

— *Mas onde ficava a casa dela, especificamente?* — pergunta Carolyn. — *Se ela só pensava nisso, se era o grande objetivo... De que cidade ela veio?*

— Ela tem razão — digo. — Vamos ver isso. Onde ela morava, Augie? Onde, especificamente? Ou Liz. Alguém mais? Por acaso a gente sabe onde ela morava?

Liz diz:

— *Os pais dela moravam na cidade de Sokhumi. É considerada a capital da República da Abcásia.*

— Ótimo. Soletre, Liz.

— *S-o-k-h-u-m-i.*

— Vai lá, Augie: "Sokhumi".

— *Tem certeza?* — pergunta Carolyn.

Olho para o celular, o coração saindo pela boca.

0:55

0:52

Enquanto olho para a vice-presidenta, seus lábios se movem. Ela diz algo, mas não é ouvida por causa das outras sugestões que são feitas...

— Parem, todos vocês, parem — peço. — Kathy, o que foi que você disse?

A vice-presidenta se retesa, surpreendida por minha atenção estar nela.

— *Eu disse para tentar "Lilly".*

Eu esmoreço. Não tinha por que ficar surpreso, mas fiquei.

Aponto para Augie.

— Vai. Tenta o nome da minha filha.

0:32

0:28

Augie digita. Balança a cabeça. Tenta de outra forma, só com maiúsculas. Balança a cabeça. Tenta de outra forma...

— *Senhor presidente* — intervém Carolyn. — *Sokhumi pode ser escrito de mais de uma forma. Quando eu estava na comissão de inteligência, sempre via escrito com dois us, sem* o.

Baixo a cabeça e fecho os olhos. Também é como me lembro de ver escrito.

— Nada com "Lilly" — avisa Augie.

— S-*u*-k-h-u-m-i — digo então.

Ele digita. Silêncio absoluto na sala.

0:10

0:09

Os dedos de Augie se afastam do teclado. Ele ergue as mãos, olhando para o monitor.

0:04

0:03

— A senha foi aceita — avisa ele. — O vírus foi desativado.

CAPÍTULO

112

Casey, agora na cabine dos fundos comigo, segurando o laptop, diz:

— Confirmamos que o comando de "parar" foi transmitido por todo o sistema. O vírus foi neutralizado. Em todos os sistemas.

— E os computadores e outros aparelhos que estão off-line agora, sem acesso à internet? — questiono. — Eles não receberam a mensagem de "parar".

— Isso significa que também não receberam a mensagem de "executar" — explica Devin. — E não vão receber mais. Agora o que vale é a mensagem de "parar".

— Ainda assim — diz Casey —, não vou tirar o olho desse laptop. Vou ficar de olho nessa tela o tempo todo.

Respiro fundo, como pouquíssimas vezes antes, sentindo o doce e suave oxigênio.

— Quer dizer então que nem um único aparelho vai ser afetado pelo vírus?

— Correto, senhor.

E, só para garantir, na improvável eventualidade de o vírus Suliman ser reativado, a Segurança Interna está transmitindo a senha "Sukhumi" por um sistema de reação rápida criado por vários decretos assinados por mim ou pelo meu antecessor como parte de um sistema intensificado de combate ao ciberterrorismo industrial. Basicamente, podemos enviar informações a um determinado receptor, uma pessoa designada em cada empresa, a qualquer hora do dia ou da noite. Cada provedor de internet, cada governo estadual e municipal, cada integrante de cada setor industrial — bancos, hospitais, companhias de seguro, fábricas, todas as pequenas empresas que convencemos a aderir: nos próximos segundos, todos eles vão receber a senha.

A senha também será transmitida pelo nosso Sistema de Alerta de Emergência e vai chegar a cada aparelho de televisão, a cada computador e smartphone.

Faço um gesto afirmativo com a cabeça, me endireito e sinto uma inesperada emoção. Pela janela do Marine One, vejo o céu multicolorido ao pôr do sol de sábado.

Não perdemos o nosso país.

Os mercados financeiros, as poupanças e os fundos de pensão, os registros de seguros, os hospitais, as empresas públicas, todos serão poupados. As luzes continuarão acesas. Os saldos dos fundos de investimento e as cadernetas de poupança continuarão refletindo as economias de cada um. Os pagamentos previdenciários e de pensões não serão suspensos. Elevadores e escadas rolantes vão continuar funcionando. Aviões vão continuar voando. A comida não vai estragar. A água continuará potável. Nenhuma grande depressão econômica. Nada de caos. Sem pilhagens nem revoltas.

Conseguimos evitar a Idade das Trevas.

Entro na cabine principal, onde encontro Alex.

— Senhor presidente, estamos chegando à Casa Branca — avisa ele.

Meu celular vibra. Liz.

— *Senhor presidente, o aparelho foi encontrado no gabinete da vice-presidenta.*

— O celular — digo.

— *Sim, senhor, o celular que mantinha contato com Nina.*

— Obrigado, Liz. Me encontre na Casa Branca. E, Liz...

— *Sim, senhor.*

— Leve as algemas.

CAPÍTULO

113

Suliman Cindoruk está sentado no pequeno esconderijo para onde foi levado ao pé da montanha Medvednica, encarando o celular, como se encará-lo fosse mudar alguma coisa.

Vírus desativado

Primeiro foi a mensagem "vírus suspenso", pouco depois de se congratular por acabar com os Estados Unidos, enquanto era levado de jipe. E, menos de meia hora depois, isso. Ele continua encarando o aparelho, como se assim fosse possível mudar o status mais uma vez.

Como? O vírus era indestrutível. Eles tinham certeza. Augie... No fim das contas, Augie não passava de um hacker. Ele não seria capaz de fazer isso.

Nina, conclui. Nina deve ter feito alguma coisa para sabotar o vírus...

Uma batida abrupta à porta e ela é aberta. Um dos soldados entra, carregando uma cesta de comida: uma baguete, queijo, uma garrafa grande de água.

— Quanto tempo eu vou ficar aqui? — pergunta Suli.

O sujeito olha para ele.

— Me disseram que mais quatro horas.

Mais quatro horas. Equivaleria mais ou menos a meia-noite pelo fuso horário da Costa Leste — o momento em que o vírus estava programado para ser ativado, se os americanos não tivessem conseguido ativá-lo antes da hora.

Eles estão esperando que o vírus entre em ação para transportá-lo ao seu destino. Suli volta a olhar para o celular.

Vírus desativado

— Algum problema? — pergunta o soldado.

— Não, não — responde ele. — Nenhum problema.

CAPÍTULO

114

Desço a escada do Marine One e presto continência aos marines. Fico em posição por mais tempo que o normal. Deus abençoe os marines.

Carolyn está de pé na pista, à minha espera.

— Parabéns, senhor presidente.

— Você merece os parabéns também, Carrie. Temos muito o que conversar, mas preciso de um minuto.

— Claro, senhor.

Saio dando uma corridinha para chegar ao meu destino.

— Pai, puxa, meu Deus!

Lilly pula da cama, o livro que estava no seu colo cai no chão. Ela já está nos meus braços antes de concluir a frase.

— Você está bem — sussurra ela no meu ombro enquanto afago seus cabelos. — Eu fiquei tão preocupada, pai! Eu tinha tanta certeza de que ia acontecer alguma coisa ruim. Achei até que podia perder você também...

Seu corpo estremece no meu abraço, então digo:

— Eu estou aqui, eu estou bem. — E fico repetindo isso sem parar, sentindo seu cheiro inconfundível, seu calor. Eu estou aqui, e eu estou bem, como não me sentia há muito tempo. Tão grato, tão cheio de amor.

Todo o resto desaparece. Ainda há muito a ser feito, mas nesse exato momento nada mais tem importância, desaparecendo numa névoa. A única coisa que importa é minha garotinha linda, talentosa e tão doce.

— Eu ainda sinto falta dela — murmura Lilly. — Sinto mais falta do que nunca.

Eu também. Tanta falta que parece que vou explodir. Quero ela aqui agora, para comemorar, para me dar um abraço apertado, para soltar uma piada e me dar uns cascudos para eu não ficar convencido demais.

— Ela sempre está com a gente — digo. — Estava comigo hoje.

Eu me afasto um pouco dela, e, ainda a segurando, seco uma lágrima do seu rosto. O rosto que olha para mim parece mais do que nunca o de Rachel.

— Agora preciso voltar a ser presidente — aviso.

CAPÍTULO

115

Aliviado e exausto, me sento no sofá do Salão Oval. Ainda não consigo acreditar que acabou.

Naturalmente, não acabou de fato. Sob certos aspectos, o pior ainda está por vir.

Danny, sentado ao meu lado, me trouxe um copo de bourbon — a bebida que me devia por não estar com a moeda dos Rangers. Mas ele não fala muito, pois sabe que preciso desacelerar. Danny veio apenas para ficar ao meu lado.

A vice-presidenta ainda está no centro de operações, sob guarda na mesma sala. Mas não sabe por quê. Ninguém lhe disse. É provável que esteja preocupada.

Tudo bem. Que fique.

Sam Haber tem me mantido constantemente atualizado. Bem, se notícia ruim chega rápido, fico satisfeito por estar há um tempo sem ouvir falar do vírus. Ele foi desativado. Nenhuma surpresa, nenhuma reativação súbita e dramática. Mas o nosso pessoal está monitorando, debruçado sobre os computadores como pais superprotetores.

Os jornais da TV a cabo não falam de outra coisa, só dá o vírus Suliman. Todas as estações com um aviso no alto da tela: senha: sukhumi.

— Ainda falta fazer uma coisa — digo a Danny. — Vou ter de expulsar você daqui.

— Claro. — Ele se levanta do sofá. — Por sinal, o crédito por tudo isso é meu. Aquela conversa que a gente teve fez toda a diferença.

— Sem dúvida.

— Pelo menos é como eu vou me lembrar disso.

— Foi isso, Daniel. Foi isso mesmo.

Continuo sorrindo enquanto ele se afasta. Então aperto um botão no telefone e peço à minha secretária, JoAnn, que convoque Carolyn.

Carolyn surge na porta. Parece exausta, mas é como todos nós estamos. Ninguém dormiu na noite passada, esse estresse todo nas últimas vinte e quatro horas... Pensando bem, Carolyn até parece melhor que a maioria de nós.

— A diretora Greenfield está aqui fora — avisa ela.

— Eu sei. Pedi a ela que esperasse. Eu queria falar com você primeiro.

— Tudo bem, senhor.

Carolyn entra e se senta numa das cadeiras em frente ao sofá.

— Você conseguiu, Carrie. Foi você quem resolveu a situação.

— Quem conseguiu foi o senhor, senhor presidente, e não eu.

Bem, é assim mesmo que as coisas funcionam. No fim das contas, tudo se resume ao presidente, para o bem ou para o mal. Quando minha equipe consegue uma vitória, o crédito vai para o presidente. Mas nós dois sabemos quem foi que descobriu a senha.

Eu suspiro, os nervos ainda em frangalhos.

— Eu fiz uma besteira enorme, Carrie — comento. — Escolher Kathy Brandt para companheira de chapa.

Ela não faz questão de discordar.

— Fazia sentido politicamente, senhor.

— Foi o que eu pensei na época. Motivos políticos. Mas não devia ter feito isso.

De novo, Carolyn não discorda.

— Eu devia ter escolhido alguém pelo mérito. Nós dois sabemos quem eu teria escolhido se fosse pelo mérito. A pessoa mais inteligente que já conheci. A mais disciplinada. A mais talentosa.

Ela fica ruborizada. Sempre transferindo o crédito, a atenção.

— Em vez disso, eu dei para você a função mais difícil de Washington. A mais ingrata.

Com um gesto da mão, Carrie descarta o elogio, incomodada, cada vez mais enrubescida.

— É uma honra servi-lo, senhor presidente, não importa a função.

Tomo o último trago, um belo gole de bourbon, e ponho o copo na mesa.

— Se me permite, senhor... O que o senhor vai fazer com a vice-presidenta?

— O que *você* acha que eu devo fazer?

Ela reflete sobre a resposta, a cabeça balançando de um lado para o outro.

— Pelo bem do país — diz —, eu não abriria um processo. Encontraria um jeito discreto de resolver a questão. Pediria que renunciasse, dando uma desculpa, e não diria a ninguém o que ela fez. Encerraria o caso sem alarde. Nesse momento, o povo americano está sendo informado de que uma bem preparada equipe de segurança nacional nos salvou de uma catástrofe sem precedentes, sob o seu comando. Ninguém está falando de um traidor nem de traição. É uma história positiva, com uma lição a ser aprendida, mas com um final feliz. É melhor que continue assim.

Eu já havia pensado nisso.

— O problema — rebato — é que antes disso eu quero saber o motivo.

— A motivação dela, senhor?

— Ela não foi subornada. Não estava sendo chantageada. Não queria acabar com o nosso país. Sequer foi ideia dela. Foi ideia de Nina e Augie.

— Como podemos ter certeza disso? — pergunta Carrie.

— Ah, sim. Você não sabe do celular.

— Celular, senhor?

— Sim, naquele caos todo, no fim, o FBI desbloqueou o segundo celular encontrado na van de Nina. Descobriram um monte de mensagens. Mensagens trocadas entre Nina e o nosso Benedict Arnold.

— Meu Deus! — exclama ela. — Não, eu não sabia.

Com um gesto, rejeito a preocupação dela.

— Nina e Augie se viram no meio de um esquema muito maior do que esperavam. Quando se deram conta da escala da destruição que iam provocar, os dois abandonaram Suliman. Eles nos mandaram a prova do vírus para nos avisar do problema e vieram aos Estados Unidos para tentar fazer um acordo: se conseguíssemos a anistia da República da Geórgia para Nina, eles desarmariam o vírus.

"O nosso traidor... Nosso Benedict Arnold? Era só o intermediário. Apenas a pessoa que eles contataram. Não foi nenhuma trama armada por ela. Ela estava tentando convencer Nina a se entregar a uma embaixada americana. Perguntava a ela como desativar o vírus."

— Mas ela não contou a mais ninguém da nossa equipe — pondera Carolyn.

— Isso. Pelo que li, imagino que ela tenha achado que, quanto mais tempo mantivesse contato com Nina sem comentar com ninguém, mais se comprometeria na história. Por isso queria ficar longe da linha direta de comunicação. Então falou para Nina o código "Idade das Trevas", para que ela pudesse entrar em contato comigo diretamente, por meio de Lilly, e que assim seria levada a sério.

— Isso... até que faz algum sentido — reconhece Carolyn.

— Mas essa é a questão: isso *não* faz sentido — retruco. — A partir do momento que Nina me diz o código, eu sei que tenho um judas no meu círculo interno. Ela devia imaginar que eu moveria mundos e fundos para encontrar o traidor. Ela era um dos oito suspeitos.

Carolyn assente, pensando melhor.

— Por que ela faria isso, Carrie? Por que provocar uma suspeita dessas? Kathy Brandt pode ser muita coisa, mas não é burra.

Carolyn abre as mãos espalmadas.

— Às vezes... pessoas inteligentes fazem burrices.

Maior verdade não poderia ser dita.

— Vou mostrar uma coisa para você — digo.

Pego uma pasta com o símbolo do FBI. Pedi a Liz Greenfield que imprimisse duas cópias da transcrição das mensagens. Entrego a Carolyn a transcrição dos três primeiros dias: sexta-feira passada, sábado e domingo, os primeiros dias que li.

— Leia isso — peço —, e me diga se a nossa traidora é "burra".

CAPÍTULO

116

— O senhor tem razão. — Carolyn ergue a cabeça, depois de ler a transcrição dos três dias de mensagens. — Não foi nenhum esquema montado por ela. Mas... as transcrições não podem ser apenas isso. Aqui acaba no domingo, com ela prometendo dar o código para Nina.

— Sim, tem mais. — Entrego a Carrie a folha seguinte. — Aqui está a segunda-feira, 7 de maio. Seis dias atrás. O dia em que Nina sussurrou "Idade das Trevas" no ouvido de Lilly.

Carolyn pega a transcrição e começa a ler. Acompanho a leitura pela minha cópia.

Segunda-feira, 7 de maio
C/D: Pennsylvania Avenue, 1.600
Nina: Localização desconhecida
**** Todos os horários pelo fuso da Costa Leste ****

Nina (7:43): Cheguei a Paris. Vim mesmo sem vc me dar o código!! Vc vai me dar ou ñ? Acho que alguém me seguiu ontem à noite. Suli está tentando me matar vc sabe?

C/D (7:58): Pensei muito nisso ontem à noite, e acho que, se é para termos confiança, temos de confiar realmente um no outro. Isso significa que você tem de me dizer como neutralizar o vírus.

Nina (7:59): Ahã, claro... q NÃO!!! qts vezes eu vou ter q dizer?? Vc sabe o que significa ter um trunfo?

C/D (8:06): Você mesma disse que está correndo perigo. E se não conseguir chegar até aqui? E se acontecer alguma coisa com você? Assim não poderemos neutralizar o vírus.

Nina (8:11): Assim que eu disser como acabar com o vírus, vou deixar de ser importante pra vc. É meu único trunfo.

C/D (8:15): Você ainda não entendeu? Eu não posso revelar que conversamos. Como é que eu explicaria que sei como neutralizar o vírus sem revelar que estava falando com você todos esses dias? No momento em que revelar isso, é o fim para mim. Vou ter de renunciar. Provavelmente vou para a prisão.

Nina (8:17): Se isso é verdade pq precisa saber? Se nunca vai usar??

C/D (8:22): Porque, se alguma coisa acontecer com você e não tiver como eliminar o vírus, eu posso fazê-lo. Para salvar o país. Caso contrário, morreria de remorso. Mas essa seria a última das últimas das últimas possibilidades. Prefiro que você venha até aqui e se encontre com o presidente para entregar diretamente e me deixar fora disso.

Nina (8:25): De jeito nenhum ñ vou mesmo

C/D (8:28): Então tchau e boa sorte. Ou você confia em mim ou esquece.

Segue-se uma longa pausa, umas três horas. E em seguida:

Nina (11:43): Estou aqui na Sorbonne. Vendo a filha do presidente. Diga o código ou vou embora e desapareço

C/D (11:49): Me diga como eliminar o vírus e eu dou o código. Caso contrário, não entre mais em contato.

Nina (12:09): Vai ser possível digitar a senha antes da ativação. Vc vai ter 30 minutos. Digite a palavra e o vírus vai embora. Se me ferrar com essa mulher vou dizer a todo mundo quem é vc juro por deus

C/D (12:13): Eu não vou te ferrar. Quero que você seja bem-sucedida! Nós queremos a mesma coisa.

C/D (12:16): Olha só, eu sei que você está correndo um risco enorme. Mas eu também estou. Eu sei que você está com medo. Eu também estou! Estamos no mesmo barco.

Ela manipulou Nina. Percebeu que Nina estava sentindo uma pressão enorme e precisava mais dela do que ela de Nina. Nina era uma ciberterrorista altamente capacitada, uma programadora de elite, mas não era páreo para alguém acostumado a negociações de alto nível no cenário internacional. A palavra foi revelada quase dez minutos depois:

Nina (12:25): A senha é Sukhumi.

C/D (12:26): O código é Idade das Trevas.

Carolyn olha para mim.

— Ela sabia — diz. — Ela sabia a senha desde segunda.

Eu não digo nada. Queria mais bourbon, mas a dra. Lane provavelmente me daria uma bronca por ter tomado uma dose que fosse.

— Mas... Espera aí. Quando foi que o senhor leu isso, senhor presidente?

— Essa página... A página de segunda? Eu só li depois que entrei no Marine One, quando os marines trouxeram o meu celular para mim.

Ela desvia o olhar, colocando as ideias em ordem.

— Quer dizer... A última conferência que tivemos, quando o senhor estava no Marine One, quando todo mundo foi reunido para tentar adivinhar a senha, com o relógio em contagem regressiva...

— Sim, sim. Eu já sabia a senha. Devin já tinha digitado. A crise já tinha sido superada. Devin e Casey estavam meio desfalecidos de exaustão e alívio enquanto eu estava na cabine dos fundos com Augie, falando com vocês.

Carolyn me encara.

— Vocês já tinham desativado o vírus?

— Sim, Carrie.

— Quer dizer que aquela história toda com a contagem regressiva, todo mundo tentando adivinhar a senha... Era uma armadilha?

— Mais ou menos.

Eu me levanto do sofá, as pernas bambas, o calor subindo ao rosto. Nas últimas horas, foi uma verdadeira montanha-russa de preocupação, alívio e gratidão.

Mas agora eu só estou puto.

Vou até a mesa do *Resolute* e olho as fotos de Rachel, Lilly, meus pais, a família Duncan e a família Brock em Camp David, os filhos de Carolyn com seus chapéus de marinheiro engraçadinhos.

Eu me sirvo de mais dois dedos de bourbon no copo e tomo de um gole só.

— O senhor está bem?

Coloco o copo de volta na mesa com mais força do que pretendia.

— Eu estou muito longe de estar bem, Carrie. Nem consigo imaginar como é "estar bem" nesse momento. O negócio é o seguinte.

Com os maxilares contraídos, dou a volta na mesa e me recosto nela.

— Você está certa quando diz que gente inteligente pode fazer burrices — digo. — Mas Kathy teria de estar completamente louca, louca de pedra, para vazar "Idade das Trevas" para Nina e ficar cercada de suspeita. As chances de ser apanhada eram grandes demais. Ela podia ter encontrado outra maneira de fazer Nina chegar até mim. Alguma coisa. Algo melhor que *isso*.

Carolyn ergue as sobrancelhas. Ela volta a pensar no caso, mas não parece chegar a uma conclusão.

— Então... o que o senhor quer dizer?

— O que eu quero dizer é que quem quer que tenha vazado o código "Idade das Trevas" para Nina *queria* que pairasse uma suspeita sob o meu círculo interno.

A expressão de Carolyn se retorce, confusa.

— Mas quem... quem ia querer criar essa suspeita? — pergunta ela. — E por quê?

CAPÍTULO

117

— Ora, o *porquê* não é tão difícil assim de entender, é? Ou talvez seja. — Eu gesticulo, caminhando pelo Salão Oval. — Com certeza me escapou. Quem vai saber? Talvez eu seja o filho da mãe mais burro que jamais ocupou esse cargo.

Ou talvez aquilo que na minha opinião mais falta na nossa capital — confiança — seja algo que eu tenha em excesso. A confiança pode cegar. Ela me cegou.

Passo pela mesa perto do sofá, onde Nina parou ontem, olhando para a minha foto com Lilly no gramado da Casa Branca, desembarcando do Marine One.

De sobrancelhas contraídas, Carolyn diz:

— Eu não... não estou entendendo, senhor. Não consigo imaginar por que alguém desejaria que o senhor soubesse que havia um traidor.

Ao lado dessa foto, uma foto minha e de Carolyn na noite em que fui eleito presidente, fazendo careta para a câmera, abraçados. Pego a foto e me lembro da vertigem que sentíamos, da euforia, da felicidade.

Então jogo a foto na mesa com violência, quebrando o vidro, rachando a moldura.

Carolyn quase pula da cadeira.

— Então raciocine comigo — digo, olhando para a imagem estilhaçada da minha chefe de Gabinete ao meu lado. — O vazamento lança suspeita sobre a equipe de segurança nacional. Uma pessoa do círculo interno, que ocupa algum cargo muito alto, digamos, a vice-presidenta dos Estados Unidos, acaba responsabilizada. É um alvo fácil. Foi desleal. Para ser franco, para mim, ela tem sido um pé no saco. Por isso, naturalmente, ela está fora. E pronto. Renuncia e cai em desgraça. Talvez com um processo, talvez não... mas o importante é que ela está fora. Alguém tem de ocupar o lugar, certo? *Certo?* — questiono.

— Sim, senhor — sussurra Carolyn.

— Certo! Então quem vai ocupar o lugar dela? Muito bem, que tal a heroína da história? A pessoa que descobriu a senha quando a contagem regressiva já estava no fim? Aquela que com certeza achava o tempo todo que tinha de ser a vice-presidenta?

Carolyn Brock se levanta, me encarando fixamente, um animalzinho indefeso diante do caçador, boquiaberta. Mas não diz uma palavra. Não há mesmo o que dizer.

— Aquela última reunião com a equipe de segurança nacional durante a contagem regressiva... — continuo. — Uma armadilha, você disse? Era um teste. Eu queria ver quem diria a senha. Eu sabia que um de vocês faria isso.

Levo a mão ao rosto e aperto a ponte do nariz.

— Eu pedi a Deus. Juro, sobre o túmulo da minha esposa, eu pedi a *Deus*. Qualquer um, menos Carrie...

Alex Trimble entra na sala com seu segundo em comando, Jacobson, em posição de sentido junto à parede. A diretora do FBI, Elizabeth Greenfield, entra em seguida.

— Você foi esperta até o fim, Carrie — comento. — Foi nos levando na direção da cidade de Nina, praticamente nos entregando, sem chegar a dizer.

A expressão magoada de Carolyn se desarma. Ela pisca muito e parece olhar ao longe ao vasculhar na memória.

— Vocês escreveram errado de propósito — sussurra.

— E você prontamente nos corrigiu. Sukhumi, com dois *us*.

Carolyn fecha os olhos.

Eu aceno positivamente com a cabeça para Liz Greenfield.

— Carolyn Brock — diz ela —, você está detida por suspeita de violação da Lei de Espionagem e conspiração para cometer traição. Você tem o direito de permanecer em silêncio. Qualquer coisa que diga pode e será usada contra você...

CAPÍTULO

118

— Um momento! Esperem!

A formalidade da diretora Greenfield, a menção à detenção e aos direitos, desencadeiam um mecanismo de defesa em Carolyn, que estende a mão, num gesto de "pare".

Ela se vira para mim.

— Nina queria voltar para casa. Era lógico. E quer dizer que, porque eu sei como escrever o nome da capital de uma cidade da Europa oriental, eu sou uma traidora, de uma hora para outra? O senhor não pode... Realmente, senhor presidente, depois de tudo o que passamos...

— Não se atreva! — berro. — Nada do que "passamos" te dá o direito de fazer o que fez.

— Por favor, senhor presidente. Não... Não podemos... conversar nós dois a sós? Dois minutos. O senhor não pode me dar pelo menos dois minutos? Eu não mereço pelo menos *isso*?

Liz Greenfield caminha na direção de Carolyn, mas eu ergo a mão.

— Dois minutos. Por favor, conte, Liz. Cento e vinte segundos. Mais nada.

Liz olha para mim.

— Senhor presidente, essa não é uma boa...

— Cento e vinte segundos. — Aponto para a porta. — Deixem-nos a sós. Todos vocês.

Fico olhando para Carolyn enquanto o Serviço Secreto e a diretora do FBI saem do Salão Oval. Só posso imaginar o que se passa pela sua cabeça. Os filhos; o marido, Morty. Um processo criminal. Cair em desgraça. Dar um jeito de sair dessa.

— Pode começar — digo, quando ficamos sozinhos.

Carolyn respira fundo, as mãos estendidas, como se enquadrasse uma solução.

— Pense no que aconteceu hoje. O senhor salvou o país. Eliminou completamente a ameaça de um impeachment. Lester Rhodes vai ficar chupando o dedo no canto. Sua popularidade nas pesquisas agora vai disparar. O senhor vai ter um poder que nunca teve no mandato. Pense só no que vai conseguir fazer no próximo um ano e meio... nos próximos *cinco* anos e meio. Pense no seu lugar na história.

Aceno positivamente com a cabeça.

— Mas...

— Mas imagine o que vai acontecer se fizer isso, senhor. Se me acusar disso. Me arruinar publicamente. O senhor acha que eu vou ficar quietinha no meu canto como uma menina obediente? — Ela leva a mão ao peito, empertiga a cabeça e faz uma careta. — O senhor acha que eu não vou revidar? A busca no escritório da vice-presidenta... Como foi isso? Encontrou alguma coisa boa?

Agora aquele jeitinho triste, de animalzinho indefeso, já era. Nada mais de luvas de pelica. Ela pensou em tudo. Claro que pensou. Examinou cada ângulo. Carolyn Brock é de fato formidável.

— Você teve inúmeras oportunidades de plantar o celular no gabinete dela — retruco. — Kathy não seria estúpida de deixar o telefone atrás de uma estante, pelo amor de Deus. Ela teria destruído o aparelho em mil pedacinhos.

— É o que o senhor diz — argumenta ela. — Meus advogados pensam diferente. Se me levar a julgamento por traição, eu vou levar

Kathy a julgamento por traição. Veja bem o que tem a chance de fazer nesse exato momento, senhor presidente.

— Eu não me importo.

— Aaaah, sim, o senhor se importa, sim — garante ela, contornando a mesa. — Porque o senhor quer fazer o melhor nesse cargo. Não quer transformar num escândalo o que poderia ser o seu maior triunfo. "Traição na Casa Branca." Quem foi a traidora? A assessora mais próxima do presidente ou a vice-presidenta? Quem se importa? Foi o senhor quem nos escolheu. Seu discernimento vai ser questionado. Essa vitória espetacular, sem precedentes, vai se transformar na pior coisa que já aconteceu ao senhor. Ficou magoado, *Jon*? Pois bem, trate de engolir o choro.

Ela caminha na minha direção, as mãos postas, como se rezasse.

— Pense no país. Pense em toda essa gente que *precisa* que seja um bom presidente... Cacete, que seja um grande presidente!

Eu não digo nada.

— Se o senhor fizer isso comigo — continua ela —, sua presidência acabou.

Liz Greenfield entra de novo na sala e olha para mim.

Eu olho para Carolyn.

— Mais dois minutos, Liz — peço.

CAPÍTULO

119

Minha vez.

— Você vai se declarar culpada — digo a Carolyn quando voltamos a ficar sozinhos. — Eu vou ser criticado por indicá-la ao cargo, como não poderia deixar de ser. Mas eu cuido disso. É um problema político. Não vou varrer isso para baixo do tapete para você poder sair tranquilamente dessa. E você *vai* se declarar culpada.

— Senhor pres...

— Agentes do Serviço Secreto *morreram,* Carrie. Nina está morta. Eu poderia facilmente ter sido assassinado. Não são coisas que possam ser varridas para baixo do tapete nesse país.

— Senhor...

— Você quer ser levada a julgamento? Então vai ter de explicar como Nina podia ter entregado aquela primeira mensagem para Kathy Brandt enquanto ela estava na Europa e a vice-presidenta estava aqui em Washington. Como isso aconteceu? Ela mandou por e-mail? Por FedEx? Nada disso teria passado pela nossa segurança. Mas você, uma chefe de Gabinete na última etapa da nossa viagem à Europa, em Sevilha? Nina podia ter entrado naquele hotel e entregado a você. Por acaso você acha que não temos imagens das câmeras de segurança? Foram mandadas pelo governo espanhol. Naquele último dia na Espanha, horas antes de voltarmos. Nina entra no hotel e sai uma hora depois.

O brilho nos olhos de Carrie se apaga.

— E quanto tempo vamos levar até conseguir interceptar e decodificar a mensagem que você enviou para Suliman Cindoruk?

Ela me olha horrorizada.

— O FBI e o Mossad estão cuidando disso nesse momento. Você deu a dica para ele, não foi? Seu plano não teria funcionado se Nina tivesse sobrevivido. Se ela estivesse viva, se Augie e eu tivéssemos entrado na van no estádio de beisebol, eu e ela teríamos feito um acordo. Eu teria convencido o governo da Geórgia a aceitá-la de volta, ela me daria a senha, você não poderia bancar a heroína e Kathy não seria o bode expiatório. E... quem sabe Nina não entregaria você, no fim das contas.

Carolyn leva a mão ao rosto, seu pior pesadelo tornado realidade.

— Você saberia melhor que ninguém como entrar em contato com Suliman. Foi você quem orquestrou aquela primeira ligação usando os nossos intermediários na Turquia. Poderia fazer isso de novo. Nina contou tudo para você, Carrie. Eu li as outras mensagens. Ela expôs o plano inteiro. Augie, o estádio de beisebol, a ativação do vírus à meia-noite. Ela confiou em você. Ela confiou em você, Carrie, e você a matou.

Essa foi a gota d'água. Carolyn perde toda a compostura, soluçando, o corpo inteiro tremendo.

E, no fim das contas, eu me vejo mais triste que furioso. Ela e eu passamos por muita coisa juntos. Carrie traçou meu caminho para a presidência, me ajudou a trilhar os campos minados de Washington, sacrificou incontáveis horas de sono e de vida com a família para garantir que o Salão Oval funcionasse com a máxima eficiência. Ela é a melhor chefe de Gabinete com a qual eu poderia sonhar.

Depois de algum tempo, as lágrimas cessam. Ela estremece e seca o rosto. Mas a cabeça continua baixa, encoberta pela mão. Carolyn não consegue me encarar.

— Pare de se comportar como se fosse uma criminosa qualquer — digo. — E faça o que é justo. Não estamos num tribunal. Estamos no Salão Oval. Como é que você foi fazer isso, Carrie?

— Pergunta aquele que conseguiu ser presidente.

As palavras são ditas num tom que não reconheço, um tom que nunca ouvi, uma parte de Carolyn que nunca se apresentou diante de mim em todos esses anos juntos. Ela ergue a cabeça, olha para mim diretamente, o rosto retorcido por sofrimento e amargura, de um jeito que nunca vi antes.

— Pergunta o *homem* que não viu *sua* carreira política desmoronar completamente só por ter dito um palavrão perto de um microfone ligado.

Eu não tinha percebido nada disso. Não percebi a inveja, o ressentimento, a amargura crescendo dentro dela. É um dos riscos dessa história de se candidatar à presidência e assumir o cargo. Todos os holofotes se voltam para você. A cada minuto de cada hora de cada dia, só interessa o que é melhor para o candidato, o que o candidato precisa, como é possível ajudar o candidato, a única pessoa que tem o nome na cédula de votação. E, quando se torna presidente, é a mesma coisa diariamente, só que multiplicado por mil. Claro, a gente socializava. Eu conheci a família de Carolyn. Mas fui totalmente incapaz de perceber isso. Ela era muito boa no trabalho. Na verdade, eu achava que Carolyn se orgulhava dos nossos acertos, considerava os desafios estimulantes, apreciava o trabalho e se sentia realizada.

— Imagino... — Carolyn dá uma risada amarga, soluçando. — Imagino que a oferta de perdão não esteja mais de pé — diz, parecendo envergonhada pela simples menção ao assunto.

Como Carrie caiu rápido. Ela entrou nessa sala esperando sair como a nova vice-presidenta, a heroína do momento, e agora está rezando para não ir para a prisão.

Liz Greenfield retorna. Dessa vez, faço um gesto para que ela entre.

Carolyn não resiste ao ser levada pelo FBI.

Ao deixar o Salão Oval, ela se vira para mim, mas não tem forças para fazer contato visual.

CAPÍTULO

120

— Não. Não.

Suliman Cindoruk encara o celular, lendo as notícias urgentes de um site após o outro, variações em torno de uma única manchete.

"OS ESTADOS UNIDOS TERIAM SIDO DESTRUÍDOS"

ESTADOS UNIDOS FRUSTRAM CIBERATAQUE MORTAL

ESTADOS UNIDOS IMPEDEM AÇÃO DE VÍRUS DE COMPUTADOR

ELIMINADO VÍRUS DOS "FILHOS DA JIHAD" QUE ATACARIA OS ESTADOS UNIDOS

Todas as matérias divulgavam uma senha — "Sukhumi" — que impediria a ativação do vírus.

Sukhumi. Agora não há mais dúvida. Foi Nina. Ela programou uma desativação por senha.

Ele se vira para a janela do esconderijo. Vê dois soldados ainda sentados no jipe lá fora, esperando instruções.

Mas os homens que o trouxeram para cá não ficarão esperando até meia-noite nos Estados Unidos para confirmar o êxito ou o fracasso do vírus. Não se estiverem lendo as notícias.

Ele pega sua pistola, escondida no tornozelo, ainda carregada com uma única bala.

Encontra uma porta que dá para os fundos, para a montanha. Leva a mão à maçaneta, mas a porta está trancada. Tenta forçar a única janela, mas está aferrolhada. Olha ao redor, para o cômodo com poucos móveis, e encontra uma mesinha de vidro. Ele a levanta e a atira na janela. Então usa sua arma para quebrar os cacos que sobraram.

Ouve a porta da frente sendo aberta com violência. Salta de cabeça pela janela, agarrando a arma como se fosse um colete salva-vidas. Corre para as árvores mais próximas, no meio da vegetação, que servirão de cobertura na escuridão antes do alvorecer.

Chamam por ele, mas Suliman não para. Ele tropeça em alguma coisa — a raiz de uma árvore — e cai, perdendo o fôlego ao bater no chão, e vê estrelas dançando na vista, a pistola vai parar longe.

Suliman uiva de dor quando uma bala perfura a sola do seu sapato. Ele se arrasta para a direita e outra bala arranca folhas perto de sua axila. Tateia ao redor, mas não encontra a arma.

As vozes se aproximam, com gritos de advertência num idioma que ele não entende.

Não consegue encontrar a arma com a única bala que vai pôr um fim a tudo aquilo. Agora sabe que teria coragem. Não será levado por eles.

Mas não consegue alcançar, ou localizar, a arma.

Respira fundo e toma a decisão.

Ele se levanta, se vira para os homens, as mãos vazias juntas, apontadas para os dois.

Eles descarregam os fuzis no seu peito.

CAPÍTULO

121

No subsolo, abro a porta e paro na entrada da sala onde a vice-presidenta está esperando. Ao me ver, ela se levanta.

— Senhor presidente — diz num tom mais de incerteza que de qualquer outra coisa. Ela está com olheiras. Parece cansada e estressada. Pega um controle remoto e tira o som da TV na parede. — Eu estava vendo...

Sim, os jornais da TV a cabo. Não estava vendo como a segunda mandatária do país, mas como uma cidadã comum. Parece se sentir diminuída com isso.

— Parabéns — diz ela.

Eu não respondo, e me limito a fazer que sim com a cabeça.

— Não fui eu, senhor — declara ela.

Olho para a televisão, as atualizações constantes do noticiário sobre o vírus Suliman e a senha que descobrimos.

— Eu sei — digo.

Ela dá um suspiro de alívio.

— Sua oferta de renúncia ainda está de pé? — indago.

Kathy faz que sim com a cabeça.

— Se quiser minha renúncia, senhor presidente, vai tê-la quando desejar.

— É isso que você quer? Renunciar?

— Não, senhor, não é. — Ela me olha. — Mas, se o senhor não confia em mim...

— O que você faria se os papéis estivessem invertidos? — questiono.

— Eu aceitaria a renúncia.

Não era o que eu esperava. Cruzo os braços e me apoio no portal.

— Eu disse não, senhor presidente. Achei que já saberia disso, considerando que o senhor colocou escutas na minha limusine.

Nós não colocamos. O FBI não podia entrar no veículo sem conhecimento da equipe do Serviço Secreto que protegia a vice-presidenta. Mas Kathy não sabe disso.

— Mas eu gostaria que me dissesse mesmo assim.

— Eu disse a Lester que não ia garantir os doze votos do nosso lado de que ele precisava no Senado. Disse que, o que quer que acontecesse, era simplesmente um limite que eu não podia ultrapassar. Eu... Eu até me conheci melhor, sinceramente.

— Muito bom, Kathy. Mas não estamos num episódio de *Dr. Phil.* Você foi desleal pelo simples fato de ter ido a esse encontro.

— Concordo, concordo. — Ela junta as mãos e olha para mim. — Não me fizeram nenhuma pergunta sobre Lester no detector de mentiras.

— Política não era importante. Não naquele momento. Agora que a crise passou, é muito importante, para mim, saber se posso confiar na minha vice-presidenta.

Não há mais nada que Kathy possa dizer. Ela estende as mãos espalmadas.

— Então o senhor aceita a minha renúncia?

— Você ficaria até eu encontrar um substituto?

— Sim, senhor, é claro.

Kathy fica de ombros caídos.

— E quem eu deveria indicar?

Ela respira fundo.

— Me ocorrem algumas pessoas. Mas, sobretudo, uma. Na verdade, é doloroso para mim. Muito doloroso. Mas, se eu fosse o senhor, senhor presidente, e pudesse escolher alguém... escolheria Carolyn Brock.

Meneio a cabeça. Pelo menos eu não era o único.

— Kathy, eu não aceito a sua renúncia. Agora, de volta ao trabalho.

CAPÍTULO

122

Bach oscila ao som da *Paixão segundo são Mateus*. Não tem nenhuma música tocando, ela nem mesmo está com os fones de ouvido — foram confiscados —, são apenas as lembranças dos coros, do solo de soprano que costuma acompanhar cantando. Imagina-se na igreja em pleno século XVIII, ouvindo o oratório pela primeira vez.

Ela é interrompida quando a porta da cela é aberta.

O homem que entra é jovem, loiro, e usa roupas informais — uma camisa social e calça jeans. Carrega uma cadeira, que coloca perto da cama dela e se senta.

Bach se senta, as costas apoiadas na parede, os pés balançando. Ainda está algemada.

— Meu nome é Randy — apresenta-se ele. — Eu sou o cara que faz perguntas de forma educada. Também tem outros que não são assim.

— Eu... conheço bem a tática — diz ela.

— E você é... Catharina.

Bach não sabe ao certo como descobriram sua identidade — provavelmente por meio de alguma amostra de DNA coletada. Ou então algum programa de reconhecimento facial, embora não acredite muito nessa possibilidade.

— Esse é *mesmo* o seu nome, certo? Catharina Dorothea Ninkovic. Catharina Dorothea... A primeira filha de Johann Sebastian, certo?

Ela não fala nada. Pega o copo descartável e bebe o restante da água que lhe deram.

— Me deixa fazer uma pergunta, Catharina. Você acha que vamos pegar leve com você porque está grávida?

Ela muda de posição na cama, uma placa de aço desconfortável.

— Você tentou assassinar um presidente — acusa ele.

Os olhos de Bach se apertam.

— Se eu quisesse assassinar um presidente, ele estaria morto.

As cartas estão quase todas com Randy, e ele gosta disso. Faz que sim com a cabeça, quase se divertindo.

— Tem muitos outros países que gostariam de ter uma conversinha com você — prossegue. — Alguns não têm uma visão assim tão progressista dos direitos humanos. Talvez você seja transferida para um deles. Eles sempre podem mandar você de volta depois, se ainda restar alguma coisa de você para ser mandada de volta. O que acha, Bach? Quer tentar a sorte com o pessoal lá em Uganda? Que tal a Nicarágua? Na Jordânia também estão loucos para conversar com você. Eles estão convencidos de que você meteu uma bala na cabeça do chefe de segurança deles no ano passado.

Bach espera até ele parar de falar. E espera mais um pouco.

— Vou dizer o que você quiser saber — declara, por fim. — Eu só tenho uma exigência.

— Você acha que está em condições de fazer alguma exigência?

— Qualquer que seja o seu nome...

— Randy.

— ... Você deveria perguntar o que eu quero.

Ele se recosta na cadeira.

— Tudo bem, Catharina. O que você quer?

— Eu sei que vou ficar presa pelo resto da minha vida. Não tenho... ilusões a respeito disso.

— Esse é um bom começo.

— Eu quero que a minha bebê seja saudável. Eu quero que ela nasça nos Estados Unidos e que seja adotada pelo meu irmão.

— Seu irmão — repete Randy.

Ele surgiu de trás da casa ao lado enquanto ela estava de pé junto aos escombros da casa deles, tocando o rosto da mãe amarrada à árvore, espancada, ferida, morta.

— É verdade? — perguntou ao se aproximar, o rosto coberto de lágrimas, o corpo tremendo. Olhou para ela, para o fuzil que carregava e para a outra arma enfiada na calça. — É verdade, não é? *Você matou eles. Você matou aqueles soldados!*

— Eu matei os soldados que mataram o papai.

— E agora eles mataram a mamãe! — gritou ele. — Como você pôde fazer isso?

— Eu não... Eu sinto muito... Eu... — Ela tentou se aproximar dele, do irmão mais velho, mas ele recuou, como se estivesse enojado.

— Não — disse ele. — Não se aproxime. Nunca. Nunca!

Ele se virou e saiu correndo. Era mais rápido. Ela correu atrás dele, implorando que voltasse, chamando-o pelo nome, mas ele desapareceu.

E ela nunca mais voltou a vê-lo.

Durante algum tempo, achou que o irmão não tinha sobrevivido. Mas acabou descobrindo que o orfanato conseguiu tirá-lo de Sarajevo. Era mais fácil para os meninos.

Quantas vezes não quis visitá-lo. Falar com ele. Abraçá-lo. Mas tinha de se conformar em apenas ouvi-lo.

— Wilhelm Friedemann Herzog — diz Randy. — Violinista estabelecido em Viena. Adotou o sobrenome da família austríaca adotiva, mas manteve os primeiros nomes de batismo. Foi batizado em homenagem ao primeiro filho de Johann Sebastian. Sinto um padrão aí.

Bach olha fixamente para ele, sem a menor pressa.

— Tudo bem, você quer que o seu irmão, Wilhelm, adote o seu filho.

— E quero transferir todos os meus recursos financeiros para ele. E um advogado que redija e aprove todos os documentos necessários.

— Opa. Você acha que o seu irmão vai querer ficar com a criança?

Seus olhos se enchem de lágrimas diante da pergunta, uma pergunta que ela já se fez muitas vezes. Será um choque para Wil, não resta dúvida. Mas ele é um homem bom. Sua filha terá o sangue de Wil, e ele não culparia a bebezinha, sua sobrinha, pelos pecados da mãe. Os quinze milhões de dólares também garantirão que Delilah e sua nova família tenham segurança financeira.

Mas, acima de tudo, Delilah não ficará sozinha.

Randy balança a cabeça.

— Veja bem, o problema é que você está falando comigo como se estivesse em alguma posição de poder...

— Eu posso entregar informações sobre dezenas de incidentes internacionais da última década. Assassinatos de uma grande quantidade de altos funcionários. Posso dizer quem me contratou para cada missão. Eu vou colaborar nas investigações. Prestar depoimento nos tribunais que forem necessários. Farei tudo isso se a minha filha nascer nos Estados Unidos e for adotada pelo meu irmão. Vou contar tudo sobre cada missão que cumpri na vida.

Randy continua no papel de quem está por cima, mas ela percebe uma mudança na expressão dele.

— Inclusive *esta* missão — acrescenta Bach.

CAPÍTULO

123

Atravesso a porta leste do Salão Oval que dá para o Jardim das Rosas, com Augie ao meu lado. Está abafado do lado de fora a essa hora, e paira no ar uma ameaça de chuva.

Rachel e eu costumávamos caminhar pelo jardim toda noite, depois do jantar. Foi numa dessas caminhadas que ela me disse que o câncer tinha voltado.

— Acho que não cheguei a agradecer a você direito — digo.

— Não precisa.

— O que você vai fazer agora, Augie?

Ele dá de ombros.

— Não sei. Nina e eu... A gente só falava de voltar para Sukhumi.

Essa palavra de novo. Ela virou um destaque na internet agora. Vai acabar aparecendo nos meus pesadelos.

— O engraçado — continua ele — é que a gente sabia que o nosso plano podia não dar certo. A gente sabia que Suliman mandaria alguém atrás da gente. Não sabíamos o que você ia fazer. Havia tantas...

— Variáveis.

— Isso, variáveis. Mas a gente falava como se fosse acontecer. Ela falava da casa que queria comprar, a um quilômetro dos pais, perto do mar. Dos nomes que daria para os nossos filhos.

Sinto a emoção na voz de Augie. Lágrimas reluzem nos seus olhos.

Boto a mão no ombro dele.

— Você pode ficar aqui — sugiro. — Trabalhe para nós.

Augie retorce a boca.

— Eu não tenho... documentos de imigração. Eu não tenho...

Eu paro e me viro para ele.

— Talvez eu possa ajudar com isso — aviso. — Eu tenho alguns contatos.

Augie sorri.

— Sim, claro, mas...

— Augie, eu não posso permitir que isso volte a acontecer. Dessa vez tivemos sorte. Mas vamos precisar de mais que sorte daqui para a frente. Precisamos estar muito mais bem preparados. Eu preciso de gente como você. Eu preciso de *você*.

Ele olha para o jardim, para as rosas, para os narcisos e jacintos. Rachel sabia o nome de todas as flores desse jardim. Eu só sei que elas são lindas. Nesse momento, mais lindas do que nunca.

— Estados Unidos — diz ele, como se pensasse no assunto. — Eu até que gostei da disputa de beisebol.

É a primeira boa risada que dou em muito tempo.

— *Jogo* de beisebol — corrijo.

DOMINGO

CAPÍTULO

124

— Vossa Alteza — digo ao telefone, sentado à minha escrivaninha no Salão Oval, para o rei Saad ibn Saud, da Arábia Saudita.

Levo uma caneca de café à boca. Normalmente, não bebo café à tarde, mas, depois de apenas duas horas de sono e da sexta-feira e do sábado que acabamos de ter, o normal já se foi há muito tempo.

— *Senhor presidente* — diz ele. — *Parece que o senhor teve dias bem movimentados.*

— Assim como Vossa Alteza. Como vão as coisas?

— *É possível dizer que eu escapei por um triz, como vocês costumam falar. Tive sorte de descobrirem o complô antes do atentado contra minha vida. Uma bênção de fato. A ordem foi restabelecida no nosso reino.*

— Normalmente, eu teria ligado para Vossa Alteza assim que fosse informado do complô. Mas, nas circunstâncias...

— *Não precisa se explicar, senhor presidente. Eu entendo perfeitamente. Presumo que o senhor tenha sido informado do motivo da minha ligação.*

— Sim, a diretora da CIA me informou.

— *Bem, como sabe, senhor presidente, a família real saudita é grande e diversa.*

Isso chega a soar reducionista. A Casa de Saud tem milhares de membros e muitas ramificações. A maioria dos familiares tem pouca ou nenhuma influência e se limita a receber cheques gordos dos lucros do petróleo. No entanto, mesmo no grupo central de líderes, algo em torno de dois mil homens, existem ramos e hierarquias. E também, como acontece em qualquer família e qualquer hierarquia política, não faltam ressentimentos e invejas. Quando Saad ibn Saud passou por cima de um monte de gente para subir ao trono, havia bastante de ambos os sentimentos para alimentar e financiar o esquema que levou todos nós à beira de uma catástrofe.

— *Os membros responsáveis pela tentativa de golpe estavam... insatisfeitos com meu reinado.*

— Parabéns, Vossa Majestade, pelo belo eufemismo e por ter capturado os conspiradores.

— *Para mim é um grande motivo de vergonha que planos dessa natureza tenham surgido e sido postos em ação sem o meu conhecimento. Bem debaixo do meu nariz, como vocês diriam, e eu completamente desinformado. Um lapso da nossa inteligência que, posso garantir ao senhor, será corrigido.*

Conheço a sensação de deixar passar algo bem debaixo do nariz.

— E qual era exatamente o plano deles? O que eles queriam?

— *A volta de uma outra época* — responde ele. — *Um mundo sem o domínio dos Estados Unidos e, portanto, sem o domínio de Israel. Eles queriam governar o reino Saudita e o Oriente Médio. O objetivo, pelo que entendi, não era destruir os Estados Unidos, mas enfraquecê-los para que deixassem de ser uma superpotência. Uma volta a outra época, como eu disse. Domínio regional. Sem uma superpotência global.*

— Teríamos tantos problemas internos que não estaríamos nem aí para o Oriente Médio... Era isso?

— *Sim, por mais absurdo que pareça. É uma boa descrição da motivação deles.*

Não sei se seria tão absurdo assim. Isso quase virou realidade. A todo momento penso no impensável: o que teria acontecido se Nina não tivesse instalado o mecanismo de suspensão do vírus com a senha para desativá-lo? Ou então se não tivesse mandado a prova do vírus para nos prevenir a tempo? E se não houvesse nenhuma Nina nem nenhum

Augie? Jamais teríamos sabido o que estava para acontecer. A Idade das Trevas teria se tornado realidade. Estaríamos totalmente incapacitados.

Incapacitados, mas não mortos. Só que incapacitados já seria o suficiente, do ponto de vista deles. Ficaríamos envolvidos demais com nossos problemas internos para nos preocupar muito com o restante do mundo.

Eles não queriam nos destruir. Não queriam nos varrer da face da Terra. Queriam apenas nos nocautear o suficiente para que saíssemos do quintal deles.

— *Tivemos sucesso no interrogatório dos acusados* — comenta o rei.

Os sauditas tomam um pouco mais de liberdades que nós nas técnicas de "interrogatório".

— Eles estão falando?

— *É claro* — responde ele, como se isso fosse óbvio. — *E, naturalmente, vamos repassar a vocês todas as informações obtidas.*

— Fico grato.

— *Resumindo, senhor presidente: os membros desse grupo dissidente da família real pagaram à organização terrorista Filhos da Jihad uma soma descomunal para destruir a infraestrutura americana. Ao que parece, fazia parte do plano contratar uma assassina para eliminar integrantes dissidentes dos Filhos da Jihad.*

— Sim. A assassina está detida conosco.

— *E ela está cooperando com a investigação?*

— Sim. Nós fizemos um acordo com ela.

— *Então o senhor sabe o que eu vou dizer agora.*

— Talvez, Vossa Alteza. Mas eu gostaria que dissesse mesmo assim.

CAPÍTULO

125

— Sente-se — peço, no Salão Roosevelt.

Normalmente faríamos isso no Salão Oval. Mas não vou ter essa conversa lá.

Ele desabotoa o paletó e se senta. Eu me sento na ponta da mesa.

— Nem é preciso dizer, senhor presidente, que estamos bastante satisfeitos com os resultados de ontem. E gratos por termos contribuído, ainda que modestamente, para o seu sucesso.

— Sim, senhor embaixador.

— Andrei, por favor.

Andrei Ivanenko parece um vovô de comercial de cereal matinal: a calvície sarapintada, os tufos de cabelo branco laterais, um jeito meio desleixado.

Essa aparência funciona bem para ele. Afinal, por trás dessa fachada aparentemente inofensiva, está um espião de carreira, produto da escola de etiqueta russa e um dos membros da elite da antiga KGB, que, em idade mais avançada, foi levado para a área diplomática e nomeado embaixador nos Estados Unidos.

— Vocês poderiam ter um papel ainda mais importante no nosso sucesso — comento —, se tivessem nos avisado antecipadamente desse vírus de computador.

— Antecipadamente...? — Ele estende as mãos. — Não estou entendendo.

— A Rússia sabia, Andrei. Vocês sabiam o que esse pessoal da realeza saudita estava aprontando. Vocês queriam a mesma coisa que eles. Não nos destruir de fato, mas nos incapacitar de tal modo que não tivéssemos mais influência no mundo. Não seríamos mais um obstáculo para suas ambições. Enquanto estivéssemos lambendo as nossas feridas, vocês reconstruiriam o império soviético.

— Senhor presidente — diz ele, numa fala arrastada, quase como um caipira sulista, transpirando incredulidade.

Andrei seria capaz de dizer, olhando nos olhos de alguém, que a Terra é plana, que o Sol nasce no oeste e que a Lua é feita de queijo e provavelmente ainda passaria no detector de mentiras.

— O pessoal da realeza saudita entregou vocês.

— Pessoas desesperadas, senhor presidente — rebate ele sem pestanejar —, são capazes de dizer praticamente...

— A assassina que vocês contrataram disse a mesma coisa — prossigo. — Existem semelhanças demais nas histórias deles para serem falsas. Nós também seguimos o rastro do dinheiro. O dinheiro que a Rússia transferiu para os mercenários, o Ratnici. E para Bach.

— Ratnici? — questiona ele. — Bach?

— É engraçado que Bach e os mercenários tenham esperado a delegação russa ir embora para atacar a nossa cabana.

— Isso... não pode ser verdade, uma acusação dessas.

Aceno positivamente com a cabeça e até lhe concedo um sorriso frio.

— Vocês usaram intermediários, é claro. A Rússia não é burra. Têm argumentos plausíveis para negar. Mas não comigo.

Por tudo que os sauditas detidos nos disseram, concluímos que Suliman lhes vendeu a ideia e eles pagaram uma bela quantia pelos serviços. Não foram os russos que começaram tudo. Mas eles sabiam. Os sauditas ficaram apavorados com a ideia de movimentar o próprio dinheiro, e assim recorreram a intermediários russos, sabendo que a Rússia queria subjugar os Estados Unidos tanto quanto eles. Além de movimentar o dinheiro, a Rússia forneceu os mercenários e a assassina, Bach.

Eu me levanto.

— Andrei, está na hora de se retirar.

Ele balança a cabeça ao ficar de pé.

— Senhor presidente, assim que eu retornar à embaixada, entrarei em contato com o presidente Tchernokev, e tenho cert...

— Você terá essa conversa pessoalmente, Andrei.

Ele congela.

— Você está expulso — declaro. — Vou colocá-lo num avião para Moscou imediatamente. O restante da embaixada tem até o início da noite para se retirar.

Andrei fica boquiaberto. Esse foi o primeiro sinal de preocupação.

— O senhor vai... fechar a embaixada russa nos Estados Unidos? Cortar relações...

— Esse é só o começo — continuo. — Quando virem o pacote de sanções que estamos preparando, vocês vão amaldiçoar o dia em que fizeram esse acordo com os dissidentes sauditas. Ah, sim, e os sistemas de defesa antimíssil que a Letônia e a Lituânia pediram? Aqueles que vocês pediram a nós que não fornecêssemos? Não se preocupe, Andrei, não vamos vendê-los.

Ele engole em seco, abrandando a expressão.

— Bem, pelo menos, senhor pres...

— Vamos oferecê-los de graça — concluo.

— Eu... Senhor presidente, eu preciso... Não posso...

Eu me aproximo dele e fico tão perto que basta sussurrar. Mas mesmo assim não baixo a voz.

— Diga a Tchernokev que ele teve sorte por termos conseguido eliminar o vírus antes que nos causasse algum dano. Caso contrário, a Rússia estaria em guerra com a Otan. E a Rússia perderia.

"Nunca mais volte a me testar, Andrei — continuo. — Ah, sim, e não se metam nas nossas eleições. Depois do meu discurso de amanhã, vocês vão ter bastante trabalho para continuar fraudando as de vocês. E agora desapareça do meu país."

CAPÍTULO

126

JoAnn entra no Salão Oval, onde analiso com Sam Haber o relatório da Segurança Interna sobre as ações recentes, sua avaliação das consequências do vírus Suliman.

— Senhor presidente, o presidente da Câmara está ao telefone.

Olho para Sam, depois para JoAnn.

— Agora não — digo.

— Ele vai cancelar a sessão da Comissão Especial de amanhã, senhor. Ele quer que o senhor fale numa sessão conjunta do Congresso amanhã à noite.

Era de esperar. Em público, Lester Rhodes certamente mudou o discurso desde que eliminamos a ameaça do vírus.

— Pode dizer a ele que eu não perderia isso por nada nesse mundo — respondo.

SEGUNDA-FEIRA

CAPÍTULO

127

— Senhor presidente da Câmara — anuncia o oficial encarregado da sessão —, o presidente dos Estados Unidos!

Os membros da Câmara e do Senado estão de pé quando entro no plenário da Câmara acompanhado da minha delegação. Sempre gostei da oportunidade de falar a uma sessão conjunta do Congresso. Caminhando pelo corredor, desfruto com prazer ainda maior que o normal da pompa e dos comentários. Uma semana atrás, era o último lugar onde esperava estar essa noite. E as últimas pessoas que esperava cumprimentar são justamente aquelas com quem troco um aperto de mão na tribuna — a vice-presidenta, Brandt, e o presidente da Câmara, Rhodes.

Aqui estou eu diante do Congresso, o teleprompter à minha frente, e levo um momento para absorver tudo isso. A oportunidade eu tenho agora. A grande sorte da nossa nação.

Nós conseguimos, penso com meus botões. *E, se isso é possível, não há nada que não possamos fazer.*

CAPÍTULO

128

Senhora vice-presidenta, senhor presidente da Câmara, membros do Congresso, meus compatriotas:

Na noite passada, uma dedicada equipe de servidores públicos, com a ajuda de dois aliados próximos e de um corajoso cidadão estrangeiro, frustrou o mais perigoso ciberataque já desferido contra os Estados Unidos ou qualquer outro país.

Se tivesse sido bem-sucedido, ele teria incapacitado nossas Forças Armadas, apagado todos os nossos registros financeiros, além das cópias de segurança, destruído nossa rede elétrica, tornado inoperante nossos sistemas de tratamento e distribuição de água, desativado nossos celulares e muito mais. Entre as prováveis consequências do atentado estariam enormes perdas em vidas humanas, prejuízos para a saúde de milhões de americanos de todas as idades, uma crise econômica maior que a da Grande Depressão e violência nas ruas de grandes e pequenas comunidades em todo o país. Os efeitos teriam repercutido no mundo inteiro. Seriam necessários anos para reparar os danos, e nossas posições econômica, política e militar precisariam de uma década ou mais para se recuperar.

Sabemos agora que o responsável por orquestrar e pôr em prática esse atentado foi Suliman Cindoruk, um terrorista turco, mas não religioso, que o fez em troca de uma soma descomunal de dinheiro e, aparentemente, pelo prazer de desferir um golpe nos Estados Unidos. O dinheiro foi fornecido por um número relativamente pequeno de príncipes sauditas muito ricos sem influência junto ao atual governo do país. Eles pretendiam se valer da ausência dos Estados Unidos do cenário internacional para derrubar o rei saudita, se apropriar da riqueza do seu ramo da família real e dos que o apoiam, promover uma reconciliação com o Irã e a Síria e estabelecer um califado tecnocrático moderno que usasse a ciência e a tecnologia para elevar a posição do mundo muçulmano a um patamar inédito no último milênio.

Infelizmente, há outro vilão nessa história: a Rússia. No sábado, convidei o presidente russo, o chanceler alemão e a primeira-ministra israelense a comparecer a uma base de operações que montei não longe daqui, na área rural da Virgínia, em virtude da comprovada excelência desses países em matéria de segurança virtual — e, no caso da Rússia, de ciberataques. Os dois últimos compareceram e se mostraram solidários e prestativos. Os cidadãos americanos têm um débito de gratidão para com a Alemanha e Israel.

O presidente russo não compareceu, mas enviou o primeiro-ministro, num gesto de solidariedade. No entanto, agora sabemos o que eles haviam feito para apoiar o atentado e por quê. Em primeiro lugar, os russos sabiam de tudo e se recusaram a nos repassar as informações, mesmo quando questionados diretamente sobre o assunto. Depois, para ajudar os príncipes sauditas a manter suas identidades em segredo, eles providenciaram as transferências de fundos solicitadas por Suliman para financiar a conspiração e até mesmo contrataram um grupo de mercenários e uma assassina que serviriam de apoio para o ataque. Eles não queriam se valer da nossa fraqueza para acabar com os Estados Unidos utilizando armas nucleares, mas para nos incapacitar de tal forma que pudessem intensificar livremente a opressão aos países vizinhos e afirmar seu poder e sua influência em todas as demais regiões do mundo. No momento em que o primeiro-ministro russo se retirava na noite de sábado, eu reforcei nossas suspeitas e lhe garanti que haveria uma reação adequada. Ontem, dei o primeiro passo, expulsando o embaixador russo e todos os empregados russos da embaixada nos Estados Unidos. Este agora é o segundo passo: comunicar a todos que eles são os piores garotos de entrega do mundo.

Os sauditas foram plenamente informados do plano. Eles agora estão cuidando dos próprios traidores.

E Suliman, religioso ou não, agora está com seu criador.

No sábado, nada disso era certo. Pois, no frenesi das últimas horas, quando corríamos contra o tempo, nosso quartel-general foi atacado por assassinos profissionais experientes, no terceiro ataque dessa natureza desde que eu havia deixado a Casa Branca para cuidar do problema. Muitos dos invasores foram mortos, assim como dois valorosos agentes do Serviço Secreto que morreram para salvar a minha vida e o nosso país quando ambos estavam em perigo. Eles são heróis.

Foi morta ainda outra pessoa, uma jovem notável que era o cérebro por trás dessa bomba virtual, mas, ao lado de seu parceiro, um rapaz que a amava muito, tomou a decisão de não levar a cabo a empreitada. Eles conseguiram fugir do esquema montado por Suliman e superaram enormes dificuldades para nos avisar do que estava acontecendo e nos ajudar a impedir o atentado, ao mesmo tempo que faziam o possível para não serem alvos da ira e do alcance de Suliman. O rapaz sobreviveu. Se eles não tivessem se reconciliado com a própria humanidade a tempo, o resultado que hoje comemoramos provavelmente teria sido muito diferente.

De forma tortuosa e inteligente, essa mulher fez o primeiro contato conosco e nos deu informações suficientes a respeito do plano para que concluíssemos que de fato representava uma grave ameaça, deixando claro que só ela e seu parceiro poderiam impedir sua concretização. Em troca, queriam ser isentados de qualquer processo judicial e voltar em segurança para seu país.

O parceiro dela, inicialmente hostil ao nosso governo, conseguiu chegar separadamente aos Estados Unidos e entrou em contato conosco para dizer que os dois só tratariam diretamente comigo e exigir que eu me encontrasse com ele, sozinho, num local público.

Foi por isso que o presidente dos Estados Unidos desapareceu.

Considerando o que estava em jogo, decidi correr o risco, que poderia ser fatal, de comparecer a esse encontro disfarçado e sozinho. Ainda considero que foi a decisão acertada, mas rezo para que nenhuma futura crise force outro presidente a fazer algo parecido.

Muita coisa aconteceu nos dois últimos dias. Vamos divulgar mais detalhes à medida do possível. Ainda há pendências a resolver e medidas de segurança a serem adotadas.

Na minha ausência, a imprensa entrou numa espiral em torno de um mesmo assunto, não sem motivo: onde eu estava? Por que tinha desaparecido dos radares? O que estaria fazendo? Antes disso, eu havia concordado, contrariando as recomendações dos meus assessores, em comparecer a uma sessão de uma Comissão Especial da Câmara, criada para decidir ou não pela abertura de um processo de impeachment contra mim.

No vazio que deixei, houve uma tempestade de especulações. Os meios de comunicação simpáticos ao governo davam a entender que eu tinha desaparecido porque estava morrendo da minha já conhecida doença sanguínea ou acometido de um colapso nervoso em consequência de estresse, da queda de popularidade e das feridas ainda abertas deixadas pela morte da minha esposa. Os veículos menos amistosos logo trataram de chegar a conclusões mais sombrias: eu tinha fugido com milhões de dólares desviados para contas secretas, depois de trair os Estados Unidos numa conspiração ao lado do terrorista mais procurado do mundo e do país mais empenhado em corromper nossa democracia.

Para ser justo, o fato é que eu dei margem a esse tipo de especulação ao informar exclusivamente à minha ex-chefe de Gabinete o que estava fazendo e o motivo. Não revelei nada nem mesmo à vice-presidenta Brandt, que teria me sucedido no cargo se eu tivesse morrido ontem à noite.

Não informei os líderes do Congresso porque não confiava neles para manter a história em segredo. Se ela vazasse, causaria pânico no país inteiro, comprometendo nosso empenho em impedir o atentado. Pior ainda, nós suspeitávamos da existência de um traidor no pequeno círculo de pessoas informadas da iminência de algum tipo de ataque. Além da minha ex-chefe de Gabinete e de mim mesmo, apenas sete outros membros do governo, entre eles a vice-presidenta Brandt, sabiam o que poderia acontecer. Quando me afastei temporariamente, ainda não tínhamos descoberto quem era essa pessoa, de modo que mantive até a vice-presidenta desinformada.

Depois que me afastei, o presidente da Câmara entrou em contato com ela para informar que já contava com os votos necessários para aprovar o meu impeachment na Câmara, mas precisava de alguns votos do nosso partido para conseguir os dois terços necessários para me condenar no Senado. Ele pediu a ajuda da vice-presidenta para conseguir esses votos e disse que não se importava se ela chegasse à presidência do país, pois o fato de ser responsável pelo meu afastamento lhe daria o controle da Câmara e da agenda legislativa nacional por bastante tempo.

Felizmente, numa prova da honra da vice-presidenta, ela se recusou a colaborar.

Não digo isso para reabrir minha velha disputa com o presidente da Câmara, mas para limpar o terreno e podermos começar de novo. *Devíamos ter enfrentado essa ameaça juntos*, independentemente da filiação partidária.

Nossa democracia não sobreviverá à atual tendência ao sectarismo, ao extremismo e ao ressentimento. Atualmente, prevalece nos Estados Unidos a ideia de "nós contra eles". A política se transformou num esporte sangrento. Como consequência disso, aumenta nossa disposição de pensar o pior de todos que não estão dentro da nossa bolha, o que ao mesmo tempo reduz nossa capacidade de resolver problemas e aproveitar oportunidades.

Temos de ser melhores que isso! Nós temos divergências sinceras, reais. E precisamos de debates vigorosos. Certo ceticismo é bom. Impede que sejamos ingênuos demais ou cínicos demais. Entretanto, é impossível preservar uma democracia quando o poço da confianca está completamente seco.

As liberdades previstas na Declaração de Direitos e nos mecanismos de verificação e equilíbrio da nossa Constituição foram criadas para prevenir as feridas que hoje nós mesmos nos infligimos. Entretanto, como revela nossa longa história, essas palavras impressas devem ser aplicadas por homens e mulheres incumbidos de lhes conferir nova vida a cada época. Foi assim que os negros deixaram de ser escravos para se tornar iguais perante a lei, foi assim que empreenderam a longa jornada para se tornarem de fato iguais, uma jornada que sabemos não estar concluída ainda. O mesmo se pode dizer dos direitos das mulheres, dos trabalhadores, dos imigrantes, das pessoas com deficiência, da luta para definir e proteger a liberdade religiosa e garantir a igualdade a todos, independentemente de orientação sexual ou identidade de gênero.

Foram batalhas árduas, travadas em terreno incerto e em constante mutação. Cada avanço provocou uma reação forte daqueles que têm seus interesses e crenças ameaçados.

Hoje as mudanças ocorrem com tal rapidez, num ambiente envolto por uma tempestade de informação e desinformação, que nossas próprias identidades são questionadas.

O que significa ser americano hoje? A pergunta terá uma resposta automática se voltarmos a tudo aquilo que nos trouxe até aqui: ampliar o círculo de oportunidades, aprofundar o significado da liberdade e fortalecer os vínculos da comunidade. Encolher a definição de *eles* e expandir a definição de *nós*. Sem deixar ninguém para trás, de fora, olhado de cima para baixo.

Devemos retomar essa missão. E fazê-lo com energia e humildade, sabendo que nosso tempo é fugaz e nosso poder não é um fim em si mesmo, mas um meio de alcançar fins mais nobres e necessários.

O sonho americano funciona quando nossa humanidade comum importa mais que nossas diferenças e quando juntas elas criam possibilidades infinitas.

Esta é uma nação pela qual vale a pena lutar, e até morrer. E sobretudo, uma nação pela qual vale a pena viver e trabalhar.

Eu não traí nosso país nem meu juramento de protegê-lo e defendê-lo quando desapareci para combater aquilo que passamos a chamar de Idade das Trevas, pelo mesmo motivo que não o traí quando fui torturado como prisioneiro de guerra no Iraque. E não o traí porque seria incapaz de fazê-lo. Eu amo demais os Estados Unidos, e quero que eles sejam livres e prósperos, pacíficos e seguros, que melhorem constantemente para todas as gerações vindouras.

E não digo isso para me gabar. Acredito que a maioria dos senhores, se estivessem no meu lugar, faria o mesmo. Espero que seja um sinal suficiente de confiança para promovermos um novo começo.

Meus amigos americanos, acabamos de evitar o golpe mais mortal que enfrentamos desde a Segunda Guerra Mundial. Os Estados Unidos ganharam uma segunda chance. Não podemos desperdiçá-la. E só juntos poderemos aproveitá-la ao máximo.

Acredito que deveríamos começar realizando uma reforma e protegendo nossas eleições. Todos com direito a voto deveriam poder votar sem constrangimentos desnecessários, sem medo de terem os nomes retirados dos registros eleitorais ou a preocupação de que as urnas eletrônicas, que podem ser hackeadas em cinco ou seis minutos, não contabilizem seus votos corretamente. E, sempre que possível, os distritos legislativos estaduais e nacionais deveriam ser estabelecidos por órgãos apartidários, para representar mais plenamente a diversidade de opiniões e interesses que constitui um dos grandes trunfos do nosso país.

Pensem em como seria diferente se saíssemos da esfera estrita das nossas bases para representar um espectro mais amplo de opiniões e interesses. Aprenderíamos a ouvir mais e difamar menos uns aos outros. O que contribuiria para construir a confiança necessária para ampliar nosso campo comum. Sobre essas bases, poderíamos trazer para a economia moderna a América rural e do interior, os moradores de áreas urbanas em decadência e as comunidades de nativos americanos: com banda larga acessível e água sem chumbo para todas as nossas famílias; energia mais limpa, com empregos mais bem distribuídos pelo país; um código tributário que recompense o investimento em áreas esquecidas, permitindo que executivos de grandes corporações e grandes investidores ajudem a todos, e não apenas a si mesmos.

Poderíamos ter uma autêntica reforma da lei de imigração, com mais segurança nas fronteiras, mas sem fechá-las para os que vêm aos Estados Unidos em busca de segurança ou de um futuro melhor para si mesmos e suas famílias. Nossas taxas de natalidade não acompanham efetivamente as necessidades de renovação populacional. Precisamos de sonhadores e trabalhadores, de profissionais e de empreendedores que criam o dobro de novos negócios da média do país.

Poderíamos ter programas de treinamento sérios e apoio à polícia e aos líderes comunitários para prevenir a morte injustificada de civis, aumentar a segurança dos policiais e reduzir a criminalidade. E leis de controle de armas que as mantenham fora do alcance daqueles que não devem tê-las em seu poder, reduzam a quantidade quase inconcebível de assassinatos em massa e ainda assim protejam o direito de porte de armas para caça, prática de esportes e defesa pessoal.

Poderíamos ter um debate sincero sobre as mudanças climáticas. Quem tem as melhores ideias para reduzir essa ameaça o mais rápido possível, ao mesmo tempo gerando a maior quantidade de novos empreendimentos e bons empregos? Com os esperados avanços em matéria de automação e inteligência artificial, eles serão muito necessários.

Poderíamos fazer muito mais para conter a crise de opioides, para desestigmatizá-los e educar um enorme número de pessoas que ainda não sabem que podem se matar com a dependência desse tipo de remédio, assegurando que todo americano esteja a uma distância razoável de formas acessíveis e eficazes de tratamento.

E poderíamos reestruturar nossos gastos com defesa para dar conta da enorme ameaça dos ciberataques, que não param de evoluir, para que nossas defesas não devam nada às de nenhum outro país e que estejamos numa posição capaz de convencer outras nações a trabalhar do nosso lado na redução dos riscos espalhados pelo mundo inteiro antes de enfrentarmos outro apocalipse. Da próxima vez, não teremos a sorte de dispor de dois jovens gênios dissidentes vindo em nosso socorro.

Pensem em como seria muito mais recompensador se pudéssemos ir ao trabalho diariamente e nos perguntássemos "Quem podemos ajudar hoje? E como vamos fazer isso?" em vez de "Quem eu poderia prejudicar? E quanta cobertura eu vou ter por isso?"

Nossos fundadores nos incumbiram de uma missão sem fim: formar uma união mais perfeita. E nos legaram um governo forte o suficiente para preservar nossas liberdades e flexível o bastante para enfrentar os novos desafios de cada época. Esses dois legados nos levaram bem longe. Porém, não podemos mais achar que eles nos são garantidos e muito menos pô-los em risco em nome de vantagens efêmeras. Até a noite passada, a maioria das nossas feridas, inclusive a ameaça de ficar para trás em matéria de segurança virtual, eram feridas infligidas por nós mesmos.

Graças a Deus ainda temos pela frente um futuro repleto de possibilidades, e não a terrível perspectiva de nos arrastarmos com dificuldade para superar a ruína.

Devemos isso aos nossos filhos, a nós mesmos e a bilhões de pessoas decentes em todo o mundo que ainda nos querem como fonte de inspiração, exemplo e um amigo capaz de tirar o melhor proveito dessa segunda chance.

Que esta noite seja lembrada como uma celebração de uma catástrofe evitada e uma renovação do compromisso com *nossas* vidas, com *nossos* destinos e com *nosso* sagrado dever de formar a *nossa* união mais perfeita.

Que Deus abençoe os Estados Unidos da América e *todos* que os consideram sua pátria.

Muito obrigado. E tenham uma boa noite.

EPÍLOGO

Depois do discurso, meus índices de aprovação subiram de menos de trinta por cento para mais de oitenta por cento. Eu sabia que isso não ia durar, mas era boa a sensação de ter saído do buraco.

Fui criticado por ter usado o discurso para fins políticos, mas eu queria que o povo americano soubesse o que eu queria fazer por ele, deixando abertas muitas possibilidades de trabalhar com o outro lado.

O presidente da Câmara tem colaborado, ainda que com relutância. Em apenas duas semanas, o Congresso aprovou, com maioria nos dois partidos, um projeto de lei para termos eleições mais claras, inclusivas e controladas, e com recursos para a transição para votações que não possam ser hackeadas, começando com a boa e velha cédula de papel. O restante do programa de ação ainda está pendente, mas tenho confiança de que, com os acordos e incentivos certos, poderemos fazer mais. Houve até certa evolução na questão da proibição de armas automáticas e um projeto de lei para investigações realmente abrangentes de antecedentes criminais.

O presidente da Câmara ainda está decidindo seu próximo passo. Ele ficou furioso comigo por tê-lo denunciado, mas aliviado porque eu não fui até o fim e não revelei ao país que ele queria que a vice-presidenta Brandt nomeasse sua filha para a Suprema Corte, em troca das manobras que a levariam à presidência.

Carolyn Brock foi alvo de vinte acusações: traição, atos de terrorismo, mau uso de informações confidenciais, assassinato, conspiração para assassinato e obstrução de justiça, entre outras. Seus advogados estão negociando para que ela se declare culpada na esperança de evitar prisão perpétua. É de partir o coração sob muitos aspectos — o fato de ela ter traído tudo pelo que trabalhamos tão arduamente, o futuro brilhante que teria se não tivesse cedido a uma ambição desmedida, mas, acima de tudo, as consequências para sua família. Ainda há momentos, quando me perco em pensamentos em torno de uma questão mais complicada, em que me pego chamando pelo seu nome.

Enquanto isso, enfim autorizei a dra. Lane a me submeter a um tratamento com proteínas paralelo à infusão de esteroides. Minha contagem de plaquetas está confortavelmente nos seis dígitos. Eu me sinto melhor, e não preciso ficar preocupado com a eventualidade de cair morto se demorar a tomar minhas pílulas. Além disso, é bom não ter ninguém tentando atirar em mim.

E graças a Deus minha filha voltou ter uma vida normal, mais leve.

A cobertura da grande mídia, da esquerda e da direita, se tornou mais objetiva, não por causa do meu discurso, mas porque, pelo menos por enquanto, os americanos estão se afastando dos veículos mais radicais e passaram a acompanhar aqueles que oferecem mais explicações e menos ataques pessoais.

Mandei alguém procurar o veterano sem-teto que encontrei na rua depois que desapareci. Atualmente, ele está fazendo terapia de grupo e recebendo ajuda para encontrar um emprego decente e uma moradia dentro das suas possibilidades. E tudo indica que o Congresso vai destinar verbas a um programa para reduzir as mortes de cidadãos desarmados, aumentar a segurança dos policiais e criar comitês de vizinhança para trabalhar com a polícia.

Não sei o que o futuro nos reserva. Sei apenas que o país que eu tanto amo ganhou uma nova vida.

No fim da Assembleia Constituinte, um cidadão perguntou a Benjamin Franklin que tipo de governo nos tinha sido legado pelos Pais Fundadores. Ele respondeu: "Uma república, se vocês forem capazes de mantê-la." É algo que nenhum presidente pode fazer sozinho. Cabe a todos nós preservá-la. E dela tirar o melhor proveito.

AGRADECIMENTOS

Pela inestimável ajuda em questões técnicas, um agradecimento especial a John Melton, que serviu no 75º Regimento dos Rangers entre 1992 e 1994; a James Wagner; a Thomas Kinzler; e a Richard Clarke, que trabalhou com quatro presidentes na condição de assessor de segurança e contraterrorismo.

Este livro foi composto na tipografia Palatino
LT Std, em corpo 10,5/16, e impresso em
papel off-white no Sistema Cameron da
Divisão Gráfica da Distribuidora Record.